KB113557

늪에 핀 꽃

초판 1쇄 인쇄일 2015년 3월 26일
초판 1쇄 발행일 2015년 3월 30일

지은이 | 한다솜
펴낸이 | 김기선
편집장 | 김은지

펴낸곳 | 와이엠북스(YMBOOKS)
출판등록 | 2012년 7월 17일 (제382-2012-000021호)
주소 | 서울시 도봉구 노해로 379, 1005호(창동, 대성빌딩)
전화 | 02)906-7768 / **팩스** | 02)906-7769
E-mail | ymbooks@nate.com

ISBN 979-11-322-1560-8 03810

값 9,000원

늪에 핀 꽃

● 한다솜 지음

YMBOOKS ROMANCE STORY

목차

프롤로그

"일은 어떻게 돼가고 있죠?"

"말씀하신 것을 토대로 조건에 맞는 몇 명을 추려봤습니다."

찬식이 준비한 서류철을 책상 위에 내려놓았다. 그러자 의자에 앉은 이가 우아한 손놀림으로 서류철을 열어 안에 적힌 내용을 눈으로 훑어 내렸다. 여자들의 사진과 함께 기록된 사항은 이름과 나이, 주소 등의 기본적인 정보부터 함께 사는 가족, 사는 형편, 자주 만나는 주변 인물까지 빼곡히 채워져 있었다.

몇 장의 서류를 대충 넘기던 이가 어느 한 장에서 멈추었다. 첨부된 사진에서 눈을 떼지 못하더니 꼼꼼히 내용을 살피며 찬식을 올려다보았다.

"이 아이가 왜 여기에……?"

"얼마 전에 부친이 급성 뇌경색으로 쓰러져 혼수상태에 빠졌습니다. 일단 수술은 한 모양이지만 수술비와 입원비를 지급하지 못해 난처한 상황에 처해 있습니다. 후보 중 가장 저희 조건에 부합하는 인물이 아닐까 싶습니다."

보고를 받던 이는 서류철을 손가락으로 탁탁 두드리며 생각에 잠겼다. 무언가 마뜩잖은지 이맛살을 구기다가 자신도 모르게 생각하던 바를 입에 올렸다.

"수술비도 못 낼 만한 집안이 아닌데……."

"쓰러지기 전에 부도가 났더군요. 자세한 내막은 모르겠지만, 밑에 직원에게 크게 당한 것 같습니다."

"주변에 도와줄 만한 사람이 없던가요?"

"어머니는 일찍 여의었고, 친인척도 거의 없는데다가 그나마도 형편이 좋지 못해 수술비를 감당할 여력이 없는 것 같습니다."

긴 한숨과 함께 서류를 덮어버린 이가 마음의 결정을 한 듯 찬식에게 서류를 내밀며 지시를 내렸다.

"일단 이 아이를 만나 최대한 좋은 조건으로 협상을 진행하세요. 저희 제안을 거절하면 그때 다시 보고하시고요."

"네."

"이번 일은 반드시 성공해야 합니다. 오랫동안 준비해온 것들이 물거품이 되지 않도록 저희에 관한 건 철저히 비밀에 부치시고요."

"알겠습니다."

"최대한 빨리 접촉해보세요."

서류를 받아 든 찬식은 사무실을 나가는 이를 향해 허리를 접으며 고개를 숙였다. 달칵, 문 닫히는 소리와 함께 고개를 든 그는 서류를 펼쳐 지목된 여성의 얼굴을 보고 이름을 중얼거렸다.

"신주아라……."

그는 책상 서랍을 열어 누런 봉투에 든 서류를 책상 위에 꺼내 놓았다. 그 안엔 이름만 들어도 알 만한 남자의 기본적인 사항부터 일거수일투족에 이르기까지 상세히 적혀 있었다.

찬식은 매서운 남자의 사진 옆에 환히 웃고 있는 주아의 사진을 나란히 올려놓았다.

이. 막다른 길

"신영철 환자, 보호자 계세요?"

"전데요."

"원무과에서 나왔습니다. 잠시 애기 좀 하실까요?"

"아, 네."

부드럽게 미소 짓는 원무과 직원이 주아의 눈엔 저승사자처럼 무서워 보였다. 그의 뒤를 따라 텅 빈 휴게실로 들어가 의자에 앉았다. 그는 자연스럽게 자판기 커피를 뽑더니 테이블 위에 놓아주었다.

"신영철 씨는 아직 차도가 없는 건가요?"

"네."

기어들어가는 목소리로 대답하고 힐끗 쳐다봤다. 그의 얼굴은 곤란한 빛이 역력했다. 눈치를 살피며 커피만 홀짝이는데 한숨 섞인 낮은 음성이 들려왔다.

"이런 말씀드리게 돼서 저도 안타깝지만, 이번 주 안에 수술비라도 지급해주셔야 할 것 같습니다. 병원에서도 더는 기다려드릴 수 없다는 입장입니다."

"정말 죄송합니다. 지금 여기저기 알아보는 중이에요. 조금만 더 시간을 주시면 안 될까요?"

"저도 그러고 싶지만, 이번 주까지 내지 않으시면…… 퇴원 조치가 이루어질 겁니다."

"네? 그, 그게 무슨 말씀이세요? 퇴원이라니요? 지금 퇴원을 하면 저희 아버지 죽어요! 잘 아시잖아요. 제가, 제가 어떻게든 돈 마련할게요. 제발…… 조금만 기다려주세요."

주아는 지푸라기라도 잡는 심정으로 바닥에 무릎을 꿇고 앉았다. 느닷없는 행동에 당황한 그가 어쩔 줄 몰라 하며 주아를 일으켜 의자에 앉혀주었다. 한동안 안타까운 시선을 보내오기에 희망을 걸어봤지만, 자신의 본분을 잊지는 않은 듯했다.

"시간을 더 드리지 못해 죄송합니다. 그럼, 전 이만."

직원이 나가고 홀로 남은 휴게실에서 주아는 멍하니 창밖을 바라보았다. 이렇게 넓은 하늘 아래, 수없이 많은 사람이 살고 있는데, 정작 자신을 도와줄 사람은 단 한 명도 찾을 수가 없었다.

주아는 휴게실을 나와 영철이 누워 있는 병실로 돌아왔다. 의식을 잃고 호흡기에 의지한 채 누워 있는 영철의 모습에 눈가가 시큰거렸다.

아빠는 언제나 그 자리에서 날 든든하게 지켜줄 줄 알았는데. 내가 너무 철이 없었나 봐. 이럴 줄 알았으면 다른 애들처럼 공부라도 열심히 할 걸 그랬어. 그럼 취직이라도 해서 병원비는 어떻게 마련해볼 수 있었을 텐데. 아빠, 나 어떡하면 좋을까?

회사가 부도 위기에 몰려 있는 것도 모른 채 주아는 동아리 후배들과 MT를 다녀왔다. 다른 애들은 취직 준비에 여념이 없어 MT 갈 생각도 못하는데, 4학년 중엔 유일하게 주아만 참석했다. 그런데 MT에서 돌아온 집은 그야말로 쑥대밭이 따로 없었다.

'아빠! 아빠, 이게 다 뭐야?'

거실 바닥은 시커먼 구두 자국이 가득했고, 몇몇 장식품들은 바닥을 뒹굴었으며, 고가의 가구마다 빨간 딱지가 붙어 있었다. 망연자실하게 소파에 앉아 있는 영철을 지나 방으로 뛰어 들어간 주아는 아끼는 명품백마저 빨간 딱지가 붙어 있는 것을 보고 소리를 질렀다.

'이걸 여기다 붙여놓으면 어떡해!'

어느새 방으로 따라 들어온 영철이 스티커를 떼려는 주아를 말렸다. 그는 주아를 뒤에서 끌어안고 떨리는 목소리로 되뇌었다.

'미안하다, 주아야. 아빠가 미안해.'

'어, 어떻게 된 거야? 설마, 우리 집 망한 거야?'

'아니야. 일이 꼬여서 그렇지, 김 이사만 찾으면 모두 되돌릴 수 있어.'

주아는 김 이사라는 말에 인상을 구겼다. 족제비처럼 생긴 그는 영철을 보좌하며 입에 발린 사탕처럼 혀를 놀려대곤 했다. 속을 알 수 없는 사람이라 꺼림칙했지만, 영철은 그의 사업 수완을 높이 사 중요한 일을 도맡아 시켰다.

그런데 이 중요한 시기에 그가 사라졌다? 무언가 이상한 낌새가 느껴지는데 영철은 한 치도 그를 의심하지 않는 것 같았다.

'그 사람 어디 갔는데? 아빠, 김 이사한테 당한 거 아니야?'

'그럴 사람 아니야. 혼자 계신 노모가 위독하다고 해서 지방에 내려가는 바람에 연락이 안 되는 것뿐이야. 아빠가 백방으로 찾고 있으니까, 넌 걱정하지 마.'

'어떻게 걱정을 안 해? 다른 사람들은? 다들 이렇게 될 때까지 뭐 한 건데!'

책임을 추궁하는 주아의 앞에서 영철은 할 말을 잃고 고개를 숙였다. 그 이후, 김 이사의 행방을 추적한 끝에 해외로 도피한 사실을 알게 되었다. 영철은 배신감에 치를 떨다가 그만 회사에서 의식을 잃고 쓰러지고 말았다.

뒤늦게 소식을 접한 주아는 서둘러 병원으로 향했으나, 이미 영철의 수술은 한창 진행 중이었다. 비서에게 듣기론 급성 뇌경색 판정을 받아 급히 수술에 들어갔다는데, 무사히 수술을 마치고도 그는 깨어나지 못했다.

영철이 병실로 옮겨진 다음 날, 주아는 처음으로 병원비에 대해 들을 수 있었다. 남들은 입이 떡 벌어질 만큼 큰 금액이었지만, 주아는 카드로 긁으면 된다는 생각에 대수롭지 않게 넘겼다. 그러다 병실에서 쓸 생필품을 사러 가서야 모든 카드가 정지됐다는 사실을 알게 됐다. 급히 통장을 확인한 주아는 땡전 한 푼 없는 걸 보곤 망연자실해질 수밖에 없었다.

그때부터 영철이 아는 지인을 비롯해 친한 선후배까지 몽땅 찾아다니며 도움의 손길을 내밀었다. 하지만 언제 소문이 퍼진 건지, 다들 부도 사실을 알고 만나는 것조차 꺼리기 일쑤였다.

주아는 그제야 자신의 배경 때문에 사람들이 모여들었음을 깨달았다. 사람 좋기로 소문난 영철은 그나마 나은 편이었다. 몇몇 분들이 적지만 얼마라도 쥐여주며 갚지 않아도 된다고, 쾌차하길 바란다고 전해주었다. 하지만 그 돈으로 병원비를 충당하기엔 터무니없이 적었다.

"나, 이대로 포기 안 해. 어떻게든 아빠 살릴 거야. 아빠, 나 믿지?"

영철의 손을 꼭 잡고 솟구치는 눈물을 참기 위해 아랫입술을 깨물었다. 그때, 주머니에 있던 휴대폰이 부르르 몸을 떨었다. 주아는 조용히 병실을 나와 통화 버튼을 눌렀다.

"여보세요?"

-신주아 씨 되시나요?

"네. 제가 신주아인데요?"

-안녕하십니까. 신영철 씨가 쓰러지셨다는 소식을 듣고 연락 드렸습니다. 아직도 차도가 없으신가요?

"네. 그런데 저희 아빠하고 어떻게 아는 분이세요?"

-사업상 알게 된 분이죠. 혹시, 시간 되시면 만나 뵐 수 있을까요? 제가 조금이나마 도움을 드리고 싶은데요.

누군가 먼저 도와주고 싶다고 연락을 해온 건 처음이라 주아는 좀 얼떨떨했다. 영철의 가까운 지인들은 자신이 다 아는데, 목소리만 들어선 누군지 짐작조차 가지 않았다. 하지만 도움을 주고 싶다는데 마다할 이유가 없었다. 주아는 한껏 들뜬 목소리로 대답했다.

"네. 전 아무 때나 뵐 수 있어요."

-그러시면 제가 병원 근처로 가겠습니다. 도착하면 연락드리죠.

"기다리겠습니다."

수화기 너머로 한 줄기 희망의 빛이 보이는 듯했다. 사채 돈이라도 마련하려고 했는데, 사람이 죽으라는 법은 없나 보다.

한 시간쯤 뒤에, 주아는 한 남자와 병원 근처 카페에 마주 앉았다. 아무리 기억을 헤집어 봐도 얼굴이 떠오르지 않는 걸로 보아 영철과 최근에 알게 된 사람인 것 같았다.

"아빠랑 잘 아는 사이셨나요?"

"사실대로 말씀드리면, 신 사장님하고는 일면식만 있는 정도입니다."

"그런데 왜……."

"이대로 가시기엔 너무 좋은 분인 것 같아서요."

고개를 끄덕이는 주아의 입가에 씁쓸한 미소가 걸렸다.

그의 말대로 영철은 사회에서도 가정에서도 나무랄 때 없는 사람이었다. 모든 직원을 가족처럼 대해주었고, 그녀에겐 엄마의 빈자리가 느껴지지 않도록 무던히도 애썼다. 그런데 사람이 너무 좋기만 해도 안 된다는 걸 이번 일을 계기로 여실히 깨달았다.

"아빠가 알면 정말 고마워하실 거예요."

"미리 고마워하실 필요 없습니다. 그냥 도와드리겠다는 건 아니니까요."

"네? 그게 무슨 말씀이세요?"

눈이 휘둥그레진 주아가 쳐다보자 그는 묘한 웃음을 짓기만 할 뿐 입을 열지 않았다.

그래, 세상에 공짜가 어디 있어. 오히려 공짜로 돈을 주면 그게 더 이상한 거지. 뭐든 하기로 했잖아! 법에 걸리는 것만 아니면 지

15

금 상황에 못 할 게 뭐가 있다고.

"제가 무슨 일을 하면 될까요? 사실, 이번 주 안에 병원비를 내지 않으면 강제퇴원을 시킨대요. 잘하는 건 없지만, 뭐든 좋으니 시켜만 주세요."

"정말, 뭐든 할 수 있겠어요?"

"그럼요. 회사도 파산했고, 집도 넘어간 마당에 뭔들 마다하겠어요."

눈으로 재보듯 지그시 쳐다보던 그가 옆에 놓아둔 가방에서 누런 서류봉투를 꺼내 탁자 위에 올려놓았다.

"어렵다면 어려울 수도 있는 일이지만, 주아 씨에겐 그다지 어려운 일이 아닐 겁니다."

"그게 무슨……."

"한 남자의 마음만 사로잡으면 되는 일이거든요."

남자의 마음을 사로잡아? 이젠 그럴싸한 배경조차 없는데, 내가 무슨 수로?

"제가 어떻게…… 지금까지 곁에 있던 남자들도 모두 떠난걸요."

"그야, 주아 씨 돈을 보고 모여든 남자들이니까 그렇겠죠. 주아 씨가 만날 사람은 그들과는 차원이 다릅니다. 돈이 부족하지도, 여자가 없지도 않죠. 하지만 너무 걱정하진 마세요. 지금의 주아 씨라면 어렵지 않게 접근할 수 있을 겁니다."

무엇을 보고 그렇게 판단한 건진 몰라도 주아는 고민이 될 수밖에 없었다.

영철은 하나밖에 없는 딸을 공주처럼 애지중지 키워왔다. 그래서 그런지 주아는 대학에 입학하고도 세상 물정 모르고 철없이 행동하곤 했다. 그녀의 배경에, 돈에 혹해 접근하는 남자들은 많았고, 대체로 가볍게 만나왔다. 하지만 어려서부터 귀에 딱지가 앉게 들었던 말 때문에 깊은 관계를 맺은 적은 없었다.

단순히 마음을 사로잡기만 하면 되는 건가? 혹시 상대가 환갑을 넘긴 노인이라거나, 변태 성향을 가진 남자는 아니겠지?

누구의 마음을 사로잡아야 하는 건진 몰라도 거짓 연기를 해야 한다는 게 썩 내키진 않았다.

"그 남자가 누구죠?"

"상대가 누군지 알려드리기 전에 계약서 먼저 읽어보시죠."

"계약서요?"

"서로 확실히 해두는 게 좋겠죠."

그가 서류가방에서 종이를 꺼내 내밀었다. 그 안엔 여러 가지 내용이 항목별로 세세히 기록되어 있었다.

"계약서에 사인하시면 곧바로 병원비를 처리해드리겠습니다."

"병원비를 전부 다요?"

"그렇습니다. 신영철 씨가 퇴원할 때까지 드는 비용과 퇴원 후 머무실 자택, 일이 끝날 때까지 신주아 씨의 의식주 외 부가적인 비용도 제가 부담합니다."

들으면 들을수록 주아의 가슴이 심하게 두근거렸다. 도대체 누구의 마음을 사로잡아야 하길래 이렇게 엄청난 액수를 대주겠다는 건지. 그가 누구든 간에 이 기회를 놓칠 순 없었다.

"하, 할게요. 여기에 사인하면 되나요?"

"사인하시기 전에, 한 가지 명심해야 할 게 있습니다."

"뭔데요?"

"어떠한 일이 있어도 계약에 관해선 누구에게도 발설해선 안 됩니다. 설사, 신영철 씨가 깨어난다고 해도 말이죠. 지키실 수 있겠습니까?"

"네, 할 수 있어요."

"좋습니다. 그럼 사인하시죠."

주아는 떨리는 손으로 펜을 잡고 간신히 사인했다. 그는 계약서를 가져가며 테이블 위에 있던 봉투를 앞으로 쓱 밀었다.

"그분에 관한 내용입니다. 숙지하시면 작업하는 데 도움이 될 겁니다. 그리고 주아 씨의 신분은 안에 적힌 대로 외우십시오. 가급적 그분껜 알리지 않는 게 여러모로 좋겠죠. 전화는 삼가시되, 급한 용무가 있으면 안에 적힌 번호로 연락하십시오. 그럼 전 이만."

긴말을 조금의 흐트러짐 없이 늘어놓은 그가 가방을 챙겨 들고 자리에서 일어났다. 주아는 엉거주춤 따라 일어나 인사를 했다.

그가 흔적도 없이 사라지고 나서야 자리에 앉아 봉투를 열어보았다. 안에 든 종이를 꺼내는데 그 사이로 무언가가 툭 하고 떨어졌다. 테이블 위에 떨어진 것은 사진이었다. 뒤집어진 사진을 집어 들고 확인한 순간 입이 쩍 벌어지고, 눈이 튀어나올 듯 커졌다.

한동안 넋을 놓고 사진을 쳐다보다가 다급히 서류를 펼쳐 내용을 확인했다. 그 사람만은 아니길, 제발 닮은 사람이길. 그러나 이름에 직장까지 확인하고 나자 더는 의심할 여지가 없었다.

말도 안 돼! 이 남자를 어떻게 꼬셔!

배경이 탄탄히 받쳐준대도 절대 사로잡을 수 없는 남자였다. 이

건 '미션 임파서블'을 해내라는 거나 다름없었다. 자신이 '전지현' 이나 '김태희'라면 몰라도 이건 불가능한 일이었다. 주아는 서류 마지막장 하단에 적혀 있는 번호로 전화를 걸었다.

-서류를 확인하셨나 봅니다.

"네, 봤어요. 지금 저하고 장난하시는 거죠?"

-왜 장난이라고 생각하시죠?

"그게 아니면 문재영을 무슨 수로 꼬셔요?"

주아는 말도 안 되는 애길 그럴듯하게 해서 자신을 조롱한 남자에게 화가 났다. 다른 사람도 아니고 문재영이다. 재계 1, 2위를 다투는 문화 그룹의 황태자가 아닌가! 게다가 자신이 듣기엔 서정 그룹 막내딸 서제이와 약혼한다는 소문이 파다했다. 그런 남자의 마음을 사로잡으라니.

-아직 카페에 계신 것 같은데, 목소리가 너무 크군요. 생각하기에 따라선 어려운 상대일 수도 있지만 신주아 씨라면 해내실 수 있으리란 판단하에 말씀드린 겁니다.

"저 이런 일에 무턱대고 뛰어들 만큼 철없진 않아요. 이건 저 아닌 누구라도 하기 힘든 일이라고요."

-안타깝네요. 해보지도 않고 포기부터 하시다니. 병원비가 상당히 많이 나왔던데…….

순간 잊고 있던 병원비 액수와 영철의 얼굴이 떠올라 주아는 입술을 잘근잘근 씹어댔다. 말도 안 되는 일인 건 알지만 이대로 포기할 경우 영철은 생명이 위태로웠다. 다른 병원으로 옮기고 싶어도 받아주는 곳이 없을 텐데. 아무것도 못 해보고 쫓겨날 순 없었다.

"저기…… 정말, 제가 가능성이 있다고 생각하세요?"

-물론이죠. 제가 드린 자료만 잘 활용하셔도 가능성은 훨씬 높아질 겁니다.

"만약, 제가 실패하면 어떻게 되나요?"

-지급된 병원비 외엔 일체 지원이 없다고 보시면 되겠죠.

"제가 어디까지 하길 바라세요?"

-신주아 씨 능력껏 해보세요. 약혼만 파기된다면 그분과 결혼하신다고 해도 상관없습니다. 어떻게 보면 신주아 씨에게도 좋은 기회가 되겠네요.

문재영을 꾀어 결혼에 이르겠다는 것은 계속 꿈만 꾸며 살겠다는 것과 진배없었다. 주아는 그저 영철이 의식을 차릴 때까지만 그가 자신을 내치지 않기를 바라며 제의를 받아들였다.

"알겠어요. 해볼게요."

-방금, 병원비는 결제를 마쳤습니다. 봉투 안에 들어 있는 카드는 필요한 용품을 사는 데 사용하시고, 집은 안에 적힌 주소로 찾아가시면 됩니다.

"벌써 병원비가 지급된 건가요? 감사합니다! 정말, 감사합니다!"

자신이 무슨 일에 휘말린 건지도 모르고 연신 감사의 인사를 전했다. 주아는 서류와 사진을 봉투에 집어넣고 서둘러 카페를 나왔다. 병원비가 결제된 것을 두 눈으로 확인해야만 안심이 될 것 같았다. 문재영. 이름 세 글자가 머릿속을 떠나지 않았지만, 당장은 영철에게 기쁜 소식을 알려주고 싶었다.

"주아야, 너 어디 갔다가 이제 와?"

"보람아…… 네가 여긴 어떻게……."

병실 문을 열자 고등학교 동창인 보람이 침상 옆에 앉아 있었다. 보람과는 둘도 없는 단짝으로 그 시절 매일 붙어 다녔었다. 그때만 해도 영철의 사업이 크게 번창한 정도는 아니었기에 다들 가식 없이 어울려 놀 수 있었다.

그러다 고등학교 3학년 때 영철의 사업 아이템이 일명 '대박'이 나면서 주변 아이들도 대거 바뀌어버렸다. 그래도 보람과는 틈틈이 연락했었는데, 대학에 들어간 이후 학교생활에 정신이 없어 서서히 연락이 뜸해졌다.

보람은 자리에서 일어나 주아의 곁으로 다가오며 다정하게 물었다.

"소식 들었어. 많이 힘들었지?"

"보, 보람아…… 흐흑."

영철이 수술실에서 나온 이후 울지 않겠다고 다짐했는데, 보람의 품에 안긴 순간 참았던 눈물이 한꺼번에 터져 나와 멈출 줄 몰랐다.

"주아야, 그만 울어. 너희 아버지 속상하시겠다."

그제야 주아는 코를 훌쩍거리며 보람의 품에서 떨어졌다. 자신과 같이 눈물을 글썽거리는 모습이 순진한 여고 시절 단짝을 보는 듯했다. 그동안 쌓아온 인간관계는 한낱 모래성 같기만 했는데. 그나마 제대로 쌓은 탑이 있다는 데에 감사할 따름이었다.

"너, 어떻게 알았어?"

"인터넷에 아저씨 회사 부도났다는 기사가 떴더라고. 그래서 너한테 전화했었는데, 번호는 바뀌었고 집에도 연락 안 되고. 너희

학교에 아는 후배가 있어서 여기 입원하신 거 겨우 알았어."

다들 모른 척하기 바쁠 때, 보람은 자신을 찾아다녔다는 사실에 가슴이 찡하게 울렸다. 진정한 친구를 지척에 두고도 허례허식에 빠진 아이들과 어울려 놀았던 것이다.

"여기까지 찾아와줄진 몰랐어. 고마워, 보람아."

"친구끼리 그게 무슨 소리야. 그보다 아저씨는 어때? 수술받으셨다고 들었는데."

"수술은 잘됐다는데, 아직 의식이 없으셔."

"빨리 깨어나셔야 할 텐데……."

오랜만에 만난 보람과 침상 옆에 앉아 두런두런 이야기를 주고받았다. 그때, 몇 명의 병원 직원들이 다가와 영철이 누운 침대를 밖으로 끌어내려 했다. 당황한 주아는 그들의 앞을 가로막으며 떨리는 음성으로 쏘아붙였다.

"지, 지금 뭐 하시는 거예요?"

"신영철 환자분 병실 옮겨달라고 하지 않으셨나요?"

"네? 병실을 옮겨요?"

"좀 전에 남자분이 찾아오셔서 병원비도 계산하고, 병실도 1인실로 옮겨달라고 하셨는데요."

자신들은 시키는 대로 하는 거라며 그들은 영철이 누워 있는 침대를 끌고 나갔다. 주아는 멍하니 그 모습을 지켜보다가 보람이 부르는 소리에 겨우 정신을 차렸다.

병실까지 옮겨주는 거야? 그럼 병원비가 훨씬 많이 나올 텐데. 왜 이렇게까지……. 날 못 믿나? 아님, 좀 더 적극적으로 하라는 건가? 계약서까지 작성해놓고 뭘 더 원하는 거야.

짐을 챙겨 들고 1인실로 들어가자 그곳엔 처음 보는 여성 2명이 영철의 자리를 살펴주고 있었다. 주아는 의아함에 고개를 갸웃거리며 짐을 내려놓고 멀뚱히 쳐다보았다.

"신주아 씨 되시나요?"

"그런데 누구시죠?"

"저희는 신영철 씨를 맡아서 돌볼 간병인입니다. 24시간 교대로 신영철 씨 곁을 지킬 테니, 주아 씨는 안심하시고 일에 매진하도록 하세요."

일에 매진해? 이, 이 사람들…….

부드러운 말투였지만 주아는 영철이 볼모로 잡혔다는 걸 금세 알 수 있었다. 겉으로 보기엔 병원비도 내주고, 제일 좋은 병실에 간병인까지 붙여준 은인이지만 실상은 너무나 무서운 사람이었다.

"야, 이게 다 어떻게 된 거야?"

"그게…… 아빠 지인분이 도움을 주셨어."

"정말? 다행이다! 난 너 혼자 병원비도 감당 못 하고 있을까 봐, 어떻게 도와주면 될까 고민했는데."

"병원비는 이미 다 냈어. 마음만으로도 고마워."

"그럼 지낼 때는 있어? 없으면 우리 집으로 와도 돼. 엄마도 너 온다고 그러면 좋아하실 거야."

"아니야. 당분간 지낼 곳도 있어."

"그럼 다행이고."

보람은 해맑게 웃으며 1인실을 구경하고 간병인들과 인사도 나눴다. 하지만 주아는 입술을 꽉 깨문 채 침대 옆에 앉아 영철의 손을 잡았다.

"아빠…… 미안해."

아빠, 나 잘한 걸까? 내가 아빠를 더 힘들게 한 건 아닌지 모르겠어. 아빠는 그동안 엄마 없이도 외롭지 않게 키워줬는데. 난 아빠를 살린답시고 남들 손에 넘겨버렸나 봐. 이렇게 된 이상 나 어떻게든 그 사람 마음 사로잡을 거야. 적어도 아빠가 깨어날 때까진 바짓가랑이를 붙잡고 늘어지더라도 놓지 않을게.

주아는 끓어오르는 감정을 억누르며 간병인들에게 영철을 부탁하고 보람과 함께 병실을 나왔다. 보람과 헤어진 지하철역 앞에서 주아는 멍하니 주변을 둘러보았다. 번잡한 도시는 그동안 봐오던 모습 그대로였지만, 자신의 마음은 너무나 달라져 있었다.

매일 간병에만 매달려 있던 주아는 막상 병원을 나오니 마땅히 갈 곳도, 할 것도 없어 목적 없이 터벅터벅 걸었다. 그렇게 얼마나 걸었는지 주변엔 땅거미가 내려앉아 가로등 불빛이 밝게 비쳤다. 더 방황해봐야 아무 의미가 없음을 깨달은 주아는 대로변에서 택시를 잡아탄 뒤 서류에 적힌 주소를 불러주었다.

택시가 멈춘 곳은 고급 주택가 인근에 있는 오피스텔이었다. 도착을 하고도 가슴이 두근거려 망설이길 수차례, 주아는 굳게 마음을 다잡고 엘리베이터에 올라탔다.

엘리베이터에서 내린 주아는 현관 앞에 서서 종이에 적힌 비밀번호를 누르고 안으로 들어갔다. 몇 발짝 들어가보니 예상보다 훨씬 넓고 세련된 공간이 나왔다. 예전 같으면 얼씨구나 좋다고 휘젓고 다녔을 텐데, 지금은 가시방석을 딛고 서 있는 것처럼 불편하기만 했다.

오피스텔을 천천히 돌아본 주아는 거실 소파에 앉아 테이블 위에서 봉투를 탈탈 털었다. 그러자 몇 장의 종이와 사진, 카드 한 장이 테이블 위로 떨어졌다.

주아는 그중 가장 눈에 띄는 사진을 집어 들었다. 요즘은 워낙 인터넷이 발달해서 그의 이름만 검색해봐도 많은 사진을 찾을 수 있었지만, 이토록 이목구비 뚜렷한 사진은 찾아보기 어려웠다.

어찌 보면 사나워 보일 수 있는 인상에 먼저 기가 죽었다. 그런데도 불구하고 그의 주변을 맴도는 여자들은 수없이 많았다. 쌍꺼풀 없는 눈매에 오똑한 코, 잘 빠진 몸매가 보는 이들의 시선을 잡아끌었다. 거기에 지적이고 카리스마 넘치는 매력까지 발산한다면, 성별을 막론하고 그의 손아귀에 넘어가지 않을 사람이 없을 것이다.

"하, 이런 남자를 무슨 수로 꼬셔."

사진을 내려놓고 종이를 집어 들어 그의 신상을 살펴보았다.

이름 문재영, 나이는…… 서른둘?

문화 그룹 이사라기에 이보단 나이가 좀 더 많을 줄 알았다. 젊은 상관 모시기가 쉽지 않을 텐데, 밑에 있는 사람들은 얼마나 불편할까. 장차 회사를 물려받게 될 남자니, 그의 앞에서는 숨도 제대로 못 쉴 것이다.

고개를 절레절레 저으며 계속 읽어 내려가다 보니 그에게 일곱 살이나 어린 동생이 있다는 것을 알 수 있었다. 동생에 대해선 대내외적으로 크게 알려진 바가 없었다. 문화 그룹에선 모든 스포트라이트를 문재영이 받았고, 공공연하게 그가 문화 그룹의 차기 사장이라는 소문이 돌았기 때문이다.

가족 관계를 비롯한 그의 정보를 읽다가 종이를 바닥에 떨어트리고 소파에 길게 누워버렸다. 답이 없는 문제를 놓고 끙끙거려봐야 안 보이던 답이 갑자기 떠오르진 않는다.

어려운 문제일수록 돌아가기도 하고, 쉽게 생각해야 답이 나오는 경우가 많기에 주아는 눈을 감고 머릿속을 깨끗이 비웠다.

아무리 대단한 남자래도 나와 똑같은 사람일 뿐이야. 예쁜 여자 마다할 남자는 없는 법! 내일은 그 남자 취향에 맞는 옷도 좀 사고, 머리도 좀 해야지. 문재영에 대한 건 거의 다 적혀 있는 것 같던데. 적을 알고 나를 알면 백전백승이라잖아. 다른 건 생각하지 말자. 병실에 누워 있는 아빠만 생각하는 거야. 신주아, 넌 할 수 있어!

주아는 그동안 쌓였던 피로가 한꺼번에 몰려드는 느낌이었다. 영철이 수술을 받고 일주일 가까이 병실에서 새우잠을 자서 그런지 편안한 소파에 누워 있으니 연신 하품이 나왔다. 샤워도 하고 밥도 먹어야 하는데, 자꾸만 내려오는 눈꺼풀은 그녀를 잠의 수렁으로 몰아넣었다.

02. 첫 만남

　햇살이 뿜어내는 열기에 모공을 뚫고 땀이 배어났다. 주아는 몸을 비틀며 눈을 몇 번 깜박거리다가 화들짝 놀라 몸을 일으켰다. 낯선 집 안 풍경에 당황하던 것도 잠시, 낯설지만은 않은 서류가 눈에 들어오자 한숨부터 나왔다.

　아, 맞다. 나 어제부터 여기서 살게 됐지.

　주아는 자리에서 일어나 후덥지근한 공기를 식혀줄 에어컨을 틀었다. 그리고 길게 기지개를 켜며 창가로 걸어갔다. 전면이 뻥 뚫린 커다란 창밖엔 끝도 없이 푸른 하늘과 나무들이 무성한 공원이 보였다. 한때 영화에 나오는 '커리어 우먼'처럼 멋들어진 오피스텔에서 혼자만의 생활을 꿈꿔본 적이 있었는데, 그게 이런 식으로 이루어질 줄은 몰랐다.

　소파로 돌아와 병실로 전화를 걸었다. 밤새 영철의 안부가 궁금했기 때문이다. 전화를 받은 간병인은 어제 봤던 사람인 듯 까랑까랑한 목소리로 밤사이 별일 없었다고 전해주었다.

통화를 마친 뒤 꿉꿉한 몸을 씻고 나왔다. 어제 점심부터 아무것도 먹은 것이 없어서 그런지 배에서는 연신 꾸르륵거리는 소리가 났다. 냉장고도 찬장도 사람이 살던 게 맞나 싶을 정도로 아무것도 없었다. 겨우 찾아낸 라면으로 허기를 달래고 찬장 서랍에서 찾은 원두 가루로 커피를 내렸다.

주아는 커피가 가득 담긴 잔을 가지고 소파에 앉아 어제 읽다 만 서류를 집어 들었다.

"문재영, 문재영 이사…… 갤러리도 자주 가고, 그 나이에 클럽도 가?"

성격부터 취미, 정기적으로 가는 장소들, 만나왔던 여자 스타일까지. 그에 관한 모든 것이 상세히 적혀 있었다. 그중 특이한 점은 2주에 한 번씩 클럽을 간다는 거였다. 30대라고 클럽에 가지 말라는 법은 없지만, 놀러 가는 것치고 너무 잦은 출입이었다.

하지만 다음 장을 넘기자 의문은 금세 풀렸다. 클럽 소유주와 막역한 친구 사이였던 것이다.

그럼, 그렇지. 그래도 나한텐 좋은 기회잖아. 클럽만큼 남녀가 자연스럽게 만날 장소가 어디 있겠어. 애들하고 뻔질나게 드나든 보람이 있어야 할 텐데.

춤을 잘 추지는 못하지만 어울려 놀던 친구들이 워낙 클럽을 좋아해서 수시로 가곤 했다. 돌이켜보니 값비싼 룸에서 고급 양주를 마시기 위해 자신이 필요했을 뿐이었겠지만.

마침 오늘이 문재영이 클럽을 방문하는 날이었다. 시간을 확인한 주아는 서둘러 옷을 갈아입고 밖으로 나갔다.

그러곤 백화점에 도착한 주아는 평소처럼 매장을 둘러보기 시작했다. 그러나 가격에 상관없이 마음에 드는 건 뭐든 사들이던 예전과는 달리, 지금은 어느 것 하나 섣불리 손을 뻗을 수가 없었다.

매장을 두 바퀴나 돈 후에야 클럽에서 입을 의상과 외출 시 입을 만한 옷들을 골랐다. 그리고 1층에 들러 색조 화장품 몇 가지와 구두, 핸드백을 산 뒤 근처 아웃렛 매장으로 발길을 옮겼다.

아웃렛 매장에서는 운동복을 비롯해 청바지와 티셔츠, 속옷과 기타 물품까지 꼭 필요한 것 위주로 장만했다. 백화점에서 싹 다 사도 되지만 돈을 헤프게 쓰다가 자신의 처지를 잊어버릴까 저어되었다.

어느새 쇼핑을 그녀는 오피스텔로 향했다. 돌아온 직후 그녀는 간단히 식사를 하곤 화장대 앞에 앉았다. 그리고 그동안 그가 만나왔던 여자들의 스타일을 떠올리며 머리부터 말기 시작했다. 긴 생머리가 구불구불 말려가는 동안 자신의 새로운 신상정보를 눈에 담았다.

"앨리스? 이상한 나라의 앨리스랑 같은 건가? 지금 내 상황에 딱 맞는 이름이긴 하네."

중학생 때 가족들과 함께 미국에 이민을 갔고, 부모님이 교통사고로 죽어서 얼마 전에 한국에 돌아왔다? 뭐야, 이거!

서류상으로만 보면 앨리스는 부모도 없고, 남겨진 재산은 많은, 한마디로 로또와 같은 여자였다. 왠지 찜찜한 기분이 들었지만 문재영이 관심을 보이려면 어느 정도 비슷한 레벨은 되어야 할 것이니 그런 면에선 앨리스는 분명 적당한 인물이었다.

주아는 실수하지 않기 위해 살던 곳이나 학교 등 적혀 있는 모든 사항을 머릿속에 입력했다.

준비를 마치고 밖으로 나가려던 주아는 뭔가 허전한 기분에 걸음을 멈췄다.

머리도 옷도 완벽한데 뭐가 빠졌을까? 아, 친구……. 클럽에 혼자 오는 사람이 몇 명이나 되겠어.

자신을 외면하던 이들의 얼굴을 또 보고 싶진 않았다. 하지만 지금까지 물주 노릇을 했으니 한 번쯤은 이용해도 괜찮을 것 같았다. 주아가 클럽이라면 사족을 못 쓰는 친구에게 호기심이 생길 만한 문자를 보내자 바로 답장이 돌아왔다.

[너, 정말 클럽에 가려고?]

[응. 오늘 신 나게 놀자. 애들 다 나오라고 해.]

[너희 집, 요즘 힘들다고 하지 않았어?]

[걱정하지 마. 평소처럼 놀 거니까, 홍대 앞 사거리 클럽 알지? 거기서 9시에 보자.]

그래. 평소처럼 신 나게 놀고, 오늘 계산은 너희가 하는 거다!

주아는 속마음을 숨긴 채 구두를 신었다. 그리고 저도 모르게 깊고도 긴 숨을 내쉬며 집을 나섰다.

클럽에 도착해 일부러 가장 좋은 룸을 달라고 하고 최고급 양주를 여러 병 시켰다. 그러자 자칭 친구라는 애들이 그간의 행동에 대한 변명을 늘어놓기 시작했다. 주아는 애기를 한 귀로 흘리며 문재영이 있는지 홀을 살폈다.

아직 안 온 건가? 하긴, 문재영 정도 되면 홀에서 태연히 춤을 추고 있진 않겠지. VIP실이 이 근처 어디일 텐데…….

홍대에서도 워낙 유명한 클럽이었기에 구조는 대충 알고 있었다. 평소보다 훨씬 좋은 룸이라 VIP실과도 가까울 거란 생각에 밖에 나가 찾아보기로 했다.

"주아야, 너 어디 가?"

"홀에 내려가서 춤이나 출까 하고."

"벌써? 우리는 술 좀 마시다가 내려갈게. 먼저 가 있어."

주아는 간단히 고개를 끄덕이고 밖으로 나와 주변을 살폈다. 복도 끝까지 걸어가 봐도 VIP룸이란 표시가 되어 있는 방은 없었다. 이 중에 VIP룸이 있기나 한 건지. 미친 척하고 열어볼 수도 있지만 그러면 첫인상을 망치는 결과를 초래하기에 포기해버렸다.

어디에 있든, 홀에서 눈에 띄면 쳐다보긴 하겠지.

1층으로 내려간 주아는 사람들 틈바구니에 섞여 천천히 중앙으로 접근했다. 긴 웨이브 머리에 몸매가 부각되는 원피스, 거기에 펄이 가미된 메이크업까지. 평소보다 신경 쓴 결과 모두 한 번쯤 눈길을 보내왔다. 미친 듯 뛰는 심장을 억누르며 당당히 스테이지에 올라갔다. 그러자 남자들이 점점 주위로 몰려들었다.

그녀가 환한 미소를 지으며 남자들에 둘러싸여 춤을 추고 있을 때, 재영은 클럽 사무실에 앉아 서류를 들여다보는 중이었다.

"그래서 이번엔 좀 조심하는 게 좋겠어."

"뒷조사당하는 게 한두 번도 아닌데, 새삼스럽게 왜 그래?"

"그렇긴 해도 이번처럼 작정하고 캐낸 적은 별로 없었잖아. 다행히 자금 출처는 들키지 않았지만, 언젠간 알게 될 거라고."

"걱정하지 마. 그러기 전에 일을 마무리 지을 테니까."

재영의 눈빛이 낮게 가라앉는 것을 보고 승훈은 입을 닫았다. 이럴 때는 아무리 친구라고 해도 섣불리 말을 붙일 수 없었다. 평소 카리스마도 보통이 아닌데, 독기 어린 눈빛이라도 내보이면 오금이 저릴 만큼 무서웠다.

뚜렷한 이목구비에 조각 같은 몸은 남성미가 물씬 풍겼다. 여자들은 누구나 혹하고 넘어가지만, 자신이 여자라면 찬바람 쌩쌩 부는 연인은 추호도 싫을 것 같았다.

"그래도 혹시 모르니까. 오늘은 나하고 홀에서 맥주라도 한잔하고 가라. 너하고 술 마신 지가 언젠지 기억도 안 난다."

"그래. 클럽도 돌아볼 겸 오랜만에 한잔하자."

이야기를 마친 두 사람은 사무실을 나와 1층으로 내려갔다. 클럽은 여전히 빵빵한 사운드를 자랑하며 노래를 틀어댔고, 홀에 있는 사람 대부분은 비트에 맞춰 흥겹게 몸을 흔들었다.

"여기, 맥주 두 병만."

"네, 사장님."

승훈이 맥주병을 내밀자 재영이 받아 병을 부딪친 뒤 쭉 들이켰다. 생수를 마시듯 표정의 변화라곤 없던 그가 홀의 중앙에 시선이 닿자 옅게 미간을 찡그렸다.

재영의 눈에 들어온 건 한 여자를 둘러싸고 벌어진 남자들의 쟁탈전이었다. 예쁘다고 할 수 있는 외모였지만 자신의 주변에선 흔히 볼 수 있는 정도였다. 그런데 주위를 에워싸고 있던 남자들이 작당한 듯 그녀의 몸을 노골적으로 만지며 추파를 던져댔다. 멀리서 보기에도 싫은 내색이 역력한데, 그들은 누군가 차지하는 꼴은 못 보겠는지 행동을 멈추지 않았다.

"어이, 사장님. 저거 말려야 하는 거 아니야?"

"그냥 둬. 좀만 예쁘장하게 생긴 애가 혼자면 늘 있는 일이야."

"그래도 저건 좀 심한 것 같은데."

"여자가 심하게 예쁜가…… 뭐야? 얼마나 예쁘길래 저래?"

승훈이 눈을 빛내며 쳐다보고 있는데 누군가 사람들을 가르며 그쪽으로 다가가는 것이 보였다. 너무나 익숙한 뒷모습에 '에이, 설마…….' 하며 옆을 돌아본 그의 얼굴이 사색이 되어버렸다.

문재영의 시선을 끌기 위해 주아는 최대한 섹시하고 요염하게 춤을 추었다. 그런데 정작 원하는 남자는 코빼기도 안 보이고 어디서 날파리 같은 남자들만 달라붙어 떨어질 줄 몰랐다. 인상을 찡그리고 손을 쳐내도 자꾸만 뻗쳐오는 손은 급기야 노골적으로 가슴까지 움켜쥐려 했다.

"이봐요! 미쳤어요? 지금 어디다 손을 들이미는 거예요!"

"뭐야? 앙탈도 부리네. 그러지 말고 나하고 놀자고. 그러려고 온 거 아니야?"

"허, 당신 같은 사람이랑 놀 생각 추호도 없거든요."

"그럼, 저놈하고 놀려고?"

"아가씨, 나랑 갈까?"

능글맞게 웃는 남자의 시선에 팔에 소름이 다 돋을 지경이었다. 벌써 한 시간도 넘게 스테이지 위에서 춤을 추느라 힘이 다 빠진 주아는 일단 남자들을 쫓을 겸 후퇴하기로 했다.

"됐거든요. 댁들끼리 잘들 노세요."

"어허! 어딜 가려고?"

"왜 길을 막고 그래요? 저리 안 비켜요!"

"한 시간이 넘게 작업했는데, 그냥 가면 서운하잖아. 찐하게 키스 한 번 해주면 보내줄게."

주아는 막무가내로 앞을 가로막고 얼굴을 들이미는 남자 때문에 상당히 당혹스러웠다. 평소 클럽을 와도 룸에서 놀거나 홀엔 잠깐씩 내려와 친구들과 놀았기 때문에 이렇게 노골적으로 작업을 걸어올 줄은 몰랐다.

붙잡힌 양팔을 빼내보려 했지만, 어찌나 악력이 센지 벗어날 수가 없었다. 도와줄 사람을 찾아 주위를 둘러봐도 다들 흐려진 눈으로 이 상황을 즐기고 있을 뿐이었다.

"놔! 이거 놓으라고!"

"그렇겐 안 되지!"

남자가 몸을 더 붙여오며 무턱대고 고개를 숙였다. 주아는 눈을 질끈 감고 도리질 치며 반항했다.

이렇게 당할 순 없어. 고릴라 같은 놈하고 입 맞추긴 싫다고!

그 순간 아려오던 팔이 허해지며 몸에 닿아 있던 불쾌한 감촉이 사라졌다. 천천히 눈을 뜨자 문재영이 고릴라 같은 놈의 손목을 낚아채 뒤로 잡아끄는 것이 보였다.

무, 문, 문재영? 문재영이 지금 날 도와준 거야?

너무 놀라 벌어진 입이 다물어지지가 않았다. 팔을 잡힌 남자는 노골적으로 기분 나쁜 티를 내며 손목을 비틀어 빼냈다.

"당신 뭐야? 뭔데, 남의 일에 참견이야?"

"나? 난, 그냥……."

주아는 재영의 말을 끊고 잽싸게 다가가 그에게 팔짱을 꼈다. 변태 같은 남자를 떼어냄과 동시에 문재영에게 도움을 받아 연락을 이어갈 수 있는 절호의 찬스였다.

"자기야, 왜 이제 내려와! 내가 기다리는 거 뻔히 알면서 친구들하고 술만 마시고."

"뭐야? 애인이랑 같이 온 거였어? 쳇, 재수 없게!"

"이봐, 말이 너무 심한 거 아니야?"

재영은 팔에 매달린 여자 때문에 잠시 당황하다가 남자가 내뱉은 말에 인상을 구겼다. 그러자 욕이라도 퍼부을 것처럼 다가서던 남자가 기에 눌려 슬그머니 자취를 감췄다.

보통 이 정도에서 고맙다는 인사를 하고 가겠거니 했는데, 여자는 팔을 풀지 않았다. 많이 놀랐는지 잡고 있는 손은 미세하게 떨렸고, 올려다보는 눈동자는 사정없이 흔들렸다. 그녀가 미약한 힘으로 상체를 끌어 내리더니 발끝으로 서서 귓가에 속삭였다.

"죄송한데, 나갈 때까지만 곁에 있어주시면 안 될까요?"

귓가를 간질이는 숨결에 순간 몸이 움찔 굳었다. 불안한 듯 힐끔대는 그녀의 행동에 주변을 살펴보니 몇몇 남자들이 여전히 지켜보고 있었다. 평소 같으면 이런 일에 끼어들지도 않았을 텐데, 오늘따라 유난히 눈에 거슬린 건 왜인지. 이왕 이렇게 된 거 인심 한번 후하게 쓰자고 마음먹었다.

"우리 자기 많이 놀랐구나? 집에 가자, 오빠가 데려다줄게."

재영은 가녀린 어깨에 팔을 두르고 홀의 남자들을 돌아보며 유유히 걸어갔다. 지금까지 여러 여자를 만났어도 한 번도 자기라는 단어를 언급해본 적이 없었다. 그런데 처음 보는 여자를 위해 웃기지도 않는 멘트가 술술 잘도 지껄여졌다.

두 사람이 클럽 입구에 다다를 때쯤 뒤에서 누군가 '주아야!' 하고 소리쳤다. 그녀가 움찔 놀라는 것을 느낀 재영은 걸음을 멈추고 뒤를 돌아보았다.

"누구? 아는 사람?"

"아, 그게……."

"신주아! 너 어디 가?"

"미안한데, 나 먼저 들어갈게."

룸에서 진탕 마시고 놀았는지 여자는 눈이 살짝 풀려 있었다. 다리가 꼬여 휘청대던 여자가 무슨 생각을 하는지 입꼬리를 말아 올리며 힘차게 손을 흔들었다.

"알았어. 재미난 시간 보내."

흔히 하는 인사가 뉘앙스 때문인지 상당히 거슬렸다. 마주치기 싫은 사람을 마주친 것처럼 그녀가 팔을 잡은 손에 힘을 줘 밖으로 이끌었다.

시원한 곳에 있다가 밖으로 나오니 더운 기운이 훅 끼쳐왔다. 속살을 거의 다 드러내놓고 있는 그녀와는 달리 양복을 입은 재영은 땀을 흘려가며 밖에 있을 생각이 추호도 없었다.

"이제 된 건가?"

"아, 네. 고맙습니다."

"뭐, 됐어. 내가 거슬려서 끼어든 거니까."

"그래도 도와주셨는데, 보답을 하고 싶어요."

눈치를 보며 쭈뼛쭈뼛 말을 꺼내는 그녀를 보자 재영은 조금 전에 들었던 말의 의미를 알 것 같았다.

이런 식으로 남자를 엮었던 건가? 하긴, 그런 얼뜨기 같은 놈보다야 내가 낫겠지. 결국, 너도 그렇고 그런 여자 중 하나구나.

클럽을 다닌다고 다 그런 건 아니지만, 자신에게 접근하는 대다수 여자는 비슷비슷한 걸 원했다. 돈, 배경, 외모, 섹스. 우선순위는 조금씩 달라도 다들 원하는 걸 갖겠다고 접근했다가 결국 제풀에 지쳐 나가떨어지곤 했다.

네가 정말 순수하게 섹스를 원하는 건지, 내가 누군지 알고 접근한 건지, 확인 좀 해볼까?

"보답? 어떻게 보답할 건데?"

"그야, 원하시는 대로?"

"음…… 좋아. 그럼 가자고."

"네?"

재영은 주아를 데려가 자신의 차에 태웠다. 잘빠진 외제차는 시동이 걸릴 새 없이 앞으로 튕겨 나가듯 주차장을 빠져나갔다. 그리고 얼마 후, 한 호텔 앞에 멈춰 섰다.

"다 왔어. 내려."

"여, 여기는……."

얼떨결에 차에 타고 이곳까지 따라온 주아는 직원에게 키를 맡기고 성큼성큼 로비로 들어가는 재영의 보며 갈등에 사로잡혔다.

그가 원하는 게 잠자리라면 같이 룸으로 올라가는 게 맞을 것이다. 하지만 첫 경험을 이렇게 하고 싶진 않았다.

지금 첫 경험이 중요한 게 아니잖아! 저 남자가 아빠의 생명을 지킬 수 있는 유일한 끈이라고.

병원에 누워 있는 영철을 생각하며 갈등을 잠재운 주아는 크게 심호흡하고 호텔 안으로 들어갔다. 그사이 체크인을 마쳤는지 재영이 키를 들고 다가왔다.

"올라가지."

"네."

주아가 담담하게 말을 내뱉자 재영의 눈썹이 실룩거리며 위로 올라갔다. 엘리베이터의 층수가 바뀔 때마다 주아의 손에 땀이 배어났다. 그동안 드나들었던 호텔은 밥을 먹고 차를 마시는 장소에 지나지 않았는데, 룸에 들어서자 커다랗고 하얀 침대가 이 방의 용도가 무엇인지 확연히 말해주는 듯했다.

"먼저 씻을래?"

"네? 아, 네."

등 뒤에서 들려온 말에 깜짝 놀라 겨우 대답했다. 그를 지나쳐 욕실로 들어간 주아는 문을 잠금과 동시에 물을 틀고 바닥에 쪼그려 앉았다.

서른둘이나 먹은 남자야. 이런 일은 숱하게 겪었을 거라고. 접근하는 여자도 많았을 텐데 몸도 섞지 않고 어떻게 마음을 잡겠다는 거야.

머릿속에선 그와 자라고 명령을 내리지만, 몸과 마음은 따라주지 않았다. 미친 듯 뛰어대는 심장은 금방이라도 터져버릴 것 같았고, 후들거리는 다리는 서 있을 힘조차 없었다.

간신히 몸을 일으켜 화장부터 천천히 지워 나갔다. 얼굴을 뒤덮은 거품이 물에 씻겨 나가자 스물셋 풋풋한 여성의 모습이 거울에 비쳤다. 아직 꽃피우지 못한 몽우리처럼 순수함이 물씬 풍겼다. 옷을 벗는 게 이다지도 떨리는 일이었는지. 바들바들 떠는 손으로 원피스 지퍼를 내린 뒤 속옷을 벗고 샤워기 앞에 섰다.

잘하는 거겠지? 여기까지 와서 망설여봤자 소용없잖아. 언젠가 누구하고든 하게 될 텐데, 첫 상대가 문재영이 됐을 뿐이야. 남들은 한 번 만나기도 쉽지 않은 남자랑 밤을 보내는 거야. 그래, 할 수 있어!

떨어지는 물줄기를 맞으며 마음을 다잡고 씻는 것에 집중했다. 샤워를 마친 주아는 가운을 입고 옷가지를 손에 든 채 욕실을 나왔다.

"생각보다 빨리 나왔네. 씻는 동안 머리라도 말리고 있어."

의자에 앉아 와인을 마시던 그가 잔을 내려놓고 욕실로 들어갔다. 주아는 수건으로 감싼 머리를 탈탈 털고 잔에 와인을 따라 벌컥벌컥 들이켰다.

이젠 정말 되돌릴 수 없는 거야. 그가 나오면 이 침대에서…….

술을 조금 마셔서 그런지 아까보다 더욱 커다래 보이는 침대는 자신을 한입에 삼켜버릴 것만 같았다. 진정되지 않는 몸을 다스리기 위해 자리에 앉아 연거푸 와인을 마시다 보니 어느새 병은 텅텅 비어버렸고, 얼굴은 빨갛게 달아올랐다.

정말, 이것밖엔 방법이 없나? 아빠가 결혼하고 싶은 남자가 아니면 몸은 함부로 주는 게 아니라고 했는데…….

귀에 딱지가 앉게 들었던 말이 머릿속에 맴돌자 힘겹게 자리에서 일어나 옷을 갈아입었다. 몽롱해진 정신은 이성보다 감정을 앞서게 했다. 가방을 어깨에 메고 여전히 물기가 뚝뚝 흐르는 머리를 등 뒤로 넘기며 욕실 문에 대고 소리쳤다.

"우리 아빠가 남자는 다 늑대라고 했어! 당신도 남자지? 에이! 늑대 같은 놈!"

술기운이 돌아 비틀거리면서도 주아는 문을 열고 룸을 빠져나갔다.

그녀가 나가고 얼마 지나지 않아 황당한 표정을 한 재영이 욕실에서 나왔다. 물소리에 섞여 잘못 들었다고 생각했는데, 텅 빈 룸을 보니 환청은 아닌 듯싶었다.

늘대라니? 먼저 유혹한 게 누군데, 나더러 늘대라는 거야?

지금껏 살아오면서 '늘대 같은 놈'이란 소린 처음 들어봤다. 재영이 어이없는 표정으로 실없는 웃음을 흘렸다.

누군가의 사주를 받고 접근한 여자가 아닐까, 한순간이나마 의심했던 것이 우스웠다. 그 여자는 대체 어떤 마음으로 이곳까지 온 건지. 진짜 몹쓸 놈이 된 것 같아 기분이 썩 좋진 않지만, 썰렁한 방을 보니 한 번쯤 늘대가 됐어도 괜찮지 않았을까 싶다.

짙은 화장을 하고 있을 땐 원나잇 정도야 가볍게 여기는 그저 그런 여자인 줄 알았다. 그런데 화장을 지운 모습은 같은 여잔가 싶을 만큼 청초했다.

잠깐 본 얼굴이 강렬하게 남는 건 왜일까? 왠지 모를 그리움과 허전함에 재영은 테이블에 놓인 와인 병을 집어 들었다가 텅 빈 걸 알고 또다시 헛웃음을 내뱉고 말았다.

한편, 호텔을 뛰쳐나온 주아는 몸도 못 가눌 만큼 비틀거리며 하염없이 걸었다. 그렇게 걷다 보니 술이 서서히 깨며 자신이 얼마나 중요한 기회를 놓쳐버린 건지 깨닫게 됐다. 술도 잘 못 마시면서 어쩌자고 한 병을 다 비워버린 건지. 이미 벌어진 일, 되돌리기엔 너무 늦어버렸다.

주아는 택시를 잡아타고 병원으로 향했다. 영철이 보고 싶었다. 그의 곁에 있으면 답답한 속이 조금은 뚫릴 것 같았다. 병실 문을 여니 영철은 변함없이 침대에 누워 있고, 간병인은 소파에 누워 있다가 몸을 일으켰다.

"이 시간에 무슨 일이세요?"

"그냥, 아빠가 보고 싶어서요. 오늘은 제가 있을 테니까, 들어가서 쉬세요."

"아닙니다. 밖에서 대기하고 있을게요."

간병인이 자리를 비켜주자 주아는 영철의 곁에 앉아 그의 손을 꼭 잡았다. 정신만 차리면 설사 몸을 못 가눈다고 해도 좋을 것 같은데. 대체 의식의 저편에서 무얼 하고 있는지 도통 깨어날 생각을 하지 않았다.

"아빠, 나왔어. 오늘은 어땠어? 아주머니들이 잘 돌봐줬어?"

대답이 돌아올 리 없지만, 질문을 멈추진 않았다.

"아빠는 지금 무슨 꿈을 꾸는 중이야? 혹시, 거기서 엄마 만났어? 그래서 오기 싫은 거야?"

주아의 눈동자에 그렁그렁 눈물이 맺히더니 이내 볼을 타고 주르르 흘러내렸다. 세 살 때 돌아가신 엄마는 기억도 나지 않았다. 그저 영철이 들려주는 이야기 속 엄마만이 기억을 차지할 뿐이다.

사진에 담긴 엄마는 웃는 모습이 해맑은 20대 중반의 아가씨였다. 상상 속에서만 그리던 엄마는 곁에 없어도 그다지 외롭지 않았다. 하지만 기억의 모든 부분을 차지하고 있는 영철이 눈앞에서 사라진다는 건 세상이 무너지는 것과 같았다.

"아빠, 엄마 만나서 좋아? 아빠가 엄마를 많이 사랑하는 건 알지만…… 난 아빠 없으면 안 돼. 아빠가 이렇게 가버리면……. 흑흑, 아빠 너무 늦지 않게 돌아와. 제발 깨어나줘."

흐느껴 울며 영철의 손을 자신의 볼에 비비던 주아는 침대에 고개를 숙이고 숨죽여 울었다. 그렇게 얼마나 울었을까? 서서히 울음소리가 사라지며 그 자리를 새근새근 고른 숨소리가 차지했다.

밖으로 나갔던 간병인이 안으로 들어왔을 때, 주아는 이미 곯아떨어진 뒤였다. 그녀는 어딘가로 전화를 걸었고, 얼마 후 찬식이 병실로 들어왔다.

"언제부터 저러고 있는 거죠?"

"한 시간 좀 넘었어요."

"제가 데려가도록 하죠. 아침 일찍 사람을 보낼 테니 옮기는데 차질이 없도록 미리 준비해주세요."

"네, 알겠습니다."

주아를 깨우려고 다가갔던 찬식의 얼굴에 주름이 잡혔다. 옅게 퍼지는 술 냄새가 코끝을 파고들었다. 한숨을 내쉰 뒤 안으려고 몸을 숙였다가 눈물로 얼룩진 이불을 발견했다. 순간, 처음보다 더욱 짙은 주름이 얼굴 곳곳에 새겨졌다.

이제 겨우 시작했을 뿐인데 벌써 눈물을 보이는 겁니까? 이렇게 마음이 여려서야 이 험난한 세상, 어떻게 살아갈 겁니까.

그녀의 상황을 속속들이 알게 된 후 의도치 않게 자꾸만 마음이 쓰였다. 동병상련이라고 그녀의 아픔을 가장 잘 이해하기 때문일 것이다.

주차장까지 걸어와 주아를 조수석에 내려놓은 찬식은 숨을 헉헉 내쉬었다. 운동으로 단련된 몸이라도 잠에 곯아떨어진 여자를 두 팔로 안고 걷는다는 건 꽤 힘에 부치는 일이었다. 가뜩이나 힘이 드는데 더운 열기까지 더해져 차에 도착했을 땐 상체가 흠뻑 젖어버렸다.

오피스텔에 도착해 또다시 그녀를 안아 들고 방까지 들어왔다. 이제는 두 팔이 부들부들 떨릴 지경이었다. 침대에 누워 새근새근 잘도 자는 주아를 거친 숨을 몰아쉬며 내려다봤다.

"오늘 일, 언젠간 꼭 갚게 할 겁니다."

찬식은 넥타이를 잡아 내리며 방을 빠져나와 작은 방으로 들어갔다. 익숙하게 옷장을 열어 깨끗한 옷과 속옷을 들고 욕실로 향했다. 샤워를 마치고 나와 물 한 잔을 들이켠 뒤 거실 소파에 길게 누웠다.

여기서 자는 게 얼마 만인지 모르겠네.

예전엔 매일 생활하던 곳이었지만, 몇 년 전부터 다른 곳에서 지내고 있었다. 혹시 몰라 팔지 않고 남겨둔 오피스텔을 이렇게 사용하게 될 줄은 몰랐다.

주아가 자는 방을 힐끗 쳐다본 찬식은 느릿하게 눈을 감았다. 아침이 되면 사태의 심각성을 깨닫지 못한 그녀에게 일침을 가해야 할 것이다. 철없는 공주로 자라 지금도 감당하기 힘들 테지만, 영철이 쓰러진 이상 세상의 무서움을 알아갈 필요가 있었다. 그는 짧은 휴식이라도 취하기 위해 긴장을 풀고 몰려오는 수마에 몸을 맡겼다.

03. 의도적인 접근

"아, 머리야……."

단시간에 많은 와인을 마신 주아는 아침부터 이마를 부여잡고 눈을 떴다. 음주 가무를 즐기는 것치고 주량이 워낙 약해 친구들도 술을 잘 권하지 않았다. 그런데 쉬지도 않고 벌컥벌컥 들이켰으니 머리가 아플 수밖에. 시원한 냉수라도 마시고 정신을 차리자 싶어 침대에서 내려서는데, 문득 이상함을 느꼈다.

내가 집에 어떻게 왔지? 분명 아빠를 만나러 병원에 갔었는데…….

아리송한 기억에 고개를 갸웃거리며 문을 열었다. 그러자 누군가 기다렸다는 듯이 물컵을 내밀었다. 주아는 자연스럽게 컵으로 손을 뻗었다가 화들짝 놀라 비명을 지르며 뒷걸음질 쳤다.

다른 사람이 이곳에 들어올 수 있다는 생각 자체를 해본 적이 없었다. 자신의 집도 아니면서 왜 그렇게 무방비했던 건지. 놀란 가슴을 진정시키기도 전에 깔끔하게 양복을 차려입은 남자가 사무적인 태도로 물을 건넸다.

"어제 과음하셨나 봅니다."

"네, 조금⋯⋯."

컵을 받아 물을 쭉 들이켜고 나니 정신이 좀 맑아지는 것 같았다. 주아는 어색함에 빈 컵을 만지작거리며 그에게 물었다.

"근데, 무슨 일이세요?"

"일단 앉으시죠."

연락조차 꺼리던 남자가 이틀 만에 다시 모습을 드러냈다. 아무래도 좋은 징조는 아닌 듯싶었다. 불안한 마음을 애써 달래며 자리에 앉자 그가 느릿하게 입을 열었다.

"이번 일⋯⋯ 없던 걸로 하죠."

"네? 그, 그게 무슨 말씀이세요?"

"전 신영철 씨를 도와드리고 싶어 기회를 드렸는데, 아무래도 주아 씨한테 벅찬 일이었나 봅니다."

찬식이 꼬았던 다리를 풀며 자리에서 일어났다. 주아는 앞뒤 잴 것 없이 그의 앞을 막아섰다. 그가 어디까지 알고 왔는지는 몰라도 마지막 희망을 이대로 놓아버릴 순 없었다.

"아니에요! 저 할 수 있어요. 저희 아버지 지금 병원 나오시면 살아날 가망이 없단 말이에요."

"그렇게 잘 아시는 분이 호텔을 뛰쳐나왔습니까?"

"그, 그건⋯⋯."

"자신 없으면 이쯤에서 그만두세요. 피차 시간 낭비하지 말고."

설마, 감시하고 있었던 거야? 지금은 그게 중요한 게 아니지.

한두 푼도 아니고 그 많은 돈을 줄 때는 그에 상응하는 대가를 바라는 것이 당연하다. 그게 어제 같은 일도 포함된다는 걸 너무 늦게 깨달았을 뿐.

"어젠 너무 경황이 없어서……. 하지만 앞으론 절대 그럴 일 없을 거예요."

"……그렇게 말씀하시니 한 번 더 믿어보도록 하죠. 대신, 신영철 씨 병원을 옮기도록 하겠습니다."

"그, 그게 무슨 말씀이세요? 아빠를 어디로 데려가겠다는 거예요!"

볼모로 잡힌 것 같다고 생각했지만, 병원에 가면 언제고 만날 수 있기에 안심하고 있었는지도 모른다. 그런데 그런 생각을 비웃기라도 하듯 그는 영철의 병원을 옮김으로써 자신을 빠져나올 수 없는 늪으로 밀어 넣었다.

주아는 얼굴이 하얗게 질려 그의 옷자락을 붙들고 늘어졌다. 그러나 찬식은 아무런 감정도 없는 사람처럼 파르르 떠는 주아의 손을 쳐내고 옆을 지나쳐 가며 낮게 읊조렸다.

"신영철 씨를 보고 싶다면 성과를 보이세요."

현관을 향해 뚜벅뚜벅 걸어가는 찬식의 뒤통수에 대고 주아는 악을 쓰며 소리 질렀다.

"내가, 내가 보호자야! 누구 맘대로 병원을 옮겨! 당신 지금 거짓말하는 거지? 내가 속을까 봐!"

"정 못 믿으시겠다면 확인해보셔도 좋고요."

혼잣말처럼 낮게 읊조린 찬식이 오피스텔을 나갔다. 주아는 간신히 다리를 움직여 방으로 들어간 뒤 가방을 뒤적여 휴대폰을 꺼냈다. 덜덜 떨리는 손으로 병실에 전화를 걸자 한참 만에 간호사가 전화를 받았다.

"저, 거기 신영철 환자분 계신가요?"

-아, 신영철 씨요. 좀 전에 다른 병원으로 이송됐는데요.

"네? 어느 병원으로 갔어요?"

-글쎄요. 민간 구급차가 왔던데. 어디로 갔는지는 저희도 잘 모르겠어요.

귀에 대고 있던 휴대폰이 바닥으로 툭 떨어졌다. 주아는 한동안 멍하니 허공만 응시하다가 점차 눈물이 차올라 주르륵 흘러내렸다.

"아빠……."

아빠를 어디로 데려간 거야. 내가 곁에 있어야 하는데, 깨어나실 때까지 힘이 되어드려야 하는데…….

한없이 흘러내리는 눈물은 소매를 다 적시고도 멈출 줄 몰랐다. 사정이라도 해볼 심산으로 그에게 전화를 걸었지만, 연결음만 계속될 뿐 전화를 받진 않았다.

서럽게 울음을 토해내던 주아가 거칠게 눈물을 닦아내며 이를 악물었다. 문재영의 마음을 잡아야만 영철의 행방을 알 수 있다면 어떻게든 해내고야 말 것이다. 더는 무엇도 신경 쓰지 않고, 망설임 없이 일을 해내는 데에만 집중하겠다고 마음먹었다.

그날 이후 주아는 오로지 문재영의 마음을 사로잡을 방법만 연구했다. 그가 좋아할 만한 외형으로 꾸미고, 그의 취미활동 중 자신이 할 수 있는 것은 모조리 배우러 다녔다. 하지만 워낙 워커홀릭인 그는 만나는 것 자체가 쉽지 않았다. 같은 회사에 다니면 좋을 텐데. 자신의 실력으로 문화 그룹에 취직하는 건 꿈같은 얘기였다.

"난 도대체 학교 다닐 때 뭐 한 걸까?"

-왜 그렇게 기운이 없어?

그래서 주아는 보람과 통화하면서 절로 하소연이 나왔다.

"그냥, 내가 한심해서 그래."

그나마 그림에 재능이 있어서 서양화를 전공했지만, 딱히 열심히 한 것도 아니라 어디 취직하기도 힘들었다. 막연히 졸업하면 갤러리를 하나 인수해서 전시회나 열까, 생각하고 있었다. 이제는 그게 얼마나 허황된 꿈이었는지 확실히 알 것 같지만.

-네가 왜? 너 학교 다닐 때 성적 좋았잖아. 그림도 잘 그리면서 그런다.

"그럼 뭐하니, 취직할 데가 없는데."

주아가 한숨을 푹 내쉬자 보람이 키득키득 웃었다. 뭐가 재미있는지 몰라도 오랜만에 듣는 웃음소리가 나쁘지 않았다.

"왜 웃어?"

-너도 나랑 같은 고민을 하는구나 싶어서. 나야말로 취직 때문에 동동거리고 있거든. 이번에 단기 어학연수 떠난 애들도 있고, 어떤 애들은 벌써 인턴으로 취직해서 회사도 다녀. 나야말로 그동안 뭐 했나 싶은 게 앞이 깜깜하다.

보람의 한탄 섞인 얘기를 듣고 있으니 어쩐지 위로가 됐다. 상황은 다르지만, 졸업을 앞둔 평범한 여대생의 일상으로 돌아간 것 같았다. 이래서 친구가 좋은가 보다. 몇 마디 말로 다들 비슷한 고민을 안고 살아간다는 걸 일깨워주었다.

-맞다! 이번 주에 네가 좋아하는 화가 전시회 하는 것 같던데.

"누구? 피카소? 모네?"

-모네라고 들은 것 같아. 한번 가봐. 갔다 오면 기분전환도 되고 좋을 거야.

"알았어. 고마워, 보람아."

통화를 마치고 주아는 책상 서랍에 넣어뒀던 문재영의 프로필을 다시 살펴보았다. 갤러리를 즐겨 찾는다는데 좋아하는 화가를 언급하고 있진 않았다.

모네를 좋아할까? 서양미술을 좋아한다면 모네도 좋아할 텐데…… 그의 안목을 믿어보는 수밖에.

며칠 후, 모네의 전시가 열리고 있는 갤러리 앞에서 주아는 긴 심호흡을 내뱉으며 긴장을 풀어냈다. 지금까지 수없이 많은 전시회를 다녀봤지만, 이번만큼 살 떨리는 전시회는 처음이었다.

높은 하이힐을 또각거리며 안으로 들어가자 몇 명의 사람들이 작품을 감상하고 있었다. 주아는 대충 한 바퀴를 돌며 혹시 재영이 있나 살펴봤다. 하지만 그의 인영을 닮은 사람조차 찾을 수가 없었다.

설마, 모네를 싫어하는 건 아니겠지?

처음의 장소로 돌아왔을 땐 약간 의기소침해졌지만, 폐장까진 시간이 넉넉하기에 마음을 바꿔 먹었다.

전시는 이제 시작했잖아. 모네를 좋아하면 언젠간 보러 오겠지. 오늘은 보람이 말대로 기분전환이나 하는 거야. 모네의 그림을 앞에 두고 딴생각을 한다는 건 화가를 모독하는 거잖아.

주아는 씽긋 웃고 전시회장을 천천히 돌며 작품을 감상하기 시작했다. 클로드 모네의 대표작인 '수련'과 '인상, 일출'이 전시된 곳엔 사람이 많았다. 그곳을 무심히 지나쳐 '정원의 여인들' 앞에 서서 한참을 바라보았다. 대부분 풍경을 주제로 삼고 있는 그가 초반에 그려낸 인물화였다. 프랑스 출신답게 여인들의 모습에서도 당시의 고상한 분위기를 느낄 수 있었다. 그림의 색감이나 터치, 표현기법 등을 집중적으로 보느라 작품에 빠져 있을 때, 누군가 옆에서 말을 걸어왔다.

"모네 하면 수련을 떠올리지만, 이 작품도 나무랄 데가 없는데 말이죠."

"맞아요! 저도 그렇게 생각……."

주아는 자신과 같은 생각을 하고 있다는 게 반가워 해사한 미소를 지으며 고개를 돌렸다. 그 순간 예상치 못한 사람이 옆에서 씽긋 웃는 게 보였다. 소스라치게 놀란 나머지 '엄마야' 하며 뒤로 물러서다가 발을 삐끗해 크게 휘청거렸다. 균형을 잃고 엉덩방아를 찧을 위기의 순간, 커다란 손이 허리를 감싸더니 그에게로 바짝 끌어당겼다.

순식간에 일어난 일에 정신이 하나도 없었다. 하지만 문재영의 가슴팍에 안겨 있다는 사실은 똑똑히 알 수 있었다. 얇은 블라우스 너머로 느껴지는 손의 감촉은 에어컨의 냉기로도 식힐 수 없을 만큼 뜨거웠다. 폭주하는 심장을 잠재우기 위해 밭은 숨을 몰아쉬었다.

"또 만났네요, 클럽 아가씨."

귓가를 파고드는 섹시한 음색에 정신이 아찔해졌다. 주아는 정신을 차리려고 애쓰며 몸에 닿은 손을 가볍게 밀어내고 한 발짝 뒤로 물러섰다.

날 알아보네? 하긴, 호텔 방까지 갔다가 문재영을 내팽개치고 나온 사람이 몇이나 되겠어.

작품을 보듯 하나하나 뜯어보는 시선에 온몸이 활활 타오를 것 같았다. 바짝 말라버린 입술을 혓바닥으로 축이고 아랫입술을 살짝 물었다가 놓으며 간신히 입을 열었다.

"절 알아보시네요. 그날은 제가 술에 취해서…… 죄송했어요."

"저도 오해한 부분이 있으니, 그날 일은 잊도록 하죠."

말을 마친 재영은 작품을 향해 시선을 돌렸다. 주아도 고개를 돌렸지만 그림이 눈에 들어오진 않았다. 둘 사이에 접점이 될 만한 무언가가 있으면 좋으련만. 시간이 갈수록 더욱 애만 탔다.

"혹시, 이름이……."

"아, 이건 '흰색 수련 연못'이란 작품이에요. 1899년 작으로 원본은 푸시킨 미술관에서 소장 중이고요. 모네가 생전에 자연과 조화를 이루는 일본의 사상을 배우고자 했는데, 특히 이 작품에서 두드러지게 드러나죠."

재영은 작품의 제목을 물은 것이 아니라 얼핏 들었던 이름이 떠오르지 않아 질문을 던졌었다. 그런데 엉뚱하게 받아들인 그녀가 눈을 반짝이며 작품에 대한 설명을 늘어놓았다.

"……모네에 대해 잘 아시네요?"

모네의 그림을 좋아하는 사람은 많지만, 작품의 연도부터 보관 장소까지 꿰고 있는 사람은 드물었다. 이 정도로 상세히 아는 것을 보니 미술과 연관된 학과나 직업을 가진 게 아닐까 싶었다.

"제가 좋아하는 화가라 기본적인 것만 알아요."

"그런 것치곤 꽤 많이 알고 계시는데요? 미술을 전공하셨나 봐요?"

"어, 아니에요."

'어떻게 아셨어요?' 하고 물으려다 앨리스의 전공이 미술과는 관련 없다는 것이 떠올라 급히 말을 돌렸다. 그는 약간 의아한 듯 바라보더니 이내 피식 웃어버렸다.

"여기서 이럴 게 아니라 시간 되시면 카페에서 차나 한잔하실래요?"

이렇게 헤어지면 어쩌나 내심 조마조마했는데 그가 먼저 손을 내밀어왔다. 주아는 매우 기쁜 나머지 표정관리 할 생각도 못 하고 좋다는 대답을 즉시 내뱉었다.

두 사람은 근처 카페로 자리를 옮겼다. 갤러리들이 몰려 있는 곳답게 카페도 예술작품을 옮겨놓은 듯 멋스러웠다.

커피가 나오길 기다리는 동안 재영의 시선은 주아에게 박혀 떨어지지 않았다. 핑크빛으로 물든 뺨을 감싸며 고개를 숙이는 모습에 입꼬리가 절로 들썩거렸다.

머리가 터질 것 같아 찾은 갤러리에서 그녀의 뒷모습을 발견한 순간 알 수 없는 기대감이 샘솟았다. 옆에 있는 것도 모를 만큼 그림에 빠져 넋을 놓고 있는 얼굴은 열정으로 가득했다.

작품에 얼마나 몰두했던 건지 말을 시키자마자 소스라치게 놀라 휘청거렸다. 거의 본능적으로 허리를 감싸 끌어당겼다. 맞닿은 가슴이 들썩거릴 때마다 피가 뜨거워지고, 숨결을 내뱉을 때마다 온몸에 전류가 흘렀다. 살짝 닿는 것만으로 이런 적은 없었는데.

갈증을 참아내며 알은척을 하자 품을 빠져나간 그녀가 도톰한 입술을 혀로 핥았다. 갤러리만 아니라면 대신 적셔주고 싶을 만큼 도발적인 행위였다.

"그날은 잘 들어갔어요?"

"아, 네."

"와인 병이 텅 빈 걸 보고 조금 걱정스럽더군요."

"긴장돼서 마시다 보니…… 그 와인 비싼 것 같던데. 다음엔 제가 사드릴게요."

미안함에 안절부절못하던 그녀가 다음을 기약할 땐 눈을 빛냈다. 웃음이 나려는 걸 간신히 참으며 차가운 커피를 들이켰다.

"이름이 뭐죠?"

"아, 이름이요? 애, 앨리스예요."

"앨리스? 교포?"

"네. 어릴 때 이민 갔어요, 뉴욕으로."

낯선 영어 이름에 재영의 눈썹이 실룩거렸다. 클럽에서 들었던 이름은 분명 앨리스가 아니었다.

"전에 클럽에서 듣기론 한국 이름이었던 것 같은데, 주……."

기억을 되짚어보고 있을 때 그녀가 먼저 입을 열었다.

"주아예요. 신주아. 이민 가기 전에 쓰던 한국 이름이에요."

"그렇군요. 주아……."

주아는 발뺌하는 대신 먼저 이실직고했다. 똑같은 이름이 수십 명은 될 테니 크게 문제 될 건 없었다. 그의 입을 통해 듣는 자신의 이름이 이토록 야릇한 느낌일 줄은 몰랐다. 미친 듯 뛰어대는 심장은 오로지 거짓말을 뱉어냈기 때문이라 믿으며 손에 찬 땀을 치마에 쓱 문질렀다.

"여긴 한국이니까 주아 씨라고 불러도 되겠죠?"

"네, 편한 대로 부르세요."

"주아 씨는 내가 누군지 아나요?"

"네? 아……."

예상치 못한 질문에 당황해 선뜻 답하지 못했다. 모르는 척해야 하는지, 알은척해야 하는지 혼란을 겪었다. 잠시 갈등하는 사이 그의 입가에 또다시 엷은 미소가 걸렸다. 거짓말은 최소화하는 것이 바람직하기에 주아는 침을 꿀꺽 삼키고 대답했다.

"문화 그룹 장남, 문재영 이사님이시죠?"

"알고…… 계셨군요."

"제가 아무리 교포라지만 문재영 이사님처럼 유명하신 분을 모를 수야 없죠."

"하하, 알아주시니 감사하다고 해야 하나요?"

화통하게 웃으며 하는 말에 주아도 가볍게 마주 웃었다. 혹시 기분 나빠하면 어쩌나 내심 불안했는데 어떻게 잘 넘긴 모양이다. 겨우 한숨 내려놓는 찰나 그가 또 다른 질문을 불쑥 내뱉었다.

"주아 씨는 한국에 무슨 일로 왔어요?"

"그냥……."

"얼마나 계실 예정인데요?"

"글쎄요. 아직은 잘……."

주아는 얼굴이 하얗게 질려 말을 잇지 못했다. 제 일이긴 하지만 진짜 앨리스에 대해 아는 것이 별로 없어 대답하기가 곤란했다.

이렇게 얼버무리다간 의심을 사고 말텐데…….

"설마, 부모님 몰래 한국으로 도망 나온 건 아니죠?"

"아니에요! 부모님은……."

앨리스라는 인물이 허구인지 실존하는지조차 확실치 않았다. 그럼에도 부모님이 죽었다는 말은 차마 할 수가 없었다. 순간, 사경을 헤매는 영철의 죽음을 입에 올리는 것 같은 느낌이 들었기 때문이다.

"저, 이런 얘기는 하고 싶지 않은데……."

"이런, 제가 무례했네요. 지극히 개인적인 일인데…… 죄송합니다."

그가 공손하게 고개를 숙이자 주아는 당황하며 손을 내저었다. 가까워져도 모자랄 판에 거리를 둘까 염려스러웠다. 자신의 상황 때문에 답을 못 했을 뿐, 충분히 농담처럼 건넬 수 있는 말이었다.

"사과하실 거 없어요. 궁금하실 수도 있죠. 당분간은 한국에 머물 예정이에요."

"그러시다면……."

양복 주머니에 손을 집어넣은 그가 작은 지갑을 꺼내 명함 한 장을 내밀었다. 명함을 받아 든 주아의 손이 미세하게 떨렸다. 황태자 문재영과 마주 앉아 차를 마시는 것도 놀랄 일인데, 그의 번호까지 받게 되니 현실감이 떨어졌다.

"내일 저녁, 함께 식사하고 싶습니다. 시간 괜찮으시면 연락 주세요."

"저기, 저한테 왜……."

'왜 나 같은 애한테 관심을 보이세요?'가 진짜 하고 싶은 말이었지만 그렇게 말할 수는 없었다. 무엇보다 그를 꾀어야 하는 입장에서 꺼낼 말은 아니었기 때문이다. 하지만 주아는 그가 왜 자신같이 평범한 여자에게 식사 제의를 했는지 묻지 않을 수 없었다.

"눈길이 가는 데 이유가 필요한가요? 회사에 다시 들어가 봐야 해서 먼저 실례하겠습니다."

카페를 나가 열기 속으로 사라져가는 그의 뒷모습을 보며, 주아는 이상한 나라에 빠진 앨리스가 된 기분이었다.

문재영이 정말 나한테 관심이 있는 건가? 왜? 무엇 때문에? 그 남자도 나한테 가능성이 있다고 했는데. 어떤 점이 문재영의 눈길을 끈 거지?

그를 만날 때마다 예상치 못한 일이 연속으로 일어났다. 하지만 이로써 연이 이어진 것 같아 한시름 놓였다. 그에겐 미안하지만, 한시라도 빨리 일을 진행해야 했다. 영철이 언제, 어떻게 될지 모르는 상황에 막연히 시간만 보낼 수는 없는 노릇이었다.

문재영 씨, 속여서 미안해요. 하지만 지금 내겐 아빠를 살릴 방법이 당신밖에 없어요.

차로 돌아온 재영은 카페에 있을 때부터 계속 울려댄 휴대폰을 확인했다. 휴대폰에는 비서실 번호가 남아 있었다. 딱히 급한 일은 없는데 왠지 느낌이 좋지 않아 서둘러 전화를 걸었다.

-이사님, 지금 어디 계십니까?

"왜 그러지?"

-회장님께서 아까부터 찾으셨습니다.

"지금 회사로 들어갈 테니까, 20분 뒤에 찾아뵙는다고 말씀드려."

-네, 이사님.

얼마 후, 회사에 도착한 재영은 주차장에 차를 세우고 건물로 들어섰다. 현관에서 기다리고 있던 대리 동우가 재영을 발견하자마자 서둘러 그의 뒤로 따라붙었다. 그리고 엘리베이터에 올라 자신이 파악한 정보를 재영의 귓가에 속삭였다.

"입국 날짜는?"

"내일로 알고 있습니다."

"이제 슬슬 움직일 때가 된 건가?"

싸늘한 웃음을 흘린 재영이 엘리베이터 문이 열림과 동시에 표정을 굳히고 회장실로 들어갔다. 고풍스러운 가구들로 꾸며진 집무실에서 업무를 보고 있던 문정혁 회장은 재영이 왔음에도 서류에서 눈을 떼지 않다가 잠시 뒤 안경을 벗고 자리에서 일어났다.

"바쁜가 보구나."

"네."

"일단 앉아라. 할 얘기가 있으니."

그들이 소파에 앉을 때쯤 노크 소리와 함께 비서가 들어왔다. 그녀는 얼음이 동동 띄워진 녹차를 테이블에 내려놓고 조용히 나갔다.

"마셔라."

"괜찮습니다."

녹차를 들어 한 모금 마신 문 회장은 잔을 내려놓으며 자연스럽게 말을 꺼냈다.

"내일 태영이가 들어올 거다. 시키는 대로 졸업도 했고, 네 엄마도 바라니, 이참에 회사에 자리 하나 마련해줄까 한다."

"본사에 말인가요?"

"그래. 아직 회사 사정에 어두울 테니, 네가 잘 좀 가르쳐봐."

재영은 벌써 머리가 지끈지끈 쑤시는 것 같았다. 어려서부터 사고만 치고 다니던 망나니 같은 동생이었다. 미국까지 건너가 겨우 대학에 입학했지만, 어떻게 졸업했는지 미지수일 정도로 문제만 일으키고 다녔다. 그런 애를 회사에 낙하산으로 입사시키겠다니. 도대체 김 여사의 저의가 무엇인지 알 수가 없었다.

"알겠습니다."

"바쁠 텐데, 나가봐라."

그 말을 끝으로 재영은 자리에서 일어났다.

그리고 이사실로 내려온 후 의자에 앉으며 지시를 내렸다.

"비서 중에 믿을 만한 사람 하나 물색해봐."

"무슨 일이신지?"

"태영이가 조만간 회사에 입사할 거야. 회장님이 나한테 맡겼으니 누구 하나 붙여줘야지."

"네, 알겠습니다."

동우는 무슨 말을 하는지 단번에 알아들었다. 자신의 밑에서 일을 시작한 지도 벌써 5년. 능력만 발전한 게 아니라 눈치까지 빠삭해졌다. 동우가 나가고 난 뒤 정신을 가다듬고 책상 위에 놓인 서류를 집어 들었다.

그렇게 일을 시작한 지 몇 시간이 지나자 밖엔 새까만 어둠이 내려앉았다. 재영은 뻑뻑한 눈가를 지그시 누르며 서류를 정리하고 자리에서 일어섰다. 집무실을 나서자 대기 중이던 동우가 뒤따랐다.

"이사님, 사모님께서 내일 저녁때 본가로 오시랍니다."

"내일 저녁? 다 같이 밥이라도 먹자는 건가?"

못마땅한 표정을 여실히 드러내며 동우의 인사를 뒤로하고 차에 올랐다. 내일 본가에서 저녁을 먹는다고 생각하니 벌써 오목가슴이 답답해졌다. 피할 수 없으면 즐기라고 했건만, 오랜 세월이 흘러도 불편한 건 여전했다.

퇴근 후, 재영은 차를 몰고 30여 분을 달려 고급 빌라 단지에 도착했다. 현관문을 열자 익숙한 적막함이 느껴졌다. 쓸쓸함을 덜어줄 텔레비전을 켜놓고 간단하게 끼니를 때웠다.

무심코 틀어놓은 텔레비전에선 화목하게 웃고 떠들며 식사하는 모습이 흘러나왔다. 웃고 떠들며 밥을 먹은 적이 있었던가? 어린 시절 어머니와 함께 침대 위에서 먹었던 밥이 그나마 가장 기억에 남는 식사였다.

쓸쓸한 기분을 떨쳐내며 텔레비전을 끄고 식탁을 치웠다. 셔츠를 벗으며 욕실로 향할 때 휴대폰이 짧게 진동했다. 테이블로 다가가 문자 메시지를 확인한 재영의 입매가 서서히 늘어졌다.

[저, 신주아예요. 기억하시죠? 내일 저녁 식사 같이하고 싶어요. 시간과 장소는 문재영 씨가 정해서 알려주세요.]

처음 봤을 때부터 묘하게 시선을 끈 여자였다. 뛰어나게 예쁜 것도 아닌데, 머릿속에 각인된 것처럼 수시로 생각나는 것은 왜인지. 처음엔 의도적인 접근이 아닌지 의심도 했지만, 또다시 마주치자 운명이란 단어가 떠올랐다. 생각을 정리한 재영이 휴대폰 액정을 터치해 문자를 보냈다.

[내일 저녁 6시에 연희동 한정식당에서 뵙도록 하죠. 주소를 알려주시면 차를 보내드리겠습니다.]

오랜 외국 생활에 서울 지리를 잘 모를 것 같았다. 그런데 잠시 뒤 도착한 메시지를 보자 웃음부터 터져 나왔다.

[수법은 좋았으나, 여자 혼자 사는 집을 순순히 알려드릴 수는 없죠. 제가 찾아갈게요. 내일 봬요.]

한참을 기분 좋게 웃은 재영은 순간 떠오른 생각에 한숨을 내쉬었다. 일방적인 통보였지만, 분명 싫은 소리를 해댈 게 뻔했다.

몇 번의 신호음이 울리고 중년 여성이 전화를 받았다. 차분하면서도 싸한 목소리는 언제 들어도 등을 오싹하게 만들었다.

-여보세요?

"접니다, 재영이."

-그래. 내 전갈은 들었니?

"네. 그 때문에 전화드렸습니다. 죄송하지만 전 내일 선약이 있어서 참석할 수 없을 것 같습니다."

수화기 너머에선 한동안 아무 소리도 들리지 않았다. 지금쯤 끓어오르는 화를 참아내기 위해 안간힘을 쓰고 있을 것이다. 곧이어 냉기 가득한 음성이 귓가를 파고들었다.

-태영이 일 년 만에 들어오는 거다. 얼마나 중요한 약속이기에 식사조차 못 한다는 거니?

"저녁 약속이 있어서 그렇습니다. 태영이한텐 조만간 회사에서 보자고 전해주세요."

-알았다. 바쁘다니 어쩔 수 없지.

노기 어린 목소리가 싸늘하다 못해 매서웠다. 전화를 끊고 잔뜩 일그러진 얼굴을 두 손으로 쓸어내렸다. 김 여사의 목소리를 듣는 것만으로도 억눌린 분노가 치고 올라왔다. 가슴이 답답해진 재영은 서재로 들어가 책상 위에 놓아둔 액자를 집어 들었다. 해맑은 미소를 볼 때마다 마음이 따뜻해졌다. 보드라운 손으로 머리를 쓰다듬어주며 괜찮다고 말해주면 아픔이 싹 가실 것 같은데, 그럴 수 없는 현실에 그리움만 차올랐다.

04. 끌림

이른 아침, 인천공항 입국장 앞엔 학생들과 기자들이 빽빽하게 들어차 북새통을 이뤘다. 웅성대던 소리는 게이트가 열림과 동시에 쥐 죽은 듯 조용해지더니 이내 환호성으로 바뀌었다. 태영은 한국에 오자마자 플래시 세례를 받으며 귀를 막아야 했다.

"이것들이 다들 미쳤나?"

오만상을 찌푸리며 걷다 보니 커다란 선글라스를 착용한 채 뒤따라오던 몇 명의 남자가 사람들을 향해 손을 흔들었다. 더욱 거세진 함성과 함께 몰려드는 인파를 태영은 간신히 빠져나왔다.

"젠장! 첫날부터 이게 뭔 꼴이야."

기자들은 그렇다 치고 학생들은 대체 뭐 하는 건지. 학교 갈 시간이 지났는데 연예인이나 영접하고 있는 모습이 한심했다.

"문태영 씨 되시나요?"

"맞는데, 누구지?"

"비서실에서 나왔습니다. 차를 대기해놨으니 가시죠."

깍듯하게 고개를 숙이는 남성에게 태영은 고개만 까닥이고 뒤따라갔다. 공항 건물을 나서자 검은색 세단이 두 사람의 앞에 부드럽게 멈춰 섰다.

"타시죠."

비서가 뒷좌석에 문을 열어주자 태영은 캐리어를 던져 넣고 문을 닫았다. 당황한 비서를 지나쳐 운전석으로 간 그가 다짜고짜 문을 열었다.

"내려."

"네?"

"내리라고."

태영은 얼떨결에 차에서 내린 기사를 밀치고 운전석에 앉았다. 조수석 창문이 내려가는 소리에 정신을 차린 비서가 차 안으로 급히 얼굴을 들이밀었다.

"회장님께서 바로 들어오시라고 하셨습니다."

"시차 적응이 안 돼서 좀 쉬다, 오후에 가겠다고 말씀드려."

"그, 그래도 이렇게 가시면……."

말을 다 듣지도 않고 차는 떠나버렸다. 망나니라는 소문은 들었지만, 회장님 지시로 배웅 나온 자신을 버리고 갈 줄은 몰랐다. 멀어지는 차의 뒷모습을 망연자실하게 쳐다보던 비서는 한숨을 내쉬며 휴대폰을 꺼내 어디론가 전화를 걸었다.

한편, 홀로 차를 타고 유유히 도로를 질주하던 태영은 라디오에서 흘러나오는 노래를 흥겹게 따라 불렀다. 말도 잘 통하지 않는 곳에서 5년이란 세월을 힘겹게 버텨냈다. 몰래 들어올 때마다 번 번이 잡히더니, 아버지에게 기어이 마지막 엄포를 듣고 말았다.

'졸업하기 전에 한 번만 더 들어오면 호적에서 파버릴 테니 그리 알아!'

울고불고하는 어머니 때문에 간신히 졸업은 했는데 이젠 회사에 들어와 일하라신다. 적성에 맞지도 않는 일을 왜 못 시켜서 안달인지. 아무리 노력해봐야 형의 발끝에도 못 미치는 거, 그냥 마음 편히 살고 싶었다.

오피스텔에 도착한 태영은 자연스럽게 문을 열고 들어가 소파에 주저앉았다.

"역시, 여기가 제일 편하다니까."

예전과 별반 달라진 게 없는 공간을 돌아본 뒤 뻐근한 몸을 풀고자 욕실로 들어갔다. 옷을 훌러덩 벗어 던지고 샤워기 아래 서서 시원한 물줄기를 맞았다. 샤워를 마친 태영은 하체에 수건을 두르고 나와 한숨 푹 자려고 안방으로 들어갔다.

"하, 이게 뭐야?"

그런데 하얀 이불을 덮고 낯선 여자가 자고 있는 게 아닌가. 가까이 가보니 잠에 취해 누가 들어온 것도 모르는 듯했다. 호기심이 가득한 눈으로 쳐다보고 있자 몸을 뒤척이던 그녀가 부스스 눈을 떴다. 그리고 공항에서 들었던 것보다 더욱 큰 소리가 오피스텔을 메웠다.

"으아! 너, 너, 너 뭐야?"

화들짝 놀라 몸을 일으킨 주아는 그의 차림새에 얼굴을 붉히며 이불을 들쳐봤다. 다행히 자신의 옷은 어젯밤과 달라진 점이 없었

64

다. 그는 낯부끄러운 차림을 하고도 당당하게 서서 씩 웃었다.

"여기서 자주 잤나 봐?"

"네?"

"찬식이 형, 애인?"

"아닌데요."

"그래? 그럼 넌, 누군데?"

"그건 제가 묻고 싶은 말이에요. 대체 누구세요?"

두 사람은 입을 꾹 닫은 채 서로를 탐색하듯 쳐다보았다.

이 사람 대체 뭐지? 누가 온다는 얘긴 없었는데……. 찬식이 형은 또 누구야? 혹시, 이 집 주인 이름이 찬식인가? 내 사정을 말할 수도 없고. 이러다 저 남자한테 쫓겨나는 거 아니야?

잡다한 생각들로 주아의 머릿속이 복잡해질 때, 요란한 소리와 함께 방문이 벌컥 열렸다. 무거운 정적을 깨트린 주범은 찬식이었다. 그는 허겁지겁 달려왔는지 거친 숨을 몰아쉬며 땀을 뻘뻘 흘리고 있었다.

"형!"

"너는 연락도 없이!"

"언제는 내가 연락하고 왔나? 근데, 이 여자 누구야?"

"어? 그게…… 야, 인마! 넌 차림이 왜 그래? 빨리 나와."

질질 끌고 가다시피 태영을 끌어낸 찬식이 방을 나서다 힐끔 뒤돌아봤다. 어안이 벙벙한 상태로 두 사람을 바라보고 있던 주아와 눈이 마주치자 고개를 살짝 숙여 눈인사를 전했다.

거실로 끌려나온 태영은 능글맞게 웃으며 찬식을 쳐다봤다. 생전 가야 호흡 하나 흐트러지지 않던 그가 숨을 몰아쉴 정도로 뛰어왔을 땐 그만큼 중요한 여자가 틀림없었다.

"누군데? 응? 말 안 해주면 내가 알아본다!"

"넌 몰라도 되는 여자야."

"오! 숨겨놓고 혼자 보고 싶은 여자라도 되는 거야?"

"그런 거 아니래도."

"아니긴 뭐가 아니야. 지금껏 여자는 거들떠보지도 않던 형이 오피스텔을 내줬으면 말 다 한 거지. 좋아하는 여자야?"

찬식은 고개를 떨구며 눈을 질끈 감았다. 오해라고 말하고 싶지만, 사실을 털어놓을 수는 없었다. 이번 일은 아는 사람이 적을수록 좋기에 한숨을 내쉬며 고개를 끄덕였다.

"이야, 진짜구나!"

"알았으면 앞으로 이곳엔 찾아오지 마."

"당연하지. 꽤 예쁘장하게 생겼던데, 잘해봐."

찬식의 옆구리를 팔꿈치로 쿡 찌른 태영이 옷을 갈아입으러 작은 방으로 들어갔다. 찬식은 지끈지끈 쑤시는 관자놀이를 손가락으로 누르며 주아가 있는 방을 돌아봤다.

아침부터 많이 놀랐을 텐데, 괜찮은가?

태영의 입국 시간에 맞춰 자신이 마중 나갔어야 했다. 아니, 현관 비밀번호만 바꿨어도 이런 사달이 나지는 않았을 것이다.

"다 됐어?"

"응. 근데 어디로 가려고? 나 집으로 가긴 싫은데."

"사모님이 너 오기만 기다리고 계셔. 우선 인사부터 드리고 나와."

"엄마한테 붙잡히면 나올 수나 있겠어?"

투덜대면서도 태영은 시키는 대로 현관으로 가 신발을 신었다. 뒤따르던 찬식은 잠시 고민하다가 차 키를 태영에게 내밀었다.

"지하에 차 대놨으니까 먼저 가 있어. 딴 데로 샐 생각하지 말고!"

"알았어. 한숨 자고 있을 테니까, 천천히 즐기다 와."

"너 자꾸 이상한 소리 할래?"

"뭘 그렇게 부끄러워해? 농담이야, 농담!"

연신 킥킥대며 웃던 태영이 캐리어를 끌고 밖으로 나갔다. 찬식은 방문 앞에 서서 잠시 머뭇대다가 노크를 하고 문을 열었다. 그사이 정리를 했는지 방 안은 깔끔하게 치워져 있었고, 주아 또한 멀끔하게 차려입은 상태였다.

"놀라셨을 텐데…… 죄송합니다."

"그쪽 이름이 찬식인가요?"

간신히 입을 떼 사과했더니 돌아오는 건 날카로운 질문이었다. 찬식은 당황한 표정이 드러나지 않도록 살짝 고개를 숙였다. 일이 끝날 때까지는 봐야 할 텐데, 이름 정도는 말해줘도 괜찮겠지.

"네. 박찬식입니다."

주아는 그가 사라지기 전에 궁금한 것들을 하나라도 더 물어볼 참이었다. 영철은 괜찮은지, 별다른 차도는 없는지, 언제쯤이면 그를 다시 볼 수 있는지. 묻고 싶은 건 많은데 막상 입에서 나온 말은 엉뚱한 것이었다.

"오늘 문재영 씨랑 만나기로 했어요. 저한테 호감이 있는 것 같더라고요. 이제, 아빠가 어디 있는지 알려주실 수 있나요?"

적계심이 가득한 음성에 찬식은 흐트러졌던 정신이 맑아졌다.

그녀가 누군지, 왜 여기 있는지, 자신이 그녀에게 어떤 존재인지. 주아와의 관계를 다시금 상기시켰다.

"호감이 있다고 해서 신주아 씨한테 빠졌다고 할 순 없죠. 신영철 씨가 어디 있는지 알고 싶다면 하루라도 빨리 눈에 보이는 성과를 내세요."

"이봐요! 언제까지 아빠를 숨겨놓을 작정이에요? 이러다 아빠가 잘못되기라도 하면 난, 난……."

가슴을 움켜쥐고 뜨거운 눈물을 흘리는 주아의 모습에 찬식은 고개를 돌렸다. 보고 싶지 않았다. 잊고 싶은 옛 기억이 떠올라서. 찢어질 듯 고통스런 마음이 생생히 되살아나 괴로웠다.

"신영철 씨는 예전과 달라진 게 없습니다. 그에게 남은 시간이 얼마인지는 아무도 모르는 일이죠."

냉정한 말을 내뱉고 찬식은 방을 나왔다. 지금은 힘들어도 이 일을 해내면 그녀의 미래가 조금은 밝아질 것이다. 적어도 그녀만큼은 자신보단 나은 삶을 살길 바랐다.

퉁퉁 부은 눈을 가라앉히던 주아는 눈에 댔던 숟가락을 내팽개쳤다. 재영을 만나러 갈 시간이 얼마 남지 않았는데, 부어오른 눈은 도통 가라앉을 기미가 보이지 않았다.

"이게 다 그 자식 때문이야! 도대체 뭐 하는 놈이기에 아침 댓바람부터 들이닥친 거야."

하는 수 없이 진한 색조 화장으로 눈매를 깊게 만들어 붓기를 감췄다. 외출 준비를 끝내고 나서 마지막으로 거울 앞에 섰다.

몸에 딱 붙는 원피스, 짙은 화장, 웨이브 머리까지. 남자라면 한 번쯤 돌아볼 법한 모습이지만, 주아에게는 낯설기 그지없었다.

"그가 좋아하는 스타일이라는데 어색한 게 대수야. 오늘은 무슨 일이 생겨도 절대 피하지 않을 거야."

주아는 굳은 각오를 하고 서둘러 약속 장소로 향했다.

한정식당은 주아도 잘 아는 곳이었다. 상호만 듣고는 몰랐는데 엄마 손맛하고 비슷하다고 영철이 가끔 데려오곤 했었다.

안으로 들어가 재영의 이름을 대니 직원이 방으로 안내해주었다. 크게 심호흡을 하고 문을 열자 차를 마시고 있던 그가 자리에서 일어났다.

"빨리 오셨나 봐요."

"아닙니다. 저도 좀 전에 막 도착했어요. 앉으세요."

"네."

주아가 자리에 앉자 재영이 알맞게 우러난 차를 잔에 따라주었다. 시원한 에어컨 바람에 적당히 식어 향을 음미하며 마시기 딱 좋았다.

"양식이 나을지, 한식이 나을지 고민하다가 이곳으로 정했어요. 집 밥이 그리울 때면 가끔 찾는 곳인데, 엄마가 해주는 밥같이 친숙한 느낌이 들거든요. 한번 드셔보세요."

'주아야, 마치 네 엄마가 해주는 밥 같지 않니? 아빠는 이곳에 오면 엄마가 해준 음식을 먹는 것 같아서 기분이 참 좋다.'

영철이 이곳에 오면 하던 말을 그의 입을 통해 듣게 될 줄은 몰랐다. 주아는 코끝이 시큰해지며 눈가에 눈물이 맺혔다. 지금은 감상에 젖어 있을 때가 아님을 알면서도 마음이 쉽게 가라앉지 않았다.

주아를 유심히 보고 있던 재영은 작은 변화도 놓치지 않았다. 전에도 그랬지만 부모님에 관한 얘기만 나오면 그녀는 영락없이 슬픈 표정을 지었다. 무슨 사정이 있는 것 같은데, 말하기를 꺼리는 것 같아 선뜻 물어볼 수가 없었다.

칙칙했던 분위기는 직원의 등장과 동시에 흩어졌다. 작은 접시에 담겨진 밑반찬들은 끝도 없이 상에 올랐고, 몇 개의 요리들이 중앙을 차지했다.

음식을 보자 기분이 좋아진 두 사람은 수저를 들고 식사를 시작했다. 영철이 입원한 후 제대로 된 음식을 먹어본 적이 없던 주아는 마주 앉은 남자의 존재는 까맣게 잊고 식사에 열을 올렸다.

그 모습이 재영의 눈엔 마냥 예쁘게만 보였다. 한식이 입에 안 맞으면 어쩌나 걱정했는데. 이것저것 가리지 않고 젓가락을 놀리며 오물오물 씹어 먹는 모습이 무척이나 사랑스러웠다. 음식 하나에도 행복해하는 여자를 만나본 게 얼마 만인지. 저 얼굴을 또 볼 수 있다면 원하는 만큼 밥을 사줄 수도 있을 것 같았다.

"음식이 입에 맞으시나 봅니다."

"아, 네."

그의 목소리를 듣고서야 주아는 반 이상 비어버린 밥그릇이 눈에 들어왔다. 자신이 얼마나 게걸스럽게 먹었는지 깨닫자 얼굴이 화르르 불타올랐다. 이쯤에서 그만 먹어야 하나 심히 고민하고 있는데 그가 식사를 이어가며 얘기했다.

"내숭 떨며 깨작거리는 여자들보다 잘 먹는 여자가 훨씬 보기 좋습니다. 그런 사람과 같이 먹으면 저도 더 맛있게 느껴지거든요."

"여기 음식이 정말 맛있어서…… 정말 엄마가 해주던 음식 같아요."

"어머니가 한식을 자주 해주셨나 봐요?"

"네. 아빠가 한식을 좋아하시거든요."

사실 주아의 기억 속엔 없지만 영철의 말에 따르면 엄마가 꽤 요리를 잘했다고 한다. 워낙 엄마라면 죽고 못 살던 영철의 말이라 백 프로 신뢰할 순 없지만.

다시금 수저를 들고 남은 밥을 깔끔히 비워낸 주아는 후식으로 나온 수정과를 마시며 재영의 눈치를 살폈다.

이제 어떡해야 하지? 이대로 헤어질 순 없는데…….

마음 같아선 '저랑 연애하지 않으실래요?'라고 직설적으로 내 뱉고 싶었다. 하지만 잘못하면 긁어 부스럼이 될 수도 있기에 꾹 참았다. 빠른 시일 안에 관계를 발전시켜 나가야 하는데.

찻잔을 내려놓은 주아는 마음을 굳게 먹고 입을 열었다.

"전에 도움 받은 것도 있고, 오늘 밥도 사주셨는데, 이대로 헤어 지면 제 마음이 불편할 것 같아요. 약소하지만 제가 술 한잔 대접 해도 될까요?"

"좋습니다. 어디로 갈까요?"

"음…… 전에 호텔에서 마셨던 와인 괜찮던데."

"그럼 그곳으로 가시죠."

재영은 밝게 웃으며 자리에서 일어났다. 이대로 헤어지긴 아쉬 워 영화라도 보자고 할까, 고민하며 뭉그적거리고 있던 참이었다. 다른 여자들 같으면 자연스럽게 술집이나 호텔로 이끌었겠지만, 어쩐지 그녀에겐 말이 나오지 않았다. 욕망이 없는 것은 아니다.

오히려 밀려드는 갈증으로 자칫 실수를 저지를까 봐 걱정스러울 지경이었다.

두 사람은 차를 타고 일전에 갔던 호텔로 향했다. 상층부에 위치한 바에 들어서자 웨이터가 창가 자리로 안내했다. 재영은 자리에 앉으며 와인과 간단한 안주를 주문했다.

"이렇게 내려다보니까 세상이 참 예쁘게 보이네요."

"그렇죠? 야경은 남산에서 보는 게 제일 좋은데. 나중에 같이 가서 봐요."

주아는 후일을 기약하는 그를 보며 입술을 살짝 깨물었다.

계속 만나자는 말로 들리는 건 나만의 착각일까?

세차게 뛰는 가슴은 쉬 진정되지 않았다. 그저 예의상 하는 말인지, 마음이 있는 건지 확신을 할 수 없어서 속만 타들어갔다.

"재영 씨, 혹시 절……."

답답함에 입을 여는 순간 웨이터가 와인과 안주를 가져오는 바람에 말이 끊겼다. 그가 와인을 시음하는 사이 주아는 자신이 너무 조급하게 굴었음을 깨달았다.

"좀 전에 하시던 얘기, 마저 하세요."

"아무것도 아니에요."

"그러니까 더 궁금한데요? 오늘은 너무 많이 마시진 마세요. 제가 언제 늑대로 돌변할지 모르거든요."

늑대라는 단어에 주아의 얼굴이 새빨갛게 달아올랐다. 그땐 술기운에 무작정 질러댄 거였는데. 술 먹고 한 실수를 그냥 덮고 넘어갈 순 없어서 고개를 푹 숙이고 작은 목소리로 말했다.

"죄송합니다. 안에까지 들리는지 몰랐어요. 그땐 술에 취해서 저도 모르게……."

"사과를 받고자 한 건 아닙니다. 그날 제 행동을 돌아보면 당연한 얘길 들은 건데요, 뭐."

오히려 미안한 표정을 짓는 그를 보며 주아는 안도의 한숨을 내쉰 뒤 와인으로 타는 목을 축였다.

"주아 씨, 실례지만 나이가 어떻게 되세요?"

"스물세 살이에요."

"한창 좋을 때네요. 그럼 아직 학생이겠군요."

"그렇긴 한데, 계속 다닐 수 있을지 모르겠어요."

주아는 무의식적으로 그의 질문에 진심으로 대답했다. 한 학기만 다니면 졸업이지만, 등록금은 이미 날아가고 없었다.

"왜요? 적성에 안 맞아요? 아니면, 다른 이유라도?"

"아, 아니에요. 그냥, 미국에 언제 들어갈지 몰라서요."

의문을 표하는 그를 보자 정신이 번쩍 났다. 더는 자신의 얘길 꺼내면 안 될 것 같아 엉뚱한 얘기를 늘어놓으며 술을 마셨다. 그렇게 홀짝홀짝 마시다 보니 와인 한 병이 금세 바닥났다. 재영은 웨이터를 불러 또 다른 와인을 시켰고, 주아는 싱글싱글 웃으며 연신 와인을 들이켰다.

"주아 씨, 너무 과음하신 거 아니에요?"

"네? 아, 아니에요. 저 괜찮아요."

괜찮다는 주아의 발음은 상당히 부정확했다. 재영이 계산서를 달라고 손을 뻗는 찰라 그녀의 고개가 테이블로 곤두박질쳤다.

"주아 씨, 신주아 씨! 괜찮아요?"

재영이 흔들어 깨워봤지만 미동도 없었다. 그녀가 깰 때까지 기다릴 것인가, 아니면 호텔에 방을 잡아줄 것인가. 잠든 주아를 바라보며 갈등에 휩싸였다. 하지만 둘 다 마음에 들진 않았다. 그녀가 깰 때까지 불편한 자세로 놔두기도 싫었고, 낯선 호텔 방에서 혼자 눈뜨게 하고 싶지도 않았다.

웨이터를 불러 계산을 마친 재영이 주아를 사뿐히 안아 들고 바를 나섰다. 집으로 가기 전에 그녀가 깬다면 데려다주면 그만이다. 하지만 그렇지 않다면 그녀의 안전을 확인할 수 있는 곳으로 데려가고 싶었다.

빌라에 도착하니 벌써 자정에 가까운 시간이었다. 그녀는 자신의 바람대로 잠에서 깨어나지 않았다. 조수석에서 새근새근 잠든 그녀를 안아 올리자 자세가 불편한지 꿈틀대며 품으로 파고들었다. 순간 몸이 딱딱하게 굳은 재영은 미동이 멈춘 것을 확인하고 발을 빠르게 놀렸다.

마치 그녀가 잠든 틈을 타 납치하는 기분이었다. 객관적으로 봐도 크게 다르진 않지만 그만큼 그녀와 같이 있고 싶었다. 겨우 세 번 만난 여자한테 왜 이토록 강한 끌림을 느끼는지.

진한 화장 뒤에 숨겨진 순수한 얼굴, 복스럽게 먹는 식성, 따뜻한 미소, 모두 자신의 마음속 깊이 새겨졌다. 그녀를 만나면 허한 가슴속이 채워지는 느낌이었다. 아직 그녀의 마음이 어떤지도 모르면서 곁에 두고 싶다는 욕심이 자꾸만 샘솟았다.

집으로 들어와 침대에 눕히고 구두를 벗겨주었다. 그녀는 생각보다 깊게 잠이 들었는지 웬만해선 깰 것 같지 않았다. 갈아입을 옷가지를 들고 재영이 방을 나가자 세상모르고 자는 줄 알았던 주아가 실눈을 뜨고 주위를 살폈다.

"아, 심장 떨려. 들키는 줄 알았네."

처음 와인을 마시기 시작했을 땐 일이 이렇게 될 줄은 몰랐다. 그저 서툰 거짓말이 그에게 들킬까 조바심이나 홀짝홀짝 들이켠 것이 어느 순간 취기가 오르기 시작했다. 그때 머릿속을 스치고 지나가는 생각이 있었다. 그와 좀 더 가까워질 수 있는 기회, 어정쩡한 관계를 확실히 할 수 있는 방법.

생각을 실행해 옮기기 위해 취한 척 테이블에 누워버렸다. 장소가 호텔이니만큼 멀리 갈 것도 없으니 작전이 쉽게 먹힐 줄 알았다. 그런데 그는 룸을 잡지 않고 자신의 차로 가 조수석에 태웠다. 일이 꼬였다는 자각을 하기도 전에 몰려드는 수마에 먹혀 그대로 잠에 빠지고 말았다.

의식이 돌아온 건 그가 안아 들었을 때였다. 순간 눈을 뜨면 모든 일이 허사로 돌아갈 것 같아 계속 잠든 척해버렸다.

집까지 오긴 했는데, 이제 뭘 어떻게 해야 하지?

조용히 몸을 일으켜 주위를 두리번거렸다. 수면 등에 비친 방은 남자 혼자 사는 것치고 지나치게 깔끔했다.

방 안을 살펴보던 주아는 가슴속부터 타오르는 갈증에 침을 삼켰다. 여기서 자고 가는 것도 좋지만, 방에만 있다간 하루도 지나지 않아 목이 말라 죽을 것 같았다. 침대에서 나와 살짝 문을 열고 밖을 내다봤다. 그는 샤워 중인지, 아니면 다른 방으로 들어간 건지 보이지 않았다. 이틈에 잽싸게 물만 마시고 돌아올 생각으로 방을 나섰다. 뒤꿈치를 들고 빠르고 조용히 주방까지 다가갔다. 그렇게 냉장고 앞에 도착해 물병을 꺼내 들었다.

얼마나 갈증이 났는지 작은 병을 따 그대로 벌컥벌컥 들이켰다. 그렇게 반쯤 물을 비웠을 때 욕실에서 나오는 그를 발견했다.

하루에 두 번이나 하체에 수건만 두른 남자를 보게 될 줄이야.

촉촉이 젖은 머리카락에서 떨어진 물이 근육을 타고 흐르는 것을 보자 심장이 미친 듯이 뛰어대 금방이라도 터질 것 같았다. 몸에 손이 닿지도 않았는데 갤러리에서처럼 그의 시선이 닿는 곳마다 열기가 피어올랐다. 그가 자신을 향해 다가올수록 다리는 후들거리고 정신은 아득해졌다.

내, 내가 왜 이러지?

바로 앞까지 다가온 그가 바닥에 떨어진 물병을 집어 들고 나서야 주아는 간신히 정신을 차릴 수 있었다.

"옷이 다 젖었는데, 차갑지 않아요?"

"네? 아……."

흰색 원피스가 물에 젖어 그녀의 가슴골과 속옷이 여실히 드러났다. 재영은 수건 속에서 꿈틀거리는 남근을 느끼고 눈을 질끈 감았다. 원피스를 벗기고 자신의 아래에 가둔 채 그녀의 체취에 흠뻑 취할 때까지 밤새 뒹굴고 싶었다. 치밀어 오르는 욕정을 꾹꾹 눌러 참으며 재영은 간신히 말을 뱉었다.

"집이 어딘지 몰라서 우리 집으로 데려왔는데, 괜찮죠?"

"그, 그럼요."

"오늘…… 집에 꼭 가야 하나요?"

귓가를 파고드는 그의 음성이 지독히도 색정적이었다. 주아는 그의 말뜻을 바로 알아들었다. 그와 밤을 보내는 건 마음을 얻기 위한 한 가지 방법이라고 여겼다. 그런데 지금은 자신의 몸이 그를 원하고 있었다. 이제껏 누구를 만나도 몸이 먼저 반응한 건 처음이었다. 몸을 뜨겁게 달구는 피가, 심장의 울림이 그를 받아들이라고 말하는 듯했다.

"……아니요."

작은 목소리였지만 주아는 그의 시선을 피하지 않고 똑똑히 전했다. 그는 기다렸다는 듯이 허리를 끌어당겨 거리를 좁혔다. 살며시 올려다본 그의 얼굴은 욕정으로 들끓고 있었다. 빨려들어 갈 듯 깊은 눈동자에 사로잡혀 그의 손이 얼굴을 감싼 것도 몰랐다. 재영은 더 이상 참지 못하고 고개를 숙여 주아의 입술을 순식간에 집어삼켰다.

05. 치명적인 유혹

　서로의 입술이 맞닿은 순간 두 사람은 벼락을 맞은 듯 짜릿한 감각을 동시에 느꼈다. 수많은 여자와 키스를 해본 재영도 이토록 자극적인 입맞춤은 처음이었다. 부드럽게 입술을 핥고 빨아올리자 마치 꿀을 빨아 먹는 듯 달콤함이 입안에 퍼졌다. 맞물린 치아를 혀로 훑으며 틈새를 파고들었다. 뜨거운 열기를 내뿜는 입안을 유영하며 아껴뒀던 마시멜로를 녹여 먹는 것처럼 살살 간질였다.

　부드럽고 달콤하게 핥다가 혀를 세차게 빨아올렸다. 그러자 그녀의 입에서 옅은 신음이 새어 나왔다. 거칠어진 키스에 다리에 힘이 풀렸는지 휘청대던 그녀가 어깨에 손을 올렸다. 그 작은 손길하나에도 피부가 타는 듯 뜨거워졌다. 수건이 떨어져 나갈 만큼 부풀어 오른 남근이 길을 찾아달라고 아우성쳤다.

　재영은 입술을 떼지 않은 채 두 손으로 주아의 허벅지를 붙잡아

올려 자신의 허리에 둘렀다. 그 순간 선명하게 치맛단 뜯어지는 소리가 들렸다. 하지만 키스에 빠진 그들은 의식하지 못했다.

자세가 바뀌며 입술이 떨어지자 주아는 그의 어깨에 고개를 묻고 숨을 몰아쉬었다. 고작 키스 한 번에 새로운 세계를 경험한 기분이었다. 정신을 차려야 하는데, 그를 향한 욕망이 전신을 휘감아 아무 생각도 할 수 없었다.

정신 차리자, 난 아빠를 구하기 위해 그가 필요할 뿐이야. 그에게 흔들리면 안 돼!

어느새 방으로 들어온 그가 침대에 내려놓더니 다시금 입을 맞췄다. 달콤한 입맞춤이 이어질수록 그에게 휘둘릴 수밖에 없다는 것을 깨달았다. 그의 입술이 목덜미에 내려앉았다. 입술이 닿는 곳마다 뜨거운 불꽃이 피는 듯했다. 이대론 안 되겠다고 느낀 주아는 그의 어깨를 두 손으로 살짝 밀어냈다. 그러자 그가 고개를 들어올려 의아한 눈빛으로 쳐다봤다.

"우선 좀 씻고 싶은데……."

"씻는 동안 마음이 바뀌는 건 아니겠지? 그렇다면 놔줄 수 없어."

욕망에 휩싸인 목소리가 미치도록 자극적이었다. 주아는 용기를 내 그의 얼굴에 손을 올리고 가만히 쓸어내렸다.

"저, 갈 데도 없는걸요."

"같이 씻을까?"

"재영 씨는 이미 씻었잖아요. 금방 씻고 나올게요."

아쉬움에 길게 숨을 내쉰 그가 옆으로 비키며 침대에 벌렁 누웠다. 주아는 몸을 일으켜 방 안에 있는 욕실로 재빨리 들어갔다.

세면대를 붙잡고 서서 거울을 바라보았다. 흥분으로 달아오른 얼굴은 붉게 물들었고, 거친 입맞춤에 립스틱은 흔적만 남았다.

마음을 닫아 걸어야 해. 그에게 마음을 빼앗기면 헤어 나지 못할 거야. 제발, 흔들리지 마. 신주아!

그를 볼 때마다 조금씩 흔들리는 마음을 다잡으려 했지만 쉽지 않았다. 그의 눈길 한 번에, 손길 한 번에 걷잡을 수 없이 커지는 끌림은 감당하기 힘들 정도였다.

주아는 이성을 되찾기 위해 옷을 벗고 찬물을 맞았다. 한여름 더위와 함께 피어올랐던 열기도 사그라지길 바랐다. 그러나 아무리 찬물을 뒤집어써도 그가 밖에서 기다리고 있다는 생각만 하면 알 수 없는 흥분이 샘솟았다.

샤워를 마치고 커다란 수건을 몸에 두른 채 밖으로 나갔다. 팬티에 셔츠만 걸친 그가 1인용 소파에 앉아 있었다. 방 안을 비추는 은은한 조명 아래 미동도 없이 앉아 있는 그가 왠지 고독해 보였다. 뭐 하나 부족할 것 없는 사람이 왜 이런 분위기를 내뿜고 있는지 알 수 없었다.

방 안을 잠식한 침묵을 깨고 그가 손을 내밀었다. 주아는 어린 아이가 걸음을 떼듯 한 발짝 한 발짝 천천히 움직였다. 마침내 그의 앞에 섰을 때 눈에 들어온 건 그리움이 배어난 얼굴이었다. 영철에게서만 보이던 얼굴이 왜 그에게서 보이는 건지. 이유는 알 수 없지만 주아는 그의 머리를 끌어안고 손으로 보듬어주었다.

"그런 얼굴 하지 마세요. 제가 곁에 있잖아요."

따스한 손길에 잠시 눈을 감고 있던 재영이 고개를 들었다. 말간 얼굴에 옅게 퍼지는 그녀의 미소가 가슴을 요동치게 만들었다.

몸을 감싼 수건을 잡아 내리자 하얀 수건에 가려져 있던 여체가 여실히 드러났다. 잘록한 허리 위로 봉긋하게 솟은 가슴은 당장 손을 뻗고 싶을 만큼 탐스러워 보였다. 윤기가 도는 피부에 손을 올렸다. 그러자 부드러운 살결의 감촉이 재영의 욕정에 불을 지폈다.

그녀의 배에 입술을 대고 서서히 위로 올라갔다. 탐스런 가슴을 살며시 그러쥐자 파르르 떠는 게 느껴졌다. 재영은 그녀를 자신의 품으로 끌어당겨 유두를 입에 담고 세차게 빨아들였다. 그러자 고개를 뒤로 젖힌 그녀가 야릇한 신음을 흘렸다.

"으흣! 하아……."

귓속을 파고드는 소리에 자극을 받아 그녀의 다리 사이로 손을 내렸다. 수풀을 헤치고 주위를 배회하다 정점을 자극하자 신음이 더욱 짙어졌다. 못 견디게 섹시한 음성에 가슴에서 입을 떼고 그녀의 뒷머리를 잡고 깊게 입을 맞췄다. 그와 동시에 동굴 속으로 손가락을 디밀자 그녀의 눈이 크게 떠졌다.

주아는 생경한 감각에 다리를 오므리고 싶었다. 하지만 다리를 벌린 채 그와 마주 보고 앉아 있어 벗어날 수가 없었다. 손가락이 드나들며 찌걱거리는 소리가 귓가에 생생히 전해졌다. 내벽을 긁으며 허리를 들썩이게 만들었던 손가락이 어느 순간 쏙 빠져나갔다. 뒤이은 행동에 그가 이곳에서 몸을 섞으려 한다는 걸 알았다. 처음인데 소파에서 하고 싶진 않았다. 주아는 거친 숨을 내쉬며 간신히 입을 열었다.

"재, 재영 씨."

"지금 와서 안 된다곤 하지 마."

"그게 아니라……."

"그럼 왜 그러지?"

"저, 처음…… 이에요."

"한 번도 해본 적이 없단 말이야?"

"네."

재영은 자신이 뭔가 잘못 들은 줄 알았다. 미국에서 자란 아가씨가 스물세 살이 되도록 성경험이 전무하다니. 남자가 줄줄 따를 만한 얼굴로 어떻게 처음이라는 건지 이해할 수가 없었다.

"경험도 없다면서 호텔엔 잘도 따라왔군. 내가 뭘 원하는지 모르진 않았을 텐데?"

"당신이라면 첫 경험 상대로 괜찮을 것 같았어요."

"……그랬단 말이지. 좋아, 그럼 평생 잊지 못할 밤을 만들어주지."

재영은 주아를 안아 들고 침대로 걸어갔다. 이불을 젖히고 하얀 시트 위에 내려놓자 그녀의 굴곡진 몸이 더욱 두드러져 보였다. 터질 듯 팽팽해진 남근을 무시하고 가느다란 다리를 양손으로 벌린 채 수풀을 향해 얼굴을 내렸다.

"뭐, 뭐 하는…… 아! 하아, 하아…… 으흣!"

손가락과는 비교도 할 수 없는 감각에 주아는 시트를 말아 쥐었다. 심장은 쿵쾅쿵쾅 뛰어대고 숨은 턱턱 막혔다. 그의 혀가 정점을 간질이다가 동굴 속을 드나들자 아랫배가 조여들며 뜨거운 감각이 일시에 퍼져 나갔다.갔다. 그와 동시에 질퍽한 애액이 쏟아져 그의 입술을 적셨다.

고개를 든 그는 흐뭇한 미소를 지으며 번들거리는 입가를 혀로 핥았다. 그 모습이 얼마나 색정적인지, 주아는 마른침을 삼키며 그가 원초적인 모습이 되는 걸 지켜보았다.

"천천히 하려고 노력해보겠지만, 처음엔 좀 아플 거야."

"많이…… 아플까요?"

"미리부터 겁먹을 거 없어. 처음엔 좀 아파도 하다 보면 무엇과도 비교할 수 없는 쾌감을 느끼게 될 거야."

뜨겁고 묵직한 것이 다리 사이에 닿았다. 주아는 자신도 모르게 몸이 굳어버렸다. 그는 서두르지 않고 부드럽게 입을 맞췄다. 달콤한 키스에 몸이 이완된 순간 다리 사이로 묵직한 것이 뚫고 들어왔다. 눈앞이 아찔해지는 고통에 얼굴이 절로 구겨졌다.

"신주아, 긴장 풀고 힘 빼."

"너무…… 아파요."

"곧 괜찮아질 거야."

괜찮아진다는 말과는 다르게 뒤로 물러났던 남근이 더욱 밀고 들어오자 살이 찢어지는 것만 같았다. 이를 악물고 고통을 참아봤지만, 어느새 눈물이 그렁그렁 차올랐다.

주르륵 흐르는 주아의 눈물을 보자 재영은 차마 허리를 움직일 수가 없었다. 간신히 들어온 그녀의 안은 너무 꽉 조여 가만히 있는 것조차 힘에 부쳤다.

미지의 동굴을 탐험하는 것만큼 짜릿한 쾌감이 또 있을까?

재영은 원석이 가득한 동굴을 발견한 것처럼 황홀감에 흠뻑 빠져들었다. 그녀의 숨소리가 잦아들자 천천히 허리를 움직였다. 밀려오는 고통에 눈을 질끈 감아버린 그녀가 주름진 미간 위에 입술을 대자 천천히 눈을 떴다.

"넌 힘겨워하는 모습도 예쁘군."

"하아, 재영 씨……."

천천히 움직이던 재영의 몸짓이 점점 과격하게 바뀌어갔다. 퍽퍽 찍어 올리다가 이내 바쁘게 내달렸다. 질척거리는 소리와 살 부딪치는 소리, 잇새로 흐르는 거친 호흡과 교성 소리가 한데 어우러져 흥분을 더욱 가중시켰다.

"아윽, 제발…… 제발, 그만."

너무나 힘겨워하는 그녀의 얼굴에 자잘한 키스를 남기며 절정으로 치달아갔다. 재영의 입에서 단발의 신음이 터져 나온 뒤에야 강렬했던 움직임이 점차 잦아들었다. 달뜬 숨을 내쉬는 그녀의 입술에 열정적으로 입을 맞췄다. 흐트러진 머리, 붉게 상기된 뺨, 벌어진 입술이 너무나 유혹적이었다.

길고 긴 입맞춤을 끝낸 재영이 주아의 위에서 내려와 옆에 누웠다. 그 순간 주아는 다리 사이로 무언가 흐르는 게 느껴졌다. 그가 빠져나간 곳에서 심장이 뛰듯 두근대는 느낌이 강하게 전해졌다. 몸을 움찔움찔 떨게 할 정도로 강한 진동이 한동안 계속되더니, 서서히 옅어지며 사라져갔다.

"매번 할 때마다 이런 느낌일까요?"

"느낌이 어떤데?"

"꼭 몸이 쪼개질 것 같은데 멈출 수는 없는…… 불에 덴 것 같기도 하고요."

"처음이라 그래. 그래도 멈출 수 없다는 걸 아니 다행이네."

머리를 쓰다듬는 손길에 그를 향해 고개를 돌렸다. 그러자 입술을 부드럽게 말아 올린 그의 따스한 눈빛이 보였다. 주아는 때늦은 부끄러움에 몸을 웅크리며 이불을 찾아 손을 뻗었다.

"어?"

축축한 느낌에 확인해보니 붉은 선혈이 시트에 물들어 있었다. 당황한 나머지 티슈로 닦으려는데 그가 말리며 꼭 끌어안았다.

"괜찮아. 내가 네 순결을 가졌단 증표니까."

"그래도……."

주아는 그에게서 몸을 물리며 고개를 푹 숙였다. 그러자 그가 손을 뻗어 고개를 들어 올렸다.

"신주아, 날 봐."

정면으로 얼굴을 마주한 두 사람은 잠시간 서로의 시선을 마주했다. 주아는 앨리스가 되기로 작정하고도 재영과 몸을 섞는 순간 온전히 신주아가 되어버렸다는 사실을 인지하지 못했다.

"넌 내 여자가 된 거야. 다른 누구도 아닌, 문재영의 여자."

"재, 재영 씨."

"앞으로 나 외에 누구도 널 가질 수 없어. 내 말 알아들어?"

"그 말은…… 저와 계속 관계를 맺고 싶다는 건가요?"

재영은 강인한 남성미를 뿜어내며 소유욕을 드러냈다. 두 번의 만남이 예의 바르고 자상한 남자였다면 지금은 평소의 카리스마 넘치는 그로 돌아온 것이다.

"좀 더 지켜보고 싶었어. 이렇게 눈이 가는 여자는 처음이었으니까. 하지만 너를 향한 끌림이 너무 강해서 도저히 못 참겠더군."

"절…… 좋아하세요?"

"글쎄, 이 감정을 군이 말로 표현한다면…… 그래, 좋아해. 단 세 번 만난 널, 내 안에 가둬두고 싶을 만큼."

그의 입에서 좋아한다는 말을 듣는 순간 주아는 울컥 눈물이 솟구쳤다. 너무나 많은 감정이 한꺼번에 몰려들었다. 이제 영철을 다시 볼 수 있다는 기쁨과 그를 속인 것에 대한 죄책감. 그중 가장 큰 부분을 차지하는 건 자신 또한 그와 같은 감정을 느끼고 있다는 거였다.

"이 눈물은 어떻게 해석해야 하지?"

"그냥, 좋아서……."

"신주아 양, 이렇게 감성적이면 내 옆에 있기 힘들어."

주아는 급하게 눈물을 닦으며 고개를 저었다.

"아니에요. 저 그렇게 약하지 않……."

말을 다 끝맺기도 전에 그로 인해 입이 막혔다. 부드럽게 닿아 온 입술은 달콤했고, 입안을 헤집는 혀는 짜릿했다. 입안 곳곳을 누비던 혀가 떨어져 나가자 주아는 달뜬 숨을 내쉬며 눈을 떴다.

"한 가지 더 명심해야 할 게 있는데."

"뭔데요?"

"난 절대 한 번으로 만족하지 못해. 앞으로 체력 관리를 철저히 해야 할 거야."

침대에 눕힘과 동시에 위로 올라탄 그가 입꼬리를 끌어올렸다. 우뚝 솟은 남근이 눈에 들어오자 주아는 너무 놀라 숨을 멈췄다. 지척에 놓인 그의 얼굴이 지금처럼 무섭게 느껴진 적이 없었다.

키스로 시작한 애무는 귀에서 목으로 다시 가슴으로 이어졌다. 자신의 것임을 나타내듯 몸 여기저기에 붉은 꽃잎을 그려놓은 그가 가슴 끝 정점을 빨아들이다가 이로 살짝 물었다.

"아!"

"정말 베어 먹고 싶을 만큼 달콤하군."

그가 내뱉은 말에 주아의 얼굴은 홧홧하게 달아올랐다.

자신의 몸을 보듬는 손길이 좋았다. 사랑스럽게 쳐다보는 눈길이 좋았다. 배경도 뭣도 아닌 순수하게 자신을 원하는 그가 좋아져 버렸다. 주아는 의식하지 못한 채 몸도 마음도 그를 온전히 받아들이고 있었다.

"윽!"

주아는 눈뜰 새 없이 신음부터 흘렸다. 몸을 살짝 움직인 것만으로도 온몸에 통증이 느껴졌다. 어제 그의 품에서 기절하듯 잠든 것 같은데, 그는 보이지 않고 방 안은 썰렁하리만치 조용했다.

"원피스가 어디 갔지?"

분명 침대 옆에 올려놓았는데 아무리 살펴봐도 보이지가 않았다. 홑겹의 이불로 몸을 둘둘 말고 침대에서 내려섰다. 다리에 힘을 주자 앓는 소리가 절로 나왔다. 간신히 발을 움직여 방과 연결된 또 다른 문을 열었다. 안엔 정장과 와이셔츠, 청바지를 비롯한 캐주얼 의상과 벨트, 모자 등의 소품이 걸려 있었다.

주아는 급한 대로 와이셔츠 하나를 꺼내 입었다. 손을 덮고도 남을 만큼 길게 내려오는 소매를 둘둘 말아 올렸다. 썰렁한 하반신이 걸리지만, 일단 옷을 찾을 때까진 이 상태로 있을 수밖에.

드레스 룸에서 나오자 그가 자신을 찾는지 욕실로 다가가는 모습이 보였다. 주아는 최대한 살살 걸으며 그를 불렀다.

"재영 씨."

"제대로 움직이지도 못하면서 왜 일어났어?"

"재영 씨가 안 보여서……."

"급한 일 좀 처리하느라, 밖에서 통화 중이었어."

벽에 걸린 시계를 확인한 주아는 적잖이 당황스러웠다. 한 번도 늦게까지 자본 적이 없는 데 시계는 벌써 정오를 가리키고 있었다.

"시간이 이렇게 됐는지도 몰랐어요. 저 때문에 회사에 못 나간 거예요?"

"오늘은 회의가 없어서 괜찮아. 그보다 뭐 좀 먹어야지?"

"아, 네."

주아는 그대로 방 밖을 나서기가 뭐해 다시 한 번 침대 주변을 살폈다. 그러자 팔짱을 끼고 지켜보던 그가 물었다.

"뭐 해?"

"혹시, 제 옷 못 보셨어요? 어제 여기 올려놨었는데."

"봤어. 쓰레기통에서."

"네? 쓰레기통이요?"

백화점에서 거금을 들여 산 옷이 쓰레기통에 있단 소리에 뭐라 할 말이 없었다. 좀 젖어서 그렇지 멀쩡한 옷을 왜 쓰레기통에?

"다 찢어진 옷을 어떻게 입으려고? 이 대리가 결재 서류 가져온다고 해서 옷도 부탁했으니까, 지금은 그렇게 입고 있어."

"그럼 속옷이라도……."

"속옷은 세탁기 속에 있어. 배 안 고파? 나가서 밥 먹자."

재영이 손을 잡아끌자 주아의 입에서 신음이 새어 나왔다. 일순 멈춰 선 그가 손을 놓더니 번쩍 안아 들었다.

"재, 재영 씨. 저 걸을 수 있어요."

"그냥 편하게 있어."

무겁지도 않은지, 그는 힘든 내색 하나 없이 주방까지 데려다주었다. 식탁 위엔 한식, 양식 할 것 없이 골고루 차려져 있었다.

"이 많은 걸 언제 다 준비하셨어요?"

"눈이 일찍 떠져서 나갔다 왔어. 어제 보니까 쓰러지지 않으려면 많이 먹어야겠던데."

"저 그렇게 약하지 않은데……."

"그런 사람이 고작 두 번에 기진맥진해서 잠들었어?"

어제의 일이 떠올라 주아의 얼굴이 화로처럼 불타올랐다. 그렇게 밀어붙이는데 기절하지 않은 게 다행이지. 수저를 들고 찌개를 떠먹으며 재빨리 화제를 전환시켰다.

"찌개가 정말 맛있어요. 누가 한 거예요?"

"어릴 때부터 살림을 맡아 하시던 분인데, 솜씨가 좋으셔."

"이런 음식이면 굳이 외식할 필요가 없겠어요. 혼자 먹으면 이 맛이 안 나려나?"

주아는 씁쓸한 표정을 지우며 한식, 양식 골고루 집어 먹었다.

재영은 밥을 먹으면서도 주아에게서 시선을 떼지 못했다. 어제 자신을 위로해주던 것도 그렇고, 지금 말하는 걸 봐도 같은 종류의 외로움을 겪어본 사람이라는 생각이 들었다.

"혼자 밥 먹을 때가 많아?"

"거의 매일이죠, 뭐."

"혹시, 부모님께서 안 계셔?"

정곡을 찌르는 질문에 주아의 얼굴이 딱딱하게 굳어졌다. 마냥 피할 수만은 없는 일이라 마음을 단단히 먹고 입을 열었다.

"사실, 몇 달 전에 차 사고로 두 분 다 돌아가셨어요. 부모님과 함께 살던 집에 혼자 남아 있으려니까, 너무 힘들더라고요. 그래서

도망쳐왔어요. 제 사정을 아무도 모르는 한국으로."

거짓말을 하는 게 힘든 건지, 그를 속이는 게 힘든 건지 몰라도 몸이 미세하게 떨렸다. 그것을 알아본 재영이 주아의 곁으로 다가와 몸을 꼭 감싸 안았다.

"괜찮아. 괜찮아, 주아야."

"재영 씨······."

진심 어린 음성에 주아는 여러 가지 감정이 뒤섞여 눈물이 솟구쳤다. 자신은 그를 속였는데, 이익만을 좇고 있는데, 그는 마음속 상처를 치유하려는 것처럼 연신 보듬어주었다.

그가 진실을 알면 어떻게 될까? 그때도 괜찮다며 용서해줄 수 있을까?

그저 막연히 생각하는 것만으로도 가슴이 먹먹해졌다. 한참 눈물을 쏟아낸 주아는 티슈로 눈가를 닦고 그가 내민 물을 마셨다.

"이제 좀 진정이 돼?"

"네, 죄송해요."

"나한테 죄송할 거 없어. 울고 싶을 땐 울어야지. 밥 다 식었는데, 다시 퍼줄까?"

"아니요. 이거 먹을게요."

포크로 샐러드를 찍어 입에 넣고 있을 때 그가 또 하나의 곤란한 질문을 던졌다.

"지금은 어디서 지내는 거야? 한국에 친척이라도 있어?"

"아, 그게······."

순간 머릿속이 하얗게 비워지며 아무 생각도 나지 않았다. 서류엔 앨리스의 친인척에 관한 사항이 전무했다. 그때, 위기에서 구해주듯 벨이 울렸다. 그는 곧 자리에서 일어났고, 주아는 두근대는 가슴을 진정시키며 대답할 말을 골랐다.

"이사님, 말씀하신 서류 가져왔습니다."

동우는 서류를 내밀며 평소처럼 신발을 벗고 안으로 들어갔다. 그 동작이 얼마나 날랜지 재영이 말릴 틈도 없었다. 안으로 들어선 그가 주아를 발견하고 넋이 나간 듯 멍하니 바라보았다. 순간 뒤통수를 내리치는 손길에 동우의 정신이 제자리를 찾았다.

"뭘 보고 서 있어!"

"아, 죄송합니다."

"사오라고 한 건?"

"여기요."

커다란 쇼핑백을 받아 든 재영이 동우에게 뒤로 돌라는 명령을 내리고 주아에게 걸어가 옷을 건네주었다.

"다 먹은 거야?"

"네."

"그럼 방에서 좀 기다려줄래?"

"그럴게요."

주아가 쇼핑백을 들고 총총히 사라지자 재영이 서류를 탁자 위에 올려놓으며 동우를 불렀다.

"태영이는 출근했어?"

"아니요. 다음 주부터 나오시겠답니다."

"그 녀석이 빨리 나올 리가 없지. 사람은 구했고?"

"네. 그런데 이사님, 애인은 언제 생기신 겁니까? 여성복을 사오라고 하셔서서 혹시나 했는데, 집에 함께 계실 줄은 몰랐습니다."

한껏 들뜬 말투에 재영이 미간을 구기며 눈을 치떴다. 날카로운 시선을 피해 고개를 숙였던 동우가 잠시 후 다시 말을 붙였다.

"여기까지 데려오신 걸 보니 보통 마음에 드신 게 아닌 모양인데, 신원은 확실한 겁니까?"

"이동우, 내가 요즘 너무 풀어줬지?"

"죄송합니다. 전 다만, 걱정이 돼서……."

"당분간 저녁 스케줄은 잡지 말고, 결재 서류는 오전 중에 처리할 수 있게 해."

"네, 알겠습니다."

사인한 서류를 한데 모아 내밀자 동우가 그것을 받아 들고 정중히 고개를 숙였다. 그가 떠나고, 재영은 주방을 정리한 뒤 방으로 들어갔다. 옷을 갖춰 입고 화장대에 앉아 머리를 빗는 주아에게서 향긋한 냄새가 물씬 풍겼다.

"옷, 마음에 들어?"

"네. 그런데 이거, 아까 그분이 고른 거예요?"

"백화점 직원이 골랐을 거야. 내가 대충 스타일을 말해줬거든."

"아…… 이런 스타일 좋아하세요?"

그가 선물한 옷은 주아가 평소 즐겨 입는 스타일이었다. 서류상에는 분명 섹시한 차림의 여성들을 선호한다고 했었는데.

"특별히 좋아하는 스타일은 없지만, 주아에겐 청순하고 여성스러운 스타일이 더 잘 어울릴 것 같더군."

"고마워요. 사실, 저도 딱 붙는 것보다 이런 게 더 좋아요."

"그런 것치곤 클럽에서의 차림은 상당히 화려하던데?"

"그거야, 클럽용 의상이고요."

주아는 입술을 내밀어 골난 척 굴다가 실없이 웃어버렸다. 더는 변신 아닌 변신을 시도하지 않아도 된다는 사실에 기분이 좋았다. 어느새 가까이 다가온 그가 얼굴을 살며시 감싸 쥐었다.

부드럽게 닿아오는 입술의 감촉에 사르르 눈이 감겼다. 그러나 그의 손이 허리를 지나 아래로 내려가자 도로 번쩍 뜨였다.

"재, 재영 씨."

"이 옷의 가장 큰 장점이 뭔 줄 알아?"

"뭔데요?"

"벗기기가 쉽다는 거지."

바람에 날아갈 듯 하늘하늘한 원피스가 그의 손짓 한 번에 뚝 떨어져 내렸다. 주아는 그의 눈빛이 깊어지는 것을 보며 앓는 소리가 나오려는 것을 간신히 삼켰다.

06. 뜻밖의 제안

"재영 씨, 지금은……."

품에서 벗어나기 위해 바르작거리자 그의 얼굴이 옅게 일그러졌다. 첫 만남을 제외하곤 늘 부드러운 인상을 유지해오던 그였기에 지금의 모습은 등골이 오싹해지기에 충분했다.

"뭐가 문제지?"

한발 뒤로 물러선 그가 못마땅한 듯 팔짱을 끼고 물었다. 그의 노골적인 시선이 내리꽂히자 주아는 얼굴을 붉히며 팔로 몸을 가렸다.

"아직, 시간도 너무 이르고……."

"이르고?"

"방이 너무 밝은데……."

"밝은데?"

"그, 그러니까, 너무 부, 부끄러워서."

첫 경험임에도 불구하고 당당하게 자신을 드러내던 여자가, 해가 뜨자 수줍음 가득한 소녀로 변해버렸다. 이런 모습도 그저 사랑스럽게만 보여 피식 웃으며 그녀를 부드럽게 감싸 안았다.

"신주아, 낮과 밤이 너무 다른 거 아니야?"

"어제는 술도 마셨고, 정신이 없어서."

"난 어제의 주아가 더 마음에 드는데? 뭐, 이 모습도 나쁘진 않지만."

"저, 옷 입어도 돼요?"

"아니, 안 돼."

재영은 그녀를 번쩍 안아 들고 침대에 눕힌 뒤 서랍에서 리모컨을 꺼내 버튼을 눌렀다. 그러자 방 안에 쏟아져 들어오던 햇빛이 블라인드에 막혀 은은하게 비쳤다.

"이러면 되나?"

너무 밝지도, 어둡지도 않은 방 안을 돌아보며 주아가 천천히 고개를 끄덕였다. 재영은 이불을 목까지 덮고 커다란 눈만 깜박거리며 자신을 쳐다보는 그녀의 모습에 실소가 터졌다.

재영에게 여자는 딱 두 종류로 분류됐다. 비즈니스적인 측면에서 만나는 여자와 그의 욕구를 충족시켜주는 여자. 전자의 경우, 최대한 예의 바르고 친절한 모습을 보였다. 하지만 후자의 경우, 마음을 배제한 채 냉정하리만치 몸만을 탐했다.

사랑을 갈구하던 여자들은 제풀에 지쳐 하나둘 떠나갔다. 딱히 아쉬울 건 없었다. 또 다른 여자가 다가와 외로움을 달래줄 테니까. 하지만 시간이 갈수록 공허함은 더욱 커져만 갔고, 그 빈자리는 무엇으로도 채워지지 않을 것 같았다.

그러던 때에 주아를 만났다. 볼수록 눈길을 사로잡는 묘한 매력을 지닌 여자. 그녀와 함께 있으면 굳건했던 마음에 동요가 이는 게 느껴졌다. 사랑이 얼마나 하찮은 것인지 뻔히 보고서도.

"신주아, 내가 무서워?"

"무섭다기보단, 조금 겁이 나서……."

"뭐가?"

"그, 그게 너무 커서요."

다리 사이를 손가락으로 가리킨 그녀가 이불을 뒤집어쓰고 얼굴을 숨겼다. 고개를 숙여 아래를 내려다보니 앞섶이 불룩하게 솟아 있었다. 재영은 호탕하게 웃다가 눈을 가늘게 뜨고 티셔츠를 벗어 던진 뒤 침대 위로 올라가 이불을 끌어 내렸다.

"이제 보니, 귀여운 구석이 있네?"

"제가요?"

"생긴 건 순수한데, 하는 짓은 귀엽고, 클럽에서 보니 섹시한 면도 있단 말이지."

말을 하는 중간중간 그녀의 이마와 양 볼에 짧게 입을 맞췄다. 눈을 동그랗게 뜨고 올려다보는 모습이 어찌나 사랑스러운지. 쿵쾅대는 가슴을 진정시키며 입술이 닿을 듯, 말 듯 한 거리에서 속삭였다.

"그중에서 제일 마음에 드는 건, 날 받아들이며 달뜬 숨을 내쉬는 모습이야."

재영은 단숨에 입술을 내려 주아를 점령해 나갔다. 부드러운 입술 사이로 뜨거운 혀를 밀어 넣자 그녀의 몸이 움찔 떨렸다.

남자를 알게 된 지 채 하루도 되지 않았는데. 자신의 몸은 어째서 그의 행동에 반응하고, 기대하고, 행복해하는 건지. 도저히 납득할 수 없는 일이지만 주아의 몸속에 흐르는 피는 그를 받아들일 준비를 하듯 서서히 끓어올랐다.

입술을 삼킬 듯 거칠게 움직이던 그가 방향을 틀어 귓가로 향했다. 훅 끼쳐 들어오는 숨결에 온몸에 찌르르 전기가 돌았다. 그는 혀끝으로 귓바퀴를 핥더니 귓불을 이로 잘근잘근 깨물었다. 순간 잇새를 뚫고 나오려는 신음을 간신히 삼켰다. 주아는 어제부터 자꾸만 눈이 가던 그의 가슴에 무의식적으로 손을 뻗었다.

미끈하게 보이던 가슴은 생각보다 탄탄했고, 운동으로 다져진 근육은 멋들어졌다. 주아의 손이 복근까지 훑고 내려가자 그의 숨결이 더욱 거칠어졌다. 자극할 생각은 없었는데, 그의 눈동자는 어느새 한결 더 깊어 보였다.

"아무래도 내가 너한테 많이 약한가 보다."

"그게 무슨 말이에요?"

"애무해준 것도 아닌데, 참기가 힘드니 하는 말이야."

"아……."

그가 상체를 뒤로 물리고 말없이 내려다봤다. 뭔가 잘못됐나 싶어 몸을 일으키는데 그의 팬티가 느닷없이 침대 아래로 떨어졌다. 당황한 주아는 눈 둘 곳을 찾지 못하고 애꿎은 이불만 바라보았다. 그러자 그가 지척까지 다가와 손목을 그러쥐었다.

"만져볼래?"

"네?"

"이거, 만져보고 싶지 않아?"

다리 사이를 가리키는 그의 행동에 주아는 더 이상 딴청을 피울 수 없었다. 천천히 시선을 내려 거대하게 팽창한 남근을 눈에 담았다. 어제는 어둠에 가려져 크기만 짐작할 뿐이었는데, 오늘은 그곳에 자리한 핏줄까지 확연히 보였다. 입안이 바짝바짝 마르는 가운데 부들부들 떨리는 손에 힘을 줘 그의 남근에 가져갔다.

그 순간 오랫동안 묻어뒀던 호기심이 고개를 들었다. 한 손에 잡히지 않을 만큼 커져 버린 남근을 가만히 그러쥐자 그의 잇새로 바람 빠지는 소리가 들렸다. 잡고 있던 손가락을 꼼지락거렸다. 그러자 그가 눈을 감고 깊게 숨을 내쉬었다.

자신의 손길에 반응을 보여서 내심 기분이 좋았다. 주아는 그를 기쁘게 해주려고 두 손으로 감싸고 위아래로 움직였다.

"으, 윽!"

그의 입에서 연이은 신음이 새어 나왔다. 그럴수록 주아의 입가엔 뿌듯한 웃음이 맺혔다. 그의 표정을 보기 위해 고개를 들어 올린 순간 이글이글 타오르는 불꽃을 보고 후다닥 손을 치웠다.

"재, 재영 씨……."

재영이 숨을 몰아쉬며 주아의 입술을 거칠게 흡입했다. 입술이 빨갛게 부어오를 만큼 물고 빨아들이더니 어느새 목덜미를 타고 가슴 근처로 내려갔다. 그의 손길에 브래지어는 순식간에 바닥으로 떨어졌다. 분홍 정점을 손가락 사이에 끼우고 주무르던 그가 한 손을 치우고 가슴을 입안 가득 머금었다.

사탕을 빨아 먹듯 혓바닥을 굴리다가 한순간 강하게 빨아올렸다. 순간 발끝까지 전율이 일어 그의 어깨를 강하게 움켜쥐었다. 그래도 그는 멈추지 않고 더욱 집요하게 가슴을 유린했다.

그가 입술을 떼자 주아의 가슴은 빨간 물감을 군데군데 떨어트려 놓은 것 같았다. 엎드린 자세를 취하게 한 그가 척추를 따라 입술 도장을 찍으며 마디마디를 자극했다. 팬티를 끌어 내리고 엉덩이까지 잘근잘근 깨문 뒤 골반을 들어 올려 민망한 자세를 취하게 했다.

"재영 씨, 이건 너무 이상한데……."

"처음이라 그렇지, 이상할 거 없어."

"그래도 이건 좀……."

주아가 뒤를 돌아보며 말하자 그가 피식 웃으며 다리 사이로 손을 가져갔다. 중지를 정점에 대고 손바닥을 빙글빙글 돌렸다. 연이은 자극에 달뜬 숨을 내쉬자 손바닥이 치워지며 기다란 중지가 몸 안 깊숙이 들어왔다.

"아홋! 하아, 하아……."

뒤에서부터 들어온 손가락은 더욱 깊은 곳까지 도달했다. 하나였던 손가락이 두 개가 되자 신음 소리는 더욱 커졌다. 손가락은 질척거리는 소리를 만들어내며 바쁘게 들락거렸다. 그러자 모든 신경이 한곳에 집중돼 당장이라도 몸이 터져버릴 것 같았다.

"재영 씨, 제발…… 아윽!"

"날 원해?"

"……네."

대답을 못 하고 신음만 흘리던 주아는 자신의 신체 변화를 더는 부정할 수 없었다. 기분 좋은 웃음을 흘린 그가 애액으로 번들거리는 손가락을 빼내고 그 자리에 자신의 남근을 가져가 비벼댔다. 그것만으로도 하체에 찌릿한 감각이 전해졌다. 고작 몇 번만에 이렇게 반응할 수가 있는 건지. 무서울 정도로 그에게 적응해가는 신체를 느끼며 알 수 없는 두려움이 몰려들었다.

뒤에서 들어온 남근은 어제와는 또 다른 자극을 주었다. 몸을 꿰뚫는 자극에 숨이 턱 막혔다가 신음과 함께 내뱉어졌다. 끝까지 밀고 들어온 그가 숨을 고르며 작게 중얼거렸다.

"젠장, 미치겠군."

두 사람 다 미동 없이 몇 초간 숨만 내쉬었다. 그가 골반을 잡고 자궁벽에 닿을 만큼 강하게 쳐댔다. 빠르진 않아도 그 강도가 너무 세 신음이 잇새를 뚫고 흘러나왔다. 서서히 속도가 붙으며 주아의 몸이 사정없이 흔들렸다.

"아흣, 재영 씨."

그가 움직임을 멈추고 똑바로 눕혀주었다. 과격한 운동을 한 것처럼 땀으로 번들거리는 그의 몸이 더없이 관능적이었다. 다시금 허리를 움직이며 입을 맞춰오자 숨이 턱 끝까지 차올랐다. 입술이 떨어진 곳엔 거친 숨소리만이 가득 찼다.

재영의 움직임이 거칠어질수록 주아는 절정을 향해 치달았다. 아래에서 시작된 폭발이 한순간 온몸 구석구석으로 퍼져 나갔다. 때맞춰 그의 입에서도 신음이 터지고 뜨거운 것이 몸 안에 흘렀다. 그는 바로 비켜나지 않고 볼과 입술에 자잘한 키스를 남겼다.

"피임 못 했는데, 괜찮아?"

"네, 괜찮을 거예요."

그는 천천히 몸을 일으키더니 욕실로 가 물을 틀었다. 먼저 씻으려나 싶어 가만히 누워 있는데 그가 방으로 다시 들어왔다.

"씻는 거 아니었어요?"

"같이 씻자."

"저, 더는 못 해요!"

주아가 손사래를 치며 뒤로 물러나자 재영이 피식 웃으며 그녀를 번쩍 안아 들었다.

"알아. 내가 씻겨주고 싶어서 그래."

"진짜, 딴생각하면 안 돼요."

의심이 가득 담긴 말투에 재영은 그저 웃기만 했다. 여자를 만나도 욕정만 풀어내면 그만이었는데, 그녀와는 몸을 섞고 나서도 쉽게 놔줄 수가 없었다.

물이 어느 정도 찬 욕조 안에 주아를 앉혀주었다. 미지근한 물에 몸을 담그면 뻐근한 몸이 한결 풀릴 것이다. 재영은 장미향의 입욕제를 몇 방울 떨어트린 뒤 그녀의 뒤에 자리하고 앉았다.

"편하게 기대."

"이게 편해요."

"내가 불편해. 어서."

꼿꼿하게 허리를 펴고 앉아 있던 주아가 힘을 빼고 천천히 그의 가슴에 등을 기댔다. 누군가 등 뒤를 지켜준다는 것이 이런 느낌일까? 넓은 가슴에서 느껴지는 안락함이 가슴속을 푸근하게 했다.

"지금 어디서 지내?"

그는 낮에 한 차례 했던 질문을 다시금 물어왔다. 주아는 전처럼 당황하지 않고 생각해뒀던 답변을 내놨다.

"아는 분이 몇 달간 집을 비우신다고 해서 제가 쓰고 있어요."

"주인도 없는 집에서 혼자 불편하지 않아?"

"그렇긴 한데…… 딱히 갈 곳도 없고, 어차피 비어 있는 거라."

"여기서 지내는 건 어때?"

생각지 못한 제안에 주아는 몸을 틀어 뒤를 돌아봤다. 그는 은은한 미소를 지으며 얼굴에 붙은 머리카락을 귀 뒤로 넘겨주었다.

이 남자, 정말 나한테 빠진 건가? 같이 살자고 할 만큼 마음으로 날 받아들인 거야?

결과에 한발 더 다가선 만큼 좋아해야 마땅했다. 하지만 조금도 기쁘지가 않았다. 자신에게 마음을 여는 만큼 그가 받을 상처는 깊어질 것이고, 아파하는 그를 지켜볼 자신이 없었다.

"뭘 그렇게 고민해?"

"재영 씨는 저랑 같이 지내도 괜찮은 거예요? 집에서 알면 곤란하지 않아요?"

"집에서 독립한 지 십 년이 훨씬 넘었어. 누구랑 살든 부모님이 간섭할 문제가 아니야."

"그렇게 간단한 일이 아니잖아요."

"복잡하게 생각할 거 없어 주아도 혼자 지내고, 나도 혼자니까 같이 있자는 거야. 정 뭣하면 미국 들어가기 전까지 하숙한다고 생각해."

전 앨리스가 아닌데, 미국엔 가본 적도 없는데. 당신을 속이고 있는 여자도 이곳에 묵게 해주실 건가요?

가슴이 싸하게 아려와 그와 눈을 마주칠 수 없었다. 주아는 자세를 바로 하고 조그맣게 중얼거렸다.

"생각해볼게요."

"너무 깊게 생각하지 마. 나도 혼자 먹는 밥, 이젠 신물 나거든."

작게 고개를 끄덕이고 눈을 감았다. 잠시나마 현실을 잊고 싶다.

그와 있는 이곳이 '이상한 나라'라면 얼마나 좋을까? 그와 밥을 먹고, 잠을 자고, 사랑을 나누는 시간이 꿈처럼 사라지더라도 그를 속이고 있는 현실보단 나을 듯싶었다.

절 이상한 나라에 초대한다면 잠시만이라도 당신과 함께 꿈을 꾸고 싶어요. 꿈속에선 당신도 나도 행복할 테니까. 그런데 당신과 함께하려면 난 앨리스가 돼야만 해요. 앨리스는 당신을 상처 입힐 텐데, 이런 내가 당신과 함께해도 될까요?

샤워를 마치고도, 그는 온갖 이유를 대며 주아를 보내주지 않았다. 약속을 핑계 삼아 빠져나오려 하자 약속 장소까지 데려다주겠다는 통에 한동안 애를 먹었다. 간신히 그를 떼어내고 오피스텔에 도착했더니 찬식이 소파에 앉아 신문을 읽고 있었다.

"어제 외박을 하셨더군요."

"제가 어디 있었는지 더 잘 아시잖아요."

"지금까지 그와 함께 계셨습니까?"

"네, 그랬어요."

톡 쏘아붙이는 주아의 말투에도 그는 덤덤하기만 했다. 그가 누구인지, 무엇을 목적으로 재영의 약혼을 막는 건지, 궁금한 것은 많지만, 일을 마무리 지으려면 자신이 알아서 좋을 건 없었다.

"문재영 씨 마음에 드신 모양이군요."

"그런가 봐요. 그가 빌라에서 같이 지내자고 하더라고요. 아직 대답은 안 했는데, 제가 어떻게 하길 바라세요?"

눈썹을 꿈틀대며 표정을 굳히는 것이 갈등하는 것처럼 보였다. 당연히 들어가라고 할 줄 알았는데. 무엇을 고민하는지 속내를 알 수가 없었다.

"주아 씨 마음대로 하세요. 전, 원하는 결과만 얻으면 됩니다."

"그럼 그에게 갈게요. 대신 조건이 있어요."

"조건이라."

"아빠가 어디 계신지 알려주세요."

찬식은 주아의 얼굴을 가만히 들여다봤다. 약한 모습을 보이지 않으려고 애쓰고 있지만, 여전히 불안해 보였다. 그동안 너무 몰아붙이기만 한 것 같아 주머니에서 휴대폰을 꺼내 전화를 걸었다.

"접니다. 신영철 씨 담당 선생님에게 전화 좀 연결해주시죠."

"병원에 전화하신 거예요?"

한편, 주아는 좀 더 앞으로 당겨 앉으며 수화기 소리에 귀 기울였다. 이윽고 누군가 전화를 받았는지 찬식이 말을 이었다.

"선생님, 접니다. 신영철 씨 상태에 대해 자세히 좀 알려주시죠."

그는 의사의 목소리가 들리도록 스피커폰으로 바꿔주었다. 그러자 수화기를 타고 중년 남성의 걸걸한 목소리가 흘러나왔다.

-신영철 씨는 오늘도 별다른 차도를 보이지 않았습니다. 맥박이나 혈압 모두 정상을 유지하고 있고, 산소 농도나 체온도 정상입니다.

"거기가 어디예요? 어느 병원이죠?"

이상이 없다는 것을 확인하자마자 주아는 다급히 위치를 물었다. 그러나 찬식에 손에 있던 휴대폰은 곧바로 스피커가 해제되어 더는 아무 소리도 들리지 않았다.

"내일 따로 찾아뵙겠습니다."

"이봐요! 박찬식 씨!"

전화를 끊어버린 그에게 씩씩대며 소리쳤다. 날카로운 눈매로 그를 째려봤지만 조금도 동요하지 않았다.

"들으셨다시피 신영철 씨는 전과 달라진 것이 없습니다. 지금과 같은 추세라면 머지않아 신영철 씨를 만나보실 수 있겠네요."

"정말 안 가르쳐주실 거예요?"

찬식이 자리에서 일어나자 주아가 앞을 막아서며 애처롭게 쳐다봤다. 잠시 시선이 얽혔지만, 찬식은 무시하고 밖으로 나갔다.

지금껏 많은 사람을 상대하며 모진 말도 서슴없이 퍼부어왔다. 원해서 한 짓은 아니지만, 지금처럼 입도 떼지 못한 경우는 처음이었다. 매번 그녀를 대하는 것이 왜 이리 힘이 드는지.

찬미가 살아 있었으면 신주아 씨와 같은 나이였을 텐데.

닮은 곳은 하나도 없는데 그녀를 볼 때마다 찬미가 떠올랐다. 가슴속에 묻은 어린 동생이 살아 있었다면 지금쯤 어떤 모습일지. 그녀를 벼랑으로 내몰 때마다, 두려움에 벌벌 떨던 찬미가 떠올랐다. 그녀가 울음을 터트릴 때마다, 찬미의 우는 소리가 귓가에 들리는 것 같았다. 찬미가 아닌데, 찬미는 이미 죽고 없는데, 그녀를 볼 때마다 어린 찬미가 눈앞에 아른거렸다.

주아는 혼자 남은 오피스텔에서 앞으로 어떡해야 할지 고민에 고민을 거듭했다. 재영이 원하는 대로 그의 집에 들어간다면 일은 좀 더 수월하게 풀릴 것이다. 하지만…….

만약, 이 사실을 나중에라도 아빠가 알면 어떻게 될까? 기암하고 다시 쓰러지진 않으실까?

그러고도 남을 분임을 알기에 결정을 내리는 게 쉽지 않았다.

"동거라…… 동거. 내가 남자랑 동거를 생각하고 있다니."

남들은 그와 있으면 기에 눌려 가슴이 작아지겠지만, 자신은 그와 있는 시간이 길어질수록 마음이 커질 것이다.

"아, 진짜 어떻게 하면 좋아!"

주아는 머리카락을 마구 헝클어트린 뒤, 두 손에 얼굴을 묻었다. 차라리 찬식이 들어가라고 했다면 고민할 필요도 없을 텐데. 순전히 자신의 의지에 따라 움직이려니 더욱 갈등이 됐다. 그때, 휴대폰 액정에 불이 반짝이며 문자가 왔음을 알렸다.

잠깐이라도 고민을 잊을 만한 문자면 좋겠는데. 휴대폰을 집어 든 주아는 문자 내용을 확인하고 복잡했던 마음을 하나로 굳혔다.

주아가 가고 오랜만에 휴식을 취하던 재영은 문 회장의 전화를 받고 집을 나섰다. 무겁게 가라앉은 정혁의 목소리에선 시달린 끝에 찾아든 짜증이 배어 있었다.

높이를 가늠할 수 없는 커다란 담장 뒤에 어머니와의 추억이 가득한 집이 자리했다. 그러나 이젠, 옛 모습은 찾아볼 수조차 없고 만나고 싶지 않은 사람들만이 남아버렸다.

벨을 누르자 누군지 묻지도 않고 문이 열렸다. 이미 차가 담장 옆에 정차할 때부터 보안카메라를 통해 신분을 확인했을 것이다. 정원을 지나 현관에 발을 들이자 소파에 앉은 정혁이 보였다. 곧 우아한 차림에 희영이 방문을 열고 거실로 나왔다.

"재영이 왔구나. 잘 왔어. 이게 얼마 만이니?"

"안녕하십니까?"

"말투가 그게 뭐야? 편하게 하래도 그런다. 여보, 식사하셔야죠?"

"왔니?"

"네, 아버지."

무뚝뚝하기 그지없는 정혁이 알은척을 하며 주방으로 발을 옮겼다. 재영은 묵묵히 그를 뒤따라 걸었다.

"태영이는?"

"아줌마가 올라갔으니 금방 내려올 거예요."

식탁에 자리하고 앉자 태영이 계단을 뛰어 내려오는 소리가 들렸다. 희영은 정혁의 눈치를 살피며 미간을 살짝 찡그렸다.

"저 녀석은, 천천히 좀 다니라니까."

말이 끝날 새 없이 태영이 주방에 들어섰다. 그는 재영을 발견하고 반가운 얼굴로 자리에 앉으며 인사했다.

"형, 오랜만이야."

"그래. 이번에 졸업했다고? 축하한다."

"고마워. 내가 그깟 졸업장 하나 받으려고 고생한 걸 생각하면……."

"태영아, 아버지 식사하시잖니."

짐짓 엄하게 내뱉은 말에 주방이 일순 조용해졌다. 희영은 부드럽게 입매를 휘며 굴비를 재영의 자리 쪽으로 밀어주었다.

"재영아, 많이 먹어. 어째 살이 더 빠진 것 같다. 여보, 재영이한테 일을 너무 몰아주시는 거 아니에요? 얘도 좀 쉬어야죠."

"충분히 쉬고 있으니, 걱정하지 않으셔도 됩니다."

"어떻게 걱정을 안 해? 이러다 너 몸 축나겠어. 앞으로 태영이도 회사에 나가니까, 너 혼자 너무 무리하지 마."

재영은 얼마 먹지도 않았는데 체한 것처럼 가슴이 답답했다. 그녀는 자신의 건강을 빙자해 전혀 다른 뜻을 내보이고 있었다.

김 여사님, 이제 겨우 졸업한 태영이를 이용해서 내 자리를 흔들어볼 심산입니까?

반도 넘게 남은 밥그릇에서 눈을 떼고 수저를 내려놨다. 그러자 희영이 걱정스러운 표정을 지으며 호들갑을 떨었다.

"왜 그만 먹어? 반찬이 입에 안 맞아?"

"아닙니다. 많이 먹었습니다."

"얼굴도 핼쑥해 보이는데, 보약이라도 한 첩 해줄까?"

"괜찮습니다."

"형 얼굴 좋기만 한데, 뭐."

내내 밥만 먹던 태영이 한마디 툭 내뱉자 희영이 눈을 부라리며 그를 째려봤다. 재영은 정혁이 밥을 다 먹을 때까지 기다렸다가 자리에서 일어났다.

"죄송하지만, 먼저 일어나겠습니다."

"오늘 결근했던데, 어디 아픈 건 아니냐?"

순간 희영의 눈이 크게 떠졌고, 태영은 피식 웃으며 혼잣말로 '이제야 좀 사람 같네.'라고 중얼거렸다. 재영은 평소와 다름없는 얼굴로 일말의 감정도 드러내지 않고 대답했다.

"아닙니다. 개인적인 볼일이 좀 있었습니다. 죄송합니다."

"그럼 됐다. 가봐라."

"왜 벌써 가. 과일이라도 먹고 가지."

재영이 고개를 숙여 인사하자 희영이 아쉬움을 표하며 뒤쫓아왔다. 현관문이 닫힐 새 없이 날카로운 음성이 귓가에 꽂혔다.

"태영이 다음 주부터 출근인 거 알고 있니?"

"네."

"회장님께서 너한테 교육을 맡기신 것 같던데, 잘 가르쳐줄 거라 믿는다."

"절…… 믿으십니까?"

어두운 정원을 은은히 밝히는 조명에도 두 사람 사이를 오가는 싸늘한 시선은 여과 없이 드러났다. 그 순간 현관문이 벌컥 열리며 태영이 밖으로 나왔다.

"엄마, 아버지가 찾는데?"

"그래? 재영아 조심해서 가고, 나중에 보자."

희영이 안으로 들어가자 태영이 옆에 서며 어깨에 손을 올렸다. 오랜만에 봤지만, 그사이 별로 달라진 게 없는 듯했다.

"형, 나 회사에 출근하는 거 알지?"

"그래. 다음 주부터 나온다고."

"응. 내가 뭘 할 줄 안다고 회사에 나가라는 건지. 졸업장도 겨우 딴 마당에."

"그래도 마냥 놀 순 없잖아. 기초부터 천천히 배워봐. 비서 한 명 붙여줄 테니까."

"비서? 누군데? 여자야?"

"궁금하면 월요일에 내 방으로 찾아와."

재영은 엷게 웃으며 정원을 가로질러 밖으로 나왔다. 차 문을 열고 운전석에 앉아 넥타이를 잡아 내리며 길게 숨을 내쉬었다.

언제나 이곳에 오면 어둠 속에 홀로 서 있는 기분이었다. 밖을 향해 한 발 한 발 걸음을 옮겨보지만, 아무리 가도 빛은 보이지 않았다. 과연 이 어둠을 뚫고 밖으로 나갈 수는 있는 걸까? 가식으로 포장된 화목함이 부서지지 않는 한, 세월에 묻어둔 진실이 드러나지 않는 한 어둠은 사라지지 않겠지.

미약하게 떨어지는 빗방울이 창문에 부딪히자 충격적인 장면이 되살아났다. 재영은 어느새 휴대폰을 꺼내 들고 문자를 보냈다.

[보고 싶다, 신주아.]

07. 설레는 나날

"짐은 이게 단가?"

"네. 처음에 여행 가방 하나만 달랑 들고 왔거든요."

"굳이 짐이 많을 필요는 없지. 필요한 건 그때그때 사서 쓰면 되니까."

재영은 캐리어를 트렁크에 싣고 운전석으로 걸어갔다. 헤어진 다음 날 걸려온 그녀의 전화는 고대하던 소식을 들려주었다.

'한국에 얼마나 있을지 모르겠지만, 아침밥…… 같이 먹어요.'

긴장한 듯 떨리는 음성은 메마른 가슴에 단비가 되어 내려앉았다. 당장 데려오고 싶었지만, 주말까지 이틀을 더 기다려야 했다. 재영은 조수석에 앉아 앙증맞게 입술을 움직이는 주아에게서 눈을 떼기가 힘들었다.

"그래서 제 친구가 허겁지겁 도망쳐 나온 거 있죠."

"……키스하고 싶다."

"네? 방금…… 뭐라고 하셨어요?"

"아무래도 안 되겠어."

급하게 차선을 바꿔 차들이 쌩쌩 달리는 대로변에 정차했다. 갑작스러운 상황에 그녀가 적잖이 당황한 듯 보였다.

"왜, 왜 그래요?"

"너 때문에 운전에 집중이 안 돼."

"제가 너무 시끄러웠죠? 죄송해요."

미안한 듯 고개를 수그리는 그녀의 턱을 손으로 들어 올렸다. 그리고 숨결이 섞일 만큼 가까운 거리에서 속삭였다.

"네 입술이 자꾸 어른거려서 운전을 할 수가 없어."

굶주림을 숨기며 가볍게 입술을 맞대자 달콤함이 입안 가득 퍼졌다. 그저 몇 차례 몸을 섞었을 뿐인데 그녀를 다시 본 순간 온몸에 생기가 돌았다. 키스가 깊어질수록 더한 갈증이 밀려들었다. 재영은 입술을 떼어내고 달뜬 숨을 내쉬며 아쉬운 눈빛을 보이는 주아의 볼을 쓰다듬었다.

"아쉬워도 좀 참아. 대낮에 대로변에서 일을 치를 순 없잖아."

"아쉽긴 누가 아쉽다고……."

"솔직하지 못하긴."

눈을 내리깔고 입술을 삐죽대는 그녀가 귀여워 머리카락을 마구 헝클어트렸다. 그리고 사랑스러운 입술에 입을 맞췄다.

"그렇게 자극하면 우리, 집에 못 가."

"아, 알았어요. 앞만 보고 얌전히 있을 테니까, 빨리 출발하세요."

피식 웃어버린 재영은 차를 출발시킨 뒤 한쪽 손을 옆으로 내밀었다. 약간 망설이는 듯한 그녀에게 채근하듯 손을 흔들어댔다. 그러자 살며시 겹쳐진 손에 사이사이 손가락을 엮어 꽉 조였다.

주아는 연인처럼 다정한 행동을 일삼는 그 때문에 심장이 터질 것처럼 부풀어 올랐다.

이 남자, 눈만 마주쳐도 오금이 저린다는 문재영 맞아? 왜 자꾸 날 설레게 하는 거야.

손가락을 살짝살짝 매만지던 그가 느닷없이 손등에 입술을 꾹 눌렀다. 부드러운 감촉에 엷은 미소가 지어지는 것도 잠시. 그의 입속에 빨려 들어간 집게손가락은 묘한 자극을 주며 발끝까지 전율을 일으켰다.

"재영 씨, 손 좀 놔주세요."

"싫은데."

한낱 손가락일 뿐인데 입속에 들어가니 전혀 다른 용도로 변해버렸다. 미친 듯 뛰어대는 심장은 마치 의도한 것처럼 한 가지 생각에서 벗어나지 못하게 했다.

"아직, 멀었어요?"

"거의 다 왔어."

에어컨을 켜놨음에도 주아의 얼굴은 한여름 열기를 고스란히 받은 것처럼 뜨거웠다. 재영은 사랑스럽게 달아오른 주아의 얼굴을 확인하고 손을 놓은 채 속도를 좀 더 높여 빌라로 향했다.

빌라에 도착한 두 사람은 손을 맞잡고 엘리베이터에 올라탔다. 층수가 높아질수록 재영의 얼굴에 설핏 걱정스러운 표정이 어렸다.

주아 마음에 들었으면 좋겠는데.

재영은 이틀 동안 실내 디자이너를 불러 집 안을 손봤다. 거실 한쪽을 화사한 벽지로 바꾸고, 러그와 쿠션으로 포근한 느낌을 주었다. 그래도 뭔가 부족해 파릇파릇한 화분들을 사서 거실 곳곳에 배치했다. 전엔 적막하고 딱딱한 느낌이었다면, 지금은 온기가 감도는 부드러운 분위기를 자아냈다.

"어? 거실이……."

"어때? 마음에 들어?"

"전 순간 남의 집에 들어온 줄 알았어요."

눈을 휘둥그렇게 뜬 채 집 안을 살펴보는 주아의 손을 잡고 재영은 몇 개의 방 중 한 곳에 데려가 문 앞에 세웠다.

"가능한 한 내 방에서 같이 지냈으면 좋겠지만, 주아만의 공간도 필요할 것 같아서."

주아가 손잡이를 비틀어 방문을 열자 로맨틱한 공간이 나타났다. 여성스럽고 아기자기하면서도 정리가 잘되어 있는 방. 그 안엔 여자에게 필요한 모든 것이 갖춰져 있었다.

"이러지 않으셔도 되는데."

"얼마가 됐든 편히 지냈으면 좋겠어."

"정말, 고마워요."

새로운 방에 매료된 주아는 곧바로 가져온 짐을 정리하려고 했다. 그런데 캐리어를 열기도 전에 저지당하고 말았다.

"왜요?"

"이건 나중에. 먼저 매트리스의 성능을 시험해보는 게 좋겠어."

"네? 매트리스의 성능을 어떻게 시험…… 으아!"

순간 공중에 몸이 붕 뜨더니 침대에 털썩 떨어졌다. 깜짝 놀라 짧게 비명을 지른 주아는 그가 티를 벗고 다가오는 모습에 슬금슬금 뒷걸음질 쳤다.

"도망치는 거야?"

"전, 그냥……."

지금, 문재영 씨 모습이 어떤지 알아요? 먹이를 보고 입맛을 다시는 늑대 같다고요!

머릿속에 떠오른 말을 내뱉진 못하고 행동으로 옮겼다. 천천히 다가서는 재영과 그에 맞춰 뒤로 물러나는 주아. 순간의 기회를 노리듯 팽팽한 긴장감이 두 사람 사이에 형성되었다.

"나한테서 도망갈 수 있을까?"

"그거야 해봐야 알죠."

"미리 경고하는데, 도망가다 잡히면 종일 안 놔줄 거야."

"좋아요. 대신 5분 안에 못 잡으면, 전 오늘 이 방에서 혼자 잘 거예요."

"그렇게 둘 순 없지!"

침대를 가로지르는 그를 피해 주아는 비명을 지르며 방을 뛰쳐나갔다. 거실에서 쫓고 쫓기는 추격전을 펼치다가 주방으로 들어서는 바람에 코너에 몰리고 말았다.

"막다른 길이네. 이제 어떡할래?"

"음…… 이렇게 하죠."

주아는 오히려 그에게 다가가 어깨에 손을 올리고 얼굴을 가까이 붙였다. 기대감에 찬 그가 지그시 눈을 감자 그 틈을 이용해 살짝 빠져나갔다. 하지만 몇 발짝 가기도 전에 몸이 번쩍 들렸다.

"으아!"

"날 놀리고 도망쳤겠다. 각오 단단히 하라고."

"장난친 건데……. 한 번만 봐주면 안 돼요?"

"글쎄, 하는 거 봐서."

방으로 가는 동안 살짝살짝 입을 맞췄던 두 사람은 침대에 눕자마자 서로의 입술을 탐하며 정열적으로 키스를 나눴다. 타액이 오가고 숨결이 섞여들수록 열기도 더해만 갔다.

리모컨을 눌러 블라인드를 친 그가 옷을 하나씩 벗겨냈다. 주아는 커다란 손이 몸을 스칠 때마다 조금씩 숨이 가빠졌다. 깊게 입을 맞추는 동시에 그의 손이 가슴을 움켜쥐고 조몰락거렸다. 유두를 손끝으로 돌리다가 비트는 순간 찌릿하고 퍼지는 감각에 신음을 터트리며 허리를 들썩거렸다.

"전보다 훨씬 잘 느끼네."

"재영 씨, 이제 그만……."

"그만 뭐?"

주아는 차마 말을 잇지 못하고 고개를 옆으로 돌렸다. 그러자 턱을 잡아 돌린 그가 시선을 똑바로 맞추고 얘기했다.

"네 입으로 다음 말을 꺼낼 때까지 난 애무만 할 거야."

"아니, 왜…… 흣!"

그는 작정한 듯 가슴을 이로 살짝 깨물고 혀로 어르며 괴롭혔다. 그사이 아래로 내려간 손은 꽃잎을 부드럽게 어루만지다가 애액이 묻은 손가락으로 정점을 뱅글뱅글 돌렸다. 처음엔 두려움과 긴장으로 잘 느끼지 못했던 쾌감이 지금은 미치도록 빠르게 온몸으로 퍼져 나갔다. 기어이 동굴 속으로 들어온 두 개의 손가락은 무엇을 찾는 것처럼 내벽을 긁어대며 성기와는 또 다른 자극을 주었다.

숨이 가빠오며 아랫배가 조여들었다. 가슴을 붉게 물들인 입술이 아래로 내려가 다리 사이 정점을 빨아댔다. 온몸에 힘이 들어가 발끝이 오므라들었다. 미쳐버릴 듯 강한 쾌락에 휩싸인 주아는 연신 신음을 터트리며 시트를 움켜쥐었다.

"재영 씨!"

"말해."

"하아, 제발…… 으윽!"

"제발, 뭐?"

"해주세요. 넣어…… 줘요. 하아, 하아."

이런 말을 하게 될 줄은 몰랐다. 하지만 참고 있기엔 용암처럼 끓어오른 몸이 언제 터져버릴지 알 수가 없었다. 그는 만족한 듯 웃으면서도 고개를 들지 않았다. 그가 정점을 살짝 깨물자 쌓였던 뭔가가 터지며 눈앞이 하얗게 바래고 힘이 쭉 빠져나갔다.

이게 말로만 듣던 오르가슴이라는 건가?

극한의 쾌락을 맛본 신체는 애액을 흘리며 전율했다. 나른한 몸으로 숨을 고르고 있을 때, 그가 몸을 일으켜 다리 사이에 자리를 잡았다.

"원하는 게 있을 땐, 지금처럼 당당히 요구하는 거야. 알겠어?"

그는 다리를 잡아 어깨에 걸치고 붉어진 꽃잎 사이를 단숨에 뚫고 들어왔다. 손가락과는 비교도 되지 않을 만큼 커다란 남근이 안을 가득 메우자 주아의 눈이 번쩍 뜨였다.

"윽, 재영 씨……."

음미하듯 살짝살짝 허리를 움직이던 그가 흡족한 표정을 지으며 허벅지를 쓰다듬었다.

"네 안이 얼마나 부드럽고 따뜻한지 알아? 하루 종일 이 안에 머물러 있고 싶을 정도야."

얄궂은 말에 얼굴이 홧홧해져 손으로 가렸다. 허리를 움직이는 속도가 높아질수록 이전 자극과 맞물려 더한 자극을 받았다.

"으읏, 재영 씨, 그만."

"윽! 주아야, 힘 빼."

재영은 한 번씩 조일 때마다 사정감을 참아내느라 죽을 맛이었다. 넣고만 있어도 황홀한 느낌이 드는 여자는 처음이었다. 마치, 그동안 자신을 만나기 위해 정조를 지켜온 것처럼 그녀의 몸은 자신에게 꼭 맞는 한 쌍 같았다.

다리를 내려준 그가 거칠게 입을 맞춰왔다. 연이은 자극에 몸이 부서질 것 같아 그의 등을 부둥켜안고 매달렸다. 절정으로 치달을수록 움직이는 속도도 빨라졌다. 주아는 비명에 가까운 신음을 내뱉으며 새로운 오르가슴에 몸을 축 늘어뜨렸다. 곧이어 짧은 신음한 그가 모든 것을 쏟아내고 숨결을 가다듬었다.

"신주아, 널 왜 이제야 만났을까?"

"네? 그게 무슨……."

"널 좀 더 빨리 만났다면……. 아니, 지금이라도 만났으니 다행으로 여겨야겠지."

"정말, 그렇게 생각하세요?"

"적어도 난 그래."

무슨 뜻으로 한 말인지 확실히 알 순 없지만 적어도 자신과의 섹스를 꽤 만족스러워한다고 여겼다.

"나가서 저녁부터 먹자. 밤새 즐기려면 든든히 먹어야지."

"정말 밤새 붙잡고 있을 건 아니죠?"

"글쎄. 지금 같으면 내일도 놔주고 싶지 않을 것 같은데."

온화한 미소를 지으며 가볍게 입을 맞춘 그가 침대를 벗어나 욕실로 향했다. 주아는 나른하니 잠이 쏟아졌지만, 첫날부터 잠만 잘순 없어 몸을 일으켜 씻고 옷을 골랐다.

대부분의 옷을 중고로 팔아 병원비를 내는 바람에 입을 만한 게별로 없었다. 그와 함께 다니려면 아무래도 옷을 좀 사야 할 듯싶었다. 개중에 얌전한 옷으로 골라 입고 화장대에 앉았다. 그때 노크 소리가 들리더니 재영이 안으로 들어왔다.

"뭐 해?"

"화장하려고요."

"음…… 내가 주아를 본 것 중에 언제가 제일 예뻤는지 알아?"

"글쎄요?"

"호텔에서 막 씻고 나왔을 때. 그때가 가장 예뻐 보였어."

민낯을 가장 예쁘다고 할 줄은 몰랐다. 주아는 배시시 웃으며, 가볍게 스킨로션과 선크림을 바르고 자리에서 일어났다.

"혹시, 웨이브 머리도 싫어하세요?"

"머리 스타일이야 주아 마음이지. 너무 짧지만 않으면 돼."

"알았어요. 저도 짧은 건 싫으니까."

재영은 주아의 어깨를 두 손으로 잡고 머리부터 발끝까지 훑어보았다. 풋풋한 여대생의 모습이 무척이나 사랑스러웠다.

"저녁은 어디서 먹어요?"

"왜? 뭐, 먹고 싶은 거라도 있어?"

"그게 아니라, 이렇게 입고 나가도 되나 해서요?"

"상관없어. 격식을 따질 만한 장소는 피하면 되니까. 가자."

재영은 빌라를 나서며 주아에게 현관 비밀번호와 출입카드 쓰는 법을 알려주었다. 워낙 보안이 철저한 빌라라 출입카드 없이는 엘리베이터 이용 자체가 불가능했다. 지하로 내려와 차에 탄 그가 마침 생각난 것을 물었다.

"참, 운전할 줄 알아?"

"아니요."

"미국에선 보통 17살이면 면허를 따던데, 왜 안 땄어?"

"……거, 겁이 많아서요."

주아의 얼굴이 창백하게 굳어진 걸 보고 재영은 때늦은 후회를 했다. 부모님이 교통사고로 운명하셨으니 당분간 운전하긴 어려울 것이다. 교통이 불편해 차를 한 대 내줄까 싶었는데…….

"여기선 차 없이 다니기 불편할 거야. 나갈 일 있으면 미리 연락해. 기사를 보내줄게."

"그러실 필요 없어요. 택시 타면 되는데요, 뭐."

주아는 안전띠를 매며 애써 웃어 보였다. 차가 출발한 지 30분쯤 지나자 노을빛에 반짝이는 한강이 나타났다. 창밖을 멍하니 바라보던 주아가 그리움에 젖어 자신도 모르게 말을 내뱉었다.

"여기서 아빠한테 자전거를 배웠었는데……."

"자전거?"

"어릴 때 집이 한강하고 가까웠거든요. 그땐, 주말이면 아빠가 절 데리고 나와서 자전거를 가르쳐주셨어요. 넘어지는 게 무서워서 몇 번이고 안 탄다고 고집을 부렸었는데, 그때마다 최선을 다해 보지도 않고 포기할 생각부터 한다고 많이 혼났어요."

옛 추억을 되짚던 주아의 눈가가 촉촉이 젖어들었다. 영철은 홀로 병원에 누워 사경을 헤매고 있는데, 자신은 재영과 달콤한 시간을 보내고 있는 것 같아 죄스러운 마음이었다.

"아버지가 엄하셨어?"

"아니요, 전혀. 아빠한테 혼난 건 손에 꼽을 정도로 적어요. 재영 씨는요? 재영 씨는 자전거 누구한테 배웠어요?"

"자전거…… 타본 적 없는데."

"설마!"

"진짜로. 누구도 가르쳐주는 사람이 없었거든."

재영은 무뚝뚝한 얼굴로 아무렇지 않게 말했다. 하지만 주아는 알 수 있었다. 사소한 일상조차 그에겐 허락되지 않았다는 걸.

"그럼 우리 자전거 타러 갈래요? 내가 가르쳐줄게요."

"지금?"

"네! 운동하고 밥 먹으면 얼마나 맛있다고요. 재영 씨, 그렇게 해요."

주아는 영철에게만 가끔 보이던 애교를 그에게 부렸다. 팔에 매달려 몸을 흔들고 배시시 웃으며 눈을 깜박이자 그답지 않게 당황하는 모습을 보였다. 재영은 헛기침을 하며 표정을 수습하더니 차의 속도를 늦췄다.

"알았어. 그렇게 하자."

"고마워요, 재영 씨."

함박웃음을 지은 주아가 재영의 팔을 끌어당겨 볼에 쪽 소리가 나게 입을 맞췄다. 재영은 처음 당해본 일에 정신이 나간 듯 멍해졌다. 대부분 자신의 곁에 있던 여자는 고상함으로 어필하거나 섹시함을 무기로 내세웠다. 그런데 그녀는 청순한 얼굴로 애교를 떨어댄 것이다. 귀여운 여자를 좋아하는 줄도 몰랐는데 그녀의 애교에 푹 빠져 정신을 차릴 수가 없었다.

그들은 대여소에서 자전거 두 대를 빌려 최대한 인적이 드문 곳을 찾았다. 혹시 모를 사고를 미연에 방지하기 위함이었다. 가로등에 불이 들어오기 시작할 무렵, 자전거 배우기가 시작됐다.

"운전하는 거랑 별다를 거 없어요. 제가 뒤에서 잡고 있을 거니까, 걱정하지 말고 균형만 잘 잡으세요."

"운전하듯이 하면 된단 말이지."

"자, 페달 밟으세요."

바닥에서 발을 뗀 그가 페달을 채 한 바퀴도 돌리지 못하고 자전거는 옆으로 기울어졌다. 어린아이가 타고 있다면 주아의 힘으로 버텼겠지만, 성인 남성의 몸무게를 지탱하긴 힘들었다.

"다쳤어요?"

"아니, 괜찮아. 다시 해볼게."

재영은 핸들을 조작하며 서서히 감각을 익혀 나갔다. 그렇게 30분 정도가 지나자 공터를 무난히 돌게 되었다. 점차 속도를 높이는 그의 곁으로 주아가 따라붙었다.

"너무 잘 타는 거 아니에요?"

"요령을 터득하니까 쉽네. 우리 자전거도로 따라서 좀 더 가보자."

한강을 끼고 나 있는 자전거도로는 가로등 불빛을 받아 운치를 더했다. 더운 열기를 뚫고 앞으로 나아가는 두 사람은 마냥 행복해 보였다.

그때, 어린아이 몇 명이 갑자기 도로로 뛰어들었다. 주아는 방향을 틀며 급히 제동을 걸었지만, 경험이 부족한 재영은 멈추지 못하고 잔디 위로 넘어졌다.

"재영 씨! 괜찮아요?"

주아는 화들짝 놀라 자전거를 팽개치고 달려갔다. 걱정으로 일그러진 그녀의 얼굴에 재영은 장난기가 동해 다리를 부여잡았다.

"아! 다리, 다리가……."

"많이 다쳤어요? 혹시, 부러진 거 아니에요?"

재영은 그녀의 행동을 유심히 지켜보다가 다리에 손을 올리자 고통을 호소했다. 자신을 위해 눈물을 글썽이며 걱정하는 모습이 보기 좋았다. 하지만 그녀가 우는 것은 바라지 않아 팔을 잡아당겨 잔디 위에 눕혔다.

"내가 그렇게 걱정돼?"

"아프다면서요. 이러고 있을 게 아니라, 빨리 병원으로 가요."

"네가 치료해줘."

"아무것도 없는데 어떻게……."

다 듣지도 않고 재영은 고개를 숙여 입을 맞췄다. 부드럽게 입술을 핥고 빨아들이자 그녀가 거부하듯 어깨를 밀었다.

"재영 씨, 우선 병원부터 가요, 네?"

"주아가 찐하게 키스해주면 금세 나을 것 같은데."

"그게 무슨……. 문재영 씨!"

주아는 그제야 장난이었음을 알아채고 소리를 버럭 질렀다. 그를 째려보는 눈에선 점점 더 많은 양의 눈물이 고여 주르르 흘러내렸다. 조심스럽게 눈물을 닦아낸 그가 꼭 끌어안고 달래주었다.

"미안, 미안해. 그만 울어."

"다시는 이런 걸로 장난치지 마세요."

"알았어. 내가 잘못했어."

훌쩍거리던 눈물을 겨우 멈추고 주아는 그의 다리를 잡아 바지를 올려보았다. 병원에 갈 정도는 아니었지만, 자전거에 쓸린 부분은 빨갛게 피가 배어 나오고 있었다.

"안 아파요? 아무래도 약을 발라야겠어요."

"괜찮아. 난 오히려 내가 살아 있다는 게 느껴져서 좋은걸."

"그런 기분은 다른 걸로 느끼면 되잖아요. 이렇게 피 보는 거 말고요."

"예를 들면, 이런 거?"

그가 볼을 손으로 감싸고, 깊고도 진한 키스를 퍼부었다. 가로등 불빛이 은은히 비치는 인적 드문 곳에서 주아는 감미로운 입맞춤에 빠져들었다. 서로의 타액을 빨아들이며 숨결을 나누다가 멀리서 들려오는 휘파람 소리에 놀라 입술을 떼어냈다.

"미칠 것 같은데, 참아야겠지?"

"당연하죠. 재영 씨, 배 안 고파요? 우리 밥 먹으러 가요."

열에 들떠 뜨거운 숨을 내뱉는 그를 보며 주아는 분위기 전환을 위해 한껏 목소리를 높였다. 자전거를 반납하고 한강이 내려다보이는 레스토랑에 들어가 느긋하게 저녁을 즐겼다. 오가는 대화 속에 웃음이 끊이지 않았다.

그리고 식사 후 레스토랑을 나온 주아는 그의 손을 잡고 차가 주차된 곳까지 천천히 걸었다.

"앞으로 종종 나오자."

"그래요. 같이 자전거도 타고, 지금처럼 산책도 해요."

"주아야, 고마워."

진심이 듬뿍 담긴 한마디에 주아는 코끝이 시큰거렸다. 고작 자전거를 함께 타고 저녁을 먹었을 뿐인데, 그는 너무나 행복해 보였다. 남들에겐 평범한 일상이 그에겐 특별한 하루가 되었다는 사실에 가슴이 아팠다. 문화 그룹이라는 무거운 짐을 조금만 나눌 수 있어도 좋으련만. 그를 둘러싼 배경이 오늘처럼 덧없어 보이기는 처음이었다.

"저야말로 고마워요. 재영 씨 덕분에 오랜만에 즐거웠어요."

"음…… 아무래도 집에 빨리 가야겠는데."

"왜요? 무슨 급한 일이라도 생겼어요?"

"응, 아주 급한 일."

"뭔데요? 뭔데, 이렇게 서둘러요?"

거의 뛰다시피 주차장으로 온 재영은 차에 타자마자 주아의 입술을 삼켰다. 그녀를 만난 지 얼마 되지 않았지만, 벌써 자신의 인생을 송두리째 뒤흔들어 놓았다. 문화 그룹 문재영이 아닌, 평범한 남자로 그녀와 즐긴 데이트는 평생 잊지 못할 행복한 추억이 되어 뇌리에 새겨질 것이다.

입술을 떼어내자 달뜬 숨을 내쉬는 주아의 눈빛이 몽롱하니 풀려 있었다. 좀 더 있다간 장소도 개의치 않고 그녀를 안아버릴 것 같았다. 그녀가 집에 온 지 이제 겨우 하루. 앞으로 함께할 날이 많기에 조바심을 늦춰보지만, 주차장을 벗어나는 계기판의 속도는 점차 올라가고 있었다.

08. 데이트

집으로 돌아온 주아는 끈적한 몸을 씻어내기 위해 욕실로 향했다. 그런데 문이 채 닫히기도 전에 재영이 안으로 들어왔다.

"왜 따라 들어와요?"

"나도 씻으려고. 오늘 힘들었을 텐데, 내가 씻겨줄까?"

상체를 가리고 있던 그의 셔츠가 바닥에 뚝 떨어졌다. 그러자 운동으로 다져진 몸이 눈앞에 드러났다. 자잘한 근육이 어찌나 현란한지 자꾸만 눈이 가는 걸 막을 수가 없었다.

주아는 넋 놓고 바라보다가 낮게 퍼지는 웃음소리에 이성을 되찾고 문을 향해 발을 옮겼다. 하지만 그는 호락호락 길을 내어주지 않았다.

"어디 가?

"재영 씨 먼저 씻고 나와요. 전 나중에 씻을게요."

"신주아, 팔 들어."

"혼자 씻으면……."

"온전히 잠들고 싶으면 말 듣지."

음침한 목소리를 타고 은근한 협박이 이어졌다. 할 수 없이 두 팔을 위로 올리자 그가 입매를 늘이며 티를 벗겨냈다. 봉긋한 가슴에 와 닿는 눈빛이 점차 깊어졌다. 그는 무릎을 꿇고 청바지를 끌어 내리면서 형형한 눈빛으로 한곳만을 바라보았다.

손끝도 대지 않았는데 이토록 끓어오르게 하다니.

타오르는 시선은 정점을 꼿꼿이 세웠고, 관능적인 눈빛은 꽃잎을 촉촉이 적셨다. 주아는 이성적으로 행동하려 했지만, 몸은 이미 통제를 벗어난 상태였다.

"이리 와."

어느새 몸을 일으킨 그가 샤워기에 물을 틀었다. 주아는 인형처럼 그의 말에 고분고분 따랐다. 샤워기 앞에 서자 물에 젖은 속옷이 제 기능을 상실해 중요 부위를 적나라하게 드러냈다. 굴곡을 타고 흐르는 물줄기는 여체를 더욱 관능적이고 요염하게 포장했다. 바지를 벗은 그가 볼록한 하복부에도 아랑곳없이 바스를 손에 짰다. 비벼진 두 손에서 하얀 거품이 일었다.

목부터 어깨, 팔, 등까지 세심하게 문질렀다. 그의 손이 닿은 몸은 뜨거운 열기를 내뿜으며 서서히 달아올랐다. 브래지어가 풀리고 커다란 손이 가슴을 감쌌다. 부드럽게 가슴을 유영하던 손가락이 정점을 비틀자 참았던 신음이 연거푸 터져 나왔다.

"아홋!"

가슴을 유린하던 그가 골반을 붙잡고 하체를 비벼댔다. 순간 척추를 타고 흐르는 짜릿한 감각에 그의 목에 팔을 두르고 매달렸다. 입술이 겹쳐지고 농밀한 키스가 이어졌다. 가슴을 매만지던 그의 손이 팬티 속 수풀 아래로 내려갔다.

"으윽! ……하아, 하아."

쾌감에 몸부림치던 주아는 그에게도 같은 기분을 느끼게 해주고 싶었다. 그가 해준 것과 마찬가지로 가슴을 매끄럽게 쓸어내리고 작게 솟은 유두를 손가락으로 뱅글뱅글 돌렸다. 복부까지 내려간 손이 팬티에 걸리자 잠시 주저하다가 과감히 아래로 내려 꼿꼿이 솟은 남근을 해방시켰다. 바스를 좀 더 묻혀 남근에서 음낭까지 부드럽게 어루만지다가 두 손으로 그러쥐고 위아래로 흔들었다. 속도를 높이자 거대한 남근이 급격히 팽창했다. 그 순간 그가 신음을 흘리며 들릴락 말락 한 욕설을 내뱉었다.

"으윽! ……빌어먹을!"

그와 동시에 움질대던 남근에서 우윳빛 정액이 솟구쳤다. 주아는 자신의 몸 위로 흩뿌려진 것을 보며 묘한 만족감을 느꼈다.

재영은 주아의 뒷목을 잡고 뜨겁게 입을 맞췄다. 낮부터 달아오른 몸이 그녀의 손길에 속절없이 무너졌다. 짜릿한 쾌감을 선사해주고 싶었는데, 오히려 그녀가 쾌감을 안겨주었다. 입술을 떼어내고 몸을 물로 씻어낸 뒤 탐스러운 가슴을 입에 담았다. 짜릿한 쾌감에 사로잡힌 그녀가 머리카락에 손가락을 집어넣었다. 금세 부풀어 오른 남근을 꽃잎에 비벼 길을 열었다.

"으윽! 재영 씨."

"아파?"

"조금…… 하아."

고통으로 주름진 미간에 입을 맞추고 재영은 위태롭게 서 있는 그녀를 번쩍 들어 올렸다. 자세가 바뀌며 남근이 뿌리 끝까지 삽입되자 주아의 입에서 거친 신음이 터져 나왔다.

주아는 그의 허리에 다리를 감고 어깨를 손으로 짚었다. 쿵쿵 밀고 들어올 때마다 머리가 핑 돌고 몸이 뚫릴 것 같았다. 자신을 안고 몸을 움직이는 게 힘들만도 하건만. 그는 거친 숨을 몰아쉬면서도 멈추지 않았다.

그와 몸을 섞는 게 좋았다. 그가 자신을 원한다는 사실이, 그와 감정을 나눈다는 사실이 어느새 행복으로 다가왔다.

숨넘어갈 듯 몰아붙이던 그가 바닥에 내려놓고 뒤에서부터 밀고 들어왔다. 움직임이 거세질수록 다리가 바들바들 떨렸다. 절정에 도달할 만큼 강한 자극이 이어지더니 남근이 쑥 빠져나갔다. 재영은 욕실 바닥에 정액을 쏟아내고 주저앉은 주아를 일으켜 땀이 배어난 몸을 물로 씻겨주었다.

"걸을 수 있겠어?"

"네."

물기를 닦아낸 뒤 얇은 가운을 걸치고 거실로 나왔다. 재영은 주아를 소파에 앉혀놓고 주방으로 가 코코아를 한 잔 타왔다.

"마시고 자. 피로가 좀 풀릴 거야."

"잘 마실게요."

뜨거운 코코아가 목을 타고 넘어가자 주아는 점점 노곤해졌다. 재영은 그녀의 어깨를 감싸 안고 팔을 비비며 얘길 꺼냈다.

"내일은 뭐 할까?"

"글쎄요. 재영 씨는 휴일에 주로 뭘 했는데요?

"거래처 사람들하고 골프, 약속 없으면 보통 헬스장에서 운동하거나, 책 읽고, 영화 보고 그래."

"집에는 안 가요?"

"가끔 가. 주아는 뭐 하면서 지내는데?"

"그냥, 평범해요. 친구들 만나서 영화 보고, 차 마시고…… 쇼핑하고, 수다 떨고……."

말을 하는 중에도 주아의 눈꺼풀은 자꾸만 내려앉았다. 어느 순간 잠이 든 그녀를 재영은 자신의 방으로 데려가 눕혀주었다. 그 순간 휴대폰 벨소리가 크게 울렸다. 재영은 주아가 깰까 봐 재빨리 전화를 받았다.

"여보세요."

-난데, 혹시 본가에 있어?

"아니."

-그런데 왜 안 왔어?

"자전거 타느라고 못 갔어."

-뭐? 자전거? 내가 잘못 들은 거 아니지?

"그래, 맞게 들었어. 내일 갈 테니까 끊어."

-야, 문재영!

부르는 소리를 무시하고 재영은 전화를 끊어버렸다. 자신이 얼마나 어이없는 일을 했는지 잘 알고 있었다. 고작 자전거를 타기 위해 일을 내팽개치다니. 오늘은 클럽에 가서 필요한 서류에 결재하고 일의 진척 상황 및 내부적인 보고를 받는 날이었다. 클럽을 차린 이후 2주에 한 번 찾아가는 건 영구불변이었는데, 주아와 함께하느라 너무나 쉽게 깨버렸다.

재영은 침대에 누워 주아의 얼굴을 천천히 쓰다듬었다. 언제나 혼자였던 집, 언제나 쓸쓸했던 방. 삭막한 공간에 꽃과 같은 그녀가 들어옴으로써 포근한 향기가 집 안 전체로 퍼져 나갔다.

그녀를 갖고 싶다.

따뜻한 온기를 전해주는 그녀를 놓치고 싶지 않다.

그 순간 주아가 몸을 뒤척여 재영의 품으로 파고들었다. 희미하게 미소 짓는 그녀의 모습에 그의 입가에도 미소가 피어났다.

너도 나와 같은 마음이니? 넌 지금 무슨 꿈을 꾸고 있을까? 어떤 꿈인지 몰라도 네 웃음이 날 향한 거라면 좋겠다.

재영은 주아를 품에 감싸 안고 눈을 감으며 그녀의 꿈속으로 찾아들었다.

"으응, 누구……."

"누구겠어, 잠꾸러기 아가씨."

은근히 만져대는 손길에 잠에서 깬 주아는 뒤에서 들려온 목소리에 잔잔하게 웃으며 몸을 돌렸다. 그는 이미 샤워를 마쳤는지 머리가 촉촉이 젖어 있었다.

"지금 몇 시예요?"

"10시가 넘었어."

"벌써요?"

"그래. 어서 씻고 나와. 밥 먹고 나가자."

"어디 갈 건데요?"

"데이트하러."

간단하게 아침을 먹은 두 사람은 재영의 차를 타고 가까운 영화관에 도착했다. 그들은 주위 다른 연인들처럼 서로의 손에 깍지를 끼고 상영 중인 영화를 확인했다.

"어떤 장르가 좋아?"

"딱히 가리는 건 없어요. 너무 난해한 영화만 아니면."

"그럼 이건 어때?"

"정우성 나오는 거네! 우리, 이거 봐요."

주아는 그의 낯빛이 변한 것도 모르고 과하게 흥분했다. 조각 같은 얼굴, 큰 키에 균형 잡힌 몸매, 카리스마 넘치는 연기까지. 무엇 하나 흠잡을 데 없는 배우를 안 좋아할 여자는 없었다.

"이 배우 좋아해?"

"당연하죠. 친구가 실제로 봤는데 화면에서 보는 것보다 훨씬 키도 크고, 진짜 후광이 비친대요."

가만히 응시하던 그가 팸플릿을 제자리에 꽂더니 다른 팸플릿을 집어 들었다. 하지만 그건 주아를 더욱 흥분으로 몰아넣었다.

"우와! 이건 강동원 나오나 봐요!"

"강…… 동원?"

눈을 빛내며 팸플릿을 보는 주아의 모습에 재영의 눈썹이 찌푸려졌다. 그는 팸플릿을 빼앗아가더니 사정없이 구겨서 쓰레기통에 던져버렸다.

"재, 재영 씨……."

상황파악을 하기도 전에 데스크로 걸어간 그가 영화표를 끊어왔다. 무슨 영화인지도 모르고 따라 들어간 상영관에선 원숭이가 끝도 없이 나왔다. 주아는 그제야, 그가 연예인을 상대로 질투했음을 깨닫고 웃음을 참느라 용을 썼다.

영화관에서 나온 두 사람은 빙수가 유명하다는 카페로 향했다. 커다란 그릇에 높이 쌓인 빙수는 한여름 열기를 잊게 해줬다.

보통의 연인들처럼 소소한 이야기를 나누던 두 사람은 카페를 나와 차로 이동했다. 문득 달리는 차 안에서 주아가 해사하게 웃으며 물었다.

"이번엔 어디 가는 거예요?"

"백화점에."

"백화점이요? 거긴 왜……."

영화 보고, 차 마시고, 쇼핑까지. 그러고 보니 어제 중얼중얼 내뱉은 말들과 같은 행보였다. 친구들과 늘 해오던 일들이, 오늘만은 색다르게 느껴졌다. 그와 손을 잡고 걷는 것만으로도 두근거리고, 이성을 질투하는 모습은 지금껏 느껴보지 못한 기쁨이었다. 누구나 경험하는 일들이 특별하게 느껴지는 걸 보면, 그에 대한 마음이 그만큼 달라진 게 아닌가 싶었다. 주아는 그에게 잡힌 손을 꼼지락거리다가 손등에 쪽 소리가 나게 입을 맞췄다.

"재영 씨, 고마워요."

"뭐가?"

"그냥…… 다요."

함께해줘서, 마음을 나눠줘서 고맙다는 말이 목구멍까지 치솟았다. 그러나 주아는 말을 삼키고 두루뭉술하게 얼버무렸다.

백화점 VIP 전용 주차장에 차를 세우고 그가 허겁지겁 입술을 겹쳤다. 거칠게 시작된 키스가 달콤하게 이어지더니 부드럽게 마무리됐다. 아쉬움을 전하듯 몇 차례 붙었다가 떨어진 입술은 긴 여운을 남기고 사라졌다.

"차를 좀 후미진 곳으로 옮길까?"

"문재영 이사님. 여기는 많은 사람이 이용하는 공공장소거든요. 체통을 지키시죠."

"이 물건을 통제하는 게, 요즘은 나도 힘들다고."

그의 시선을 따라가 보니 바지 앞섶이 불뚝 솟아 있었다. 조수석을 향해 반쯤 몸을 튼 그가 목덜미를 지분거리며 다리 사이로 손을 뻗었다. 서서히 끓어오르는 욕망에 스르르 눈이 감겼다. 그때, 정신을 일깨워주듯 검은 차가 커다란 소음을 내며 바로 앞을 지나갔다. 주아는 화들짝 놀라 그를 사정없이 밀쳐냈다.

"어, 어서 가요. 저, 살 거 많아요."

얼굴이 새빨개진 주아가 고개를 푹 숙이고 재빨리 차에서 내렸다. 계속 차 안에 있다간 무슨 일이 벌어질지 몰랐다.

백화점에 들어선 재영은 자연스럽게 명품관으로 몸을 틀었다. 주아는 그의 팔을 잡아당겨 엘리베이터에 태웠다.

"쇼핑은 맨 위층부터 내려오면서 하는 거라고요."

의기양양하게 내뱉고 꼭대기 층에서 내리자 이불과 그릇 및 다양한 소품이 진열되어 있었다. 주아는 매장을 돌아다니다가 커플 앞치마를 발견하고 그에게 입혀보았다.

"이거 진짜 귀엽다. 우리 이거 사요."

"나보고 앞치마 하라고?"

"앞치마가 뭐 어때서요. 주말엔 제가 요리하고 재영 씨가 설거지하고. 오케이?"

파란색 앞치마엔 귀여운 남자애가, 분홍색 앞치마엔 사랑스러운 여자애가 그려져 있었다. 주아는 카운터에 앞치마를 올려놓고

가방에서 지갑을 찾았다. 하지만 지갑을 꺼내기도 전에 매장 직원
은 그의 카드를 받아 결제를 마쳤다.

"이거 제가 사려고 했는데……."

"누가 사면 어때."

"좋아요. 그럼 그릇은 제가 살게요."

두 사람은 마치 신혼부부처럼 한 쌍의 밥그릇과 국그릇, 수저
세트까지 장만했다. 여성복 매장을 돌며 옷을 몇 벌 구매한 주아는
쇼핑을 마치고 주차장으로 가려 했다. 하지만 그는 아직 갈 마음이
없는지 명품관으로 이끌었다.

"여긴 왜요?"

"나도 살 게 있어서. 저기 좀 들렀다 가자."

"아…… 그래요, 그럼."

그가 가리킨 매장은 명품 중에서도 고가로 유명한 곳이었다. 안
으로 들어가자 그를 알아본 매니저가 공손히 인사를 건넨 뒤 그의
뒤를 따라다녔다. 주아는 매장을 돌며 눈요기하듯 물건들을 살펴
봤다. 그러다 화려한 샌들에 시선이 꽂혀 살며시 집어 들고 가격을
살펴본 뒤, 아무렇지도 않게 내려놓았다.

예쁘긴 한데, 그래도 이건 너무 비싸다. 이 샌들 하나면 몇 달 치
생활비를 하고도 남겠네.

속으로 툴툴대면서도 주아의 눈은 샌들에서 떨어질 줄 몰랐
다.

재영은 와이셔츠를 고르면서도 힐끔힐끔 주아를 지켜보고 있었
다. 매장을 돌며 쳐다만 보던 그녀가 샌들에 손을 뻗는 순간 매니
저를 불러 조용히 말했다.

"지금 보고 있는 신발을 사고 싶은데, 제가 사이즈를 모르거든요. 무슨 말인지 아시죠?"

"네, 이사님."

매니저는 여직원을 불러 귓속말을 했고, 여직원은 활짝 웃으며 주아에게 다가갔다.

"이 신발 예쁘죠? 한번 신어보세요."

"저, 이거 안 살 건데."

"안 사셔도 괜찮아요. 이럴 때 아니면 언제 신어보겠어요."

"그럼 잠깐만 신어볼게요."

직원은 주아의 발 사이즈를 확인하고 맞는 신발을 가져다주었다. 샌들을 신고 너무나 좋아하는 모습을 보며 재영은 매니저를 불러 신발에 어울릴 만한 옷도 골라달라고 했다. 그렇게 신발과 옷, 가방까지 골라 결제하는 것도 모르고 주아는 아쉬움을 달래며 샌들을 직원에게 건네주었다.

"상자에 넣어드릴게요."

"네? 저 안 사요! 그냥 신어만 본 건데."

"내가 선물하는 거야. 우리 집에 온 기념으로."

언제 왔는지 재영의 목소리가 바로 옆에서 들렸다. 주아는 그에게 바짝 붙어 서서 팔을 잡아당기더니 귓가에 작게 속삭였다.

"아무리 메이커값이라지만, 저건 터무니없이 비싸다고요."

"괜찮으니까, 이것도 입어봐."

그가 내민 옷도 주아가 좋아하는 스타일이었다. 하지만 옷은 거들떠보지도 않고 먼저 샀던 쇼핑백들을 집어 들었다.

"마음에 안 들어?"

"마음에 들고, 안 들고를 따질 문제가 아니에요."

"이거 입고 갈 데가 있어서 그래."

"어디요?"

대답은 않고 배시시 웃기만 하는 그를 보니 아무래도 알려줄 것 같지 않았다. 주아는 할 수 없이 탈의실로 들어가 옷을 갈아입었다. 거울에 비춰 본 모습은 맞춤옷을 입은 듯 그야말로 잘 어울렸다. 옛날로 돌아간 것처럼 도도한 표정이 절로 나왔다.

"예쁘다. 이왕이면 신발도 바꿔 신고, 가방도 이걸로 들어."

가방과 신발을 착용하고 거울을 확인했다. 주아는 완벽한 스타일을 연출하기 위해 묶었던 머리를 풀고 가지런히 정리했다.

"이제 됐나요?"

"완벽해."

확 바뀐 모습으로 그와 함께 간 곳은 최고급 레스토랑이었다. 철저히 예약제로 운영되는 곳이라 상류층 자제들과 연예인들이 자주 찾는 곳이었다. 웨이터의 안내를 받아 룸으로 들어간 주아는 연이어 나오는 코스 요리를 맛있게 즐겼다.

입안을 상큼하게 만들어주는 샐러드, 부드러우면서 풍미를 더하는 수프, 살이 탱글탱글한 연어와 입안에서 살살 녹는 스테이크까지. 지금까지 먹어본 그 어떤 코스 요리보다 훌륭했다. 디저트로 나온 푸딩을 떠먹는 주아의 얼굴은 행복감에 젖어 있었다.

"그렇게 맛있어?"

"네. 가격 생각하면 자주는 못 오겠지만, 비싼 값은 하는 것 같아요."

푸딩을 입에 넣고 음미하며 먹는 모습이 어찌나 귀여운지. 재영은 의자에서 일어나 주아의 턱을 들어 올리고 입술을 맞댄 채 잘게 부서진 푸딩을 하나도 남김없이 빼앗아 먹었다.

"이런 맛이구나. 정말, 환상적인데. 앞으로 자주 와야겠어."

번들거리는 입술을 손가락으로 훑는 모습이 어찌나 선정적인지. 주아의 머릿속엔 온통 그를 만지고 싶다는 생각만 가득했다.

"우리 그만, 집에 가요."

성급히 일어나는 주아를 따라 재영도 피식 웃으며 일어났다. 재영은 차에 탈 때마다 만지고 싶은 욕구를 눌러 참느라 죽을 맛이었다. 지금 상태에서 입이라도 맞췄다간 브레이크가 고장 난 차처럼 질주하고 말 것 같았다. 집으로 가고 싶은 마음을 애써 억누르며 클럽으로 차를 몰았다.

"우리 집에 가는 거 아니었어요?"

"잠깐, 들를 데가 있어서."

지하주차장에 차가 멈추자 주아는 어디인지 금세 알아차렸다. 클럽은 한창 물이 오를 시간이지만, 놀러 온 것 같진 않았다.

"클럽엔 왜요? 친구 만나러 온 거예요?"

"내가, 얘기했던가?"

주아는 순간 말실수했다는 걸 깨닫고 얼굴이 하얗게 질렸다. 의심을 산 건 아닐까, 걱정하며 표정을 풀고 수습에 나섰다.

"아니요. 잠깐 들른다기에 친구들 모임이라도 있나 했어요."

"모임은 아니고, 만나야 할 친구가 여기 사장이거든."

얘기하며 걷다 보니 어느새 사장실 앞에 도착했다. 그는 문고리를 잡고 씽긋 웃으며 뒷말을 이었다.

"가까운 친구라 주아도 소개해주면 좋을 것 같아서."

문이 열리고 보통의 사장실과 비슷한 공간이 나타났다. 의자에 앉은 남자는 고개도 들지 않고 서류를 훑어보며 미간을 구겼다.

"노크 좀 하라고 몇 번을 말해야 들어먹을래?"

"이승훈, 고개 좀 들지."

"왜? 그 잘난 면상이 바뀌기라도……."

무심코 쳐다본 곳에 주아가 서 있자 그는 말을 끝맺지 못하고 벌떡 일어섰다. 당황한 표정이 역력하다가 이내 접대용 미소를 지으며 다가왔다.

"손님이 계신 줄도 모르고 실례했네요. 안녕하세요, 이승훈입니다."

환한 미소를 보이며 그가 손을 내밀었다. 큰 키에 떡 벌어진 어깨, 서글서글하고 부드러운 인상이 매력적인 남자였다. 악수하기 위해 손을 뻗는 순간 재영이 그의 손을 찰싹 쳐냈다.

"꿈 깨! 내 여자야."

"뭐라고?"

"작업할 생각 말라고."

승훈은 '내 여자'라는 말에 경악을 금치 못했다. 클럽까지 데려와 소개한 여자는 처음이었다. 여태 누굴 만나도 소유욕을 내보인 적이 없었는데. 며칠 사이에 그에게 무슨 일이 벌어진 건지.

"재영 씨! 친구분 무안하게."

재영을 타박하며 한발 다가선 주아가 승훈에게 손을 내밀었다.

"안녕하세요, 신…… 아니, 앨리스예요."

"외국, 분이세요?"

승훈은 주아의 손을 두 손으로 감싸 쥐며 호기심을 내보였다. 겹쳐진 손을 못마땅하게 지켜보던 재영이 손을 빼냄과 동시에 주아의 어깨를 감싸 안고 소파에 앉혔다.

"재미교포."

승훈은 올려다보는 재영과 눈이 마주치자 오금이 저렸다. 단 한 번도 본 적 없는 눈빛엔 관심 끄라는 경고가 담겨 있었다.

"계속 멀거니 서 있을 거야? 그냥 갈까?"

"아, 미안해. 뭐, 마실래? 양주? 맥주? 뭐든 말만 해."

"술은 다음에."

재영은 서둘러 돌아갈 생각에 술을 거절했다. 그녀를 혼자 두긴 싫었지만, 보고를 받고 서류에 사인하려면 어쩔 수 없었다.

"잠깐만 나가서 기다려줄래? 오래 걸리지 않을 거야."

"네, 말씀 나누세요. 구경하고 있을게요."

"너무 멀리 가지 마."

주아가 살짝 고개를 숙여 인사를 건네고 밖으로 나가자, 승훈이 자리에 앉으며 호들갑스럽게 질문을 퍼부었다.

"뭐 하는 여자야? 언제부터 만난 건데? 어제 저 여자랑 같이 자전거 탔구나? 너, 진짜 내가 아는 문재영 맞긴 하냐? 사람이 변해도, 어쩜 이렇게 변하는지. 난 다른 사람 보는 줄 알았다."

"할 말 다 했어? 그럼 서류 가져와."

단칼에 말을 잘라버리자, 승훈은 '매정한 놈'이라고 중얼거리며 금고에서 서류를 꺼내왔다. 그가 내민 서류에는 클럽 장부를 비롯해 문화 그룹 관련 문서도 포함되어 있었다. 재영이 서류를 검토하고 보고를 받는 동안, 주아는 2층에서 홀을 내려다보며 비트에 맞춰 몸을 살짝살짝 흔들고 있었다.

"어? 누나!"

친근하게 부르며 다가온 사람은 다름 아닌 단골 웨이터였다. 딴에는 고객관리를 위해 알은척했을 텐데, 주아로서는 반갑지 않은 만남이었다.

"요즘 왜 이렇게 뜸해요? 친구들은 가끔 오던데."

"아, 그게……."

"오늘은 혼자 온 거예요? 제가 물 좋은 룸으로 안내해드릴까요?"

"저기, 미안하지만……."

"뭐야?"

등 뒤에서 들려온 목소리에 주아의 심장이 쿵하고 내려앉았다. 어찌나 놀랐는지 그를 쳐다볼 수조차 없었다. 터벅터벅 걷는 발소리가 가까워질수록 얼굴은 창백해지고 손엔 땀이 찼다.

이렇게 걸릴 순 없어. 아직은 아니야. 지금은 그를 떠날 수 없다고!

주아는 어떻게든 위기를 모면하기 위해 목소리에 최대한 힘을 실어 강하게 내뱉었다.

"사람 잘못 보셨어요!"

"아, 죄송합니다."

싸늘한 시선을 느낀 웨이터가 주춤 뒤로 물러나며 사과했다. 곁으로 다가온 재영이 웨이터를 돌아보자 주아는 그의 팔에 매달려 입구로 잡아끌었다.

"왜? 무슨 일인데?"

"별거 아니에요. 웨이터가 절 다른 사람하고 착각했나 봐요. 재영 씨, 나 빨리 집에 가고 싶어요."

주아의 애타는 얼굴에 재영은 마른침을 삼키며 클럽을 나섰다. 재영을 배웅하기 위해 나왔던 승훈은 혹시 불미스러운 일이라도 있었나 싶어 연신 고개를 갸웃거리고 있는 웨이터를 불렀다.

"막내야, 이리 와봐."

"네, 사장님."

"무슨 일이야?"

"아, 그게…… 여기 단골손님인 줄 알았는데, 제가 착각했나 봐요."

머리를 긁적이며 하는 말에 승훈은 꺼림칙한 기분이 들었다. 재미교포라는 여자가 클럽 단골과 닮았다? 재영이 정신 못 차릴 정도로 빠져든 여자이기에 약간의 의구심도 그냥 넘길 수 없었다.

"좀 더 자세히 말해봐."

"요즘은 잘 안 오는데, 몇 달 전만 해도 친구들하고 오면 룸에서 비싼 양주를 시켜 먹었거든요. 팁도 잘 주고 그래서 얼굴을 기억하고 있었는데. 뭐, 비슷하게 생긴 사람이 워낙 많으니까요."

"알았어. 가서 일 봐라."

웨이터는 고개를 꾸벅 숙이고 주문받은 술과 안주를 가지러 갔다. 사장실로 돌아온 승훈은 청순하면서 묘한 분위기를 자아내던 주아의 얼굴을 떠올리며 이름을 곱씹었다.

"앨리스라…… 앨리스란 말이지."

의자에 앉아 손으로 턱을 받치고 한참 생각에 잠겨 있던 그가 결심을 굳힌 듯 휴대폰을 들더니 어디론가 전화를 걸었다.

09. 아르바이트

집으로 돌아와 밤새 재영에게 시달린 주아는 정오가 될 때까지 침대에서 일어나지 못했다. 돌아오는 내내 불안감을 떨쳐버리지 못하고 집에 들어서자마자 입술을 겹쳤던 것이 화근이었다.

"으윽, 허리야."

허리를 부여잡으며 침대에서 내려섰다. 그때 현관문 열리는 소리가 들렸다. 주아는 급히 옆에 놓인 가운을 입고 방을 나왔다. 중년 여인이 장바구니를 들고 주방으로 들어서는 모습이 보였다. 아마도 전에 말했던 아주머니가 아닌가 싶었다.

"저기, 혹시……."

"어머나!"

식탁에 물건들을 올려놓던 아주머니는 화들짝 놀라 뒷걸음질

쳤다. 민망해진 주아가 어색하게 웃자 정신을 수습한 아주머니가 정중하게 사과했다.

"죄송합니다. 누가 있을 거라고 생각지 못해서…….."

"괜찮아요. 도우미 아주머니세요?"

"네."

때맞춰 휴대폰이 울렸다. 아주머니가 양해를 구하고 몇 걸음 떨어진 곳에서 전화를 받았다.

주아는 아주머니가 편히 통화하시도록 주방을 벗어나 갈아입을 옷을 들고 욕실로 들어갔다. 개운하게 샤워를 마치고 나오자 식탁 위에 먹음직스러운 점심상이 차려져 있었다.

"점심 전이죠? 배고플 텐데, 어서 먹어요."

"감사합니다."

"좀 전에 도련님께 들었어요. 당분간 여기서 지내기로 하셨다고. 앞으로 먹고 싶은 거나, 필요하신 거 있으시면 말씀하세요."

"따로 신경 쓰지 않으셔도 돼요. 아주머니께서는 식사하셨어요? 안 드셨으면 같이 드세요."

사양하는 아주머니를 의자에 앉힌 주아는 보글보글 끓는 김치찌개에 밥 한 공기를 말끔히 비워냈다. 밥 먹는 동안 이야기를 나누며 재영의 사생활에 대해 많은 부분을 알게 되었다.

아주머니는 평일에만 들러 저녁 준비와 집안일을 하고 계셨다. 주아는 이참에 요리를 배워 주말 식사를 책임지기로 마음먹었다.

식사가 끝나고 딱히 할 일이 없어 집 안을 구경했다. 제일 처음 들어간 방은 소형 영화관에 온 듯한 착각을 불러일으켰다. 선약이 없으면 대부분의 시간을 집에서 보내는 그답게 넓은 화면과 커다란 스피커, 푹신한 소파가 영화를 보기에 안성맞춤이었다.

다음으로 들어간 방은 서재였다. 널찍한 책상과 사방을 둘러싼 책들이 그의 지적 수준을 짐작케 했다. 책장을 둘러보던 주아는 마음에 드는 책 몇 권을 꺼내 책상 위에 올려놓고 의자에 앉았다. 그렇게 책을 한 권을 펼쳐 드는데 자그마한 액자가 눈에 띄었다.

"누구지?"

파릇파릇 올라온 잔디를 밟고 서 있는 여자는 20대 초반으로 보였다. 해맑은 미소가 꽃보다 더 빛나 보였다. 한눈에 봐도 남자들이 보호해주고 싶을 만큼 가녀린 여자임에 틀림없었다.

"첫사랑이라도 되나? 좀 오래된 사진 같은데……."

이 여자 묘하게 나랑 닮은 구석이 있네. 설마, 내가 첫사랑과 닮아서 끌린 건가?

사진을 바라보는 눈이 설핏 찌푸려졌다. 액자를 내려놓는데 책상 위에 올려두었던 휴대폰이 울렸다. 주아는 발신자를 확인하고 사진 속 여인처럼 환한 미소를 지으며 전화를 받았다.

"어, 보람아."

-요즘 왜 이렇게 연락이 뜸해? 잘 지냈어?

"응, 미안. 조금 정신이 없었어."

-혹시 취직한 거야?

"아니, 아직."

-그럼 너, 나랑 아르바이트 안 할래?

"아르바이트?"

평소였다면 당연히 거절했겠지만, 지금은 한 푼이 아쉬운 상황이었다. 그렇지 않아도 어제 일을 겪으며 언제든 들킬 수 있다는 것을 자각했다. 그러면 영철에게 주어지던 지원도 끊길 테고, 그때를 대비해라도 돈을 벌어야 했다.

"무슨 일인데? 나도 할 수 있는 거야?"

-졸업생 중에 서정 그룹에 취직한 선배가 있거든. 회사에서 자선 패션쇼를 여는데 아르바이트가 필요하다고 연락이 왔어. 서정 그룹 원서 넣을 때도 득이 된다고 해서 해보려고. 같이할래?

주아는 머릿속이 복잡하게 얽혔다. 서정 그룹이면 그와 약혼 얘기가 오가는 집안이라 왠지 꺼림칙했다.

"기간은?"

-패션쇼 준비만 하면 되니까, 한 달 정도면 될 거야. 시급은 다른 곳보다 많이 준대.

"좋아, 할게. 언제부터 나가면 돼?"

-자세한 얘기는 오늘 선배 만나서 듣기로 했는데. 시간 되면 너도 올래? 오랜만에 얼굴이나 보자.

"그래. 어디서 볼까?"

약속 장소를 정하고 책을 대충 꽂아놓은 뒤 방을 나왔다. 옷을 갈아입고 외출 준비를 마친 뒤 아주머니를 찾아 주방으로 갔다.

"저 좀 나갔다 올게요."

"날이 더워요. 조심해서 다녀오세요. 전 5시쯤 퇴근할게요."

"네, 그러세요. 다녀오겠습니다."

빌라를 벗어나자마자 그녀는 찜통더위에 숨이 막혔다. 부채를 흔들어봐도 불어오는 바람이 뜨거우니 땀이 식지 않았다. 버스 정류장까지는 아직도 한참을 더 가야 하는데 벌써 열이 올랐다.

진작 운전 좀 배워둘 걸 그랬나? 이 더위에 매일 걷다간 도착하기도 전에 진이 다 빠지겠네.

더위와 한바탕 사투를 벌인 주아는 서정 그룹 근처 카페에 도착해 보람을 찾았다. 정장을 쫙 빼입은 직장인들 사이에서 그녀는 유난히 풋풋한 느낌이 들었다.

"최보람!"

"어서 와. 덥지?"

"오다가 쪄죽는 줄 알았다."

보람이 피식 웃다가 누군가를 발견했는지 손을 번쩍 들었다. 다가오는 남자를 확인한 주아는 보람의 옆자리로 옮겨 앉았다.

"보람이 오랜만이다. 못 본 사이에 더 예뻐진 것 같네."

"선배 농담은 여전하네요. 아르바이트 같이할 제 친구예요."

"만나서 반가워요. 김민석이라고 합니다."

그가 지갑에서 명함을 꺼내 건넸다. 서정 그룹 홍보부 대리. 졸업한 지 2, 3년밖에 되지 않았을 텐데, 벌써 대리 직함을 단 걸 보니 꽤 유능한 직원인 모양이었다.

주문을 하고 기다리는 동안 민석과 보람은 사적인 대화들을 나눴다. 보람을 바라보는 그의 눈동자가 반짝반짝 빛나며 호감 그 이상의 것을 담고 있었다. 물론, 당사자는 전혀 모르는 듯했지만.

커피가 나오자 그는 준비한 서류를 테이블에 올려놓고 패션쇼에 대해 자세히 설명했다. 일반인이라고 해도 모델만 아닐 뿐 사회의 영향력 있는 사람들이 오르는 무대였다. 그들이 입게 될 옷은 유명 디자이너의 작품으로 당일 판매된 수익금은 전액 불우이웃을 돕는 데 사용될 예정이었다.

"런웨이에 오를 사람들은 홍보부에서 이미 섭외했고, 행사 진행은 패션쇼 전문 업체와 계약했으니까 알아서 할 거야."

"그럼 우린 뭘 하면 돼요?"

"초대 인사들 하고 디자이너 명단 줄 테니까, 가봉할 날짜와 시간 맞춰주고 전날까지 옷 받아 오면 돼."

"그것만 하면 돼요?"

"주된 업무는 그래. 그런데 당일 날 하청업체와 조율하고 관리 감독하는 것도 대부분 너희가 해야 할 거야. 내일 미팅 있으니까 참석하고."

그의 말대로라면 실질적인 업무를 자신들이 맡아서 해야 했다. 좀 부담스럽긴 하지만, 이번 일을 성공리에 마친다면 확실히 이력에 득이 될 것은 자명했다.

"내일 회사 올 때 이력서하고 등본 한 통만 떼어와."

"네, 선배."

"회의 시간이 다 돼서 먼저 들어갈게. 내일 보자."

민석이 자리를 뜨자 보람은 서류의 내용을 꼼꼼히 살펴보았다. 하지만 주아는 글자가 눈에 들어오지 않았다. 초대 인사들 명단에 아는 사람이 있진 않을까 걱정이 앞섰다.

"아무래도 옷은 완성된 것 먼저 가져와야겠다. 하루에 다 돌려면 차가 있어야 하는데 너나 나나 운전을 못 하잖아."

"그러게."

"디자이너 한 명당 두, 세 벌은 만드는 것 같은데. 늦어지면 독촉도 해야 하나? 난 그런 거 잘 못 하는데."

"필요하면 해야지 어쩌겠어."

디자이너들이 기성사이즈로 작업을 한다지만, 가봉을 거쳐 완벽한 옷이 나오기 전엔 내어주지 않을 것이다. 여러 디자이너가 참석한 만큼 명성에 걸맞게 옷을 제작하고 싶어 할 테니까.

"주아야, 너 전화 온 거 아니야?"

"어?"

카페 음악 소리에 휴대폰의 벨소리가 묻혀버렸다. 테이블에 올려놓은 휴대폰이 반짝거리지 않았다면 나갈 때까지 모를 뻔했다. 발신자는 재영이었다. 주아는 양해를 구하고 조용한 곳으로 자리를 옮겼다.

"네, 재영 씨."

-나갔다며? 어디야?

"친구하고 시청 근처에 있어요."

-그럼 이쪽으로 올래? 같이 들어가자.

"언제 퇴근하는데요?"

같은 시각, 재영은 앞에 놓인 서류 더미에 시선을 한 번 주더니 벽에 걸린 시계를 확인했다. 전부 처리하려면 어림잡아 몇 시간은 잡아먹을 양이었다. 의자를 뱅그르르 돌려 창밖을 바라봤다. 태양은 기울어가지만 열기는 식지 않은 채 여전히 도시 전체를 감싸고 있었다.

"오늘은 좀 일찍 들어가도 돼."

-알았어요. 15분쯤 후에 출발할게요.

의자를 돌려 서류를 바라보는 재영의 입가에 희미한 미소가 걸렸다. 종일 머리가 지끈거렸는데 이제야 좀 가라앉는 느낌이었다.

아침 일찍 들이닥친 태영이 호들갑을 떨며 비서를 소개해달라고 했다. 동우를 시켜 비서를 불러오자 여자가 아니라며 난리를 치는 통에 정신이 하나도 없었다. 겨우 달래 사무실로 보내놓고 부랴부랴 회의에 참석하고 나오니 오전이 후딱 지나가 버렸다.

점심 선약이 있어 이동하던 중 아주머니께 주아의 존재를 알리지 않았다는 사실이 퍼뜩 떠올랐다. 서둘러 전화를 걸었지만 이미 서로 만난 뒤였다.

회사로 돌아오고 나선 퇴근 시간을 앞당기기 위해 서류에서 눈을 떼지 않았다. 평소처럼 퇴근하며 문자를 남긴 아주머니가 그녀의 외출 사실도 알려주었다. 재영은 인터폰을 눌렀다.

"이 대리, 잠깐 들어오지."

"네, 이사님."

노크를 하고 안으로 들어온 동우는 서류를 대충 훑더니 덮어버리는 그의 모습에 의아함을 느꼈다. 한창 일에 빠져 옆에서 불러도 모를 시간인데, 지금의 행동은 누가 봐도 괴상했다.

"무슨 일…… 있으세요?"

"오늘 좀 일찍 퇴근하려고. 이 대리도 시간 되면 퇴근해."

"어디 아프신 건 아니죠?"

"내가 아파 보여? 괜한 소리 하지 말고 쉬랄 때 쉬어."

재영은 오늘 안에 확인해야 하는 서류를 골라 가방에 집어넣었다. 그리고 남은 서류는 급한 순서대로 책상 위에 정리했다.

"태영이는 그러고 가서 별일 없었어?"

"따로 보고 들어온 건 없습니다. 아마, 문 실장님 비위 맞추느라 정신없을 겁니다."

"알았어. 일 생기면 전화하고."

"네, 이사님."

자리에서 일어나 재킷을 팔에 걸친 채 가방을 들고 집무실을 나섰다. 엘리베이터에 올라타 시간을 확인하니 조만간 주아가 도착할 듯싶었다. 그녀를 생각하는 것만으로도 재영의 얼굴은 부드럽게 풀어지고 입매는 곡선을 그렸다.

재영이 엘리베이터에서 내려 정문으로 향할 때, 약간 떨어진 곳에서 태영과 최 비서가 한창 실랑이를 벌이는 중이었다.

"안 됩니다, 문 실장님."

"아, 안 될 게 뭐 있어? 그만큼 앉아 있는 것도 지루해 죽을 뻔했는데."

"그래도 퇴근 시간은 지키셔야죠. 고작 한 시간밖에 안 남았는데, 이제 와서 왜 이러세요."

"한 시간도 안 남았으니까, 봐줄 수도 있는 거 아니야!"

최 비서는 다짜고짜 퇴근하겠다는 태영을 말리느라 진땀을 뺐다. 일찍이 망나니라는 소문은 들었지만 직접 겪어보니 혀를 내두를 정도였다. 가장 기본적인 회사 조직도와 부서별 업무내용을 숙지할 수 있도록 간단히 브리핑을 하는데도 도통 들을 생각조차 하지 않았다. 이젠 상사고 뭐고 협박이라도 해야 할 판이었다.

"이사님이 찾기라도 하시면 어쩌시려고요."

"형이 날 왜 찾겠어? 어라? 저기…… 형 아니야?"

"이사님이 여기 왜 있겠……."

"저기 보라니까, 형 맞잖아! 형도 지금 퇴근하네."

"외, 외근 나가시는 거겠죠."

로비를 가로지르는 그의 뒷모습은 정말 퇴근하는 것처럼 보였다. 하지만 최 비서는 결단코 그럴 리 없다고 믿었다. 누구보다 일벌레인 문재영이 아니던가! 그런 그가 퇴근 시간도 되기 전에 집에 가는 일은 있을 수 없었다.

"이사님은 이 시간에도 외근을 나가시는데, 실장님은 퇴근이 하고 싶으세요."

"아, 알았어. 안 가면 될 거 아니야!"

엄한 꾸지람에 잔뜩 토라진 태영이 발걸음을 옮겨 엘리베이터로 향했다. 뒤따르던 최 비서는 뒤돌아보며 고개를 갸웃거리다가 때마침 도착한 엘리베이터에 올라탔다.

회사를 나서던 재영은 정문 앞에 멈춰 선 택시에서 문을 열고 내리는 주아를 발견했다. 지갑을 가방에 넣고 주위를 두리번거리던 그녀가 회사를 등지고 난간에 걸터앉았다. 부르면 돌아볼 거리였지만, 왠지 놀라게 해주고 싶은 마음에 조심스럽게 다가갔다.

그런데 거리가 가까워질수록 남자들의 시선이 하나같이 그녀에게 꽂히는 것이 보였다. 짧은 핫팬츠를 입어 쭉 뻗은 다리가 고스란히 드러났고, 벙벙한 티는 조금만 상체를 숙여도 가슴이 훤히 보일 것 같았다. 그녀와 둘만 있었다면 예쁘다고 했겠지만, 지금은 뭇 남성들의 시선을 잡아끄는 차림이 더없이 못마땅했다.

한편, 주아는 시간을 확인하고 정문으로 시선을 돌렸다가 재영을 발견했다. 반가운 마음에 활짝 웃으며 손을 흔들었는데, 그는 어쩐 일인지 무섭게 굳은 얼굴로 걸어올 뿐이었다.

무슨 일이 있나? 왜 저렇게 무서운 표정으로 쳐다보는 거야? 사람 주눅 들게…….

바로 앞에 멈춰 선 그는 어깨를 감싸 안고 살벌한 표정으로 주위를 쳐다보았다. 누가 시비라도 걸었나 싶어 살펴봤지만, 다들 바삐 지나갈 뿐 그를 마주 보는 사람은 없었다.

"회사에 무슨 문제라도 생겼어요? 혹시, 퇴근하기 곤란한 거면 저 혼자 가도 돼요."

"아니야. 퇴근해도 돼."

"전, 재영 씨가 하도 무서운 얼굴을 하고 있어서 무슨 문제가 생긴 줄 알았어요."

네 옷차림이 문제라면 문제겠지. 널 쳐다보는 남자들을 모조리 쓸어버리고 싶은 나도 문제고.

"그렇게 무서웠어? 미안. 아침부터 신경이 곤두서서 그랬나 봐. 차로 가자."

그의 얼굴이 풀어지고 나서야 주아는 간신히 웃을 수 있었다. 주차장으로 가는 동안 분위기는 다시 화기애애하게 바뀌었다.

"맞다! 저, 내일부터 아르바이트하기로 했어요."

"아르바이트?"

"네. 친구가 괜찮은 아르바이트 자리 있다고 해서 같이하기로 했거든요."

"무슨 일인데? 힘든 거 아니야?"

차에 오른 주아는 안전띠를 매고 씽긋 웃으며 고개를 가로저었다. 그에게 사실대로 말해도 될까 잠시 고민했지만, 거짓말을 하다가 들키는 것보단 나을 듯싶었다.

"패션쇼 무대 뒤에서 도와주는 일이에요."

"그거 생각보다 힘들 텐데."

"세상에 쉬운 일이 어디 있겠어요. 그래도 패션쇼는 하루면 끝나잖아요."

"그렇긴 하지."

재영은 긍정적인 마인드를 가진 주아가 기특해 머리를 쓰다듬어주고 차를 출발시켰다. 보람을 만나러 갈 때는 멀게만 느껴지던 길이 자가용을 이용하자 순식간에 도착했다.

집으로 들어선 주아는 옷을 갈아입기 위해 방으로 가다가 강한 힘에 팔이 붙들려 몸이 획 돌려졌다. 얼굴을 붙잡은 그가 성급하게 입술을 부딪혀왔다. 그를 밀어내려 했지만 성급함 속에 섞여 있는 뭔지 모를 불안감을 느끼고 등을 감싸 안았다. 그러자 거칠기만 하던 키스가 점차 부드럽게 변해갔다. 달콤한 여운을 남기고 입술을 떼어낸 그가 이마를 맞대고 숨을 골랐다.

"무슨 일, 있었던 거죠?"

"신주아, 넌 내 여자야. 어떤 남자가 접근해도 냉정하게 뿌리쳐야 해."

"그건 제가 하고 싶은 말이에요. 저보다 예쁘고 잘난 여자가 도처에 널린 건 알지면, 그래도 저 차버리면 안 돼요."

"절대, 그럴 일 없어."

이 가슴에 들어온 여자는 네가 처음이니까, 난 내보내는 방법 따윈 모르거든.

"사람 일은 모르는 거라고 했어요. 장담하지 마세요."

"아니, 이 심장이 멈추지 않는 한 내 손으로 널 보내는 일은 없을 거야."

모든 사실을 알고도 당신의 심장이 날 향해 뛰길 바란다면 욕심이 지나친 건가요?

두 사람은 잠시간 서로의 눈을 지그시 바라보다가 다시금 입술을 겹쳤다. 한동안 계속되던 키스에 다리 힘이 풀린 주아는 열기가 더욱 거세지기 전에 그를 살며시 밀어냈다.

"우리 밥부터 먹어요. 저 오늘 한 끼밖에 안 먹어서 너무 배고파요."

손바닥으로 배를 비비며 말하자 그의 눈썹이 꿈틀거렸다. 제대로 챙겨먹지 않은 것이 상당히 불만인 듯했다.

"친구 만나서 뭐라도 먹지 그랬어."

"그럼 저녁을 못 먹을 것 같아서요. 아주머니가 일부러 많이 해놓고 가셨는데 들어와서 먹어야죠."

"알았어. 내가 차려줄게."

"아, 아니에요."

주방으로 발을 옮기는 그를 주아가 재빨리 막아섰다. 회사 일만으로도 피곤할 텐데, 집안일까지 시키고 싶지 않았다. 적어도 함께 지낼 동안은 주방 일에 신경 쓰지 않도록 해줄 작정이었다.

"오늘부터 식사 준비는 제가 할게요. 공짜로 먹고 자는 건 마음이 불편해서 그래요."

"주방 일 해본 적 없잖아."

"아주머니가 해놓으신 거 차리기만 하면 되는데요, 뭐."

"알았어. 그럼 난, 씻고 나올게."

"네!"

그가 방으로 들어가자 주아도 서둘러 옷을 갈아입고 나왔다. 손을 깨끗이 씻은 뒤 찌개를 데우고 반찬들을 예쁜 접시에 옮겨 담았다. 비록 직접 만든 음식은 아니었지만 정갈하게 차려진 밥상을 보자 흐뭇한 미소가 절로 나왔다.

방에서 나온 재영은 정성껏 식탁을 차려내는 모습에 마음이 훈훈해졌다. 누군가 차려주는 밥상이 이토록 기분 좋은 일인 줄 예전엔 미처 몰랐다. 의자에 앉자 식탁 위에 밥그릇을 내려놓은 주아가 맞은편에 앉았다.

"제가 한 건 아니지만, 많이 드세요."

"그래. 잘 먹을게."

이후 두 사람은 화기애애한 분위기 속에서 저녁 식사를 했다. 식사도 마쳤으니 상을 치우고 커피까지 마신 주아는 샤워를 하러 욕실로 들어갔다. 그런데 밖으로 나오자마자 재영이 보쌈을 하듯 방으로 데려갔다.

재영은 주아를 침대에 눕히고 가운을 풀어 헤쳤다. 그새를 못 참고 솟아오른 남근은 어서 해갈해주기를 바라고 있었다. 빈틈없이 맞닿은 입술이 뜨거운 숨을 내쉬며 떨어졌다. 쇄골을 혀끝으로 핥다가 문득 떠오르는 생각에 입꼬리가 올라갔다. 아래로 내려가며 애무를 하다가 가슴 위쪽을 강하게 빨아들였다.

"아!"

아픔을 호소하던 소리가 가슴 끝 정점을 간질이니 이내 신음으로 바뀌었다. 짜릿한 쾌감을 선사하던 재영은 또다시 가슴 언저리에 붉은 자국을 만들었다. 그렇게 고통과 쾌락을 반복하다가 다리로 내려갔다. 자연스럽게 발끝에서부터 천천히 애무하며 올라가 허벅지 안쪽 살을 강하게 빨아들였다. 그러면서도 그녀의 신경을 분산시키기 위해 정점을 자극하는 걸 잊지 않았다. 몇 군데 자국을 남기고 다른 다리로 옮겨 같은 행동을 반복했다.

위에서 내려다보니 군데군데 붉게 피어오른 자국이 아름다웠다. 자신이 만든 자신만의 증표. 아무도 가질 수 없는 자신만의 여자. 한동안 짧은 바지도 깊게 파인 티도 못 입겠지만, 미안함보단 뿌듯함이 더 컸다.

좁은 동굴을 파고든 남근은 물 만난 고기인 양 날뛰어댔다. 평소보다 더 격렬하게 몸을 놀리자 그녀의 입에서 연신 신음이 쏟아져 나왔다. 그럴수록 집요하리만치 더 깊고, 더 강하게 안을 파고들었다. 붙잡은 손에 힘이 빠지는 것을 느끼며 재영도 마지막 남은 한 방울까지 모두 쏟아냈다.

기진맥진한 채 눈을 감고 숨을 고르는 그녀를 안아 체취를 흠뻑 들이마셨다. 미향에 취한 듯 마음이 차분히 가라앉으며 따뜻함이 몰려와 입매가 늘어졌다. 가만가만 머리카락을 쓸어내리는 손길에 그녀는 어느새 고른 숨을 내쉬며 잠이 들었다. 주아의 이마에 입을 맞추고 재영은 들을 수 없는 사과를 전했다.

"미안해. 나도 이런 행동을 하게 될 줄은 몰랐다."

이불을 잘 덮어주고 욕실로 들어가 샤워를 했다. 어처구니가 없는 행동에 물줄기를 맞으며 피식피식 웃음을 흘렸다. 지금껏 단 한 번도 상대에게 흔적을 남긴 적이 없었다. 그런데 고작 남자들의 시선을 받는 게 싫다고 여기저기 붉은 도장을 새기다니. 재영은 자신의 유치함에 고개를 저으며 빠르게 몸을 씻고 나왔다.

에어컨 바람에 몸을 움츠리던 주아가 옆자리에 허전함을 느끼고 힘겹게 눈꺼풀을 들어 올렸다. 텅 비어버린 침대를 본 순간 자신도 모르게 사방을 두리번거리며 그의 모습을 찾았다. 하지만 그는 어디에도 보이지 않았다. 한 번도 혼자 둔 적이 없었는데. 알 수 없는 불안감에 벌떡 일어나 가운을 걸치고 방을 나섰다.

컴컴한 거실을 지나다 보니 서재 문틈으로 불빛이 새어 나왔다. 주아는 소리 없이 다가가 살며시 문을 열었다. 책상에 앉아 서류를 들여다보는 그의 모습이 마치 영철을 보는 듯했다. 매일 밤, 늦은 시간까지 서재에서 나올 줄 몰랐던 아버지. 어쩌면 외로움을 잊기 위해 더욱 일에 매달렸는지도……

"왜, 안 자고 나왔어?"

"어쩌다 잠이 깼어요. 재영 씨는 안 자고 뭐 해요?"

"서류 확인할 게 좀 있어서. 이리 와."

자석에 이끌리듯 책상을 돌아 그의 앞으로 다가갔다. 그러자 그가 허리에 손을 둘러 자신의 허벅지 위에 앉혔다.

"저 무거워요."

"하나도 안 무거우니까, 이대로 있어."

"저 때문에 일도 못 하고 퇴근한 거죠?"

"너 때문이 아니라, 나 때문에. 이 얼굴이 눈에 어른거려서 일이 손에 잡혀야 말이지."

"듣기 좋으라고 한 얘기면 성공했어요."

그의 목을 끌어안고 살짝 입 맞춘 뒤 책상에 놓인 서류로 시선을 돌렸다. 자세한 내막이야 봐도 모르겠지만, 대충 훑어보니 노조와의 갈등이 심화되어 생긴 문제들 같았다. 잠시 생각에 잠긴 주아는 영철이 매번 하던 말을 떠올리며 입을 열었다.

"아빠가 항상 하시던 말씀이 있어요. '정치도, 사업도 모두 사람이 한다. 사람을 귀히 대하면 언젠가 보답을 하게 마련이다.' 아빠는 사업하는 동안 본인이 한 말을 철저히 지켰어요. 사원들 모두 아빠를 잘 따랐고요."

간사한 놈 하나가 아빠의 뒤통수를 치긴 했지만, 아빠의 신념이 틀렸다고 생각하진 않아요.

마지막 말은 속으로 내뱉은 주아를 뚫어질 듯 바라보던 그가 머리를 감싸며 입을 맞춰왔다. 그러곤 어느새 풀어 헤쳐진 가운 사이로 가슴을 움켜쥐더니 고개를 숙여 할짝대고 빨아들였다. 짜르르 퍼지는 전류에 발가락이 움츠러들었다. 주아는 자리에서 일어나 그의 팬티를 끌어 내리고 그와 마주 보고 앉았다. 한껏 일어선 남근을 꽃잎 사이로 천천히 밀어 넣었다. 언제나 그가 먼저 유도하던 일을 손수 하니 묘하게 색정적이었다.

재영은 머리를 뒤로 기대고 모든 감각을 한곳에 집중시켰다. 그러자 어설픈 움직임에 남근이 모습을 감추고 나타나길 반복했다. 거친 숨을 몰아쉬며 힘겨워하는 그녀를 도와 허리를 튕겼다. 깊숙한 교합에 그녀의 입에서 탄성과도 같은 신음이 쏟아졌다.

그녀의 말을 들으니 머리가 한결 맑아지는 기분이었다. 가장 기본적이면서도 지키기 힘든 게 사람을 쓰고 내는 일인데, 그녀의 아버지는 사업가로서 진정 본받을 만한 인물인 듯싶었다. 재영은 잠시 생각을 접어두고 연신 흔들리는 여체에 시선을 고정하며 무아지경에 빠져들었다. 뜨거운 열기로 둘러싸인 서재엔 오래도록 야릇한 신음 소리와 교성이 뒤섞여 퍼졌다.

10. 계약의 향방

"이, 이게 뭐야!"

샤워하러 욕실에 들어갔던 주아는 거울을 보고 비명을 질렀다. 허벅지와 가슴 주변으로 장미 꽃잎을 떨어트려 놓은 것만 같았다. 그렇게 물고 빨아대더니 결국 이 지경을 만들어놓다니. 씩씩거리다가 그대로 욕실을 나와 휴대폰을 집어 들었다.

-일어났어?

"문재영 씨!"

-아침부터 무섭게 왜 그러실까.

"몰라서 물어요? 가슴은 그렇다 쳐도 다리까지 자국을 내놓으면 어떡해요. 이러면 반바지를 하나도 못 입잖아요."

-좀 긴 걸로 입으면 되지. 없으면 내가 사줄게. 무릎까지 오는 치마는 어때? 아에 긴 바지로 사줄까?

"됐어요! 오늘 밤에 똑같이 복수해줄 테니까, 각오해요."

전화를 끊기 전 들려온 웃음소리에 비로소 얼마나 야한 말을 내뱉은 건지 깨달았다.

아주 대놓고 또 하겠다고 떠벌렸네. 으, 창피해.

두려움을 감추며 몸을 내준 게 얼마 전인데, 이제는 그와의 잠자리가 자연스러워졌다. 주아는 그가 남긴 자국을 손끝으로 만져보다가 옅게 웃었다. 이렇게 소유욕이 강한 남자였었나? 이건 마치 몸에 대한 소유주로서 권리를 내세우는 것 같았다.

그의 생각도 잠시, 준비를 마치고 주아가 빌라를 나서자 정장을 차려입은 남자가 다가왔다. 그는 이름을 확인하더니 원하는 곳까지 데려다주겠다며 검은 세단의 문을 열어주었다. 하지만 그녀는 타지는 않았다. 그와 함께 서정 그룹에 갈 순 없는 노릇이니까.

기사를 세워놓고 연락하자 그는 마치 전화가 올 줄 알았다는 듯 곧바로 받았다. 주아는 택시를 타겠다고 우기다가 오늘만 차량을 이용하기로 합의했다. 시청 앞에 도착해 차가 멀어지는 것을 확인한 뒤 서정 그룹으로 들어갔다. 보람이 먼저 와서 기다리고 있었다.

얼마 후 민석이 내려와 방문 카드를 작성하고 회의실로 데려갔다. 회의실엔 홍보과장을 비롯해 행사 관계자들이 앉아 있었다. 간단히 인사를 나누고 본격적인 회의가 시작됐다. 유명 패션쇼를 몇 번 가본 주아는 그들의 말을 들으며 어떤 식으로 무대가 꾸며지고 진행이 되는지 대충 감을 잡을 수 있었다.

워낙 패션쇼 경험이 많은 업체라 이견을 조율하는 데 어려움은 없었다. 단지, 모델들이 일반인이다 보니 회사에서 준비할 사항이

의외로 많았다. 순조롭게 회의를 마치고 사람들이 나가자, 민석은 잠시 기다리라고 하더니 이력서와 등본을 들고 밖으로 나갔다.

"생각했던 것보다 규모가 훨씬 큰 거 같아. 우리 잘할 수 있을까?"

"당일 날은 홍보부 직원들이 도와주러 온다니까, 괜찮을 거야."

보람과 회의 내용에 관해 이야기하고 있을 때 민석이 들어왔다. 그는 두 개의 명단을 내밀며 앞으로 할 일을 설명해주었다.

"우선 이건 디자이너 명단. 전화번호랑 주소는 옆에 적혀 있고, 어느 분 옷을 만드는지는 뒷장에 나와 있어. 그리고 이건 런웨이에 오를 인사들 명단. 대표전화 외에는 대부분 직속 비서들 전화번호야."

"그럼 순서에 상관없이 전화해도 되나요?"

"조율 중인 분들은 따로 표시해놨습니다. 그리고 서제이 양은 2주 후에 귀국이니까 그 후에 날을 잡으시면 될 거예요."

마주치지 않길 바랐던 인물이 거론되자 주아의 몸이 경직됐다. 서제이가 국내에 없다는 것은 소문을 들어 알고 있었다. 그런데 2주 뒤에 입국이라니. 그녀가 나타나는 순간 이번 계약의 향방이 어느 쪽으로든 결정될 것이다.

약혼이 파기되면 그의 곁에 남을 수 있을까? 약혼을 거행하면 그를 떠날 수 있을까? 그의 곁에 남는 것도, 그를 곁을 떠나는 것도 지금의 주아에겐 어려운 일이었다.

"일단 설명은 여기까지 하고. 출입카드 나오면 전화 줄게. 당분간은 전화로 보고만 하면 돼."

"네, 선배. 바쁘실 텐데, 저희는 그만 가볼게요."

"······보람아, 잠깐 나 좀 볼래?"

명단을 챙겨 회의실을 막 빠져나오는데 민석이 보람을 불렀다. 보람은 잠시만 기다려달라고 한 뒤 회의실로 다시 들어갔다. 벽에 기대선 주아는 복잡한 심경을 가라앉히며 가만히 눈을 감았다. 그러다 퍼뜩 떠오른 생각에 급히 손에든 명단을 살펴보았다.

예상대로 재영의 이름이 명단 뒤쪽에 있었다. 비고란에 조율이라고 적혀 있는 걸로 봐선 아직 결정하진 않은 모양이었다. 문재영과 서제이, 그리고 자신이 한공간에서 마주친다는 생각만으로도 눈앞이 하얗게 바래며 어지럼증이 몰려왔다.

그땐 아빠를 살리기 위해 어쩔 수 없이 한 선택이었지만, 이젠 내가 당신을 떠날 수 없을 것 같은데······. 전, 어쩌면 좋죠?

가슴이 찌르르하게 아리며 눈동자가 촉촉이 젖어들었다. 그때 회의실 문이 벌컥 열리며 보람이 나왔다. 주아는 급히 고개를 돌려 눈가를 훔쳐냈다. 복도로 나온 보람의 얼굴은 붉게 상기되어 있었다. 연신 눈치를 보는 민석을 보니 안에서 무슨 말이 오갔을지 대충 짐작이 갔다.

"안녕히 계세요."

"아, 네. 조심해서 들어가세요."

어색하게 고개를 숙인 민석이 머리를 긁적이며 사무실로 걸어갔다. 주아는 반쯤 넋이 나간 보람의 옆구리를 툭 치며 물었다.

"무슨 얘기 했어?"

"어? 어, 그게······."

"일 얘기는 아니었던 것 같고. 김 대리님이 고백이라도 한 거야?"

"고, 고백은 무슨!"

고백이란 말에 얼굴을 새빨갛게 물들이며 부정하는 모습이 비슷한 말이라도 들은 듯했다. 어림짐작으로 물었는데, 어쩜 이리도 감추질 못하는지. 이렇게 순진한 면을 좋아하는 걸지도 모르겠다.

"이번 주에…… 영화 보자고."

"보면 되지!"

"선배랑 둘이 만나는 건 처음이란 말이야. 마치 선배가 데이트 신청하는 것 같아서 어찌나 떨리던지."

"데이트 신청 맞는 것 같은데."

"아, 아니야! 이번 일 잘 부탁한다고……."

보람은 말을 하다 조용히 입을 닫았다. 그냥 나오라고 하면 안 나올 거라고 여겼는지 일을 핑계 삼은 듯했다. 민석이 그동안 애 좀 먹었겠구나 싶으면서도 은근히 잘 어울리는 한 쌍이었다. 부끄러움에 볼을 감싸는 보람을 보자 가슴 한편에 부러움이 일었다.

나도 아무런 조건 없이, 거짓 없이 그를 만났다면 얼마나 좋았을까? 그럼 지금처럼 고민할 필요도 없을 텐데.

암울한 현실에 씁쓸한 미소가 떠올랐다. 그런데 그녀가 서정 그룹을 나오는 찰나 전화가 걸려왔다. 발신자를 확인한 주아는 통화 버튼을 누르지 못하고 울림이 끊길 때까지 들여다보기만 했다.

"무슨 전환데 안 받아?"

"별거 아니야. 나 일이 있어서 먼저 갈게. 자세한 얘기는 내일 전화로 하자."

"알았어. 주아야, 별일…… 없는 거지?"

"……그럼."

"그래. 내일 전화할게."

손을 흔들며 멀어지는 보람에게 잔잔한 미소를 보내주었다. 이성의 감정은 한 치도 모르면서 동성의 감정은 어쩜 그리 잘 아는지. 그녀를 붙들고 목 놓아 울고 싶은 걸 참아내느라 애를 먹었다.

혼자 남은 주아는 길게 심호흡을 하고 찬식에게 전화를 걸었다. 혹시라도 영철의 상태가 위급하다는 전갈을 듣게 될까 봐 휴대폰을 잡은 손이 파르르 떨렸다.

"어쩐 일이세요? 혹시, 아빠 상태가 나빠지신 건가요?"

-아니요. 오늘은 알려드릴 게 있어서 전화했습니다.

"알려줄 거라니요?"

-2주 뒤에 서제이 양이 귀국할 겁니다. 예정대로라면 입국과 동시에 약혼이 진행될 거고요. 그전에 문재영 씨 마음을 확고히 해두시는 게 좋을 겁니다.

"괜한 걱정하지 말고, 아빠 병원이나 가르쳐주세요."

-조만간 알려드리죠. 그럼, 이만.

끊어진 휴대폰에서 눈을 떼지 못하다가 간신히 고개를 들었다. 복잡하게 뒤엉킨 차들, 정신없는 사람들, 하늘 높이 솟은 건물들. 도심 한복판에 있으니 가슴이 턱턱 막히고 머리가 지끈거렸다. 주아는 뜨거운 햇볕을 고스란히 받으며 무작정 걸었다. 그리고 어느 순간 눈앞에 나타난 작고도 조용한 공원이 발길을 멈추게 했다.

그늘 밑 벤치에 앉아 멍하니 하늘을 올려다보았다. 그렇게 한참을 앉아 있으니 무심코 어린 날 영철과 했던 대화가 떠올랐다.

'아빠는 엄마를 아직도 사랑해?'

'그럼, 당연하지.'

'엄마는 하늘나라에 가서 없는데, 어떻게 계속 사랑해?'

'그건, 사랑이 아빠 마음속에 있기 때문이야. 주아는 아빠가 회사 가서 안 보이면, 아빠 안 사랑할 거야?'

'아니, 사랑해.'

'거봐, 아빠도 그래서 엄마를 계속 사랑하는 거야.'

'아빠, 그럼 내 마음속에도 사랑이 있어?'

'물론이지. 주아가 커서 아빠처럼 멋진 남자를 만나면 마음속에 사랑이 싹트면서 최고로 예쁜 사랑을 하게 될걸. 아, 생각만 해도 벌써 서운해지려고 하네.'

아빠 말대로 내 마음속에도 사랑이 싹텄는데, 난 아빠처럼 떠나간 사랑을 평생 그리워하며 살 자신이 없어. 내가 어떻게 해야 옳은 걸까? 어그러진 만남을 되돌릴 방법은 없는 거겠지?

구름 한 점 없는 새파란 하늘과 달리 주아의 눈에선 빗방울과 같은 눈물이 뚝뚝 떨어졌다. 아직 헤어진 것도 아닌데, 생각하는 것만으로도 심장이 옥죄어 들었다. 그에 대한 마음이 언제 이렇게 커져버린 건지. 의식하지 못한 채 서서히 빠져버리고 말았다.

"왔어요? 씻고 나와요. 상 차려놓을게요."

"씻는 것보다 이게 더 급해."

퇴근 후 집에 들어온 재영은 국을 휘젓는 주아를 끌어안고 입을 맞췄다. 핑크빛 앞치마에 국자를 들고 있는 모습이 갓 결혼한 새색시 같았다.

정시에 퇴근하려고 1분 1초도 허투루 쓰지 않았다. 점심도 도시락으로 때워가며 일한 결과, 겨우 시간 맞춰 나올 수 있었다. 온기가 감도는 집에서 흐드러지게 웃는 그녀를 보는 것만으로도 피곤이 싹 가시는 느낌이었다. 달콤한 키스가 끝나고 살포시 떨어진 두 사람의 입가엔 미소가 감돌았다.

"일은 잘했어?"

"네. 당분간은 집에서 일해도 될 것 같아요."

"더운데 잘됐네."

"오늘 저녁은 저도 같이 준비했어요. 대부분 아주머니가 하시긴 했지만."

"그래? 기대되는걸. 금방 씻고 나올게."

재영이 방으로 들어간 사이 주아는 보글보글 끓는 국에 불을 줄이고 상을 차렸다.

눈물을 멈추고도 한참을 앉아 있던 공원에서 장바구니를 손에 든 채 땀을 뻘뻘 흘리며 걸어가는 여자를 보게 됐다. 그 순간 제일 처음 찾아온 감정은 동정이었다. 하지만 그녀와 눈을 마주치자 자신보다 훨씬 행복한 여자임을 직감할 수 있었다.

힘들만도 하건만, 그녀의 얼굴엔 미소가 서려 있었다. 옷이 땀에 흥건히 젖었으면서도, 무게를 못 이겨 낑낑거리면서도, 그녀의 얼굴에서 짜증이라곤 찾아볼 수 없었다. 그제야 주아는 앞으로 어떤 마음가짐으로 살아가야 할지 확고히 할 수 있었다.

아무리 어려운 환경에 처해도, 힘에 부쳐 쓰러져도, 사랑하는 마음이 크다면 극복해낼 수 있지 않을까? 그가 사실을 알게 되더라도 마음을 다해 진심을 전하면 언젠간 알아주지 않을까?

그의 마음이 사랑이라 확신할 순 없지만, 곁에 있어주길 원하는 이상 혼자 도망치고 싶진 않았다. 두려움에 떠밀려 현실을 외면한다면 영철과 재영 모두를 상처 입히는 꼴이 되고 말 것이다.

"무슨 생각을 그렇게 해?"

"네? 아, 아무것도 아니에요. 앉아요. 밥 먹어야죠."

재영은 의자에 앉아 식탁을 쓱 훑어보았다. 아주머니의 손길 사이로 삐뚤빼뚤한 계란말이와 국물이 조금 많아 보이는 감자조림에 눈이 갔다. 밥 한술을 입에 넣고 계란말이를 집어 먹었다. 그러자 그녀의 표정이 묘하게 일그러지며 초조한 듯 바라보았다.

"어때요? 좀 짜지 않아요?"

"맛있어."

"다행이다. 아주머니가 가르쳐주신 대로 하긴 했는데, 좀 짠 것 같아서 걱정했거든요."

"감자조림도 주아가 한 거야?"

"어? 어떻게 알았어요?"

설핏 웃고는 감자조림을 찍어 먹었다. 그녀의 말마따나 계란말이는 조금 짜고 감자조림은 조금 싱거웠다. 하지만 자신을 위해 쏟았을 정성을 생각하면 이 중 가장 맛있는 음식이었다.

"이것도 맛있네."

"정말이요? 아주머니가 물을 너무 많이 부었다고 하셨는데. 다음엔 더 맛있게 해줄게요."

"그래. 어서 먹어."

식사하는 내내 주아의 머릿속엔 질문이 떠다녔다. 그의 행동을 돌아보면 마음을 알 것도 같지만, 처음부터 하숙생 운운하며 집에 들였기에 조금 걱정되는 부분이 있었다. 만약 집안에서 정한 혼처를 마다하지 못한다면 늦어도 2주 후엔 이곳을 떠나야 했다.

"나한테 할 말 있지?"

"네? 아…… 저, 그게……."

"뭔데 그래?"

"혹시, 제가 미국에 가겠다고 하면……."

"뭐? 미국엔 갑자기 왜? 무슨 일 있어?"

말을 끝맺지도 못하고 입을 닫은 주아는 화들짝 놀란 그의 반응에 오히려 당황하고 말았다. '혹시'라는 조항을 붙였는데도 창백하게 굳어버린 얼굴은 풀어질 생각을 하지 않았다. 그저 이곳을 떠나는 날이 오게 된다면 그는 어떨지 궁금했을 뿐인데. 반응을 보니 굳이 듣지 않아도 알 것 같았다.

"그런 게 아니라……."

"안 돼! 혼자선 못 가. 미국 생활 정리하러 가는 거면 몰라도, 그게 아니라면 절대 못 보내."

"……언제까지요? 언제까지 절 받아주실 건데요? 제가 돈이나 뜯어내는 나쁜 여자일지도 모르는 거잖아요."

"그동안 봐온 신주아는 돈이나 밝히는 여자가 아니야. 네가 살아온 배경이나 집안, 학벌 따윈 하나도 중요치 않아. 내 마음을 차지한 주아가, 지금 내 곁에 있다는 사실이 중요하지."

올곧은 그의 눈동자가 주아로 하여금 자신감을 심어줬다.

그를 믿고 싶다. 자신만을 원하는 그의 마음을 믿고 싶다.

그에게 진실을 털어놓고 사죄와 용서를 구하면 자신을 받아줄 거란 희망이 조금씩 찾아드는 듯했다.

아빠만 되찾아오면 진실을 밝히고 사죄할게요. 재영 씨, 그때까지 날 믿고 조금만 기다려줘요.

재영은 불안한 마음을 애써 억눌렀다. 만천하에 자신의 여자라고 공표하고 싶을 만큼 그녀를 원했다. 그런데 마음이 간절해질수록 한순간 눈앞에서 사라질 것 같은 불안감이 자꾸만 똬리를 틀었다. 이제 와 생각해보니 마음속에 내재된 불안감의 원인을 쉽게 찾을 수 있었다.

"이참에 미국 생활 확실히 정리하는 게 어때?"

"재영 씨."

"네가 언제든 떠날 수 있다는 사실이 날 불안하게 해. 급하게 정리하라는 건 아니야. 다만, 날 떠나 미국으로 돌아가지 않을 거란 확신을 받고 싶어."

주아는 자리에서 일어나 그에게 다가갔다. 불안에 흔들리는 눈동자를 마주 볼 수가 없었다. 괴로움에 일그러진 얼굴을 지켜볼 수가 없었다. 마치 거울을 보는 것 같아서, 그를 잃을까 불안에 떠는 자신과 같아서, 그 마음을 누구보다 잘 알기에 그를 품에 안고 보듬어주었다.

"약속할게요. 재영 씨가 원하는 한 절대 제가 먼저 떠나는 일은 없을 거예요."

"널 원해. 처음 본 순간부터 널 원했어. 나도 내 마음이 이렇게 커질 줄은 미처 몰랐는데. 이제는 너 없이 못 살 것 같아."

재영은 고개를 들고 자리에서 일어났다. 긴 속눈썹 사이로 굴러떨어진 액체가 그녀의 볼을 가르자 살며시 지워내고 입술을 겹쳤다. 서로의 마음이 뒤섞인 키스는 진득해진 열기 속에 갈망을 더했다. 잠시도 입술을 떼지 않고 서로를 더듬는 손길에 재영이 낮게 신음하며 주아를 안아 들었다.

침대에 내려놓을 새 없이 약속이나 한 듯 서로의 옷을 벗겼다. 잠깐의 틈도 허락할 수 없었던 재영은 옷을 벗는 중에도 주아의 얼굴 곳곳에 입을 맞췄다.

오직 나만의 여자가 되어, 내 세상의 중심이 되어, 평생 내 곁에서 살아간다면…… 절대 배신하지 않고 너만을 사랑할게.

어느새 실오라기 하나 남지 않은 상태로 입술을 맞대고 타액을 섞었다. 길고 긴 입맞춤을 끝내고 그녀의 눈동자를 응시한 채 나지막이 속삭였다.

"사랑해."

"재영 씨!"

"네가, 죽어 있던 이 심장에 사랑을 불러일으켰어."

주아는 손을 가져가 가슴에 올리고 손등을 덮는 행동을 가만히 지켜보았다. 손바닥에서 느껴지는 열기와 두근거림이 그의 진심을 고스란히 전해줬다. 코끝이 찡하며 눈물이 비집고 나왔다. 진실을 알면 어떻게 변할지 알 수 없지만, 지금 이 순간만큼은 자신도 그에 대한 진심을 말하고 싶었다.

"저도 사랑해요. 재영 씨가 절 내쳐도, 전 평생 재영 씨를 사랑할 거예요."

"그건 걱정하지 마. 이제 난, 널 떠나선 살 수 없으니까."

정말 그랬으면 좋겠어요. 당신이 날 떠나보내지 않는다면 난 어떤 질타도 참아낼 수 있어요. 평생 당신만 바라볼 수 있어요.

재영은 다시금 입을 맞추며 별다른 전희 없이 꽃잎 사이를 파고들었다. 사랑을 확인한 후 나누는 교합은 아무런 기교 없이도 절정을 향해 빠르게 치달았다. 서로를 감싸 안고 깊고도 강하게 쳐대는 행위에 불안이 꿈틀대던 자리는 점점 사랑으로 채워졌다.

"이사님, 회장님께서 찾으십니다."

"무슨 일로?"

"서제이 양이 입국하는 일로 부르신 게 아닌가 싶습니다."

"입국 날짜는?"

"3일 후, 오전 비행기라고 들었습니다."

자리에서 일어난 재영은 벗어놓은 재킷을 입고 회장실로 향했다. 제이의 입국이 정해진 이상 언제고 한 번쯤 거론될 일이었다. 이미 결심을 굳혔으니 상대가 누구든 물러서지 않을 생각이었다.

"찾으셨다고요."

"앉아라."

책상에 안경을 벗어놓은 정혁이 콧대를 손으로 누르며 자리를 옮겼다. 소파에 착석하자 비서가 취향에 맞는 차를 내왔다.

재영은 아이스티를 한 모금 마시고 들려올 말을 느긋하게 기다렸다. 그러자 찻잔을 내려놓은 그가 조용히 입을 열었다.

"요즘 태영인 잘하고 있는 거냐?"

"출근은 빼먹지 않고 하는 중입니다."

"일은?"

"기본적인 부서별 업무 내용 정도는 파악한 모양입니다."

이미 보고한 내용으로 서두가 흘러나왔다. 바쁜 건 알지만 좀 더 신경 쓰라는 의미였다. 잠시 뒤 기다리던 본론이 나왔다.

"제이가 며칠 뒤에 입국한다던데, 들었니?"

"네."

"이번 귀국 연주회를 마치면 학사 일정이 모두 끝난다는구나. 서 회장이 너도 참석했으면 하던데, 시간 비워놔라."

"연주회 참석은 하겠습니다. 하지만 그 이상은 서제이와 엮이고 싶지 않습니다."

연주회를 핑계 삼아 만나게 하려는 속셈이 뻔히 보였다. 거절의 뜻을 내보이자 정혁의 얼굴이 불쾌감으로 일그러졌다가 긴 심호흡과 함께 평온을 되찾았다.

"너희 결혼은 제이가 유학 가기 전부터 이미 내정되어 있던 일이다. 너도 안다고 생각했는데."

"그땐 누구와 결혼해도 상관없었지만, 지금은 어느 집안 처자를 데려오셔도 결혼할 수 없습니다."

"그게 무슨 말이냐?"

"여자가 있습니다."

"여자?"

정혁은 예상치 못한 말에 마음을 가라앉히려고 차를 마셨다. 여자가 있다는 건 특별한 일이 아니었다. 그동안 보고받은 여자만 해도 꽤 됐지만, 한 번도 선을 넘긴 적은 없었다. 그는 닫아 건 마음을 지금껏 누구에게도 열어주지 않았다. 쉽게 열릴 마음이 아니기에 그의 사생활에 크게 관여하지 않았는지도 모른다. 정혁은 이번에도 단순히 만나는 여자를 핑계 삼아 약혼을 미루려 한다고 짐작했다.

"상관없다. 약혼 전에 정리하면 그만이니."

"사랑하는 여잡니다. 평생 함께하고 싶은 여자가 생겼다는 말입니다."

"진심…… 인 거냐?"

"네."

한 치의 흔들림도 없는 눈동자를 보며 정혁은 일의 심각성을 깨달았다. 사실, 서 회장뿐 아니라 문화 그룹과 사돈을 맺고 싶어 하는 집안은 여럿 있었다. 하지만 그의 내면에 뿌리박힌 상처를 모르는 여자를 며느리로 들였다간 더 큰 화를 입을 뿐이었다.

그나마 서 회장은 집안 간 왕래가 잦았기에 누구보다 사정을 잘 알았다. 제이가 그를 잘 따르는 점도 약혼을 결정하는 데 한몫했다. 재영에겐 든든한 처가가 필요했다. 아직은 어린 나이라 뒷배가 든든해야만 임원진을 휘어잡으며 경영자 자리를 공공연히 할 수 있을 터였다. 그런데 사랑하는 여자라니…….

"네 뜻이 그러하다니, 나도 생각 좀 해보마. 나가봐라."

"부디, 현명한 판단하시기 바랍니다."

재영이 집무실을 나가고 얼마 후 정혁은 비서실장을 불렀다. 여전히 소파에 앉아 미간을 구긴 채 생각에 잠겨 있다가 김 실장 목소리에 고개를 들었다.

"부르셨습니까?"

"자네가 알아봐줘야 할 일이 생겼어."

"말씀하시죠."

"재영이한테 여자가 있다는데 얼마나 깊은 사인지, 여자의 배경은 어떤지 소상히 알아봐."

"네."

"밖으로 새지 않게 조심하고."

"네."

김 실장은 정중히 인사하고 밖으로 나왔다. 비서실에는 그를 제외한 세 명의 비서가 업무를 보는 중이었다. 요즘 이런 일을 도맡아 하는 건 박 대리였다. 예전엔 직접 처리했지만, 문 회장을 측근에서 모시다 보니 주목하는 이가 많아졌다. 보안을 위해선 이번에도 박 대리에게 맡기는 게 좋을 듯했다.

"박 대리, 회의실에서 좀 봅시다."

"네, 실장님."

회의실에 들어선 김 실장은 박 대리와 마주 보고 앉았다. 아무런 정보도 없이 일을 진행하기가 만만찮을 것이다. 하지만 문 회장이 지시한 일이니만큼 어떻게든 꼬리를 잡아야 했다.

"회장님께서 특별히 지시하신 일이야. 보안 사항이고."

"무슨 일입니까?"

"지금 문 이사님이 만나는 여자에 대해 알아봐. 만난 지 얼마나 됐는지, 얼마나 깊은 관계인지, 여자에 대해서 가능한 한 상세히 조사해봐."

"이름은요?"

"몰라. 문 이사님과 만나는 건 확실하니까, 뒤를 밟아봐."

박 대리는 개인 수첩에 김 실장의 말을 받아 적으며 입매를 굳혔다. 난해한 걸 알지만, 실장은 당부의 말도 잊지 않았다.

"며칠 있으면 서정 그룹 따님이 귀국할 거야. 문 이사님과 약혼 얘기가 오가는 건 알지? 최대한 조용히 일을 처리해야 해. 우리가 뒤를 캐는 걸 문 이사님이 알아서도 안 되고."

"알겠습니다."

"빠르면 빠를수록 좋아. 당분간은 이 일에만 매달려."

"네, 실장님."

김 실장이 회의실을 나가자 찬식의 입매가 살짝 호를 그렸다. 뒤를 캐봐야 거짓된 정보만 얻겠지만 이로써 약혼할 의사가 없음이 분명해졌다. 반신반의하면서 일을 진행했는데, 생각보다 그의 마음을 단단히 틀어쥔 모양이었다.

찬식은 퇴근 시간 10분 전에 밖으로 나와 차에서 대기했다. 적어도 며칠은 그의 뒤를 밟는 척이라도 해야 의심을 사지 않을 것이다. 요즘 들어 정시에 퇴근한다는 소문이 암암리에 퍼져 있었다. 그럼에도 사장실에 올라가는 서류는 조금의 빈틈도 없었다.

곧 익숙한 차가 주차장을 빠져나왔다. 차는 집이 아닌 시내로 방향을 틀었다. 10여 분 만에 길가에 차를 세운 그가 난생처음 보는 얼굴로 환하게 웃으며 손을 흔들었다.

그에게 달려오는 여자는 다름 아닌 신주아였다. 세상 아픔을 혼자 짊어진 것처럼 외롭고 힘들어 보이더니, 지금은 더할 나위 없이 행복한 얼굴로 재영에 품에 안겨 있었다.

그녀는 어째서 웃을 수 있는 걸까? 달라는 것은 아무것도 없는데, 여전히 외길 낭떠러지 위에 서 있는데. 설마, 그를 진심으로 좋아하게 된 건가? 마음이 여린 여자니 그럴 수도 있을 것이다.

하지만 서정 그룹과의 혼인이 틀어지면 그를 무너트리기 위해 무기로 그녀를 이용하려 들 것이 자명했다. 어쩌면 약점으로 삼아 쥐고 흔들지도 모르지만, 결국 비밀은 밝혀질 것이다.

그땐 저 웃음이 눈물로 바뀔 텐데, 망가지고 구겨져 어둠이 내려앉을 텐데. 늪으로 밀어 넣었으면서 구해주고 싶은 모순된 마음이라니. 벼랑 끝에 내몰려 무력하게 동생을 잃고 복수의 칼을 갈았던 그 시절. 누군가 조건 없이 순수하게 손 내밀어줬다면 어땠을까. 사랑으로 감싸 바른길로 이끌었다면 어땠을까. 적어도 지금 그녀에게 이처럼 몹쓸 짓을 하며 죄책감에 시달리고 있지는 않았을 것이다.

두 사람을 태운 차가 움직이는 것도 모른 채 주아를 지켜보고 있던 찬식은 차가 완전히 사라지고 나서도 한동안 그 자리를 벗어나지 못했다.

11. 예정된 방문

"보람아, 여기!"

"일찍 왔네."

"생각보다 일이 금방 끝났거든."

내일로 잡혀 있던 미팅이 하루 앞당겨지면서 주아는 의상실에서 부리나케 회사로 왔다. 마무리 단계에 들어간 의상은 피팅 결과, 다행히 별로 손보지 않아도 될 만큼 잘 맞았다.

"오늘 간 곳은 늦어도 이틀 안엔 의상이 나올 것 같아."

"손이 빠른 분들은 이번 주 안에 의상이 나올 텐데, 이걸 다 어디에 보관하지?"

"글쎄. 아무래도 잊어버리면 안 되니까, 회사에 보관하는 게 좋지 않을까?"

"이것도 오늘 확인해봐야겠다."

사람들이 모두 참석하자 회의가 시작됐다. 애초 계획과는 달리 부득이 참석이 어려워진 인사들의 자리는 전문 모델들로 채워졌다. 그 수가 많진 않지만, 갑자기 옷을 수정해야 하는 디자이너의 비위를 맞추느라 애를 먹었다.

"런웨이는 3일 전까지 완성될 겁니다. 전날 리허설 들어가니까, 그때까진 의상 확보해주세요."

"네. 그런데 의상은 어디에 보관하죠?"

"보관 장소는 차후에 알려드릴게요."

보고 형식의 회의가 끝나고 사람들이 나가자 민석이 곁으로 다가왔다. 그러자 보람의 볼이 서서히 핑크빛으로 물들었다.

"밥들은 먹고 다니는 거야?"

"그, 그럼요."

말까지 더듬으며 부끄러워하는 모습에 웃음이 비집고 나왔다. 주말 데이트를 계기로 민석의 마음을 알아버린 보람은 그와 눈도 잘 마주치지 못했다. 몇 년간 선후배 사이로만 지내서 그런지 한순간 남자로 다가온 그를 대하는 게 많이 어색한 듯했다.

"별다른 지시사항 없으시면 저희는 그만 가볼게요."

"아! 깜박했네. 문재영 씨는 최종 명단에서 빠질 거예요."

"왜요? 조율이 안 됐어요?"

"앞에 나서는 걸 워낙 싫어하시거든. 우리도 아쉽긴 한데, 어쩔 수 없지."

주아에게는 희소식이었다. 적어도 세 사람이 무대 뒤에서 첫 대면을 하는 끔찍한 일은 일어나지 않게 된 것이다.

회의실을 나온 주아는 보람과 함께 엘리베이터를 기다렸다. 최

상층에 있던 엘리베이터가 서서히 내려와 소리 없이 문을 열렸다. 안에는 두 사람이 타고 있었는데, 유독 여자가 눈에 띄었다.

긴 웨이브 머리에 가슴골이 보일 정도로 열어놓은 블라우스, 한 걸음 떼기도 어려울 만큼 딱 달라붙은 스커트까지. 정장도 얼마든지 야하게 입을 수 있다는 것을 몸소 보여주고 있었다.

일반 직장인 같진 않은데, 뭐 하는 여자지?

로비에 도착하자 곁에 있던 남자가 허리를 굽실거리며 밖으로 안내했다. 빨간 스포츠카에 오른 여자는 뒤도 돌아보지 않고 차를 몰고 쌩하니 사라져버렸다.

그 시각. 주아의 눈에 띈 여자는 다름 아닌 제이였는데, 그녀는 아랫입술을 질끈 깨물고 문화 그룹을 향해가는 중이었다. 재영과의 혼인은 유학을 떠나기 전에 이미 내정된 일이었다. 그런데 귀국과 동시에 들려온 소식은 할 말을 잃게 만들었다.

"도대체 어떤 여자가!"

어려서부터 그는 어떤 여자를 만나도 마음 한 자락 내준 적이 없었다. 그걸 알기에 그에게 달라붙는 여자들을 가만히 지켜보기만 했다. 여러 여자를 만나다 보면 그도 안정된 삶을 살고 싶을 테니까. 언젠가 문재영이 결혼한다면 그 옆을 차지하는 건 당연히 자신이 될 거라고 여겼다. 그만큼 그에게 어울리는 여자가 되려고 최선을 다해왔고, 이젠 다른 사람은 눈에도 차지 않았다.

내가 이대로 물러날 줄 알아?

어느덧 문화 그룹 앞에 정차한 제이는 로비로 들어서며 경비에게 자동차 키를 던져주었다. 황당한 표정으로 잠시 머뭇거리던 경비가 불렀지만, 그를 무시한 채 엘리베이터에 올라탔다.

꼭 말로 해야 아나? 한심해.

흐트러진 머리카락을 가다듬고 옷매무새를 정리한 뒤 바뀌는 숫자를 주시하며 입매를 길게 늘였다.

3년 만의 만남이었다. 유학생활 중에도 그의 기사가 인터넷에 올라오면 빠짐없이 챙겨봤다. 점점 더 남자다워지고 카리스마 넘치는 사진을 접할 때마다 한국에 들어가고 싶어 좀이 쑤셨다. 그런데 이제 몇 걸음만 걸으면 그를 직접 볼 수 있다니. 제이는 떨리는 가슴을 도도한 표정으로 감추며 이사실의 문을 열었다.

"어떻게 오셨습니까?"

"문재영 이사님, 안에 계신가요?"

"그렇습니다만, 누구시죠?"

"서제이예요."

여비서는 잠시 기다리라고 한 뒤 인터폰을 통해 제이의 방문 사실을 알렸다. 당황한 동우와 달리 재영은 평소와 다름없이 결재가 끝난 서류들을 건네며 안으로 들이라고 했다.

"저, 이사님. 괜찮으시겠어요?"

"뭐가?"

"제이 양 말입니다. 지금쯤 소식을 들었을 텐데요."

"들었으니 찾아왔겠지. 걱정하지 말고 들여보내."

동우는 걱정스러운 얼굴로 침을 꿀꺽 삼켰다. 재영과 일하면서 서제이를 본 건 한 번뿐이지만 결코 만만한 상대가 아니었다. 사교계에서도 자존심 세고 도도하다는 평판이 자자한데 화가 난 상태라면 어떻게 나올지 몰랐다.

"오셨습니까. 안으로 드시죠."

집무실의 문을 열어주고 밖으로 나가려던 동우에게 제이가 방금 생각났다는 듯 말을 전했다.

"경비에게 자동차 키를 맡겼는데, 좀 찾아다 주시겠어요?"

"네?"

"아니다, 나갈 때 맞춰서 정문에 세워달라고 하세요."

문을 닫고 나오면서도 도통 이해가 가지 않았다. 기사도 아니고 경비에게 왜 키를 맡겼다는 건지. 경비실에 전화를 걸자 들려오는 얘기는 참으로 어이가 없었다. 동우는 대신 사과를 전하며 이마를 부여잡았다. 회장님 차도 5분 이상 세워놓지 않는 곳에 당당히 주차를 하다니. 고개를 절레절레 저으며 어쩔 수 없이 키를 가지러 사무실을 나섰다.

제이가 들어온 걸 알면서도 재영은 모니터에서 눈을 떼지 않았다. 정시 퇴근을 하려면 눈코 뜰 새 없이 바쁜데, 그녀의 방문은 여러모로 반갑지 않았다.

"앉아."

"오빠는 여전하네요."

"뭐가?"

"일에 몰두하는 모습이 보기 좋다고요."

소파에 앉으며 싱글싱글 웃는 모습에 설핏 미간이 찌푸려졌다. 조금은 분한 기색을 드러낼 줄 알았는데. 나이가 들면서 가면을 쓰는 법도 확실히 깨우친 모양이다.

"연락도 없이 찾아오고. 무슨 일이야?"

소파로 자리를 옮기며 단도직입적으로 물었다. 그러자 잠시 할 말을 고르는 것 같더니 자연스럽게 대답을 내놓았다.

"저 며칠 전에 귀국했어요. 이번 주말에 귀국 연주회 하는데, 오빠도 시간 되면 꼭 참석해주세요."

핸드백을 뒤적거린 그녀가 초대권을 꺼내 테이블에 내려놓았다. 본론을 숨기고, 연주회에 초대하기 위해 찾아온 것처럼 행동하고 있었다.

그때, 노크를 하고 여비서가 들어와 차를 준비하겠다고 했다. 하지만 재영은 정색을 하며 딱 잘라 거절했다.

"손님은 금방 갈 겁니다. 나가서 일 보세요."

순간 딱딱하게 굳어진 그녀 얼굴이 이내 서운한 기색을 내비쳤다.

"차 한 잔도 안 주고 쫓아내실 거예요?"

"바빠. 연주회는 참석할 테니까, 다른 용건 없으면 그만 가봐."

더는 시간을 허비하고 싶지 않아서 자리에서 일어서는데, 싸늘한 음성이 귓가에 꽂혔다.

"여자가…… 생기셨다면서요?"

"그래. 이미 알고 온 거 아닌가?"

"그 여자를 사랑하세요?"

제이는 사랑하는 여자가 생겼다는 사실을 도저히 믿을 수 없었다. 결혼을 탐탁지 않게 여겨왔으니 허수아비 한 명 내세워 거짓말을 하는 거라고 여겼다. 지금까지 아무도 사랑할 수 없던 사람이 하루아침에 바뀐다는 건 말이 되지 않았다.

"내가 왜 이런 말까지 해야 하는지 모르겠지만. 그래, 사랑해."

사랑을 말하는 얼굴에 진심이 느껴졌다. 순간이지만 입가에 떠오른 미소는 한 번도 본 적 없는 것이었다. 제이는 마치 뒤통수를 맞은 것처럼 눈앞이 아찔하며 손이 바들바들 떨렸다. 믿을 수 없었다. 아니, 믿고 싶지 않았다. 자신의 것이어야만 하는 문재영이 다른 여자를 사랑한단 사실을.

"못 본 사이에 많이 변하셨네요. 얼마나 대단한 여자기에 오빠 마음을 흔들어놨는지 정말 궁금한데요? 조만간 다시 볼 테니, 오늘은 그만 가죠."

핸드백을 들고 자리에서 일어난 제이는 조금의 흔들림도 없이 사무실을 나갔다. 하지만 엘리베이터에 타자마자 무너져 내리는 몸을 지탱하기 위해 난간을 잡고 기대서야만 했다.

용서 못 해! 절대, 인정할 수 없어! 지금껏 내가 얼마나 노력해왔는데. 아버지는 그냥 넘어갔는지 몰라도 난 얌전히 지켜보지만은 않을 거야!

제이는 싸늘한 얼굴로 각오를 다지며 가방을 꽉 움켜쥐었다.

잠시 후, 로비에 도착한 제이는 꼿꼿한 자세로 정문을 향해 걸어갔다. 그리고 그때, 뒤늦게 도착한 엘리베이터에서 티격태격하는 소리가 로비를 울렸다.

"아, 왜 또 이러시는 겁니까!"

"급한 약속이 있다니까? 잠깐만 나갔다 온다고. 아예 퇴근하겠다는 것도 아닌데, 그것도 안 돼?"

"실장님이 한번 나가시면 다시 들어오실 분입니까? 누굴 속이려고 드세요!"

"이번엔 진짜 들어올 거야."

"문 실장님!"

최 비서의 만류에도 정문을 향해 발을 옮기던 태영은 막 문을 나서는 여자를 보고 눈이 휘둥그레졌다. 잘못 본 게 아니라면 저 여자는 분명…….

"서제이!"

붙잡는 팔을 쳐내고 밖으로 달려 나갔다. 새침한 여학생의 모습은 온데간데없고 활짝 핀 장미 같은 여인이 눈앞에 있었다.

방황으로 점철된 고등학교 시절, 그녀를 보는 게 유일한 삶에 낙이었다. 순순히 유학을 받아들인 것도 그녀가 유학을 떠난다는 소식을 접했기 때문이었다. 비록 다른 학교, 다른 시에 있었지만, 한국보단 가까이 있다는 사실을 위안으로 삼았다.

"서제이, 맞지?"

차도를 살피던 제이가 자신을 부르는 소리에 옆을 돌아보았다. 그곳엔 별로 반갑지 않은 남자가 서 있었다. 같은 핏줄이라는 게 믿어지지 않을 만큼 다른 남자. 그와 말을 섞어봐야 득이 될 게 없기에 무시로 일관하며 휴대폰을 만지작거렸다.

"왜 이렇게 안 와?"

"야, 진짜 오랜만이다. 학교는? 졸업한 거야? 언제 들어왔어?"

"나한테 말 시키지 말아줄래?"

"예나 지금이나 톡 쏘는 말투는 그대로네."

빨간 스포츠카가 건물을 돌아 그들의 앞에 정차했다. 운전석 문을 열고 내린 동우는 제이의 사나운 시선에 고개를 숙이고 차에서 비켜섰다. 제이가 운전석에 올라타서 문을 닫으려는 순간 조수석 문이 열리며 태영이 옆에 앉았다.

"너 뭐야? 안 내려!"

"미안한데, 나 좀 태워줘."

"좋은 말로 할 때, 빨리 내려라."

"급한 약속이 있어서 그래. 내가 이 은혜는 두고두고 갚을게. 지금 비서한테 잡히면 퇴근 때까지 못 나온단 말이야. 제발……."

불쌍한 표정으로 동정을 호소하는 태영. 창문을 두드리며 안절부절못하는 최 비서. 한 걸음 물러서서 약간 놀란 듯 태영을 바라보는 동우. 결심을 굳힌 제이는 액셀을 밟아 그 자리를 떴다.

지금은 하등 쓸모없는 녀석이라도 언젠간 써먹을 일이 있을 것이다. 재영을 빼앗아오는 데 필요하다면 누가 됐든 이용하기로 마음먹었다.

"어디에 세워줘?"

"압구정에서 약속이 있긴 한데……. 넌 어디 가는 길이야?"

"전에도 말했지만, 나한테 관심 꺼."

"나, 예전에 네가 알던 망나니 아니야. 지금은 대학도 졸업했고, 마음잡고 회사도 다닌다고."

"그런 애가 근무시간에 압구정을 가니?"

"그, 그거야……."

"됐고. 여기서부턴 택시 타고 가라."

갓길에 차를 세운 제이가 빨리 내리라고 눈치를 줬다. 하지만 아무런 성과도 없이 헤어질 수 없었던 태영은 미적거리며 문을 열지 않았다.

이대로 헤어지면 언제 또 만나게 될지 모르는데. 시간이 조금만 더 있었으면…….

태영은 점차 사나워지는 시선을 느꼈지만, 짐짓 못 본 척 피했다. 그러다 퍼뜩 떠오른 생각에 자연스럽게 입을 열었다.

"참! 지금 영민이 만나러 가는 길인데, 너도 같이 갈래? 고등학교 때 너하고도 친했잖아."

"난 너처럼 한가한 사람 아니거든."

"5년 만에 보는 동창인데, 잠깐도 시간 못 내?"

"연주회 준비하기도 빠듯해. 어서 내려!"

"아, 알았어. 나중에 보자."

차에서 내려 문을 닫을 새 없이 차가 출발했다. 제이의 연주회라면 몇 사람 거치지 않아도 언제, 어디서 하는지 파악이 가능했다. 문제를 일삼던 시절엔 혹시 피해가 갈까, 말 붙이는 것도 어려웠지만, 지금은 상황이 달라졌다. 태영은 스포츠카가 사라진 도로를 바라보며 그녀의 마음을 붙잡고 싶다는 욕심이 샘솟았다.

"으읏!"

가슴을 지분거리는 손길이 강해질수록 방 안엔 야릇한 신음이 점점 커졌다. 주아는 달아오르는 몸을 어쩌지 못하고 숨을 헐떡거렸다.

"재영 씨……."

"아직 안 돼."

생리가 시작하면서 며칠간 독수공방을 한 탓인지, 그는 오늘따라 집요하게 온몸 구석구석을 맛보는 중이었다. 가슴을 할짝거리다 빨아들이자 발끝까지 전율이 일었다. 이젠 익숙해질 때도 됐는데 그가 주는 쾌감은 나날이 더해만 갔다.

허리선을 타고 내려간 손이 수풀을 헤치고 들어가 꽃잎 사이를

파고들었다. 애액이 흠뻑 묻은 손가락을 빼낸 그가 정점을 뱅글뱅
글 돌리다가 꾹 눌렀다.

"윽……!"

"주아야."

"……네?"

"사랑해."

한번 사랑이란 단어를 입에 담은 뒤로 재영은 종종 사랑한다는
말을 들려주었다. 특히 관계를 맺을 때면 계속된 사랑 고백에 마음
까지 녹아내릴 정도였다. 귓가를 간질이는 그의 고백에 입매가 초
승달처럼 휘어졌다. 주아는 두 손으로 그의 얼굴을 감싸고 입을 맞
췄다.

말캉한 혀가 깊숙이 들어와 타액을 남김없이 앗아갔다. 그의 머
리카락에 손가락을 넣고 등에 팔을 두르자 딱딱해진 남근이 다리
사이를 가르지 못해 안달이었다. 주아는 그를 옆으로 밀치고 허리
위에 올라앉았다.

"저도 해주고 싶어요."

"뭘?"

"……그러니까, 이런 거."

주아는 고개를 숙여 그의 가슴 위, 작은 돌기를 혀로 핥았다. 움
찔거리던 그가 쿡쿡 웃더니 이내 긴장을 풀고 눈을 감았다. 잘 잡
힌 근육 위에 작은 돌기가 앙증맞고 귀여웠다. 혀끝으로 굴리며 장
난을 치다가 사탕을 빨 듯 빨아들이니 그의 미간이 살짝 좁아졌다.
그가 하던 대로 가슴 끝을 이로 살짝 물었다. 그러자 몸의 떨림과
동시에 낮은 신음이 터져 나왔다.

은근히 재미가 붙은 주아는 양쪽 가슴을 충분히 괴롭히고 복근을 따라 아래로 내려갔다. 무성한 수풀 속에 우뚝 솟은 남근은 남다른 위용을 자랑하듯 고개를 쳐들고 있었다. 몇 번 만져보긴 했지만, 이토록 가까이에서 본 건 처음이었다. 한 손으로 부드럽게 감싸 쥐고 위아래로 흔들자 묵직한 신음이 방 안에 울렸다.

좀 더 과감하게 고개를 숙여 끝 부분을 혀로 핥았다. 그러자 종전과는 다르게 그의 호흡이 가빠진 것을 느낄 수 있었다. 주아는 귀두 부분을 핥다가 입에 넣고 천천히 움직였다.

"윽! 너, 지금……."

넘어갈 듯 거친 호흡을 내뱉으며 연신 신음을 흘리는 모습에 절로 흐뭇해졌다. 사랑하는 사람이 나로 하여금 진한 쾌감에 빠져들어 신음을 흘리는 건 상당히 기분 좋은 일이었다. 주아는 그가 왜 그렇게 애무에 매달리는지 조금은 이해할 수 있었다.

"주아야, 그만!"

"싫어요?"

"아니, 이대로 가다간…… 으윽!"

한동안 욕구불만에 시달리던 남근이 급격히 커지며 뜨거운 정액을 입안에 뿜어냈다. 주아는 당황한 나머지 입을 빼내며 침을 삼키듯 꿀꺽 삼켜버렸다.

"괜찮아?"

"네. 갑자기 너무 커져서 놀라긴 했지만."

"그러게 왜 그랬어?"

"그야, 사랑하니까……."

말이 끝나기도 전에 재영이 팔을 뻗어 끌어안았다. 귓가에 전해지는 심장 소리는 그 어느 때보다 크고 빨랐다. 주아는 그의 등을 감싸 안고 지금의 행복을 온몸으로 만끽했다.

"사랑해, 주아야. 내 마음을 십분의 일만이라도 말로 표현할 수 있었으면 좋겠다."

"사랑한다는 말로도 충분해요."

재영은 말로 다 할 수 없이 사랑스러운 주아를 바라보다가 부드럽게 입을 맞췄다. 진득한 키스를 이어가며 그녀를 침대에 눕힌 뒤 못다 한 일을 마무리 짓기 위해 동굴 속에 손가락을 집어넣었다. 손가락의 섬세한 자극에 다리 사이가 흥건히 젖어들었다. 어느새 고개를 쳐든 남근이 들어가자 주아의 미간에 골이 파였다.

"으읏! 하아, 하아."

"신주아, 평생 내 곁에서 나만 보는 거야."

소유욕 짙은 말을 내뱉으며 뒤로 빼냈다가 단번에 뿌리까지 밀고 들어갔다. 그러자 색정적인 신음을 내뱉으며 그녀가 매달려왔다. 재영은 그녀를 옆으로 눕히고 다리 한쪽을 들어 올린 뒤 사정없이 허리를 움직였다. 민감한 부분을 계속해서 찔러대자 한층 높아진 음성이 방 안을 울렸다.

"재영 씨! 아, 제발……."

힘없이 처지는 다리를 내려주고 뒤로 돌린 뒤 밀고 들어가자 신음이 다시금 커졌다. 탱탱한 엉덩이에 맞닿을 때마다 야릇한 소리가 귓가에 울렸다. 주아의 허리를 잡고 세차게 몸을 놀리던 재영은 절정을 향해 치달으며 마음을 표현했다.

"사랑…… 한다."

그보다 먼저 절정에 다다른 주아는 다리에 힘이 풀려 침대에 털썩 쓰러졌다. 뒤에서 사뿐히 몸을 겹친 그가 날갯죽지에 자근자근 입을 맞췄다.

"내일은 아르바이트 안 나가지?"

"음…… 네."

"그럼 나하고 같이 공연 보러 가자. 별로 재미는 없겠지만, 꼭 참석해야 하는 자리거든."

"……그래요."

밀려오는 졸음에 어영부영 대답한 주아가 이내 고른 숨을 내쉬며 잠이 들었다. 재영은 내일 연주회에 참석해 제이를 비롯한 주변인들에게 분명히 알릴 생각이었다. 자신과 미래를 함께할 여자가 누구인지, 자신의 마음을 사로잡은 여자가 누구인지. 그동안 간과하고 넘겼던 소문을 이참에 확실히 뿌리 뽑을 작정이었다.

아침부터 무더운 열기를 내뿜으며 태양이 떠올랐지만, 주아는 적당한 온도 속에 이불까지 덮고 곤히 잠들어 있었다. 재영은 시계를 확인하고 침대에 걸터앉아 조심스럽게 잠을 깨웠다.

"주아야, 많이 피곤해?"

"으응……."

"그만, 일어나. 아침 먹어야지."

"몇 신데요?"

"8시 좀 넘었어."

주아는 눈을 깜박거리다가 화들짝 놀라 몸을 일으켰다. 주말 식사는 자신이 책임지겠다고 해놓고 늦잠을 자버렸다. 평일에도 워낙 빨리 나가 아침을 차려준 적이 거의 없는데. 이 집에 들어온 후론 일찍 일어난 날이 손에 꼽을 만큼 적었다. 물론, 늦잠의 원인이 되는 남자가 아침밥보단 다른 걸 더 원해서이긴 하지만.

"어떡해! 아침…… 먹었어요?"

"아니, 아직."

"배고프죠? 제가 빨리 차려줄게요."

급하게 침대를 빠져나가려던 주아를 재영이 붙잡았다. 패션쇼가 얼마 안 남았는지 매일 늦게 들어오는 것을 알면서도 욕정을 참지 못하고 몇 번이고 안아버렸다. 얼마나 피곤했으면 미동조차 없이 잠을 자는지. 그런데도 아침을 못 차려줘서 미안해하는 모습이 자못 안쓰러웠다.

"아침은 내가 차려놨으니까, 서두를 것 없어."

"내가 하려고 했는데……."

"누가 하면 어때? 나 밥 차려주려고 여기 있는 거 아니잖아."

"그럼 저녁엔 제가 맛있는 것 만들어줄게요. 아주머니한테 배운 게 있거든요."

가운을 걸치며 함박웃음을 짓는 그녀가 햇살을 받아 더욱 눈이 부셨다. 재영은 뒤에서 허리를 끌어안고 목덜미에 얼굴을 묻었다.

"이번엔 뭘 배웠는데?"

"그건 비밀이에요!"

"그런데 어쩌지? 오늘 저녁은 외식해야 할 것 같은데."

"어? 왜요?"

팔을 떼어내고 뒤돌아본 그녀는 정말 아무것도 모르는 눈치였다. 아무래도 어젯밤 잠결에 들어서 그런지 기억나지 않는 모양이었다. 재영은 공연에 대해 알려주려고 입을 벌렸다가 말없이 입꼬리만 끌어올렸다. 궁금증에 사로잡혀 눈을 깜박이는 모습이 어찌나 귀여운지. 알려주고자 했던 마음이 깡그리 사라져버렸다.

"나도 비밀!"

"그러는 게 어디 있어요? 뭔데요? 네?"

성큼성큼 걸어 방을 나서자 그녀가 쪼르르 뒤따라 나왔다. 재영은 연방 애교를 부리며 궁금증을 호소하는 그녀로 인해 입가에 웃음이 떠날 줄 몰랐다.

"식사부터 하시죠."

오랜만에 예전에 즐겨 먹던 서양식 아침을 준비했다. 갓 구운 토스트와 스크램블 에그, 싱싱한 샐러드, 베이컨과 소시지까지. 냉장고에서 주스를 꺼내 와 테이블에 올려놓고 의자에 앉았다.

"이런 건 어디서 다 배웠어요?"

"아침은 혼자서 해결하다 보니 간단한 것 몇 가지는 만들 수 있게 됐어. 대학 때 미국에서 생활했거든."

"어쩐지. 한두 번 만들어본 솜씨가 아니다, 했어요."

토스트에 버터를 바른 주아가 크게 한입 베어 먹었다. 기분이 좋은지 입을 오물거리며 콧소리를 흥얼거렸다.

간단하게 아침을 먹은 주아는 그에게 등 떠밀려 방으로 들어왔다. 식탁은 자신이 치울 테니 씻고 나갈 준비를 하라는 명이었다. 도대체 어디를 가려고 이러는 건지. 샤워를 마치고 기대감으로 두근대는 가슴을 느끼며 외출 준비를 시작했다.

12. 귀국 연주회

"재영 씨, 여긴 왜요?"

"왜긴, 옷 사러 왔지."

"그렇지만 여긴……."

주아가 서 있는 곳은 유명 디자이너가 운영하는 숍이었다. 이 사람의 옷을 한 번 입으려면 최소 6개월 전에 예약하고 기다려야 한다는 말까지 나돌 정도였다. 그런데 이런 곳을 동네 옷가게 가듯 찾아오다니. 그는 너무나 자연스럽게 매장 안으로 이끌었다.

"어머! 이사님, 어서 오세요."

"실장님, 오랜만입니다."

"요즘 많이 바쁘신가 봐요. 선생님 만나러 오신 거예요?"

"네. 경호 있죠?"

"작업실에 계세요. 여기서 잠시만 기다려주세요."

실장은 두 사람을 소파로 안내한 뒤 2층으로 뛰어 올라갔다. 주아는 벽에 걸려 있는 옷들과 마네킹에 입혀놓은 옷들을 살피며 점점 입이 벌어졌다. 뛰어난 디자이너라는 건 익히 들어 알고 있었지만, 실제로 진열된 옷을 보니 디자인이 예사롭지 않았다. 이런 옷을 어떻게 생각해내는 건지. 심플하면서도 시선을 사로잡는 디자인에 마음을 홀랑 빼앗겨버렸다.

"마음에 드는 거 있어?"

"싫은 걸 고르는 게 빠를걸요. 과연, 있을지 모르겠지만."

"경호가 옷 하나는 잘 만들지."

"아는 분이세요?"

"고등학교 동창. 그때도 연습장엔 영어 단어 하나 찾아보기 어려울 만큼, 여성복 디자인만 빼곡했었어."

옛 생각이 떠오르는지 그의 입가에 웃음이 감돌았다. 평소 그는 문화 그룹 황태자라는 사실을 인지하지 못할 만큼 평범하게만 느껴졌다. 그러나 가끔 세상과 동떨어진 듯한 특별한 면들이 보일 때면 재벌이라는 사실을 실감하게 된다.

"문재영! 이게 얼마 만이냐?"

계단을 내려온 경호는 얼굴 가득 반가움을 띠고 재영과 가벼운 포옹을 했다. 두 사람은 한동안 못 만났는지, 서로의 안부를 묻느라 정신이 없었다.

"그런데…… 옆에 계신 분은 누구?"

"아, 이런! 깜박했네. 인사해. 내 여자 친구."

"여자…… 친구?"

"응. 조만간 제수씨가 될 거니까, 잘 보이는 게 좋을걸."

"너 언제……."

상당히 놀란 표정으로 재영을 바라보던 그가 환하게 웃으며 악수를 청해왔다. 가볍게 맞잡은 손에서 주아는 그가 진심으로 환영하고 있음을 느낄 수 있었다.

"넌 정말, 사람을 깜짝 놀라게 하는 재주가 있다니까. 그래서 오늘은 무슨 일로 온 건데?"

"옷 가게에 뭐 때문에 오겠냐? 주아 씨한테 어울릴 만한 이브닝 드레스 좀 골라줘."

"어떤 용도?"

"아, 그러니까……."

재영이 경호를 끌고 의상실 구석으로 걸어갔다. 김이 빠졌다. 어디에 가는지 확인할 절호의 찬스였는데. 어찌나 조용히 얘길 하는지 아무리 귀를 쫑긋 세워도 들리지 않았다.

이야기가 끝났는지 재영이 부드러운 미소를 지으며 다가왔다. 그사이 경호는 실장을 불러 무언가를 지시했고, 2층으로 올라갔던 실장이 옷 한 벌을 들고 내려왔다.

"이건 판매용으로 만든 건 아닌데, 주아 씨 이미지하고 이 옷하고 정말 잘 어울릴 것 같거든요. 한번 입어봐 주실래요?"

"제가 입어봐도 돼요?"

"당연하지. 어서 입어봐."

재영은 주아의 손에 옷을 들려주고 탈의실로 떠밀었다. 흐뭇하게 웃으며 뒤로 돌자 경호가 팔짱을 낀 채 아쉬움을 드러냈다.

"아무리 비싸게 불러도 안 팔았던 건데. 공짜로 넘기게 될 줄 알았으면 그때 팔아버릴 걸 그랬다."

"약속은 약속이지. 나 아니었으면 너 여기까지 오지도 못했어."

"안다, 알아! 그래서 올여름 메인 디자인을 상납하잖아."

"주아가 입은 걸 보면 너도 흡족해할 거야."

두런두런 이야기를 나누는 사이 탈의실 문이 열리며 주아가 나왔다. 어깨가 드러난 옷은 무릎을 살짝 웃도는 미니 드레스였다. 회색 바탕에 검은 레이스가 겉을 감싸 고급스러움을 주고, 허리선을 강조하는 리본과 탐스러운 주름이 여성스러움을 더했다. 주아는 풀어놓은 머리를 끈으로 잡아 올리며 재영을 향해 돌아섰다.

"어때요?"

"정말 예쁘다. 진짜 잘 어울려."

"제 안목이 정확하네요. 정말 잘 어울리세요."

주아가 거울을 보는 사이 재영이 경호의 옆구리를 툭 쳤다.

"어때? 너도 만족하지?"

"솔직히 이렇게 잘 소화해낼 줄은 몰랐다. 어디서 저런 여자를 만난 거야?"

"클럽."

"뭐?"

경호의 목소리가 커지자 깜짝 놀란 주아가 돌아보았다. 그는 어색하게 웃으며 옷매무새를 바로잡아 주었다.

"이건 아무리 봐도 주아 씨를 위한 옷 같네요. 이렇게 만난 것도 인연인데, 제가 선물로 드릴게요."

"네? 아, 아니에요. 엄청나게 비쌀 텐데. 받을 수 없어요."

"어차피 판매 목적으로 만든 게 아닌걸요. 작업실에 썩히느니 주아 씨가 입어주면 홍보도 되고 더 좋을 것 같은데요."

"그래도 이건……."

거절해야 옳은 거지만, 너무 갖고 싶었다. 평생 한 번 입어볼까 말까 한 옷을 거저 얻을 수 있는 기회가 흔한 건 아니니까.

갈팡질팡하는 모습을 보고 재영이 설득에 나섰다. 정 불편하면 자신이 값을 치르겠다고, 친구의 성의니 받아달라고. 결국, 가게를 나서는 주아의 손엔 커다란 쇼핑백이 들려졌다.

"시간이 벌써 이렇게 됐네. 우선 점심부터 먹자."

"점심 먹고 어디 갈 건데요?"

"물건 주문한 게 있는데, 찾으러 가야 해."

강남에 위치한 스파게티 전문점에서 점심을 해결하고 재영을 따라, 한 건물로 들어갔다. 입구는 심플한데 안에는 온갖 종류의 보석이 진열되어 있었다. 그를 알아본 직원이 안쪽으로 안내했다.

"물건은 도착했나요?"

"네, 이사님."

직원이 진열장을 열쇠로 열고 고급스러운 상자를 꺼내 왔다. 테이블에 내려놓고 상자를 열자 굉장히 독특하고 화려한 디자인의 다이아몬드 세트가 영롱한 빛을 내뿜었다. 보석을 유심히 살피는 재영의 얼굴에 무언가 회상하듯이 그리움이 묻어났다.

"마음에 드시나요?"

"네, 잘 나왔네요. 감사합니다."

"별말씀을요. 언제든지 찾아주세요."

보석 상자를 쇼핑백에 담아주자 재영은 주저 없이 들고 나왔다. 도대체 어떤 물건이기에 값을 지급하지도 않고 나오는 건지. 알쏭달쏭하기만 한 그의 행보는 이후에도 계속되었다.

차가 청담동의 한 건물 앞에 멈춰 섰다. 그러자 기다렸다는 듯이 동우가 문을 열어주었다. 비서가 와 있는 것을 보면 오늘 갈 곳이 일과 연관되어 있을 확률이 높았다. 그런 자리에 자신이 참석해도 되는 건지. 주아는 짐짓 심각한 표정으로 물었다.

"도대체 어디 가는 건데요?"

"말해주면 안 간다고 할까 봐, 말 못하겠는데."

"그럼 저 안 갈래요."

주아는 건물 앞에 딱 버티고 서서 고집스럽게 그를 바라봤다. 그러자 동우가 피식 웃음을 터트렸고, 재영은 한숨을 쉬며 손으로 얼굴을 감쌌다.

"그냥 공연 보러 가는 거야."

"그런데 왜 숨겨요? 뭔가 더 있는 거 아니에요?"

"사실 어제 얘기했었는데, 잠결에 들어서 그런지 통 기억을 못하더라고."

"그랬…… 어요?"

잠결에 뭔가 대답을 한 것도 같은데, 내용은 생각나지 않았다. 언제 왔는지 곁으로 다가온 그가 허리에 팔을 두르며 안으로 이끌었다. 왠지 찝찝한 기분이 가시질 않았다. 하지만 행복해하는 그의 기분을 망치고 싶지 않아 순순히 따라 들어갔다.

미리 예약돼 있었는지 동우가 이름을 말하자 2층으로 안내되었다. 메이크업 아티스트라고 자신을 소개한 여자는 의상을 확인하더니 밝고 화사하게 화장을 해나갔다. 전문가의 화장법은 확실히 달랐다. 누더기 신데렐라를 공주로 변신시키는 것처럼, 이쪽 계통에 종사하는 사람들은 여자들에게 요정과도 같았다.

메이크업을 끝나자 이번엔 고데기를 손에 든 요정이 나타났다. 미리 의상을 보고 왔는지 거침없는 손놀림으로 긴 머리를 단숨에 말아갔다. 위로 올린 머리는 웨이브를 살려 자연스럽게 꼬아놨는데, 발랄한 듯하면서도 우아함이 돋보였다.

마지막으로 찾아온 직원이 작은 방으로 안내했다. 그곳에서 옷에 맞는 속옷과 드레스를 갈아입고 신발까지 신은 뒤 마무리했다.

"다 됐어?"

"와, 재영 씨 정말 멋있어요!"

단순한 검정 양복인데도 그가 입으니 확연히 달라 보였다. 어떤 공연인지 몰라도 주인공보다 그가 더 돋보이지 않을까 싶었다.

"그러는 주아야 말로 못 알아볼 지경인데."

"그 정돈 아니거든요!"

"평소에도 예쁘지만 지금은 꼭 여신이 강림한 것 같다. 섹시한 밤의 여신."

그는 마지막 말을 귓가에 대고 숨을 불어넣으며 작게 속삭였다. 뜨거운 숨결에 조건반사처럼 아랫배에 힘이 들어갔다. 낯부끄러운 말에 얼굴이 화르르 타올랐다. 직원이 눈치껏 자리를 피하자 그는 못 참겠다는 듯 몸을 끌어안으며 목덜미에 입을 맞췄다.

"미치겠다. 지금 입은 옷을 다시 벗길 수도 없고."

"재영 씨, 너무 웃긴 거 알죠?"

"농담 아니야. 확인시켜줘?"

엉덩이 사이로 닿아오는 굵고 딱딱한 감촉이 그의 말이 사실임을 증명해주었다. 주아는 적잖이 당황해 몸을 앞으로 빼며 그를 향해 뒤돌아섰다. 깊게 가라앉은 검은 눈동자가 언제고 집어삼킬 것만 같아 마른침을 삼켰다.

"재, 재영 씨. 여기선 절대 안 돼요."

"그럼 키스 한 번만."

"화장 지워질 텐데…… 읍!"

다짜고짜 부딪쳐오는 입술을 미처 피하지 못했다. 달콤하게 시작된 키스는 갈수록 농도가 짙어졌다. 조심스럽게 움직이던 입술이 어느새 거칠게 빨아대며 주아를 애달게 했다.

갑자기 들려온 노크 소리에 키스가 급하게 갈무리됐다. 짐을 가지러 왔던 동우가 달아오른 공기를 느꼈는지 곧장 나가버렸다. 주아는 그것이 못내 신경 쓰여 재영의 어깨를 주먹으로 툭 쳤다.

"동우 씨가 오해했으면 어떡해요."

"괜찮아. 딱히 오해할 것도 없는데, 뭐."

열기를 가라앉히려는 듯 재영이 크게 숨을 내쉬었다. 그런 뒤보석점에서 찾아온 상자를 테이블에 올려놓고 목걸이를 꺼냈다.

"이건 예전에 어머니가 하던 건데, 어때? 마음에 들어?"

"예뻐요. 그런데 이건 왜……."

"오늘 주아가 꼭 착용해줬으면 해서."

재영은 자리를 옮겨 주아의 뒤에서 목걸이를 걸어주었다.

어머니가 많이 아끼던 물건이었다. 결혼 전 생일 선물로 받았던 팔찌. 청혼하며 끼워줬던 반지. 결혼 1주년에 받은 목걸이와 귀걸이. 모두 다른 날 아버지께 선물받았지만 모아보니 하나의 세트였다. 그렇게 소중히 아끼던 물건을 어느 날 담담하게 내어주셨다. 미래 며느리에게 주는 처음이자 마지막 선물이라면서.

"잘 어울리네. 손 내밀어봐."

"저, 이거 꼭 해야 돼요? 너무 부담스러운데……."

"부담 가질 필요 없어. 그렇게 비싼 물건은 아니니까."

값으로 매길 수 없는 물건이지만 재영은 굳이 말하지 않았다.

화장을 수정하고 숍을 나온 두 사람은 동우가 운전하는 차를 타고 연주회장으로 향했다. 사람들이 몰려들기 시작한 연주회장 벽면엔 바이올린 사진과 더불어 'Jamie'라는 이름이 흘림체로 크게 쓰여 있었다.

"우리 바이올린 연주 보러 온 거예요?"

"응. 아버지 지인분 딸이 귀국 연주회를 하거든."

"아……. 혹시, 재영 씨 아버지께서도 참석하세요?"

순간 주아의 몸이 뻣뻣하게 굳으며 얼굴에 핏기가 가셨다. 그러자 부드럽게 손을 감싼 재영이 온화한 미소를 지었다.

"내가 같이 있는데 뭐가 걱정이야."

"그, 그래도 이렇게 갑자기……."

손끝으로 전해지는 떨림에 재영은 주아의 어깨를 감싸 안았다. 정혁이 오고, 안 오고는 중요치 않았다. 제이와의 혼사를 정식으로 거절했을 땐, 그녀와의 관계를 은연중에 허락한 것일 테니까.

"아마 바빠서 못 오실 거야. 너무 긴장하지 말고 편하게 있어."

주아는 애써 웃음 지으며 고개를 끄덕였다. 마음을 편히 갖기엔 연방 힐끔대는 사람들의 시선이 몹시 불편했다. 그가 공개적인 자리에 여자와 함께 나타났으니 궁금할 만도 했다. 하지만 지금처럼 싸늘한 시선은 받아본 적이 없어 자꾸만 위축되었다.

"시간 다 됐다. 들어가자."

"네."

무대가 가장 잘 보이는 곳에 자리 잡고 앉자 잠시 후 불이 꺼졌다. 스포트라이트를 받으며 무대 중앙으로 나온 여자는 붉은 드레스와 늘씬한 각선미로 좌중을 사로잡았다. 강렬한 인상과 대조적으로 객석을 향해 다소곳이 인사한 여자가 바이올린을 어깨에 올린 채 살며시 눈을 감았다.

오케스트라의 연주를 시작으로 공연이 시작되었다. 때론 부드럽고 때론 강하게 울리는 바이올린 선율은 관람객들의 귀를 즐겁게 해주었다. 몇 곡이 순차적으로 연주되고 나서 우렁찬 박수 소리와 함께 공연은 성황리에 막을 내렸다. 장내엔 바로 옆에서 연회가 있으니 연회장으로 이동해달라는 안내 방송이 나왔다.

재영을 따라 연회장으로 이동하자 먹음직스러운 뷔페가 한쪽에 차려져 있었다. 다들 안면이 있는 듯 음식을 가져와 둥근 테이블에 모여 앉기 시작했다. 주아도 그와 함께 접시에 음식을 담고 테이블에 앉았다.

"공연 후에 이런 연회를 여는지는 몰랐어요."

"몇 년 만에 귀국한 딸이라 연회를 열고 싶으셨던 모양이야."

"조명 때문에 얼굴을 자세히 보진 못했는데, 상당히 미인인 것 같아요. 몸매도 좋은 것 같고…… 재영 씨도 잘 아는 분이에요?"

"친하진 않아. 얼굴만 가끔 본 사이니까. 왜? 신경 쓰여?"

"아, 아니에요."

그의 주변에 미인들이 즐비할까 봐 신경이 쓰이는 건 사실이었다. 담소를 나누며 식사를 하던 주아는 주변 시선이 한곳으로 몰리자 고개를 돌렸다. 연회장 입구에 들어선 주인공은 보석이 촘촘히 박힌 파란 드레스를 입고 감사인사를 전하는 중이었다. 그런데 그녀가 가까워질수록 낯이 익다는 생각이 자꾸만 들었다.

이상하다? 왜 낯이 익지? 도대체 어디서…….

그 순간, 얼마 전 엘리베이터에서 마주쳤던 여자가 떠올랐다. 서정 그룹에서 만난 도도하다 못해 건방져 보이던 여자. 하지만 오늘 본 여자는 공손하기 그지없었다.

그리고 보니 서제이도 일주일 전쯤 귀국했다고……. 설마! 포스터엔 분명 제이미라고 쓰여 있었는데.

주아는 갑작스럽게 찾아온 갈증에 옆에 놓인 물을 쭉 들이켰다. 그리고 컵을 내려놓음과 동시에 여자의 목소리가 들려왔다.

"재영 오빠! 진짜 와주셨네요. 고마워요."

오빠라 부르며 친근하게 다가온 여자가 재영의 옆자리에 앉았다. 그녀는 해맑게 웃고 있었지만, 마주친 시선은 몹시 매서웠다.

"오겠다고 했잖아. 공연 잘 봤어."

"그런데 옆에 계신 분은 누구에요? 처음 보는 것 같은데."

"나랑 결혼할 사람."

"결혼…… 이요?"

"그래. 조만간 인사드리고 날 잡을 거야."

생각지도 못한 발언에 모두 경악을 금치 못했다. 매일 사랑한다고 했어도, 정확히 결혼하자고 한 적은 없었다. 그런데 공개 석상에서 결혼할 여자라고 소개하다니. 폭탄발언을 한 당사자는 사태의 심각성을 모르는지 연신 웃기만 했다.

"그, 그렇군요. 만나서 반가워요. 서제이라고 해요."

"아…… 전, 앨리스예요."

제이가 자신을 소개하며 악수를 청해오자 주아도 이름을 밝힐 수밖에 없었다. 그러자 고개를 갸우뚱거리며 다른 이들과 같은 반응을 보였다.

"혹시, 교포세요? 국적이……."

"중학교 때 미국에 이민 갔어요."

"그럼 학교도 미국에서 나오셨겠네요? 어느 지역에 계셨어요?"

매의 눈을 하고 쳐다보자 어디로든 숨고 싶었다. 토씨 하나 빼먹지 않고 외운 내용도 정작 입이 얼어붙어 잘 나오지 않았다.

"그, 그러니까…… 뉴욕에서 살았어요. 학교는……."

"서제이, 지금 누구 심문해?"

"어머! 그렇게 들렸다면 정말 죄송해요. 전 그저 미국에 살았다니까, 반가운 마음에 물어봤어요. 혹시 알아요? 우리가 같은 학교를 나왔을지."

능청맞은 대꾸에 재영은 심사가 뒤틀렸다. 그녀의 등장 이후 급격히 불안해 보이는 주아가 신경 쓰여 자리를 뜨려 했다. 하지만 자신과 이야기할 기회만 엿보고 있던 사람들이 제이를 빌미로 자꾸 찾아왔다.

"저 잠깐 화장실 좀 다녀올게요."

"그래."

양해를 구하고 연회장을 나온 주아는 후들거리는 다리에 힘을 줘 화장실로 들어갔다. 거울을 들여다보니 그나마 화사한 화장 덕에 창백해 보이는 것만은 면한 듯했다.

세상 넓고도 좁다더니 서제이를 이렇게 만나게 될 줄은 몰랐다. 문재영과 약혼설이 나돌던 여자. 자신을 향해 날아오던 싸늘한 시선과 질문들만 봐도 그녀의 마음을 명확히 알 수 있었다.

길게 한숨을 내쉰 주아는 볼일을 보러 안으로 들어갔다. 그때 화장실로 들어온 한 무리의 여자들이 수다를 늘어놓기 시작했다.

"세상에, 그 옷 봤어요?"

"나도 궁금했는데, 그거 박 선생님 옷 맞죠?"

"맞아요. 이번 시즌 베스트라고 런웨이에만 올리고 팔지도 않던 건데."

"나도 딸아이가 하도 갖고 싶다고 졸라서 액수는 원하는 대로 줄 테니 팔라고 전화를 몇 번이나 했는지 몰라요."

"문 이사랑 친구라더니 그 옷을 내줬나 봐요."

이게 그렇게 귀한 옷이었어? 시즌 베스트라고?

수다를 떨고 있는 여자들 사이에 나서기가 뭐해 앉아 있었는데 듣다 보니 자신의 얘기였다. 주아는 변기에서 벌떡 일어나 혹시 구겨진 곳이 없나 살피며 옷을 털었다.

"옷도 옷이지만, 그 목걸이 보고 입을 못 다물었다니까요."

"아 참, 그거 예전 사모님이 하시던 거 아니에요? 하도 오래전이라 기억이 가물가물하긴 한데. 회장님이 선물해준 거라고 무척 아끼셨잖아요."

"왜 아니에요. 회장님이 세계적으로 유명한 보석 디자이너한테 직접 부탁해서 선물하신 거잖아요. 만드는 데 오래 걸려서 저렇게 세트가 되기까지 1년도 넘게 걸렸을걸요."

얘길 듣는 순간 손이 자동으로 목걸이와 귀걸이의 존재를 확인했다. 단순히 그의 어머니가 예전에 사용하던 보석 중 하나라고 생각했는데. 아주 진귀한 보석을 걸치고 있었던 것 같다. 주아는 그가 자신도 모르게 만인의 부러움을 살 만큼 근사하게 꾸며놓았다는 사실을 깨달았다.

"사모님이 아끼던 보석까지 내준 걸 보면 그 소문이 사실인가 봐요."

"무슨 소문이요?"

"왜, 서제이 양이 귀국하면 문 이사랑 약혼한다는 얘기가 파다했었잖아요. 근데, 얼마 전에 회장님이 직접 약혼을 거절했대요."

"어머, 어머! 그럼 오늘 같이 온 여자를 문 회장님도 인정했다는 거네요."

"그러니까 거절했겠죠."

"세상에! 도대체 어느 집안 여자예요? 문 회장님이 인정할 정도면 보통 집안은 아닐 텐데."

"글쎄요. 갑자기 나타난 걸로 봐선 국내에 뿌리를 둔 집안은 아닌 모양이에요."

이후에도 여자들 사이에선 많은 얘기가 오갔지만, 주아의 머릿속은 단 한 가지 사실만 메아리치듯 되뇌었다.

약혼을 거절했다고?

그의 아버지가 직접 약혼을 거절했다니. 비록 소문이긴 하지만 그가 결혼할 여자라고 소개한 걸로 보아 사실일 가망성이 컸다.

계약이, 계약이 완료된 거야. 이제 아빠를 만날 수 있어!

생각에 잠겨 있는 사이 웅성거리는 소리가 멀어지며 화장실이 조용해졌다. 칸막이 문을 열고 밖으로 나온 주아는 급한 마음에 휴대폰을 꺼내 찬식에게 전화를 걸었다.

"여보세요? 박찬식 씨!"

-네, 말씀하시죠.

"약혼 파기된 거 이미 알고 계셨죠? 아빠 어디 계세요?"

-오늘 연주회에 가신 걸로 아는데, 지금 할 얘긴 아닌 것 같습니다.

화장실 문을 열고 밖을 살핀 주아는 초조함을 감추지 못하고 아랫입술을 깨물었다. 당장 알고 싶었다. 영철이 너무나 보고 싶었다. 일이 성사됐다는 소릴 들으니 그동안 참고 참았던 감정이 한꺼번에 밀려들어 제어되지 않았다.

"말 돌리지 말고, 당장 아빠 병원이나 알려달라고요!"

-신주아 씨, 흥분하지 말고 내 말 잘 들으세요. 일을 그르치고 싶지 않으면 당분간 문재영 씨 곁에서 조용히 지내세요. 이미 당신을 지켜보는 시선이 많습니다. 때가 되면 신영철 씨 소재는 알려드리죠.

"당신이야말로 내 말 잘 들어! 우리 관계는 이걸로 끝이야. 앞으로 내가 어떻게 하든 당신이 상관할 바가 아니라고!"

일방적으로 전화를 끊은 주아는 휘청대는 몸을 의지하기 위해 세면대를 붙잡았다. 그러자 투명한 물방울이 세면대 위에 똑똑 떨어져 내렸다.

여기서 무너질 순 없어. 이제 정말 마지막인데. 아빠의 신병을 확보할 때까진 그의 말을 들을 수밖에…….

눈물을 닦고 심호흡을 깊게 반복하다가 세면대에 물을 튼 뒤 손을 적셨다. 찬물이 손에 닿자 약간은 흥분이 가시는 듯했다. 그에게 진실을 털어놓을 수 있으면 얼마나 좋을까. 그럼 매일, 매 순간 커지는 죄책감이 조금은 사라질 텐데. 주아는 영철의 신병을 확보할 때까지 조금만 더 참자고 마음을 다잡았다.

주아가 연회장을 나간 후 제이는 재영의 옆에 붙어 앉아 빈 잔에 와인을 따랐다. 가까이에서 본 여자는 걱정한 게 무색할 만큼 평범했다. 그가 무엇에 혹 했는지 몰라도 이길 자신이 있었다.

그동안 여자로서의 어필이 약했지만, 적극적으로 나가면 금방 해결될 일이었다. 심도 있는 대화를 나눠보면 자신이 얼마나 말이 잘 통하는 지적이고 섹시한 여자인지 금세 알 수 있을 것이다.

"오빠, 오늘 연주 어땠어요?"

"괜찮았어."

"너무 긴장했더니 어깨가 다 아픈 거 있죠."

훤히 드러난 어깨를 한 손으로 주무르며 제이는 일부러 어깨끈을 슬쩍 내렸다. 그리고 와인 잔을 들어 건배를 제의했다. 마지못해 와인 잔을 집어 든 재영은 흘러내린 어깨끈을 전혀 의식하지 못했다. 불편한 자리를 빨리 벗어나고 싶다는 생각만 간절할 뿐.

"문화 그룹도 노조 때문에 골치 아프죠? 얼마 전에 울산 공장에서 시위가 있었다고 들었는데. 가뜩이나 매출이 줄어서 어려운데 왜들 그러나 몰라. 좀 잠잠해지면 노조에 가입한 직원들 하나씩 쳐내야 해요. 안 그러면 언제 또 시위하겠다고 나설지 모른다고요."

"넌 내치는 게 답이라고 생각하니?"

"당연할 걸 왜 물어요? 언제나 골치만 썩이는데 괜히 끼고 있을 필요 없잖아요."

같은 문제에 전혀 다른 대답이 돌아왔다. 보듬어 안아야 한다는 주아와 하나씩 쳐내야 한다는 제이. 각자의 성격을 잘 보여주는 대목이 아닌가 싶었다. 주아를 만나기 전이었다면 제이와 비슷한 생각을 했을지 모른다. 하지만 언제부턴가 온기가 찾아든 가슴은 틀린 답이라고 말하고 있었다.

와인 잔을 돌리며 생각에 빠져 있는 사이 허벅지를 무언가 쓸고 지나갔다. 얼굴을 와락 구긴 채 아래로 시선을 내렸다. 그런데 눈에 들어온 것은 드레스 사이로 허벅지부터 하얗게 드러난 다리였다. 천천히 고개를 들어 올리자 제이가 노골적으로 색기를 흘리며 바라보고 있었다. 재영은 어이가 없어 대놓고 핀잔을 줬다.

"너 미국으로 유학 다녀오더니 별짓을 다 하는구나. 다른 놈들은 이런 수에 넘어갔는지 몰라도 난 아무런 감흥이 없거든. 볼썽사나운 다리 좀 치워줄래?"

"오, 오빠. 그런 게 아니라……."

"제이야, 축하해!"

그때, 예상치 못한 사람이 헤벌쭉 웃으며 테이블로 다가왔다. 태영의 등장이 조금 의외였지만, 적당한 타이밍에 끊어준 그가 실로 고맙기까지 했다.

"너 바이올린을 켜니까, 진짜 다른 사람 같더라."

"……고마워."

태영과 영민이 한마디씩 하자 제이는 마지못해 고마움을 표했다. 영민이 먼저 재영을 알아보고 인사를 건네며 태영을 툭 쳤다.

"형님, 안녕하셨어요."

"어? 형도 있었네. 언제 왔어? 형 오는 줄 알았으면 같이 올 걸 그랬다."

"나야말로 네가 여길 올 줄은 몰랐다."

"아, 우리 다 고등학교 동창이거든. 귀국 연주회 한다는데, 와서 축하해줘야지."

히죽히죽 웃으며 말하는 태영이 어쩐지 들떠 보였다. 재영은 텅 빈 의자를 돌아보다가 주아가 너무 늦는 것 같아 자리를 털고 일 어났다. 섣불리 접근하는 놈은 없겠지만, 왠지 조바심이 났다.

"나 먼저 일어날게."

"벌써 가시려고요?"

"형, 왜 벌써 가? 좀 더 있다가 나랑 같이 가자."

"아니야. 오랜만에 만났을 텐데, 놀다 들어가."

태영의 어깨를 가볍게 두드리고 걸음을 옮겼다. 그러자 굳은 표 정의 제이가 더는 참지 못하고 자리에서 벌떡 일어났다.

"오빠! 재영 오빠!"

울 것 같은 얼굴로 재영을 부르는 모습에 태영은 그를 붙잡기 위해 서둘러 뒤쫓아 나갔다. 항상 도도하던 그녀가 왜 그리 애타게 부르는지 모르겠지만, 안 좋은 예감이 전신을 휩쓸었다.

"형……."

태영은 복도 먼발치에서 재영을 발견하고 몇 발짝 걸어가다가 그대로 멈췄다. 화장실에서 나오는 여자를 보는 순간 그의 입가에 환한 미소가 피어났다. 언제나 무뚝뚝하게 일관하던 사람이 저렇 게 웃기도 한다는 걸 처음 알았다. 태영은 여자의 어깨를 감싸 안 고 엘리베이터를 기다리는 그를 유심히 지켜보았다.

도대체 어떤 여자가 얼음장 같은 형을 녹인 걸까?

궁금함을 못 참고 좀 더 다가가 여자를 꼼꼼히 뜯어봤다. 그런 데 어디선가 본 듯한 얼굴이었다. 화장 때문에 좀 달라 보이긴 하 지만, 그녀는 분명 오피스텔에서 봤던 여자가 확실했다.

저 여자가 왜 형이랑…….

엘리베이터 문이 열리고 두 사람의 모습이 사라질 때까지 멍해진 정신은 돌아오지 않았다. 무언가 있다. 자신이 모르는 사이에 무슨 일이 생긴 것이다. 찬식과 같이 있던 여자, 하루아침에 변해버린 재영, 형을 부르짖던 제이. 태영은 세 사람을 둘러싸고 무언가 벌어졌다는 것을 직감적으로 알 수 있었다.

13. 선택의 기로

"야! 너 여기서 뭐 해?"

"어?"

"이래 가지고 서제이 마음을 잡을 수 있겠냐? 이런 기회는 자주 오는 게 아니야."

언제 왔는지 영민이 한심스럽다는 듯 말을 내뱉었다. 태영은 복잡한 생각을 잠시 묻어두고 연주회에 참석한 목적을 달성하는 데에만 매진하기로 했다.

"그래. 적어도 번호는 따가야지."

"쉽지 않을걸. 학교 다닐 때부터 웬만해선 시선도 안 주던 앤데."

"그래서 널 데려온 거잖아."

"나도 졸업하고 나선 한 번도 연락한 적 없다니까 그러네."

"넌 그냥 바람만 넣어줘. 나머진 내가 알아서 할게."

영민과 함께 연회장으로 들어가자 혼자 와인을 마시는 제이가 보였다. 태영은 옆자리에 앉아 비어가는 잔에 와인을 따라줬다.

"서제이, 귀국한 걸 축하한다."

"그래. 국내에 있으니까, 이제 자주 좀 보자."

제이는 대꾸도 없이 술만 들이켰다. 와인 병이 하나둘씩 늘어갈수록 홀을 가득 메우던 사람들은 점점 줄어들었다. 태영은 안주도 없이 술만 마시는 제이가 걱정돼 잔을 빼앗아버렸다.

"그만 마셔. 지금도 충분히 취했어."

"내놔."

"너 몸도 잘 못 가누잖아. 여기서 더 마시면 걸어 나가지도 못한다고."

"네가 무슨 상관이야. 어서 술 내놓으라고!"

어찌나 크게 내질렀는지 홀을 빠져나가던 사람들이 놀라 쳐다봤다. 연신 술을 찾던 제이는 휘청대다가 테이블에 얼굴을 박고 잠들어버렸다. 태영은 그녀를 데려갈 만한 사람이 있나 찾아보았다. 하지만 워낙 늦은 시간이라 다들 떠난 뒤였다. 어느새 인적이 사라진 홀에 아주머니들이 들어와 청소를 시작했다.

"영민아, 아무래도 너희 호텔에서 재워야 할 것 같은데."

"알았어. 차 빼놓을 테니까 정문에서 보자."

영민이 나가고 태영은 죽은 듯 잠들어 있는 제이를 바라보면서 깊게 한숨지었다.

도대체 뭐가 그리 힘들어서 내리 술만 마신 거니? 미국에 두고 온 남자라도 있는 거야? 아니면 연주가 마음에 들지 않았어? 이건 생각하기도 싫지만…… 형 때문에 그러는 건 아니지?

재영을 부르며 애타던 얼굴이 자꾸만 떠올랐다. 아닐 거라고, 아니어야 한다고 아무리 되뇌봐도 이성은 현실을 깨달으라는 듯 같은 장면만을 그려냈다. 자리에서 일어난 태영은 제이의 앞에 쭈그려 앉은 채 팔을 끌어당겨 등에 업었다.

큰 키에 비해 그리 무겁진 않았다. 몸이 흔들려서 그런지 그녀는 잠시 뒤척이다가 편한 자세를 취했다. 정문 앞에는 영민이 차를 대놓고 기다리고 있었다. 몇 걸음 다가가자 자신을 발견했는지 운전석에서 나와 뒷좌석의 문을 열어주었다. 태영은 제이를 조심스럽게 내려놓고 조수석에 올라탔다.

"그런데 호텔 방에 혼자 놔둬도 될까?"

"내가 있을게."

"뭐? 그러다 제이한테 괜한 오해라도 사면 어쩌려고?"

"오해하라지, 뭐."

"너는 잘해볼 마음이 있는 거냐, 없는 거냐? 제이가 얼마나 자존심 강한 애인지 몰라서 그래? 아침에 일어나서 너랑 있었던 걸 알면 길길이 날뛸 텐데, 그 뒷감당을 어떻게 하려고."

무엇을 걱정하는지 잘 알지만, 지금은 그렇게라도 엮였으면 했다. 호텔에 도착한 영민은 자신의 이름으로 방을 빌렸다. 제이를 업은 채 키를 받아 든 태영은 고맙다는 말을 전하며 엘리베이터에 올라탔다.

룸으로 들어와 조심스럽게 침대에 내려놓자 제이가 몸을 이리저리 뒤척였다. 치렁치렁한 치마가 상당히 불편하고 더워 보였다. 에어컨을 세게 틀면 되겠지만, 감기에 걸리기라도 하면 낭패였다.

뒤척임이 잦아들자 신발을 벗겨서 현관에 가져다 놨다. 그리고 불을 모조리 끈 채 드레스의 지퍼를 내렸다.

칠흑 같은 어둠 속에서 손의 감각만 가지고 옷을 벗겼다. 몸속 깊은 곳에서부터 타오르기 시작한 불꽃이 그녀의 살갗에 닿을 때마다 온몸을 태워갔다. 최대한 보지 않기 위해 애쓰며 드레스를 벗기고 있는데 제이가 몸을 뒤척였다. 태영은 뒤척임을 이용해 허리에 걸려 있던 드레스를 재빨리 끌어 내렸다.

"으…… 응……."

신음인지 뭔지 알 수 없는 소리가 귓가에 들려왔다. 태영은 자신도 모르게 주저앉았다가 정적이 흐른 뒤에야 몸을 일으켰다.

여자 옷 벗기는데 이렇게 살 떨려보긴 또 처음이네.

긴장이 풀려서 그런지 이불을 덮어주려다가 본의 아니게 몸을 훑고 말았다. 어둠 속에서도 길고 매력적인 다리가 시선을 잡아끌었다. 태영은 이를 악문 채 목 끝까지 이불을 덮어주고 좀 떨어진 소파에 털썩 주저앉았다.

같이 눕고 싶었다. 그녀를 부둥켜안고 향긋한 살내음을 맡고 싶었다. 하지만 참아야 한다. 몸만을 원하는 게 아니니까. 마음까지 가져오려면 인내와 노력이 동반되어야 했다.

태영은 잠든 제이를 한번 쳐다보고 길게 숨을 내쉰 뒤 소파에 누워 눈을 감았다.

"이거 확실한 거야?"

"네, 사장님. 아는 게 별로 없어서 찾는 데 시간이 좀 걸렸지만, 뉴욕에 거주 중인 교포를 다 뒤져봐도 앨리스란 이름을 가진 스물세 살 여자는 이 사람밖에 없었습니다."

"사진은 구했어?"

"봉투 안에 보시면 최근에 찍은 사진이 들어 있을 겁니다."

봉투를 거꾸로 들고 털자 사진 몇 장이 책상 위에 투두둑 떨어졌다. 직접 찍은 것이 아니라 화질이 썩 좋진 않았지만, 얼굴을 확인하기엔 불편함이 없었다. 승훈은 한동안 사진을 뚫어지게 쳐다보다가 한숨을 내쉬었다.

"수고했어. 그만 나가봐."

남자가 나가고 자리에서 일어선 승훈은 사무실 한쪽에 마련된 진열장으로 걸어가 양주를 잔에 따랐다. 간단한 프로필만 가지고 뒷조사를 했는데, 손에 들린 결과는 참으로 놀라웠다. 몇 달 전, 부모를 모두 잃은 그녀는 뉴욕에서도 꽤 이름 있는 기업의 실소유주였다. 그런데 충격이 커서인지 한동안 두문불출하다가 요즘엔 행적이 묘연한 상태였다.

서류상으로만 본다면 재영에게 힘이 되어줄 능력 있는 여자로 보였다. 하루아침에 사장을 잃고 흔들리던 기업을 단시간에 원상태로 되돌려놓았으니까. 게다가 그동안 쌓아놓은 재산이 모두 그녀의 것이니 누군들 마다할까. 하지만 사진을 확인한 순간 망연자실해질 수밖에 없었다.

사진의 주인공은 자신이 봤던 앨리스가 아니었다. 혹시 성형이라도 했나 싶어 사진을 전부 확인했지만, 얼굴을 싹 뜯어고쳤으면 모를까 같은 사람일 리가 없었다.

그녀는 대체 누구일까? 왜 이런 거짓말을 한 거지?

승훈은 쓰디쓴 양주를 한 모금 마시고 소파로 걸어가 앉았다.

내일이면 재영이 올 것이다. 이 엄청난 사실을 어떻게 말하면 좋을지. 요즘 그는 다른 사람을 보는 듯한 착각이 들 정도였다. 딱딱하던 얼굴에 웃음꽃이 피었고, 무심하던 눈동자엔 생기가 돌았다.

이 사실을 알면 넌 다시 예전으로 돌아갈까? 아니, 끝도 없는 나락에 떨어질지도 모르지. 왜 하필 그런 여자를 만나서…….

어머니가 세상을 등진 이후 재영은 너무나 달라져버렸다. 줄어버린 말수, 차가워진 성격, 닫아버린 마음. 삶의 의미라곤 오로지 일밖에 없는 사람 같았다. 그런 재영에게 봄을 선사하고 꽃까지 피운 여자인데. 웬만한 거짓말이라면 모른 척 넘어가고 싶은 마음이 굴뚝같았다.

그 여자는 왜 거짓말까지 해가며 재영이 곁에 붙어 있을까? 문화 그룹 며느리가 되길 바라는 건 아닐 테고. 단순히 돈 때문에 접근했다고 하기엔 위험부담이 너무 클 텐데…….

생각이 꼬리에 꼬리를 물고 늘어져 마침내 떠올리고 싶지 않은 그림까지 그려냈다. 설마 그렇게까지 했을까 싶지만, 지금으로선 아무것도 장담할 수 없었다. 만약 제 생각이 맞는다면 재영이 아무리 힘들어해도 그녀에 대해 알리고 대처를 해야만 했다. 그들이 원하는 것은 문재영의 퇴출일 테니.

승훈은 책상 위에 놓아둔 휴대폰을 집어 들고 전화를 걸었다. 이번 일은 재영이 모르는 사람을 시켜야 했다. 만에 하나 마주치더라도 자연스럽게 스쳐 지나갈 수 있도록. 좀 꺼림칙하지만, 지금은 예전 인맥을 동원할 수밖에 없을 듯싶었다.

"남길이냐?"

-승훈 형님? 형님이 웬일입니까? 저한테 전화를 다 주시고.

"너 얼마 전에 심부름센터 차렸다며? 일 하나 맡아라."

-아니, 형님이 데리고 있는 애들이 얼만데 저한테 일을 줍니까?

"왜? 하기 싫어?"

-싫긴요. 저야 보수만 확실히 챙겨주시면 마다할 이유가 없죠. 사람 죽여달란 일만 아니라면 다 합니다.

"그런 거 아니야. 그냥 어떤 여자 뒷조사만 하면 돼."

-어떤 여잔데요?

새롭게 조사를 시작해야 하는 시점에서 그가 아는 건 아무것도 없었다. 고작해야 재영과 함께 살고 있다는 것밖엔. 전화를 끊고 나서 이래저래 찝찝한 마음을 술로 달랬다. 승훈은 이번 조사가 끝나기 전까진 아무에게도 발설치 않는 것이 좋을 것 같았다. 확실한 윤곽이 드러나면 그때 알려도 늦지 않을 것이다. 어쩐지 내일은 그를 보기가 더없이 불편할 것 같았다.

어슴푸레 날이 밝아올 무렵, 타는 듯한 갈증을 느끼고 몸을 뒤척이다가 눈을 떴다. 낯선 이불의 감촉, 낯선 벽지의 색상, 낯선 방 안의 형태. 온통 낯선 것투성이였다. 제이는 정신을 차리려 애쓰며 상체를 일으켰다. 그 순간 얇은 이불이 흘러내리며 속옷만 걸친 몸이 적나라하게 드러났다.

"누, 누가 이렇게……."

재영이 떠난 뒤 홧김에 와인 몇 병을 비운 것까지는 또렷이 기억났다. 하지만 호텔에 온 것도, 옷을 벗은 것도 전혀 떠오르지 않았다. 대체 누가 이곳에 옮겨놓고 옷을 벗긴 걸까?

제이는 일단 목부터 축이자 싶어 이불을 돌돌 말고 침대에서 내려섰다. 냉장고에 비치된 물병을 꺼내 단숨에 비워내자 머리가 한결 맑아지는 느낌이었다. 그때, 머지않은 곳에서 기지개 켜는 소리가 들렸다.

"벌써 일어난 거야?"

"너! 네가 왜 여기 있어?"

"왜긴, 내가 데려왔으니까 있지."

배시시 웃으며 걸어오는 남자를 보자 제이는 머리가 아찔해졌다. 호텔로 데려온 게 문태영이었다니. 저 망나니가 대체 무엇 때문에……. 흘러내리는 이불을 추스르던 손끝이 파르르 떨렸다.

"너 설마……."

"어젯밤 일, 기억 안 나?"

"이, 미친 새끼!"

바람을 가르며 세차게 올려붙인 손이 경쾌한 소리를 내며 룸에 퍼졌다. 태영은 헛웃음을 짧게 내뱉고 손으로 볼을 문댔다.

"아무리 너라도 이건 기분 별론데. 뭐, 미리 맞았다고 칠게."

"뭐, 뭐라고?"

태영은 당황하는 제이의 얼굴을 감싸고 다짜고짜 입을 맞췄다. 몸부림치며 등을 쳐대는 손이 매서웠지만, 부드러운 입술이 너무 달콤해 떼고 싶지가 않았다. 안으로 파고들기 위해 입술을 살짝 깨물고 혀로 밀어봐도 굳게 닫혀 있는 문은 열릴 줄 몰랐다.

간신히 벗어난 제이가 눈을 치켜뜨고 또다시 손을 들어 올렸다. 하지만 휘두르기도 전에 팔목을 붙잡혀 제지당하고 말았다.

"한 번은 맞아줬지만, 두 번은 안 돼."

"이거 안 놔! 네가 뭔데, 네까짓 게 뭔데 나한테 이래!"

"서제이. 이왕 이렇게 된 거, 나랑 사귀는 게 어때?"

팔목을 끌어당긴 태영이 허리를 감싸 안고 말하자 붉으락푸르락하던 제이의 얼굴에 비릿한 웃음이 감돌았다. 그녀는 잡혀 있는 손목을 비틀어 빼내고 침대에 걸터앉아 다리를 꼬았다.

"문태영, 정신 차려. 내가 너랑 잠자리를 했다 치더라도 너하고는 안 만나. 너 같은 놈이나 만나자고 그동안 죽어라 노력한 줄 아니? 능력이라고는 쥐뿔도 없으면서 어디서 감히!"

태영은 어금니를 꽉 물고 눈을 질끈 감았다. 맞는 말이지만 그녀에게 듣는 건 상당히 뼈아팠다. 부스럭대는 소리에 눈을 뜨니 제이가 드레스를 입는 중이었다. 등 뒤의 지퍼는 반밖에 안 올라갔지만, 그녀는 주저 없이 백을 들고 문을 향해 걸어갔다.

"서제이!"

성큼성큼 걸어가 팔을 잡아 돌려세웠다. 날카롭게 파고드는 눈빛이 그 어느 때보다 매서웠다. 태영은 자신도 모르게 손을 힘을 주며 낮은 목소리로 내뱉었다.

"그래서 우리 형이야?"

"그래."

한 치의 망설임도 없이 흘러나온 목소리가 가슴을 사정없이 난도질했다. 아니었으면 했는데, 적어도 형만은 아니었으면 했는데. 운명은 너무나 가혹하게도 그를 문재영의 그림자에 가둬버렸다.

넘을 수 없는 벽, 아니 닿을 수 없는 구름일까? 처음부터 넘어서겠다는 생각은 해보지도 않았다. 그런데 그녀의 말 한마디에 내면에 잠재돼 있던 질투가 꿈틀대며 조금씩 고개를 내밀었다.

"……내가, 형처럼 된다면? 그땐, 형이 아닌 날 선택해줄래?"

"네가 아무리 노력해도 재영 오빠를 따라잡을 순 없어. 하루아침에 만들어진 자리가 아니라는 거, 네가 더 잘 알잖아? 넌, 종전처럼 속 편한 한량으로 살아. 난 문재영의 여자가 될 테니까."

미약한 힘에도 잡고 있던 손이 뚝 떨어져 내렸다. 문이 열리고 이내 닫히는 소리가 들렸지만, 태영은 고개를 들 수 없었다.

한 번도 문화 그룹을 욕심내본 적이 없었다. 그건 당연히 재영의 몫이라고 생각했으니까. 제가 아닌 형에게 어울리는 자리니까. 그런데 처음으로 후회가 밀려들었다. 조금만, 아주 조금만 욕심을 냈더라면 그녀의 시선이 달라졌을까? 마음에 품은 여자가 자신의 형을 바라보는 현실은 태영을 더욱 비참하게 만들었다.

호텔 룸을 빠져나온 제이는 간신히 엘리베이터에 올라타 주저앉고 말았다. 아무렇지 않은 척 도도하게 뇌까리고 나왔지만, 터질 듯한 심장은 좀처럼 가라앉지 않았다.

첫 키스를 문태영과 하게 되다니…….

고등학교 땐 추근대는 남자들을 무시로 일관했다. 목표가 있었기에 다른 남자들은 눈에도 들어오지 않았다. 그러다 유학시절 만난 훤칠한 남자의 사탕발림에 잠시 흔들렸었다. 누가 보는 것도 아니고, 입술이 닳는 것도 아니기에 키스 정도는 얼마든지 허락해줄 수 있었다. 하지만 키스를 시작하면 언젠가 끝을 보게 될 건 불을 보듯 뻔했다. 후회하고 싶지 않았다. 재영의 앞에 당당하기 위해서라도 순결을 지키고 싶었다. 그런데 수많은 남자를 뿌리치고도 문태영 한 명을 당해내지 못하다니.

제이는 떨리는 손끝을 입술에 가져다 댔다. 살짝 부풀은 입술은 아직도 뜨거운 열기가 고스란히 남아 있었다. 부드럽게 빨아들이

다가 잘근 깨물었을 땐 발끝까지 짜릿함이 퍼져 하마터면 입을 열어줄 뻔했다.

키스가…… 원래 이런 걸까?

기분 나빠야 하는데, 치 떨리게 싫어야 하는데, 자꾸만 입술을 맞대던 태영의 얼굴이 머릿속에 떠올랐다. 잊자! 오늘 일어난 일도, 키스의 감촉도, 그가 했던 말들도 모두 잊어버리는 게 상책이다. 제이는 머리를 사정없이 흔들다가 그제야 버튼도 안 눌렀다는 것을 깨달았다.

길게 숨을 내쉬며 자리에서 일어나 로비 층의 버튼을 눌렀다. 지퍼를 다 올리지 않아 어깨끈이 살짝 흘러내린 드레스를 바로 하고 서 있자 금세 로비에 다다랐다. 이른 아침이라 그런지 호텔 로비엔 사람이 별로 없었다. 제이는 모범택시를 잡아타고 집으로 가며 비서실장에게 전화를 걸었다.

"아저씨, 저 제이예요."

-네, 아가씨. 말씀하시죠.

"아버지 모르시게 부탁할 게 있어요."

-문재영 씨에 관한 일이라면 저도 도와드릴 수가 없습니다.

"아저씨가 직접 하지 않아도 되잖아요. 그냥 뒷조사할 사람만 구해주세요."

-아가씨…….

"제발요, 아저씨."

-지금 회사에 가는 중이니까, 도착해서 전화 드리죠.

그리고 집에 도착해서 한 시간쯤 지나자 비서실장에게서 전화가 왔다. 그는 평소에 부리던 사람이 아닌 다른 사람을 구했다며 서 회장에 눈을 잠시나마 피할 수 있을 거라고 했다. 제이는 어떻게든 눈엣가시 같은 여자를 떼어내고 자신의 자리를 찾기로 마음먹었다. 세상에 털어서 먼지 안 나는 사람 없다고 했으니 과거를 캐보면 뭐든 꼬투리 될 만한 게 나올 것이다.

한편, 호텔 방에 남아 있던 태영은 회한과 질투로 뒤엉킨 감정을 털어내려 했지만 쉽지 않았다. 일단 찬식을 만나 그간 벌어진 일을 듣는 것이 우선이란 생각이 들었다. 오피스텔 벨을 누르자 휴일 오전임에도 그는 말끔한 차림새로 문을 열었다.

"이 시간에 웬일이야?"

"……그냥."

"밥은 먹었어? 안 먹었으면 나가자. 국밥 잘하는 데 있어."

"귀찮아. 시켜 먹자."

"그래, 그럼. 중식 괜찮지?"

"응."

찬식은 중국집에 전화를 걸어 몇 가지의 음식을 시켰다. 그리고 소파로 다가가 태영의 옆에 앉았다.

휴일 오전부터 집으로 찾아온 걸 보면 뭔가 하고 싶은 말이 있는 것 같았다. 그런데 주절주절 떠들던 평소와 달리 입을 꾹 다물고 좀처럼 얘기를 꺼내지 않았다. 찬식은 뭐든 말하기 쉽도록 이런저런 질문을 늘어놓았다.

"요즘 회사에선 어때? 얼마 전에 조퇴했다던데. 아직도 마음을 못 잡은 거야?"

"내가 열심히 일하면 누구한테 좋은 건데?"

"뭐? 그게 무슨 소리야. 당연히⋯⋯."

"나라고 말하고 싶은 거야?"

말을 가로채고 싸늘하게 내뱉은 태영의 얼굴에 그늘이 져 있었다. 찬식은 직감적으로 뭔가 알고 왔다는 느낌을 받았다.

"그럼 내가 좋겠냐? 월급 타고도 밥 한 끼 안 사는 녀석이!"

장난스럽게 받아치자 묵직하게 가라앉았던 분위기가 다시 살아났다. 태영이 피식피식 웃으며 주먹으로 어깨를 툭 쳤다.

"알았어. 저녁은 내가 살게. 월급이 통장으로 들어오니까 받은 줄도 몰랐어."

"하긴, 통장에 들어가면 티도 안 날 테니 모를 만도 하겠네."

"그 정도는 아니야! 요즘 엄마가 통장에 돈도 안 넣어준다고."

"그래도 기본적으로 들어 있는 게 얼만데!"

한창 옥신각신하고 있을 때, 주문한 음식이 도착했다. 두 사람은 식탁에 앉아 이른 점심을 먹으며 언제나 그렇듯 시답잖은 얘기를 나눴다.

그러다 한순간 둘 다 입을 다물었고 오피스텔 안은 다시금 정적에 휩싸였다. 내내 침묵하고 있던 태영이 젓가락을 내려놓으며 느릿하게 질문을 던졌다.

"형은, 살면서⋯⋯ 형이 한 선택을 후회해본 적 있어?"

"후회⋯⋯?"

태영의 말에 찬식은 자신의 과거를 곱씹었다. 8년 전 아버지가 자살했을 때 한집에 있으면서도 전혀 몰랐던 것, 빚쟁이들한테 쫓겨 다니느라 동생을 지켜내지 못한 것, 복수하겠답시고 돈 몇 푼에 인생을 저당 잡힌 것이 후회스러웠다. 그리고 요즘은 신주아를 늦으로 몰아넣은 것이 미치도록 후회스러웠다. 찬식은 이내 마음을 추스르고 태영에게 되물었다.

"왜? 너 뭐, 후회하는 거 있어?"

"난 후회 같은 거 안 할 줄 알았는데, 요즘은 자꾸 후회가 되네. 어릴 때 방황을 너무 오래 했나 봐. 아니, 방황하더라도 공부는 좀 할 걸 그랬어. 뭘 좀 해보려고 해도 할 수 있는 게 아무것도 없더라고."

"후회된다면 바꾸면 되잖아. 너한텐 든든한 부모님이 계시니까, 마음만 먹으면 얼마든지 바꿀 수 있을 거야."

"아니! 내 힘으로 하고 싶어. 부모님 도움 없이 나 혼자 살아갈 수 있는 힘을 키우고 싶다고."

굳건한 의지를 내보이는 태영이 불현듯 어른스러워 보였다. 찬식은 엷게 웃으며 그의 어깨를 툭툭 두드렸다.

"그래. 아직 젊으니까, 마음만 먹으면 얼마든지 가능할 거야."

"나도 그렇게 생각해. 그러니까…… 이번 일 이쯤에서 그만뒀으면 좋겠어."

"……뭐?"

"날 위한다면 그만두라고."

도대체 뭘 얼마나 알고 말하는 건지 몰라, 찬식은 난감했다. 자칫 잘못하다간 자신이 먼저 발설하게 될지도 몰랐다. 어차피 거의 다 끝난 일, 그가 모른 채 넘어가길 바랐다.

"뜬금없이 무슨 말이야?"

"형, 오피스텔에 있던 여자. 그 여자가 왜 우리 형이랑 같이 있어?"

"어디서……. 연주회에 갔었구나."

"그래. 나 지금껏 우리 형이 그렇게 웃는 거 처음 봤어. 그 여자 어깨를 감싸 안고 세상 다 가진 얼굴을 하더라고. 그 여자, 형이 좋아하는 여자라며? 아니야?"

"태영아, 그 여잔……."

찬식은 이번 사태를 어떻게 수습해야 할지 고민했다. 제이와 그가 동문이라는 사실을 간과하고 말았다. 모두 한자리에 모여 있었다니. 아무 탈 없이 넘어간 게 오히려 다행스러울 지경이었다. 아무래도 대충 둘러대긴 힘들 것 같아 담담히 입을 열었다.

"그 여잔, 내가 고용한 여자야."

"고용…… 하다니?"

"문재영이 서정 그룹을 등에 업는 걸 막기 위해 고용한 여자."

"그, 그게 무슨……."

"서제이가 귀국하는 대로 두 사람 약혼하기로 되어 있었어. 지금 상황에서 서정 그룹과 혼인까지 하게 되면 문재영은 아무런 제재 없이 문화 그룹을 물려받게 될 테니까."

제이가 형과 약혼하기로 했었다니…….

웨딩드레스를 입은 제이가 재영의 옆에 나란히 서 있는 걸 생각하니 눈앞이 아찔했다. 회사는 얼마든지 양보할 수 있다. 하지만 제이는 아니다. 그녀를 형수로 받아들일 바엔 재영과 척을 지는 한이 있더라도 어떻게든 막았을 것이다.

"그래서 여자를 붙였지. 서제이가 들어올 때까지만 붙어 있으면 어떻게든 꼬투리를 잡아서 약혼을 파기할 생각이었는데…… 생각보다 문재영이 깊게 빠졌더라고."

"형이, 그 여자를 사랑이라도 한단 말이야?"

"아마도. 회장님께 약혼하지 않겠다고 선언한 걸 보면 확실해."

"아버지는 뭐라고 했는데? 설마, 아버지도 허락하신 거야?"

"그러니까 공개 석상에 함께 나타난 거 아니겠어?"

태영은 이해가 가지 않았다. 정혁은 한번 결정한 사항은 잘 바꾸지 않는 사람이었다. 하물며 기업 간의 혼담을 말 한마디에 철회하다니. 그 여자가 그만한 가치가 있지 않고서야……. 하지만 고용된 여자가 무슨 수로……!

"형, 대체 무슨 짓을 한 거야!"

자리를 박차고 일어난 태영이 식탁을 짚고 서서 찬식을 노려보았다. 아무리 급하기로서니 꼭두각시를 내세워 재영을 흔들어놓아선 안 되는 거였다. 가뜩이나 누구도 믿지 못해 마음을 닫아버린 사람에게 절대 해서는 안 되는 짓이었다.

"문태영, 모른 척해. 이미 다 끝난 일이야."

"끝나다니! 우리 형은 지금도 꼭두각시한테 놀아나고 있는데, 끝나긴 뭐가 끝나! 대체 누가 이런 일을……. 엄마구나? 그렇지? 엄마가 시킨 거지!"

버럭버럭 소리를 지르던 태영이 퍼뜩 떠오른 인물에 망연자실해졌다. 언제부턴가 정혁 모르게 돈을 모으며 뭔가를 준비하는 것 같긴 했지만, 이런 일까지 벌일 줄은 몰랐다. 항상 자신만 믿으라고 하더니 이런 식으로 문화 그룹을 차지할 요량이었던가?

"가봐야겠어."

주방을 나와 현관으로 향하는 발걸음이 점차 빨라졌다. 어떻게든 말려야 했다. 희영이 벌인 일을 정혁이 알기라도 하는 날엔 불

벼락이 떨어질 게 뻔했다. 문화 그룹에는 별반 관심도 없는데 희영은 언제부턴가 재영의 세력이 커지는 걸 경계하며 끌어내리지 못해 안달이었다.

겉으로 보기엔 평화로운 집이었지만, 내면을 들여다보면 여기저기 곪아 터지기 직전이었다. 남들 앞에선 자상한 어머니가 재영을 바라보는 시선만은 냉랭하기 그지없었다. 그래서 항상 미안했다. 모든 게 자신 때문인 것 같아서, 자신의 존재가 그를 아프게 하는 것 같아서 죄스러운 마음을 씻을 수 없었다.

"네가 지금 사실을 말하면 약혼식, 다시 진행될 거야."

찬식의 말에 걸음이 절로 멈추었다. 이미 철회된 약혼식이 다시 진행되다니. 그게 가당키나 한 일인가?

"무슨, 말도 안 되는 소릴 하는 거야?"

"서제이는 약혼을 바라고 있어. 문재영도 사모님 뜻을 꺾기 위해서 약혼을 강행하겠지."

태영은 후들거리는 다리에 힘을 줘 간신히 균형을 잡았다. 제이의 마음은 어제의 상황만 봐도 충분히 알 수 있었다. 그런데 그의 옆을 차지한 여자가 마리오네트라는 것을 알게 된다면…….

천천히 걸음을 옮긴 태영은 신발을 꿰어 신고 현관문을 열었다. 그러자 찬식이 의미심장한 말을 내뱉었다.

"네, 말 한마디로 여러 사람의 운명이 달라질 수 있다는 걸 명심해."

밖으로 나온 태영은 무의식적으로 걸음을 옮겼다.

그리고 커다란 대문 앞에 서고 나서야 자신이 집으로 왔다는 걸 깨달았다. 벨로 향하던 손을 내리고 벽에 등을 기댄 채 눈을 감았다.

하필이면 왜! 서제이와 약혼 얘기가 오가서는…….

한탄을 금할 수 없지만 그런다고 달라질 것은 없었다. 재영은 지금도 찬식이 보낸 여자에게 속아 사랑을 속삭이고 있을 것이다. 이제야 마음을 열고 사랑을 시작한 그에게 이토록 가혹한 일이 또 어디 있을까? 무거운 마음으로 벨을 누르고 집으로 들어가자 희영이 반색을 하며 방에서 나왔다.

어머니는 얼마나 더 갖고 싶은 거예요? 아버지의 옆자리를 차지하고도 성에 안 찼나요? 그래서 형까지 밀어내려 하는 건가요? 그렇게 해서 문화 그룹을 차지하면 대체 뭐가 달라져요?

"아들, 어제 어디서 잔 거야? 엄마가 얼마나 걱정했는지 알아?"

"걱정…… 하셨어요?"

"아들이 집에 안 들어왔는데, 당연히 걱정하지! 다음부터는 늦으면 연락이라도 해."

그 마음 조금만 형에게도 나눠주시지…….

"태영아, 너 무슨 걱정 있니?"

"아니에요. 아버지는요?"

"새벽같이 골프 모임 가셨어. 아버지는 너 외박한 거 모르시니까, 말실수하지 않게 조심해."

"그럴게요."

자식을 살뜰히 챙기는 모습은 여느 어머니와 다를 것이 없었다. 그런데 첫 단추가 잘못 채워져서일까? 아무리 원해도 정상적인 가정으로 돌아오긴 힘들 것 같았다. 태영은 2층으로 올라가다가 불현듯 뒤로 돌아섰다.

"엄마, 전 아무것도 바라는 거 없어요."

"뭐?"

"그냥…… 그렇다고요."

후다닥 계단을 올라가 방으로 들어온 태영의 눈가에 굵은 물방울이 맺혀 있었다. 자신이 원한 건 단지 평범한 가정이었을 뿐이다. 한때는 그런 줄 알았는데, 우연히 듣게 된 진실은 깊은 절망에 빠져들게 했다. 그렇게 몇 년간 어둠 속에서 헤매고 있을 때, 유일하게 빛이 되어주었던 여자가 바로 서제이였다.

"형, 미안해. 하지만…… 이젠 나도 행복해지고 싶어."

14. 절체절명의 위기

"정말 안 갈 거야?"

"네, 다녀오세요. 전 영화 마저 보고, 맛있는 저녁 해놓을게요."

"그래, 그럼. 금방 다녀올게."

승훈을 만나 같이 저녁을 먹을까 했던 재영은 연이은 정사에 지친 주아를 놔두고 혼자 길을 나섰다.

피곤해 보이는 그녀를 위해 오랜만에 집에서 영화를 보기로 했었다. 그런데 영화를 틀고 절반도 지나지 않아 나온 키스 신에 입을 맞춘 게 화근이었다. 어두운 실내, 야릇한 화면, 끈적이는 음악까지, 모든 것이 다 갖추어져 있어 둘만의 영화를 찍어버렸다. 영화는 욕실 장면을 추가한 뒤에야 끝이 났고, 주아는 그대로 나가떨어져서 한참 만에야 일어났다.

평소보다 이른 시간이지만, 주아 혼자 집에 있는 게 마음에 걸렸다. 그래서 가능한 한 빨리 일을 마치고 돌아갈 생각이었다. 주차장에 차를 세우고 안으로 들어가자 직원들이 알아보고 인사를 건넸다. 재영은 가볍게 고개를 끄덕이며 사장실로 들어갔다.

"뭐야, 너 왜 이렇게 일찍 왔어?"

"그냥. 뭐 하냐? 빨리 서류 가져와."

"꽁지에 불붙었냐? 뭐가 그렇게 급해? 야, 그러지 말고 일찍 온 김에 나하고 저녁도 먹고, 술도 한잔하고 가라."

"안 돼. 저녁 해놓는다고 했어. 미안한데, 밥은 다음에 먹자."

승훈은 행복에 젖어 있는 재영을 보며 근심에 잠겼다. 도저히 자신의 입으로는 얘기할 수 없을 것 같았다. 그의 행복을 무참히 짓밟는 일이기에 진실을 알 때까지 가급적 시간을 주고 싶었다. 만약 그녀가 진짜 스파이 짓을 한 거라면 그땐 가차 없이 쳐내고 죗값을 치르게 할 것이다.

"무슨 생각을 그렇게 해? 결재받을 거 없어?"

"없긴 왜 없겠어. 잠깐만……."

금고를 열어 서류를 꺼낸 승훈은 테이블에 올려놓고 소파에 앉았다. 서류의 내용을 살펴보던 재영이 눈을 떼지 않고 물었다.

"소액 주주들은 다 접촉해본 거야?"

"응. 가능한 건 다 사들였고, 대부분은 지금의 흐름대로 가길 원하더라고."

"저쪽 동향은?"

"아직 별다른 반응은 없어."

약혼이 무산된 걸 알면서도, 희영에게선 아무런 반응이 없었다. 서정 그룹과 약혼은 틀어졌지만, 주아라는 변수가 등장한 이상 어떻게 나올지 몰랐다. 재영은 그녀의 안전을 위해서라도 희영이 행동을 취하기 전에 결혼을 서두르고 싶었다.

"야, 보통 청혼을 어떻게 하냐?"

"청…… 혼?"

"드라마처럼 레스토랑 빌리고 이벤트 업체 불러서 꾸며줘야 좋아하려나?"

"문재영, 결혼하기엔 너무 이른 거 아니야? 만난 지 얼마나 됐다고 벌써 청혼을 해."

"내 마음이 확실한데 뭐하러 시간을 끌어. 마냥 기다리다간 김 여사가 어떤 수를 쓸지 모르고."

김 여사는 이미 수를 쓴 것 같은데, 너만 모르는구나.

승훈은 답답한 마음에 길게 숨을 내쉬었다. 그러자 눈치 빠른 그가 이상한 낌새를 느꼈는지 미간을 찌푸렸다. 아직은 말할 때가 아니었다. 그래서 재빨리 그의 관심을 다른 곳으로 돌렸다.

"넌 문화 그룹 이사라는 놈이 창의성이 없냐. 그런 획일화된 프러포즈를 어떤 여자가 좋아하겠어."

"그런가? 뭐, 좋은 아이디어라도 있어?"

"나한테 묻지 말고 적어도 일주일 이상은 고민해봐. 평생에 한 번뿐인 프러포즈를 망치고 싶지 않으면."

확인을 할 때까지 시간을 끌어야 하기에 승훈은 프러포즈를 하나의 방편으로 이용했다. 행복한 고민에 빠진 그가 생각나는 대로 툭툭 내뱉으며 의견을 물었다. 하지만 입을 꾹 다물고 어떠한 말에도 긍정의 대답을 내놓지 않았다.

"재영 씨. 저, 다녀올게요. 점심 꼭 챙겨 먹어요."

"알았어. 너무 무리하지 말고. 끝나면 전화해 데리러 갈게."

"아, 아니에요. 오늘은 언제 끝날지도 모르고. 오랜만에 집에서 푹 쉬어요."

신발을 꿰어 신은 주아가 재영의 마중을 받으며 집을 나섰다. 그에게 말하진 않았지만, 오늘이 바로 패션쇼 당일이었다.

오늘만 무사히 넘기는 되는데……. 제발, 아무 일도 없어라.

제이와 대면하고 난 뒤 아르바이트를 그만두려고 했다. 사람들은 당연히 이유를 물어봤고, 아버지의 부도를 들어 만나고 싶지 않은 사람이 런웨이에 선다고 얼버무렸다. 패션쇼를 일주일 남겨 두고 있는 상황에서 인계받을 사람을 찾기란 쉽지 않았다. 결국, 리허설 때와 패션쇼 당일 날은 물품 보조만 하고 대다수의 일은 보람이 맡아 하는 걸로 이야기가 마무리되었다.

패션쇼장에 도착하니 텅 빈 무대에 관계자들만 분주히 움직이고 있었다. 주아는 무대 뒤편으로 들어가 보람을 찾았다.

"어, 왔어?"

"응. 김 대리님은?"

"좀 전에 도착해서 의상 내리고 있어. 다른 직원들은 오는 중이고."

"헤어랑 메이크업 쪽은?"

"거의 다 온 것 같던데."

모델들을 준비시켜서 내보내는 것이 오늘의 가장 중요한 임무였다. 주아는 마지막 순간에 뒤로 빠져버린 것이 미안해서 최대한 보람을 도와주려 했다.

"김 대리님 오시면 의상은 내가 정리해놓을게. 이름표 다 붙여 놨으니까 혼자서도 충분할 거야."

"그럴래? 그럼 난 모델들 도착하는 대로 헤어하고 메이크업 손 보도록 할게."

이야기하는 도중 몇 명의 직원이 민석과 함께 옷이 걸린 행거를 밀고 들어왔다. 보통 전문 모델들은 단시간에 옷을 갈아입기 위해 무대 뒤 어디에서든 서슴없이 옷을 벗었다. 하지만 이번 패션쇼는 일반인들이 대상이라 대기실을 만들어 몇 명씩 옷을 갈아입도록 배려해주었다.

주아는 대기실에 맞춰 의상을 배치하고 그에 맞는 소품도 준비 했다. 바쁘게 일을 하는 동안 서정 그룹 직원이 찾아와 시원한 음 료수를 건네줬다. 일을 다 마쳤을 때쯤 전화벨이 요란하게 울렸다. 아마도 일반인 모델 중 한 사람이 연락을 취한 듯했다.

통화하며 밖으로 나가보니 야구선수로 명성이 자자한 남성이 주위를 두리번거리고 있었다. 주아는 얼른 앞으로 다가가 인사를 하고 대기실로 안내했다.

"여기서 옷 갈아입으시고 헤어와 메이크업 받으신 다음에 대기 하시면 돼요."

"머리는 어디서 하죠?"

"여기 계시면 직원이 와서 안내해드릴 거예요."

말을 하는 순간에도 휴대폰은 끊임없이 울려댔다. 나서지 않기 로 했지만 울리는 전화를 무시할 순 없었다. 주아는 패션쇼장을 바 삐 오가며 사람들을 대기실로 안내했다.

어느덧 대다수의 인사가 준비를 마치고 각자의 대기실에서 쇼가 시작되길 기다렸다. 행사장에는 유명인사의 지인들과 몇 명의 기자들, 행사에 초청받은 사람들이 준비된 좌석에 착석했다. 그중 단연 눈에 띄는 남자가 불퉁한 표정으로 연신 툴툴거렸다.

"밥 먹자고 불러내더니, 도대체 여긴 왜 온 거야?"

"자선 행사잖아. 너같이 돈 많은 놈이 참석해서 비싸게 사줘야 빛이 나지."

"누가 네 수법 모를 줄 알아!"

"나도 어쩔 수 없었어. 행사에 참가해달라는 것도 거절했는데, 오늘도 안 나타나면 서정 그룹 사모님한테 진짜 찍혀. 그리고 너 집에서 놀고 있었다며. 전에는 내가 도와줬으니까, 오늘은 네가 나 좀 도와줘."

언론 노출을 극도로 꺼리는 경호는 자신을 대신해 스포트라이트를 받을 사람으로 재영을 끌고 왔다. 역시나, 그의 예상대로 기자들은 재영의 참석에 관심을 보이며 사진을 찍어대기 바빴다.

행사 시작을 알리는 방송이 나오고 조명의 조도가 낮아졌다. 사람들의 시선이 런웨이로 쏠릴 때, 태영은 뒤늦게 도착해 빈자리에 앉았다. 어렴풋이 보이는 재영의 모습에 순간 반가움이 샘솟았다가 금세 식어버렸다.

제이와 만나는 게 불편할 텐데, 여긴 뭐하러 온 거지?

실내에 경쾌한 음악이 흘러나왔다. 첫 무대를 장식한 건 요즘 한창 주가를 올리고 있는 여자 연예인이었다. 그 뒤를 이어 정치인, 기업인, 스포츠 스타가 줄줄이 런웨이를 밟았다.

화려한 런웨이와는 다르게 무대 뒤는 그야말로 난장판이었다. 순서를 기다리며 초조해하는 사람, 스텝이 꼬일까 연습하는 사람,

워킹을 마치고 들어와 숨을 돌리는 사람. 그중에서도 원활한 진행을 위해 부산스럽게 움직이며 여러 대기실을 들락거리는 주아와 보람이 가장 정신없어 보였다.

"이제 나가셔야 하는데, 준비되셨죠?"

"이거 은근히 떨리네."

"너무 긴장하지 마세요. 잘하실 거예요."

마지막으로 의상과 소품을 점검한 주아는 중년 여성과 함께 무대 뒤쪽에 섰다. 행사 요원이 사인을 보내자 중년 여성은 긴 호흡을 내뱉고 무대 위로 올라갔다. 긴장한 것 같더니 사람들 앞에 선 순간 표정부터 달라졌다. 흡족한 미소를 지으며 돌아서던 그때, 보람과 함께 복도를 걸어오는 제이가 보였다.

뒤는 막혔고 앞은 무대를 가로지르는 길밖에 없었다. 이대로 가다간 정면으로 마주칠지도 몰랐다. 지금까지 용케 잘 피해왔는데 막바지에 이르러 들킬 위험에 처하고 말았다. 무대와 단 몇 걸음 떨어진 상태에서 숨을 곳도, 피할 곳도 찾지 못해 초조해하고 있는데 보람과 눈이 마주쳤다.

이상한 낌새를 눈치챘는지 보람이 제이를 돌려세워 옷의 하단을 만졌다. 주아는 그 틈을 놓치지 않고 서둘러 복도를 걸어갔다. 두 사람을 지나쳐 몇 걸음 멀어졌을 때, 등 뒤에서 제이의 목소리가 들려왔다.

"저기, 이봐요! 거기 좀 서볼래요?"

심장이 뚝 떨어져 내린다는 게 이런 것일까? 마치 심장이 멈춘 것처럼 숨이 쉬어지지 않았다. 구두 굽 소리가 복도에 울릴 때마다 사지가 떨리고 식은땀이 배어났다.

어떡해! 다른 사람도 아니고 서제이한테 들키면…….

주먹을 말아 쥐고 눈을 질끈 감았다. 그러자 더욱 또렷해진 발소리가 귓가를 때렸다. 전화를 무시했다면, 조용히 지켜보기만 했다면 이런 일이 없었을까? 애초에 서정 그룹에서 주체하는 패션쇼를 맡는 게 아니었다.

"혹시, 우리 어디서 본 적 없어요? 잠깐 저 좀 돌아보실래요?"

"서제이 씨, 빨리 가셔야 하는데……."

보람의 설득에도 제이는 아랑곳하지 않고 얼굴을 확인하려 했다. 이제 다 끝났구나 싶어 자포자기하고 있을 때, 구세주와도 같은 목소리가 복도에 쩌렁쩌렁 울렸다.

"서제이 씨! 서제이 씨가 다음 차례예요. 빨리 오세요."

주아를 향해 손을 뻗었던 제이가 행사 요원의 외침에 할 수 없이 뒤돌아서서 무대 입구로 뛰어갔다. 화려한 조명이 비치는 무대에 서자 사람들의 낮은 탄성이 들려왔다. 귀국하기 전, 외국 디자이너에게서 받아 온 옷은 독특하고 화려함을 갖추고 있었다.

제이는 당당한 걸음으로 런웨이를 걷다가 재영을 발견하고 속으로 쾌재를 불렀다. 다시는 안 볼 것처럼 하고 가서 얼마나 마음 졸였는지. 그때만 생각하면 가슴이 미어지는 듯했다. 그 순간, 연결고리를 찾은 듯 무대 뒤에서 본 여자의 얼굴이 선명해졌다.

앨리스! 분명 연회장에서 봤던 그 여자였어!

캐주얼 차림이라 바로 알아보지 못했을 뿐 앨리스가 분명했다. 그런데 무대 뒤에서 뭘 하는 건지. 재영과 같이 왔다면 그런 차림으로 돌아다닐 리가 없었다. 전방에 보이는 행사 요원이 사색이 된 채 빨리 들어가라는 사인을 보내왔다. 제이는 자연스럽게 미소 지으며 턴을 한 뒤 조금 빠른 걸음으로 무대를 내려왔다.

"이봐요! 여기 책임자가 누구죠?"

"무슨 일인지 모르겠지만, 우선 줄부터 서주세요. 자, 이제 마지막 워킹 할 겁니다. 다들 앞사람과 간격 맞춰서 걸어주세요."

거의 마지막에 워킹을 했던 제이는 진행 요원의 안내에 따라 행렬에 가담했다. 빨리 찾고 싶은 마음이 굴뚝같지만, 피날레를 장식하기 위해 순서에 맞춰 무대로 올라갔다.

무대에서 내려온 사람들은 서로 자축하며 와자지껄하게 이야기꽃을 피웠다. 제이는 사람들을 헤치고 나아가 대기실을 일일이 열어보며 주아를 찾아다녔다.

젠장! 쥐새끼처럼 어디로 숨은 거야!

무대 뒤도 다 찾아보고 화장실까지 뒤져봤지만, 마치 없던 사람처럼 그림자도 보이지 않았다. 오기가 뻗친 제이는 이를 사리물고 행사 책임자를 찾아 왔던 길을 되돌아갔다.

그 시각, 주아는 패션쇼가 끝나고 불이 훤히 켜진 홀에서 빠져나갈 방법을 모색 중이었다.

제이가 무대에 오르고 나자 긴장이 풀리면서 다리에 힘이 빠져 바닥에 주저앉았다. 들키는 줄 알았다. 모든 게 끝나는 줄만 알았다. 구사일생으로 얼굴을 마주치진 않았지만, 조금만 더 있다간 금세 들키고 말 것 같았다. 후들거리는 다리에 힘을 줘 몸을 일으키는데 보람이 다가와 붙잡아줬다. 궁금한 게 많을 텐데도 그녀는 아무것도 묻지 않고 걱정스러운 눈빛만 보내왔다.

"보람아. 미안하지만, 나 먼저 가봐야 할 것 같아."

"그래. 마무리는 내가 할게. 그런데…… 혼자 갈 수 있겠어?"

여전히 부들부들 떠는 손을 살며시 그러쥐고 등을 쓰다듬는 보람의 손길은 아픈 마음까지도 어루만져주었다. 주아는 투두둑 떨어지는 눈물을 재빨리 훔쳐내며 고개를 끄덕였다.

밖으로 나가는 출입구는 커다란 문 하나밖에 없었다. 행사 중에는 드나들 수 없어서 패션쇼가 끝나는 대로 관객들 틈에 숨어들어 밖으로 나갈 생각이었다.

최대한 몸을 낮춰 무대 앞쪽으로 나왔다. 그러자 제이의 뒷모습이 곧 사라지며 단체 워킹에 사용되는 음악이 흘러나왔다. 이제 조금만 있으면 패션쇼는 막을 내린다. 잠시 쪼그려 앉아 문 주위를 살펴보던 주아는 맞은편에서 낯익은 남자를 발견했다.

재영 씨가 왜 여기에…….

그가 앉은 자리는 밖으로 나가려면 필수적으로 거쳐야 하는 곳이었다. 딱딱하게 굳어 있는 표정으로 보아 본인이 원해서 온 것 같진 않았다. 그제야 그의 옆에 앉아 있는 경호가 보였다.

우렁찬 박수 소리와 함께 패션쇼는 막을 내렸다. 어둠이 내려앉았던 홀은 대낮처럼 밝아졌고, 사람들은 하나둘씩 자리에서 일어섰다. 주아는 최대한 고개를 숙이고 벽을 따라 이동했다. 사람들 눈에만 띄지 않으면, 이목을 끌지만 않으면, 어쩌면 조용히 빠져나갈 수 있을지도 몰랐다.

벽을 따라 홀을 반 정도 지났을 때, 사람들의 목소리가 커지며 박수 소리가 들려왔다. 고개를 들고 확인해보니 무대에 섰던 인사들이 홀로 들어서고 있었다. 무리의 가운데에서 환하게 웃고 있는 제이를 보자 심장이 미친 듯이 뛰어대며 비명을 질러댔다.

순간 어서 빠져나가야 한다는 생각밖에 들지 않았다. 사람들을 헤치며 문을 향해 뛰듯이 나아가던 주아는 샴페인 잔을 들고 돌아다니던 웨이터와 정면으로 부딪치고 말았다. 바닥에 떨어진 유리잔은 날카로운 소음을 내며 실내를 가득 메웠다. 주아는 이제 다 틀렸구나 싶어 눈을 질끈 감아버렸다. 그때 누군가 팔을 끌어당겨 품에 안았다.

도대체 누가…….

고개를 살짝 들어보니 낯익은 남자가 사람들의 시선으로부터 막아주고 있었다. 그가 왜 끌어안았는지는 궁금하지 않았다. 그저 위기에서 구해줬다는 것만이 뇌리에 새겨졌다.

"당신 미쳤어? 어쩌자고 여길 온 거야!"

"저, 그게…….'

"내가 부축할 테니까, 손으로 얼굴을 가리고 걸어. 알았어?"

"그럴게요."

태영은 작게 속삭이고 주아의 몸을 최대한 가린 채 천천히 문으로 이동했다. 어둠 속에서 그녀를 발견했을 땐 재영과 함께 온줄 알았다. 하지만 캐주얼한 복장으로 구석에 숨어 있는 것을 보고 그게 아니라는 확신이 들었다. 불이 켜지고 조용히 빠져나가는 것 같아 모른 척하고 있었는데, 모두의 시선이 쏠리는 마당에 보고만 있을 수가 없었다.

"저기, 네 동생 아니야?"

"아마도."

"그런데 네 동생 품에 안겨 있는 여자, 얼핏 보니까 주아 씨랑 닮은 것 같더라. 형제라고 여자 고르는 취향까지 비슷한 거냐?"

순간 재영의 눈빛이 매섭게 번뜩였다. 태영이 워낙 사고를 많이 쳐서 이젠 그러려니 하면서도 지금은 이상하게 화가 치밀었다. 잘 보이지도 않은 여자의 뒷모습에서 눈으로 좇았다. 태영이 데려온 여자일 텐데, 자신과 하등 관계없는 여자일 텐데, 그런데도 이상하게 둘을 떼어놓고 싶은 마음이 용솟음쳤다.

재영은 이내 피식 웃으며 고개를 돌렸다. 주아를 닮았단 한마디에 이렇게 열을 내다니. 아무래도 요즘 그녀와 함께한 시간이 적어서 예민해진 듯했다. 조만간 아르바이트가 끝난다고 했으니 그땐 정식으로 청혼도 하고 결혼 허락도 받아야겠다. 그렇지 않으면 닮은 여자한테도 질투하는 미친놈이 되고 말 테니.

태영의 행동에 예민하게 반응한 건 재영만이 아니었다. 제이는 그가 여자를 끌어안고 걷는 것을 보며 묘하게 기분이 나빠졌다. 좋아해야 하는데, 기뻐해야 하는데 왜 이렇게 기분이 더러운지.

겨우 며칠 만에 다른 여자를 만날 거면서 나보고 사귀자고?

제이는 가까운 거리에 재영을 두고도 태영에게서 눈을 떼지 못하다가 그가 완전히 사라지고 나서야 무대 뒤로 들어가버렸다.

간신히 연회장을 빠져나온 주아는 엘리베이터에 타자마자 크게 숨을 내쉬었다. 옆에서 쏘아보는 눈길이 없었다면 더 좋았겠지만, 어쨌든 그에게 고마운 건 사실이었다.

"정말 고마워요."

"당신 이렇게 설치고 다니는 거, 찬식이 형도 알아? 아니면, 들키려고 일부러 그런 건가?"

"박찬식 씨와 어떤 관계인지 모르겠지만, 더는 무례하게 굴지 말아주세요."

"찬식이 형이 널 고용했다면, 분명 그만한 대가를 치렀을 거야.

그런데 일을 이따위로 해서 되겠어!"

태영이 웃음기가 쫙 빠진 무서운 얼굴로 소리를 질렀다. 주아는 좁은 엘리베이터 안에서 무슨 일을 당할지 몰라, 불안한 마음에 입을 꾹 다물었다.

"잘 들어. 문재영 옆에 오래 붙어 있고 싶으면 오늘 같은 불상사는 다시는 일으키지 마. 다시 한 번 내 눈에 띄는 날엔 돌아오지 못할 곳으로 치워버릴 테니까."

때마침 엘리베이터가 로비에 도착했다. 태영이 주아의 팔목을 우악스럽게 움켜쥐고 건물 밖으로 끌고 나갔다. 정차된 차들 사이로 모범택시가 몇 대가 서 있었다. 그는 택시의 문을 열어 주아를 뒷좌석에 밀어 넣고 지갑에 있던 수표를 꺼내 흩뿌렸다.

"너한테 조금이라도 양심이 남아 있다면, 형 농락하는 짓 이제 그만해!"

행사장으로 되돌아가는 그를 멍하니 바라보던 주아는 밑바닥에서부터 치고 올라오는 울음을 참기 위해 입을 막았다.

"손님, 어디로 모실까요?"

"……모르겠어요. 어디로 가야 할지, 이젠…… 모르겠어요."

입을 틀어막고 흐느껴 우는 주아를 안쓰럽게 쳐다보던 기사가 아무 말 없이 차를 출발시켰다. 차를 멈춘 곳은 한강변이었다. 주아는 어딘지 확인도 하지 않고 떨어진 돈을 주워 기사에게 내밀었다. 하지만 기사는 돈을 받지 않았다. 대신 손등을 두어 번 토닥거려주었다.

"무슨 사정인지 모르겠지만, 슬픈 기억은 강물에 다 흘려버려요. 나도 힘들 때면 가끔 오는데, 여기서 한강을 바라보고 있으면 마음이 좀 편해지더라고요."

고개를 들어 주변을 살펴보니 재영과 함께 왔던 곳이었다. 고맙다는 말을 하고 돈을 뒷좌석에 놔둔 채 차에서 내렸다. 주아는 풀밭에서 뛰노는 아이들을 지나 강가로 걸어갔다.

그의 곁에 있겠다고 했는데, 그가 원하는 한 떠나지 않겠다고 다짐했는데. 자신의 존재가 그를 더욱 힘들게 만드는 건 아닌지 혼란스러웠다.

아빠, 미안해. 아무래도 이젠 말해야겠어. 아빠가 안전해진 다음에 말하고 싶었는데……. 재영 씨가 나 때문에 곤란해지면 나, 두고두고 후회하게 될 것 같아.

언제나 '아빠는 괜찮아.'라고 말하던 영철의 목소리가 귓가에 들리는 듯했다. 주아는 소리 없이 흐르는 강물처럼 한없이 눈물을 흘렸다.

패션쇼장으로 돌아온 태영은 제이를 찾아 홀을 뒤졌다. 하지만 그녀의 모습은 어디서도 볼 수 없었다. 아직 밖으로 나갔을 것 같진 않아 서둘러 무대 뒤로 들어갔다. 그곳엔 행사장 직원으로 보이는 이들이 분주히 뒷정리하고 있었다.

태영은 서제이의 이름이 적힌 대기실을 찾아 노크했다. 대답이 들리진 않았지만, 제이의 날카로운 목소리가 들리는 걸로 보아 안에 있는 게 확실했다. 누구에게 저리 화를 내는지. 좀처럼 냉정함을 잃지 않는 그녀가 아무래도 화가 단단히 난 모양이었다.

"제이야……."

문을 열고 안으로 들어가자 젊은 남자의 난감한 표정이 제일 먼저 눈에 띄었다. 그녀는 말을 멈춘 채 잠시 노려보더니 남자에게 다가가 중얼거렸다.

"어떻게든 찾아내요. 이력서든 뭐든 얼굴을 확인할 만한 걸 가져오라고요."

"알겠습니다."

"내일 사무실로 찾아갈게요. 부디 마음에 드는 결과를 보여주시길 바라요."

평소의 냉정한 목소리로 말을 끝마친 그녀가 자연스럽게 거울 앞에 앉아 화장을 지웠다. 태영은 남자가 나간 것을 확인하고 그녀의 옆으로 다가가 말을 붙였다.

"너 오늘 정말 예쁘더라. 진짜 모델인 줄 알았어."

"왜 돌아왔어?"

"뭐? 아, 아까 봤구나. 그 여자는 조금 알고 지내던 친구야. 갑자기 현기증을 일으키기에 부축해줬을 뿐인데. 혹시, 오해한 건 아니지?"

제이는 말끔해진 얼굴로 올려다보며 입술을 비틀었다. 어릴 때 사고는 많이 쳤어도 여자 문제는 없는 줄 알았는데. 꼴에 사내랍시고 여자를 끌어안더니 변명을 해대는 꼴이 우스웠다.

"오해? 내가 오해를 왜 해? 친구든 섹스 파트너든 너 좋을 대로 만나. 나하고는 무관한 일이니까."

"서제이, 우린 밤을 함께 보냈어. 그런데도 아무 상관이 없다는 거야?"

"우리가 뭘 하기나 했니? 아, 키스. 그깟 키스 한 번에 내가 네 여자라도 된 듯 착각하지 마."

그 순간 태영은 제이의 팔을 끌어당겨 품에 안고 거칠게 입술을 맞대며 혀를 밀어 넣었다. 달아나려는 그녀를 꽉 붙들고 입안을 헤집었다. 물컹한 혀를 빨아 당겨 달게 맛을 볼 때 혀가 깨물려 찌릿한 고통이 느껴졌다. 하지만 좀 더 진하게 키스를 퍼부을 뿐 입술을 떼어내지 않았다.

한동안 반항하던 제이는 온몸을 관통하는 짜릿함에 신음을 참는 것만으로도 버거웠다. 거칠게 시작한 키스가 달콤하게 이어지더니 온몸이 녹아내리고 나서야 떨어졌다. 제이는 달뜬 숨을 몰아쉬면서도 손을 치켜들었다. 그러나 손목은 여지없이 잡혔고, 두 사람의 간격은 처음보다 더욱 가까워졌다.

"이러면 키스 한 번이 아니지?"

"넌 정말 구제불능이야. 이, 나쁜 놈아!"

"나도 알아. 그러니까 네가 싫다고 해도 난 끝까지 밀어붙일 거야."

손목을 비틀며 사납게 째려봐도 그는 부드럽게 입술을 휘며 웃기만 했다. 그의 미소를 보는 순간 제이의 심장이 뚝 떨어져 내려 미친 듯이 뛰기 시작했다. 그는 문재영이 아닌데, 왜 이런 반응을 보이는지. 이제껏 경험해보지 못한 설렘과 두근거림이 불안한 마음을 크게 키웠다.

15. 폭로

　도대체 몇 시간이나 멍하니 있었던 건지. 어느새 주아의 눈물은 말라버렸고, 강물은 붉게 물들어갔다. 주변엔 아이들과 뛰놀던 가족들 대신 손을 꼭 붙들고 사랑을 속삭이는 연인들만 가득했다.

　저녁엔 스테이크를 구워주겠다고 했는데…….

　주아는 자리를 털고 일어나 버스 정류장을 향해 힘없이 걸어갔다. 그렇게 채 몇 걸음도 가지 않아 휴대폰 벨소리가 울렸다. 발신자에 찍힌 '박찬식'이란 이름 석 자가 주아는 너무나 증오스러웠다. 하지만 영철에게 무슨 일이 있을지도 모르기에 한숨을 내쉬며 전화를 받았다.

　"여보세요."

　-박찬식입니다. 통화 가능하신가요?

　"네, 말씀하세요."

-내일 좀 뵈었으면 하는데요.

"왜요? 아빠 병원이라도 알려주시게요?"

몇 번이나 사정했지만, 절대 가르쳐주지 않던 그를 생각하면 아직도 치가 떨렸다. 그래서 그의 목소리를 듣자 비꼬는 말투가 절로 튀어나왔다.

-내일 만나서 원하시는 대로 계약 마무리 짓고, 병원에 모셔다 드리겠습니다.

"저, 정말이요? 만나서 딴말하는 거 아니죠?"

-걱정하지 않으셔도 됩니다. 내일 처음 만났던 카페에서 10시에 뵙겠습니다.

주아는 끊어진 전화기에서 한참이나 시선을 떼지 못했다. 이제 됐다. 그토록 고민하던 일이 해결된 것이다. 내일이면 영철을 데려올 수 있다는 생각에 기쁨의 눈물이 차올랐다.

그동안 얼마나 마음을 졸였었는지. 영철의 안위를 포기하고 그에게 말하기로 했지만, 가슴이 메여와 숨쉬기조차 버거웠다. 그런데 전화 한 통에 가슴이 뻥 뚫렸다. 내일 영철만 데려오면 석고대죄를 청하는 심정으로 몇 날 며칠이고 그에게 용서를 구할 것이다. 다시 걷기 시작한 주아의 발걸음은 한결 가벼워졌고, 입가엔 미소가 걸렸다.

그 시각 재영은 집으로 돌아와 전화가 오기만 오매불망 기다리고 있었다. 평소라면 오고도 남을 시간인데 오늘따라 왜 이렇게 늦는지. 휴대폰을 만지작거리다가 인내심에 한계를 느낀 나머지 통화 버튼을 눌러버렸다.

-네, 재영 씨.

"어디야?"

-지금 가고 있어요.

"어지간히도 말 안 듣는다. 전화하면 데리러 갔을 거 아니야."

-미안해요. 배고프죠? 빨리 가서 저녁 해줄게요. 조금만 기다려요.

통화를 마친 재영은 계속 시간을 확인하다 차 키를 집어 들고 자리에서 일어났다. 보나 마나 버스에서 내려 걸어올 게 뻔했다. 그렇게 택시를 타라고 했는데도 운동도 할 겸 걷는 게 좋다고 땀을 뻘뻘 흘려가며 걸어 다녔다. 온종일 일하느라 지쳤을 텐데, 짧은 거리라도 편하게 오도록 해주고 싶었다.

재영은 버스에서 내리는 주아를 발견하고 클랙슨을 눌렀다. 움찔하며 뒤돌아보는 모습이 마치 놀란 토끼 같았다. 재영이 차 문을 열고 밖으로 나가자 주아가 흐드러지게 웃으며 그의 품으로 뛰어들었다.

"재영 씨, 보고 싶었어요."

가슴에 폭 안겨 깊게 숨을 들이마시는 그녀가 왠지 평소와는 달라 보였다. 고작 몇 시간 떨어져 있었을 뿐인데, 며칠 만에 만난 것 같은 느낌을 풍기고 있었다. 재영은 일하는 곳에서 무슨 일이 있었나 싶어 내심 걱정이 됐다.

"오늘 무슨 일 있었어?"

"아니요. 별일 없었어요. 그냥…… 오늘따라 유독 재영 씨가 보고 싶더라고요."

"음…… 그럼 실컷 보게 해줘야겠네. 어서 타. 집에 가자."

주아가 조수석에 앉아 방실방실 웃으며 재영을 쳐다봤다. 뭔가 이상하긴 했지만, 웃는 모습이 귀여워 그녀의 손을 붙잡고 손등에 입을 맞췄다. 그 순간 그녀의 입술이 자신의 볼에 날아들었다. 짧은 순간 쪽 하고 떨어졌지만, 재영의 가슴에 불을 지피기엔 부족함이 없었다.

"저녁은 나중에 먹어야겠다."

"왜요? 스테이크 해주려고 고기 사다 놨는데."

"먹고 싶은 게 생겼어."

"뭔데요?"

"들어가 보면 알아."

차를 주차하고 엘리베이터에 올라탄 재영은 주아의 허리를 끌어당겨 깊게 입을 맞췄다. 코끝을 스치는 그녀만의 체취가 뜨거운 열기를 더하며 후끈 달아오르게 했다. 입안을 유영하듯 혀를 움직이던 그가 엘리베이터가 멈추자 달뜬 숨을 내쉬며 간신히 입술을 떼어냈다.

문을 열고 집 안에 들어선 순간, 누가 먼저랄 것도 없이 입술을 겹치며 키스를 이어갔다. 재영은 한껏 달아오른 몸을 주체하지 못하고 티셔츠 속에 손을 집어넣어 가슴을 움켜쥐었다. 그러자 그에 대답이라도 하듯 주아의 손이 그의 셔츠 단추를 하나씩 풀어나갔다.

엉망으로 나뒹구는 신발과 길을 만든 것처럼 하나씩 떨어져 있는 옷가지가 거실을 어지럽혔다. 방문 앞에 다다른 재영은 속옷 차림의 주아를 번쩍 안아 들고 봉곳 솟은 가슴에 입술을 내리며 방으로 들어갔다. 그리고 얼마 후 들려온 두 사람의 야릇한 교성 소리가 빌라 안을 오랫동안 가득 메웠다.

다음 날.

카페에 앉아 초조하게 시간을 확인하던 주아는 청아한 종소리와 함께 문이 열리자 자리에서 벌떡 일어났다. 언제나 잘 갖춰진 정장을 입고 무뚝뚝한 표정을 유지하던 찬식은 오늘도 별반 달라 보이지 않았다.

마음이 조급해서 그런지 그의 행동이 유난히 굼뜨게 느껴졌다. 바로 앞까지 다가온 찬식이 살짝 고개를 끄덕이고 자리에 앉았다.

"얼굴이 좋아 보이시네요. 문재영 씨가 잘해주나 봅니다."

"괜한 소리 말고, 병원이나 알려주세요."

"우선 차부터 시키시죠."

주아는 그가 여유를 부리는 모습이 마음에 안 들었다. 하지만 지금은 참아야 할 때이기에 그의 말에 따랐다. 시원한 아메리카노로 목을 축이자 그가 가방에서 서류 몇 장을 꺼내 내밀었다.

"이건 전에 계시던 오피스텔의 등기부 등본입니다. 며칠 전에 명의 이전을 마쳤으니 그냥 사시든지, 아니면 파시든지 원하시는 대로 하시면 됩니다. 그리고 병원비는 매달 통장에 입금되도록 해 놨습니다. 원하시면 일정 금액을 목돈으로 한 번에 넣어드릴 수도 있고요. 어떻게 하시겠습니까?"

"돈 따위 필요 없으니까, 아빠가 어디 있는지부터 알려달라고요!"

"신주아 씨, 신중히 결정하세요. 지금 이 돈을 포기하시면 앞으로 영원히 받을 수 없습니다."

마음 같아선 그가 주는 돈 따위 10원짜리 하나도 받고 싶지 않았다. 하지만 영철이 얼마나 더 병원 신세를 질지는 아무도 모르는 일이었다. 주아는 그동안 마음고생 한 대가를 받는 것이라고 생각을 고쳐먹었다. 순간의 치기로 거절하기엔 그녀에겐 돈이 꼭 필요했다.

"목돈으로 받으면 얼마나 주실 수 있죠?"

"큰 거 한 장입니다."

"알겠어요. 통장으로 넣어주세요."

주아는 앞으로 그와 연결된 모든 기억을 깨끗이 지우고 싶었다. 그러기 위해서 목돈으로 받아 연락할 일을 만들지 않는 게 좋겠다고 판단했다.

"이제, 병원으로 가실까요?"

자리에서 일어난 주아는 몇 걸음 가지도 못하고 눈앞이 하얗게 바래며 휘청거렸다. 다행히 찬식이 잽싸게 허리를 감싸 안아 바닥에 쓰러지는 불상사는 면할 수 있었다. 어젯밤 너무 무리한데다가 잠까지 설치는 바람에 잠시 현기증을 일으킨 듯했다.

찬식은 괜찮으냐고 묻더니 차를 빼오겠다며 먼저 나갔다. 영철을 만나러 가는 건데 왜 이렇게 긴장되는지. 깊게 호흡을 내뱉어 마음을 가라앉힌 주아는 길가에 차가 멈춰 서는 걸 보고 서둘러 밖으로 나갔다.

그 시각, 제이는 서정 그룹 회의실에 앉아 수북이 쌓인 서류들을 일일이 확인하고 있었다. 그날 왔던 직원, 모델, 행사 관계자 할 것 없이 모을 수 있는 모든 사진을 전부 모았다. 분명 이 중에 앨리스의 사진이 있을 거라 확신했다. 하지만 서류가 줄어들수록 기대감은 분노로 바뀌었다.

어떻게, 어떻게 닮은 사람조차 찾을 수가 없는 거냐고!

뭔가 잘못된 게 틀림없었다. 아무리 찾아봐도 이 많은 사진 중에 앨리스는 보이지 않았다. 제이는 행사 담당자인 민석을 불러 다시 추궁했다.

"무대 뒤쪽에 출입할 수 있는 사람들 사진이 여기 다 있는 거 맞아요?"

"네. 무대에 오른 유명인사들 사진 빼고는 다 있습니다."

"그분들이야 내가 다 아는 사람들이잖아요!"

당시의 상황을 곱씹어 생각하다가 불현듯 한 사람이 떠올랐다. 지금까지 앨리스에만 초점을 맞추는 바람에 그 자리에 있던 다른 이를 생각하지 못했다. 그 여자 사진도 이곳엔 없었던 것 같은데, 가슴에 달린 명찰이⋯⋯.

"보람? 보람이란 여자가 대기실에 들어와서 무대에 올라갈 시간이라고 알려줬는데, 그 여자 사진은 왜 여기 없죠?"

"아, 최보람 씨는 아르바이트생이라 미처 생각지 못했네요."

"아르바이트생이라도 이력서는 있겠죠? 다 가져오세요."

잠시 뒤, 이력서를 손에 든 제이의 손이 파르르 떨렸다. 사진은 앨리스가 확실한데 적혀 있는 내용은 낯설기 그지없었다. 중학교 때 이민을 갔다던 여자가 이력서에는 서울에 있는 고등학교, 대학교 명칭이 버젓이 적혀 있었다.

고작 아르바이트 때문에 서류를 거짓으로 작성했을 리는 없는데. 그렇다면 재영이 이 여자에게 속고 있는 건가? 자신이 속는 걸 알면서도 곁에 둘 남자는 세상에 없을 것이다. 제이는 서류를 접어

가방에 넣다가 비서실장이 건네줬던 휴대폰이 울리자 서둘러 받았다.

"여보세요?"

-여기 심부름센터인데요. 오늘 좀 뵐 수 있을까요?

"지금 어디세요?"

-서정 그룹 근처에 있습니다.

"장소 정해서 문자 주세요. 바로 나갈게요."

5분 뒤, 카페에서 만난 심부름센터 직원이 건네준 서류도 이력서의 내용과 일치했다. 그녀의 아버지가 중소기업 사장이었고, 얼마 전에 쓰러져 병원에 입원했다는 사실만 추가됐을 뿐이다. 앨리스에 대해 알려준 바람에 심부름센터 직원이 진짜 앨리스를 조사하느라 시간만 허비한 모양이었다.

"그리고 이건 오늘 오전에 찍은 사진입니다."

사진은 젊은 남자와 카페에 앉아 차를 마시는 것이 대부분이었다. 그런데 몇 장 넘기다 보니 남자가 그녀의 허리에 팔을 두른 채 부둥켜안고 있는 것이 있었다.

"이건 무슨 사진이죠?"

"아, 그건 여성분이 휘청거려서 남자분이 잡아줬을 때 찍힌 겁니다."

"수고하셨어요. 보수는 넉넉히 넣어드릴게요."

"이분 아버지 행방이 묘연하던데, 더 알아보지 않아도 될까요?"

"네, 이 정도면 충분해요."

사진과 서류를 챙긴 제이는 카페를 나와 곧장 문화 그룹으로 차를 몰았다. 이제 그녀를 내치는 건 시간문제였다. 꽃뱀한테 휘둘린

게 이사회에 알려지기라도 하는 날엔 사장 자리는 고사하고 이사 자리도 지켜내지 못할 공산이 컸다. 결국, 그는 자신이 바라는 대로 약혼을 거행할 수밖에 없을 것이다.

제이가 비릿한 미소를 짓고 있을 때, 주아는 서글픈 미소를 짓고 있었다. 처음보다 현저히 살이 빠진 영철의 모습에 가슴이 미어져 말이 나오지 않았다. 얼마나 보고 싶었는데, 얼마나 걱정했는데. 그는 자신이 온 것도 모른 채 여전히 침대에 누워 미동조차 없었다.

"아빠, 내가 너무 늦었지? 정말, 미안해……."

영철의 손을 잡은 주아의 손등으로 투명한 눈물이 똑똑 떨어졌다. 그의 손을 부여잡고 서럽게 울던 주아는 병실에 들어서는 의사의 기척에 서둘러 눈가를 닦아냈다.

"우리 아빠, 왜 이렇게 살이 빠지셨어요?"

"병원에 장기간 누워 있는 환자들은 대개 살이 빠지기 마련입니다. 몸을 움직이지 않아서 근육이 퇴화하는 거죠."

"그럼 다른 이상은 없는 건가요?"

"지금으로선 처음 입원했을 때와 크게 달라진 점은 없습니다."

의사가 밖으로 나가자 찬식은 할 일이 끝났다고 생각했는지 조용히 병실을 나갔다. 그가 간 것을 확인한 주아는 의사를 찾아가 병원을 옮기겠다는 뜻을 전하고 필요한 조치를 취해달라고 했다. 다행히 재영의 빌라 가까운 곳에 대학병원이 있어 그곳에 연락을 넣었다. 1인실밖에 없긴 했지만, 돈이 얼마가 들어도 이곳에는 한시도 더 있고 싶지 않았다.

구급차가 도착해 병원을 옮기고 영철의 상태에 대해 의사와 상담한 후 급하게 간병인을 구했다. 앞으로 자주 올 테지만 잠깐이라도 그를 혼자 놔둘 순 없었다. 이번엔 의사를 비롯해 간호사와 간병인에게까지 확실히 못 박아두었다. 자신이 아니면 누구도 병실에 들이지 말고, 환자를 함부로 옮겨서도 안 된다고.

급하게 구한 것치고 간병인이 경력이 좀 있어 그나마 안심이 됐다. 주아는 점심시간이 다 돼가는 것을 확인하고 영철에게 말을 건넸다.

"아빠, 나 잠깐 나갔다 올게요. 오래 걸리지는 않을 거예요. 그동안 간병인 아줌마가 곁에 있을 테니까, 안심하세요."

영철의 손을 꼭 잡고 얘기한 주아는 그의 손등에 입을 맞추고 간병인에게 다가갔다. 잠시 나갔다 오겠다는 말을 전하며 연락처를 알려주고 조금이라도 이상이 있으면 바로 전화 달라고 신신당부했다. 주아가 병실을 나서며 문이 닫히는 순간, 영철의 손이 미세하게 움직였다. 하지만 그걸 알아본 이는 아무도 없었다.

주아는 재영과 함께 점심을 먹으며 그간 있었던 일을 털어놓을 작정이었다. 시간이 빠듯해 점심시간에 맞춰 도착하려면 택시를 이용해야 할 듯싶었다. 문화 그룹에 도착해 서둘러 인포메이션으로 걸어간 주아는 직원에게 문재영 이사를 만나러 왔다고 전했다. 잠시 후 전화가 연결되고 몇 마디 대화를 나누던 직원이 수화기를 넘겨주었다.

"여보세요?"

-저 이동우 대리입니다. 이사님은 점심 약속이 있으셔서 좀 전에 나가고 안 계십니다.

"아, 그래요."

-미리 연락하고 오셨으면 어긋나지 않았을 텐데. 죄송합니다.

"아니에요. 무작정 온 제 잘못인걸요. 그럼 전 이만 가볼게요. 수고하세요."

-네. 조심해서 들어가세요.

한편, 전화를 끊은 동우는 한숨을 푹 쉬며 집무실을 물끄러미 쳐다봤다. 제이가 다녀간 후, 재영은 범접할 수 없을 정도로 무서워졌다. 두 사람 사이에 무슨 말이 오고 갔는지는 모르지만, 분명 그의 심기를 거스를 만한 얘기가 틀림없었다. 요즘엔 유들유들하니 웃는 모습도 많이 보여줬는데, 지금은 꼭 냉혈한 같던 몇 년 전으로 거슬러 올라간 것만 같았다.

"이사님, 신주아 씨는 말씀하신 대로 돌려보냈습니다."

"차 대기시켜."

"네."

집무실 책상 위에는 이력서와 서류 몇 장, 그리고 사진이 흩어져 있었다. 그중에서도 재영의 싸늘한 시선이 박힌 건 찬식의 품에 안긴 주아의 사진이었다. 찬식이 누군지 모르는 제이는 그녀를 꽃뱀으로 몰며 다른 남자가 있다는 식으로 말했다. 하지만 사진을 본 재영은 다른 의심을 할 수밖에 없었다.

설마, 우연이겠지. 그게 아니라면 김 여사가 만나보라고 시킨 건가?

어제만 같아도 느닷없이 찾아온 주아가 반가워 열 일 제쳐놓고 맞이했을 것이다. 하지만 의구심에 차 있는 지금 그녀를 만난다면 격양된 마음에 다그치듯 추궁할 게 뻔했다. 아무것도 확실한 게 없는 상태에서 괜한 상처를 주고 싶진 않았다. 다른 이를 사칭했다면, 그만한 이유가 있을 거라 믿었다. 재영은 서류와 사진을 챙긴 뒤 사무실을 나섰다.

　미리 연락을 받은 승훈은 재영의 딱딱한 목소리에 뭔가 알게 됐음을 직감적으로 느낄 수 있었다. 어제 서류를 건네받고 어떻게 운을 떼야 할지 몰라 난감했는데, 차라리 잘된 것 같았다. 언제까지고 남의 손에 놀아날 수는 없는 거니까.

　잠시 후, 사무실에 들어선 재영의 얼굴은 한껏 굳어 있었다. 아무 말 없이 품에서 꺼낸 사진만으로도 그가 찾아올 이유는 충분해 보였다.

　"이건 어디서 난 거야?"

　"제이가 찾아왔었어. 사진을 보고도 놀라지 않는 걸 보니, 너도 뭔가 알고 있구나?"

　승훈은 한숨을 푹 쉬며 자리에서 일어나 금고에서 어제 받은 서류를 가지고 왔다. 그 안엔 제이가 조사한 것보다 훨씬 자세한 내막이 적혀 있었다.

　"네가 처음 주아 씨랑 클럽에 찾아온 날 웨이터가 주아 씨를 알아봤어. 좀 의아해서 너 몰래 조사를 했는데, 생각지도 못한 사람이 뒤에 있더라."

　"김 여사…… 맞아?"

　"그래. 주아 씨 아버지가 부도를 맞고 그 충격에 뇌출혈로 쓰러져서 병원에 입원했더라고. 수술비도 못 낼 만큼 형편이 어려웠던 모양이야. 그런데 어느 날 돈을 다 내고 병원을 옮겼어. 어디로 갔느지 꽤 찾기 힘들었는데, 김 여사 동생이 운영하는 병원에 입원해 있더라고. 최근엔 신주아 씨 명의로 고가의 오피스텔이 명의 이전된 정황도 포착했고."

서류를 넘겨 보며 묵묵히 듣고 있던 재영은 마지막 장을 읽다가 와락 구겨버렸다. 처음부터 김 여사의 손아귀에서 철저히 놀아났다. 우연이라 믿었던 만남이, 운명이라 여겼던 여자가, 자신을 늪에 빠트리기 위한 수단에 불과했다. 그것도 모르고 매일 밤 사랑을 속삭이며 평생 곁에 두려 했으니…….

이렇게 잔인한 사람이었나요? 절 어디까지 내몰아야 속이 시원하시겠어요!

느닷없이 동생이라고 데려와 어머니의 자리를 차지했을 때도 두말없이 받아들였었다. 그런데 언제부턴가 자신을 바라보는 눈빛이 싸늘하게 변해버렸다. 상관없었다. 한 번도 그녀의 사랑을 원한 적 없으니까. 하지만 친어머니의 꿈과 같던 문화 그룹에서 쫓아내려고 꾀를 쓸 땐 치솟는 화를 잠재우기가 힘들었다. 재영은 찰나 제이가 내뱉은 말이 떠올랐다.

'재영 오빠가 돈이나 뜯어내는 꽃뱀한테 휘둘린 걸 알면 임원진이 가만있을까요? 아마 사장 자리뿐만 아니라, 이사 직함도 내놓아야 할지 몰라요. 이번 일, 제가 막아줄게요. 저와 결혼만 하면 임원진이 알게 되더라도 오빠를 끌어내리진 못할 거예요.'

이거였나? 그래서였어? 서정 그룹 사위가 될까 봐 수를 쓴 거란 말이지.

재영은 턱 근육이 경직될 만큼 어금니를 세게 물었다. 이런 짓을 할 만큼 문화 그룹이 탐났나? 아버지 덕에 사모님 소리를 들으면서도 성에 차지 않았던 거야? 도대체 당신의 욕심은 어디까지인 거지!

"두 사람 꽤 친밀해 보이는데, 그나마 기밀 서류는 여기에 보관 해서 다행이지⋯⋯."

테이블 위에 사진을 툭 떨어트리며 하는 말에 재영은 미간을 좁혔다. 업무상 중요한 서류들을 집으로 가져간 적이 몇 번 있었다. 그때마다 그녀는 서재로 찾아와 품에 안긴 채 무심한 눈으로 서류를 훑어보았다. 간혹 책장에 책들이 들쑥날쑥 꽂혀 있는 것도 봤는데⋯⋯ 그동안 기밀 서류를 찾고 있었나?

"앞으로 어떻게 할 거냐? 주아 씨랑 계속 한집에 살 순 없잖아."

"나, 간다."

"재영아, 문재영!"

사무실을 나서는 재영의 눈빛은 속이 텅 빈 것처럼 공허했다. 밖으로 나가자 대기하고 있던 기사가 차 문을 열어주며 어디로 갈지 물었다. 하지만 재영은 말하지 못했다. 화려한 장난감에 마음을 빼앗겨 엄마를 놓친 어린아이처럼, 현실과 맞닥트린 지금 그는 갈 곳을 잃고 말았다.

저녁상을 차려놓고 재영이 오기만 기다리던 주아는 시간이 흐를수록 초조해졌다. 약속이 있어 늦을 것 같으면 미리 연락을 해주었는데 웬일인지 오늘은 연락은커녕 전화조차 받지 않았다.

혹시, 무슨 일이 있는 건 아닌지. 소파에 앉아 초조하게 기다리다 보니 자정이 가까웠다. 동우에게라도 연락을 해봐야 할 것 같아 휴대폰을 집어 드는데 그 순간 현관문이 열렸다. 동우의 부축을 받아 안으로 들어선 그는 제대로 걷지도 못할 만큼 만취 상태였다.

"재영 씨!"

주아는 서둘러 방문을 열고 이불을 젖혀 재영이 누울 곳을 마련해주었다. 거실로 나온 동우는 땀으로 흥건한 셔츠를 펄럭이며 이마에 땀을 닦았다. 방에서 나온 주아는 주방에서 물 한 잔을 따라와 동우에게 건네며 물었다.

"대체 어떻게 된 거예요? 언제부터 마셨기에 저렇게 취했어요?"

"제가 연락을 받고 갔을 땐, 이미 저 상태여서……."

"오늘 회사에서 무슨 일 있었어요?"

"그다지 특별한 일은 없었는데요."

동우의 표정을 보니 곤란한 기색이 역력했다. 더 이상 물어봐야 대답할 것 같지 않아 고맙다는 말을 하고 돌려보냈다.

방으로 들어온 주아는 넥타이가 사라진 셔츠 단추를 하나씩 풀어냈다. 단추를 다 풀고 팔을 빼내보려 했지만, 축 늘어진 몸이 어찌나 무거운지 움직여지지가 않았다. 할 수 없이 양말을 벗기고 바지 버클부터 풀었다. 지퍼를 내리고 바지를 아래로 끌어 내리려 할 때 우악스럽게 손목이 잡혔다.

"뭐 하는 거지?"

"깼어요? 옷 벗고 편하게 자라고요."

"그래서 내 옷을 벗기는 건가?"

한쪽 입꼬리를 올리며 비릿하게 웃는 모습이 상당히 낯설었다. 순간 그의 눈빛이 사납게 번뜩이더니 팔목을 휙 잡아당겨 몸을 겹치고 홀떡 뒤집었다. 주아는 삽시간에 그의 아래 깔려 몸을 버둥거렸다. 굳어진 얼굴, 낮게 가라앉은 목소리, 뚫어질 듯 바라보는 눈동자에 언뜻 괴로움이 비쳤다.

뭔가 큰일이 생긴 모양인데, 자신이 위로가 된다면 얼마든지 받아줄 용의가 있었다. 주아는 그의 얼굴을 두 손으로 감싸고 가만히 입을 맞췄다. 입술을 빨아들이자 양주의 알싸한 맛이 입안에 맴돌았다. 입술을 빨고 치열을 훑어도 그는 아무런 반응을 보이지 않았다. 의아함에 눈을 떠 그를 바라보니 심연처럼 깊어진 눈동자가 정처 없이 흔들렸다.

"재영 씨, 왜……."

"넌, 내가 어떻게 했으면 좋겠어."

"그게, 무슨 말이에요?"

"내가 갖길 원하나? 그냥 놔주길 원해?"

낮고 냉랭한 목소리를 타고 섬뜩함이 전해졌다. 자꾸만 불길함이 엄습했지만, 자신이 사랑하는 남자기에 꾹 참았다. 주아는 그의 얼굴을 손가락으로 훑으며 옅은 미소를 내보였다.

"전, 재영 씨가 편해지길 원해요. 잠깐이라도 근심, 걱정 다 내려놓고 편해지길……."

위태롭게 흔들리던 눈동자에 불이 붙은 듯 거세게 타올랐다. 그의 얼굴이 내려오더니 입술을 집어삼킬 듯 깊게 빨아들이고 헤집었다. 앞섶이 벌어져 나풀거리는 셔츠를 단숨에 벗어 던지며 단추도 풀지 않은 블라우스를 우악스럽게 잡아 벌렸다. 옷감이 찢어지는 소리가 났지만, 주아는 옷을 살필 겨를도 없었다. 커다란 손이 브래지어를 밀어 올리고 터질 듯 가슴을 움켜쥐었기 때문이다.

"아! 재영……."

짧은 비명을 들은 그가 가차 없이 입을 막았다. 약간의 틈도 없이 겹쳐진 입술은 마치 벌을 주듯 세차게 혀를 빨아 당겼다. 주아는 도망쳐보려 했지만, 그의 힘을 막아낼 재간이 없었다. 깨물린 입술에서 아릿한 통증이 느껴졌다. 겨우 입술이 떨어지자 남은 옷가지들이 그의 손을 거쳐 침대 밑으로 떨어졌다.

다리 사이에 자리 잡은 그가 아무런 전희 없이 남근을 들이밀었다. 마치 처음 관계를 맺는 것처럼 주아는 찢어질 듯한 고통이 아래에서 전해져 허리가 뒤틀렸다. 그는 두 손으로 골반을 잡고 두세 번 허리를 움직여 뿌리 끝까지 집어넣었다. 고작 삽입만 했을 뿐인데, 그의 이마엔 땀이 배어 있었다.

"신주아, 영원히 날 못 잊도록 만들어주겠어."

알아들을 수 없는 말을 내뱉고 그는 사정없이 허리를 튕겨댔다. 위로 쳐올릴 때마다 배가 뚫릴 것만 같았다. 뇌의 아둔함인지, 신체의 적응력인지. 고통스럽던 것이 무색할 만큼 주아는 쾌감에 젖어 신음을 흘렸다.

"아웃, 하아…… 재, 재영 씨. 으흣, 좀 천천히…….."

그는 브레이크가 고장 난 자동차처럼 끝도 없이 내달렸다. 후드득 떨어지는 땀방울이 볼록한 가슴을 타고 내려도 아랑곳하지 않았다. 주아는 온몸을 관통하는 쾌감에 눈앞이 뿌옇게 흐려졌다. 그 순간 그의 남성이 움질대더니 뜨거운 정액이 몸속에 뿌려졌다. 몸 위에 쓰러진 그는 거친 숨을 토해내며 작게 중얼거렸다.

"너만은 내 것인 줄 알았는데…….."

어쩐지 그의 목소리가 구슬프게 들려서 마음이 아팠다. 주아는 한 손으로 재영의 등을 감싸고 다른 손으로 머리를 쓰다듬었다.

"난 언제나 재영 씨 거예요. 재영 씨가 그랬잖아요. 이제 문재영의 여자가 된 거라고."

"맞아. 누가 뭐래도 넌, 내 거야! 널 소유할 수 있는 건 나뿐이라고!"

소유욕을 드러내듯 목에서부터 가슴, 배, 허벅지까지 입술이 닿지 않은 곳이 없었다. 주아는 그때마다 쓰라린 통증이 느껴졌지만, 그의 마음을 달래줄 수 있다면 잠깐의 고통쯤 참을 수 있었다. 이 또한 사랑을 표현하는 한 방식이니까. 그가 주는 고통이라면 기꺼이 감내할 수 있었다.

다시금 안으로 들어온 그는 몸을 이리저리 돌리게 하며 다양한 자세를 취했다. 그러다 뽀얀 속살에 입을 맞춰 자국을 남기는 것도 잊지 않았다. 어제에 이어 오늘까지, 계속된 정사에 지쳐가던 주아는 뒤에서 쳐대는 힘을 이기지 못해 다리를 부들부들 떨며 시트에 얼굴을 박았다. 하지만 그는 조금도 봐주지 않았다. 절벽의 끝과 같은 절정에 다다를 때까지, 잠시도 쉬지 않고 몸을 움직였다.

정신이 아득해지며 몸에 힘이 쭉 빠져버렸다. 흐릿해진 시야가 암흑으로 덮여갈 때 뱃속에 뜨끈한 무언가가 느껴졌다. 아마도 그의 분신들이 안에 흩뿌려졌으리라. 주아는 얼굴을 쓰다듬는 손길을 느끼며 까무룩 정신을 잃었다.

정신을 잃고 쓰러져 그대로 잠이 들어버린 주아를 보며 재영은 깊은 시름에 잠겼다. 어머니의 죽음 이후, 누구도 믿지 않고 욕심내지 않았다. 그저 어머니가 염원하던 문화 그룹 사장 자리에 앉기 위해 불철주야 노력하며 살아왔을 뿐.

그러다 주아를 알게 되고 처음으로 욕심이 생겼다. 온전히 자신의 편이 되어줄 거라 믿었다. 평생 곁에서 사랑을 나누고 싶었다. 그런데 그녀가 자신을 기만하고 김 여사와 내통했을 줄이야.

주아의 머리카락을 넘기는 그의 손이 파르르 떨렸다. 그녀의 웃는 모습을 보면 어머니가 떠올랐다. 처음엔 그래서 더 눈길이 갔는지도 모른다. 하지만 몇 번 만나지 않아 그녀만의 매력에 흠뻑 빠져버렸다. 자석이 서로를 끌어당기듯 그녀와 함께하는 게 당연하게 여겨졌다.

김 여사라면, 궁지에 몰린 그녀의 마음을 흔드는 것쯤은 일도 아니었을 것이다. 그녀의 해맑은 미소가, 뜨거운 몸짓이 모두 거짓이었다는 걸 믿을 수가 없었다. 그녀와 함께했던 수많은 시간이 자신에게만 특별하게 느껴졌던 거였다.

그동안, 그녀는 단 한순간도 자신을 사랑한 적이 없었을까? 마음이 없었다면 죽도록 싫었을 텐데. 싫은 내색 한 번 없이 자신을 받아들일 만큼 그녀에게 절실한 것은 대체 무엇인지. 그로선 도통 이해할 수가 없었다.

기억을 지워버릴 수 있다면, 그녀와 함께한 시간을 지워버리고 싶었다. 가지고 싶지만, 가질 수 없는 여자. 버리고 싶어도, 버릴 수 없는 여자. 오랜 시간이 지났음에도 나약한 자신은 변하지 않았다. 강해지리라, 다짐해놓고 여자 하나를 어쩌지 못해 고뇌하는 자신이 미치도록 싫었다.

재영은 그녀의 몸에 이불을 덮어주고 욕실로 들어갔다. 샤워기 아래 서자 머리를 때리는 차가운 찬물이 정신을 맑게 해주었다.

이대로 김 여사에게 놀아날 순 없었다. 자신을 믿고 따르는 사람들을 생각해서라도 지금의 상황을 냉정하게 바라볼 필요가 있었다. 그녀는 김 여사의 꼭두각시에 불과하니까. 자신은 그저 가지고 놀던 인형을 내다 버린다고 생각하면 그뿐이었다.

머리로는 생각을 정리했지만, 그의 가슴은 전보다 더 큰 고통을 호소하며 울컥울컥 피를 토해냈다. 욕실을 나온 재영은 어둠에 가려진 하늘을 올려다보며 마음을 다잡았다.

사랑에 배신당한 어머니를 위해서라도 지금의 아픔은 이겨내야 한다. 김 여사에게 자신의 마음을 갖고 논 대가를 톡톡히 치르게 해줄 것이다. 그녀가 가장 비참함을 느낄 방법으로, 그녀가 가장 지키고 싶어 하는 것을 부숴버리며. 재영은 마음속으로 복수의 칼날을 갈았다.

그러다 서서히 돌아간 시선이 곤히 잠든 주아에게 꽂혔다. 오늘 밤이 지나면 그녀와 편하게 마주 볼 순 없을 것이다. 침대로 다가간 재영은 그녀를 품에 안고 깊게 숨을 들이켰다. 마지막 한 자락의 어둠이 걷히기 전까지 그녀의 얼굴을 눈에 담고, 체취를 맡으며, 살결을 느끼고 싶었다. 이 밤이 지나면 그녀와 두 번 다시 함께 하지 못할 테니까…….

16. 드러난 진실

잠이 채 깨기도 전에 몸의 고통이 먼저 느껴졌다. 불에 댄 것처럼 쓰라린 아래, 움직일 때마다 뻐근한 허리, 이불만 스쳐도 곤두서는 가슴. 절로 흘러나오는 신음을 잇새로 흘리며 눈을 뜬 주아는 햇살을 등지고 창가에 앉아 있는 재영을 보았다.

"으…… 재영 씨, 언제 일어났어요?"

주아는 온몸에 붉게 새겨진 자국들을 이불로 가리며 상체를 일으켜 앉았다. 그러자 가까이 다가온 그가 근처에 있던 가운을 집어 눈앞으로 던졌다.

"입어."

아무 표정도 없이 내뱉은 말에 저절로 몸이 움츠러들었지만, 주아는 그의 말대로 가운을 걸쳤다. 시계를 확인해보니 평소 같으면 출근을 하고 남았을 시간이었다.

"회사 안 가요? 혹시, 속이 안 좋다거나……."

"신주아, 이제 연기는 그만하지."

"연기…… 라니요?"

주아는 입술이 파르르 떨려 말이 잘 나오지 않았다. 먼저 고백했어야 했는데, 그가 한발 먼저 알게 된 모양이었다. 언젠가 이 순간이 올 줄 알았지만, 막상 눈앞에 닥치니 가시가 목에 걸린 듯 침조차 삼키기가 어려웠다. 그가 얼마나 실망했을지, 그의 마음이 얼마나 아플지, 그저 염려스러울 따름이었다.

"김 여사가 무슨 일을 시켰지?"

"김 여사요?"

"그래. 김희영 여사, 내 새어머니."

"재영 씨…… 새어머니라고요?"

"설마, 모른다고 잡아뗄 생각은 아니겠지?"

자신에게 일을 시킨 사람은 박찬식이었다. 물론, 배후에 누군가 있을 거라 짐작은 했었다. 그런데 그의 새어머니일 줄이야! 주아가 너무 놀라 눈도 깜박거리지 못하고 있자 그가 사진 한 장을 발밑으로 던졌다. 그리고 신랄하게 내뱉으며 조소를 날렸다.

"김 여사가 심복으로 키운 남자야. 회장 비서실에서 근무하고 있지. 이자에게 지금껏 나에 대한 정보를 빼돌린 건가?"

누구에게 무슨 소릴 들었는지는 몰라도 뭔가 단단히 오해하고 있는 것 같았다. 주아는 자리에서 일어나 그에게 다가가며 다급히 손사래를 쳤다.

"아니에요! 전 아무것도 빼돌린 거 없어요. 박찬식 씨가 당신 마음을 잡으라고……. 그럼 아빠 병원비를 내준다고 해서……."

"겨우 몇 달, 내 곁에 있는 대가치고 5억이 넘는 오피스텔은 좀 과한 거 아닌가? 아무렇지도 않게 다른 사람을 사칭하고 거짓을 일삼은 널, 내가 어떻게 믿을 수 있지?"

"미안해요……. 미안해요, 재영 씨."

복받쳐 오른 감정을 이기지 못하고 눈물이 뚝뚝 떨어졌다. 자신보다 아픈 건 그일 텐데, 왜 이렇게 눈물이 나는지. 하지만 하루아침에 냉정한 시선으로 바라보는 재영이 너무 낯설어 주아는 서러움이 밀려들었다.

"너한텐 순결이나 마음보단 돈이 중요하겠지. 그것까지 탓할 생각은 없어. 쉽게 마음을 내준 내 잘못도 있으니까."

"그런 게 아니에요!"

"앞으로 내 눈에 띄지 마. 널 볼 때마다 멍청하게 속은 내 자신이 혐오스러워지니까."

차라리 화를 내면 덜 아플까? 감정을 절제해가며 내뱉은 말이 더욱 가슴에 와 박혔다. 껍데기는 거짓이었을지 몰라도 내면은 진심이었다. 처음 본 순간부터 그에게 끌리는 걸 느꼈다. 그러다 그와 밤을 보낸 이후론 걷잡을 수 없이 사랑에 빠져버렸고. 그랬기에 그와 함께하는 하루하루가 기쁨이고, 행복이었는데. 주아는 자신을 지나쳐 가는 그의 팔에 매달리며 무릎을 꿇고 빌었다.

"재영 씨, 제발…… 내 얘기도 들어줘요. 난, 당신을……."

"그만! 그런다고 뭐가 달라지지? 일부러 접근해서 날 기만했던 게, 없던 일이라도 돼? 아직도 해야 할 일이 남은 게 아니라면, 그만 사라져!"

재영은 무섭게 일갈하고 거칠게 손목을 쳐낸 뒤 돌아섰다. 그러자 뒤에서 철퍼덕 소리가 났다. 순간 몸이 굳어 움직일 수가 없었다. 돌아보고 싶었다. 쓰러진 그녀를 보듬어 안아주고 싶었다. 하지만 그럴 수 없기에 손톱이 박혀 피가 날 만큼 주먹을 말아 쥐고 밖으로 나왔다.

현관문 닫히는 소리를 듣고도 주아는 한동안 눈물을 멈추지 못했다. 모든 게 후회스러웠다. 진작 그에게 털어놨다면 좋았을걸. 그랬다면 적어도 진심은 알릴 수 있었을 것이다.

처음엔 문재영같이 잘난 남자는 자신을 거들떠보지도 않을 줄 알았다. 그래서 당장 급한 불이나 끄자는 심정으로 받아들인 계약이었다. 그러다 영철이 볼모로 잡히고 행방이 묘연해지고서야 순간의 선택이 얼마나 큰 파문 불러왔는지 깨달았다.

영철의 안위를 위해서라고 했지만, 사실 그에게 털어놓을 용기가 나지 않았다. 그가 냉정하게 돌아설까 봐, 매몰차게 버려질까 봐, 두려운 마음에 입을 꾹 다물고만 있었다.

거짓을 일삼고 그를 속여 왔으면서 행복한 미래를 꿈꿨다니. 자신이 생각해도 너무나 이기적이었다. 처음부터 계획적으로 속이고 접근했다면 어느 누가 용서할 수 있을까? 하물며 결혼까지 생각했던 사람이 그랬다면, 그 배신감은 이루 다 말할 수 없을 것이다.

주아는 천천히 바닥에서 몸을 일으켰다. 일순 눈앞이 핑 돌며 휘청거렸지만, 겨우 침대에 걸터앉아 정신을 수습했다. 그의 말대로 진실을 알린다고 달라질 건 없었다. 자신은 그를 기만한 대가로 돈을 받았고, 그 사실은 어떠한 이유를 갖다 붙여도 변하지 않을 테니까.

그와 수많은 밤을 함께한 침대를 손끝으로 쓸며 주아는 씁쓸하게 웃었다. 이것이 운명이라면 따를 수밖에…….

방으로 들어간 주아는 처음과 마찬가지로 캐리어 하나만을 끌고 나왔다. 그리고 그와의 추억이 가득한 집 안을 구석구석 살폈다. 밤마다 뜨겁게 사랑을 나눴던 침실, 영화보다 더 영화 같은 시간을 보냈던 방, 함께 먹어 더욱 맛있었던 주방까지. 애처로운 시선이 집 안 곳곳에 머물렀지만 그리 오래가진 않았다.

신발을 신고 현관에 서자 또 하나의 생생한 기억이 머릿속에 펼쳐졌다. 이곳에서 그의 손길에 녹아났던 게 불과 이틀 전인데, 그때만 해도 이런 상황을 맞게 될 줄은 꿈에도 몰랐었다. 생각할수록 가슴이 아리고 눈물이 흘러 입술을 질끈 깨물었다. 주아는 현관문을 열고 병원으로 길을 잡았다.

이른 퇴근을 한 재영은 빌라가 아닌 본가로 차를 몰았다. 목적지가 가까워질수록 평정을 유지하지 못하고 얼굴이 미세하게 일그러졌다. 육중한 대문 앞에 다다라 주먹을 꽉 말아 쥐고 벨을 눌렀다. 그러자 느닷없이 찾아온 탓인지 일하는 아주머니 목소리에 당혹감이 묻어났다.

정원을 지나 현관으로 들어서자 소파에서 일어나는 희영과 최이사가 보였다. 그는 재영을 발견하더니 반갑게 인사를 건넸다.

"문 이사를 여기서 다 만나네. 요즘 칼퇴근한다고 소문이 자자하더니, 그 말이 사실인가 봐."

"그러는 이사님이야말로, 이 시간에 본가엔 웬일이시죠?"

"나야……."

"내가 오시라고 했다. 왜, 나는 회사 사람 좀 만나면 안 되니?"

김 여사와 친분이 있다는 건 진작부터 알고 있었지만, 이젠 대놓고 줄을 타겠다는 건가? 눈치를 보는 최 이사와 달리 당당히 자신의 세를 과시하는 김 여사 때문에 속이 뒤틀렸다.

"안 될 리가요."

"그럼 전 이만 가보겠습니다."

"네, 살펴가세요, 최 이사님."

희영은 현관까지 최 이사를 배웅하고 재영을 무시한 채 곧장 주방으로 향했다.

"아줌마, 저녁 준비는 다 됐어요?"

"거의 다 됐어요, 사모님."

"회장님 들어오시면 바로 드실 수 있게 준비해요."

주방을 나온 희영이 거실 소파에 앉았다. 재영이 노골적으로 쳐다봤지만, 그녀는 무시로 일관하며 옆에 놓인 잡지를 뒤적이다가 한숨을 내쉬며 말했다.

"뭐 하니? 할 말 있어서 온 거 아니야? 회장님 오시기 전에 빨리 하고 가라."

"왜 그러셨어요?"

"뭘 말이니?"

"발뺌할 생각 마세요! 이미 다 알고 왔단 말입니다!"

"난 도통 네가 무슨 말을 하는지 모르겠구나."

여전히 잡지에서 눈을 떼지 않는 희영 때문에 분노가 폭발해버린 재영은 성큼성큼 다가가 잡지를 빼앗아 바닥에 내팽개쳤다. 그러자 사납게 눈을 부라린 희영이 자리에서 벌떡 일어났다.

"이게 어디서 돼먹지 못한 버르장머리야!"

"서정 그룹 사위가 될까 봐 그렇게 겁나셨어요? 왜요? 제가 문화 그룹 사장이 되면 이 집에서 쫓아내기라도 할까 봐요?"

"이게 어디서 감히!"

하늘로 치솟은 손이 사정없이 재영의 뺨에 날아들었다. 요란한 소리와 함께 고개가 돌아간 그는 한쪽 입꼬리를 씩 올리며 쓰게 웃었다.

"넌 언제나 날 우습게 아는구나. 하지만 명심해라. 네 아버지가 살이 있는 한, 난 언제나 네 엄마라는 자리에 있을 거다."

"엄마…… 라고요. 엄마라는 사람이, 자식 가슴에 못을 박습니까? 엄마라는 사람이! 혼사를 막겠다고 돈으로 여자를 매수해 자식에게 보냅니까?"

가만히 듣고만 있던 희영이 어느 순간 웃음을 터트리더니 집 안이 떠나갈 듯 웃어댔다. 재영은 이성을 잃지 않기 위해 이를 꽉 물고 눈을 질끈 감았다. 웃음소리는 점차 잠잠해졌다. 마침내 거실에 정적이 흐르자 희영이 그의 곁으로 한발 다가서며 싸늘한 음성을 내뱉었다.

"증거 있니? 그 애를 내가 보냈다는 증거."

"박찬식 대리와 만나는 사진, 명의 이전된 오피스텔. 더 필요하십니까?"

"고작 그걸 증거라고 내세우는 거니? 박 대리와 그 아가씨가 만났다는 얘기는 되겠구나. 그렇잖아도 박 대리가 얼마 전에 꽃뱀을 잘못 만나서 오피스텔을 날렸다고 하던데. 혹시, 너도 같은 여자한테 속은 거니?"

"김 여사님!"

재영은 순간 울화가 치밀어 소리를 버럭 질렀다. 그녀를 이용한 것도 모자라 꽃뱀으로 몰아가다니. 아무리 잘못을 했다지만, 그녀가 들을 말은 아니었다. 지금껏 보아온 주아는 오히려 나이에 비해 순진한 면이 많았다. 그저 돈이 필요해 잘못된 선택을 했을 뿐. 그걸 알면서도 놓을 수밖에 없었던 건, 지금 자신의 앞에 있는 희영 때문이었다.

그 순간 툭 하며 무언가 떨어지는 소리가 두 사람의 귓가에 꽂혔다. 시선을 돌린 곳엔 신발도 벗지 못한 정혁이 현관에 서서 몸을 부르르 떨고 있었다. 그는 당장에라도 쓰러질 듯 위태로워 보였지만, 노기 어린 목소리만은 우렁차게 내질렀다.

"이, 이게 다 무슨 소리야? 꽃뱀이라니!"

"여보, 진정하세요. 재영이도 그런 여잔지 모르고 만났을 거예요."

"그런 여자를 저에게 보낸 건 김 여사님입니다! 어머니가 병석에 누워 계시는 동안 아버지하고 놀아났던 김 비서가 이젠 저까지 이 집안에서 쫓아내려 한다고요!"

"너, 너 그 입 다물지……!"

"여, 여보! 회장님!"

얼굴이 시뻘게진 정혁이 말을 잇지 못한 채 뒷목을 잡고 쓰러졌다. 놀란 희영이 그를 재차 불렀지만, 대답은 들려오지 않았다. 마침, 뒤늦게 귀가한 태영이 사태를 파악하지도 못한 채 정혁을 업고 차로 뛰었다. 재영은 뒤따라 나가는 희영의 뒤통수에 대고 오늘 방문한 진짜 목적을 꺼냈다.

"제이와의 약혼식, 예정대로 진행할 겁니다."

"넌 지금 이 상황에서 그런 말을 잘도 지껄이는구나."

"이런 상황이니까, 약혼이 더욱 필요할 거 아닌가요?"

"약혼만 하면 다 끝날 것 같니? 두고 봐라. 누가 웃게 될지!"

매섭게 노려보며 뇌까리던 희영이 밖으로 나가고 나자 재영은 품에서 휴대폰을 꺼내 들었다. 통화가 연결되고 반갑게 인사를 건네는 상대에게 감정을 최대한 억누르며 겨우 입을 열었다.

"이 원장님, 아버지께서 쓰러지셨어요. 태영이가 지금 그쪽으로 모시고 가는 중입니다. 아버지, 잘…… 부탁합니다."

수화기 너머로 목소리가 들려와도 재영은 맥없이 팔을 늘어트렸다. 감정이 격해져 나오는 대로 지껄이고 말았다. 언젠가 드러날 일이었지만, 정혁이 쓰러지니 속이 쓰렸다. 이렇게 되길 원한 건 아니었는데. 세월이 지나면 사그라질 줄 알았던 감정이 점차 커져, 이제는 그도 막을 방도가 없었다.

어린 시절, 매일 침대에 누워 있는 어머니의 모습은 너무나 안쓰러웠다. 그런데도 자신에겐 아픈 사람처럼 보이기 싫으셨는지 항상 해맑은 미소를 지어주셨다. 몇 년째 누워만 계시는 어머니를 아버지는 극진히 돌보았다. 적어도 천둥번개가 요란했던 그날 밤 이전엔 그런 줄 알았다. 어머니를 찾아 아래층으로 내려가지 않았더라면 어땠을까? 적어도 지금과 같은 상황에 아버지를 모른 척하진 않았을 것이다.

천둥번개에 놀라 잠이 깨는 바람에 다시 잠들지 못해 어머니를 찾아 안방으로 가고 있었다. 서재를 지나칠 때 들려오는 야릇한 소리에 자신도 모르게 이끌리듯 걸어가 문을 살짝 열어보았다. 그곳엔 아버지와 김 비서가 나신으로 얽혀 소파에서 정사를 치르고 있었다. 그 순간 아버지에 대한 배신감이 물밀듯이 밀려들었다. 아픈 어머니를 두고 바람이라니. 조용히 문을 닫았지만, 충격적인 장면은 머릿속에 박혀 지워지지 않았다.

뒤이어 찾아간 어머니는 그날따라 애잔한 미소를 지으며 무슨 일이 있어도 아버지를 미워하지 말라고 당부하셨다. 그땐 아무것도 모르는 어머니가 답답하게만 느껴졌다. 그런데 돌이켜 생각해 보니 어머니는 이미 두 사람의 관계를 알고 계셨는지도 모르겠다.

왜 모른 척하신 하신 거죠? 이토록 가슴 아픈데. 어머니는 두 사람을 매일 마주하고도 어떻게 견디며 웃는 낯으로 살아가실 수 있으셨어요?

집을 나오는 순간까지도 재영은 어머니에 대한 그리움과 연민으로 가슴이 먹먹했다. 그리고 어머니의 웃는 모습을 쏙 빼닮은 주아의 얼굴이 손에 잡힐 듯 눈앞에 아른거렸다.

정혁이 의식을 잃고 쓰러져 병원에 입원했다는 소식은 며칠 만에 메인 뉴스로 다뤄졌다. 극비리에 입원 절차를 마쳤지만, 통신이 발달한 시대니만큼 새어 나가는 걸 막을 방도가 없었다.

방송의 여파로 주가는 하락하고, 주주들은 동요했다. 재영은 회장 대리로 일을 처리하며 주주들의 마음을 안정시키기 위해 노력했다. 하지만 입원이 장기화 조짐을 보이자 임원진들까지 술렁대기 시작했다. 서정 그룹은 발 빠르게 재영과 제이의 약혼 사실을 공식화하고 나섰다. 그러자 회사는 언제 술렁였느냐는 듯 금세 안정을 되찾아갔다.

정혁의 주치의가 있는 병원은 공교롭게도 영철이 입원한 병원이었다. 그나마 정혁이 입원했단 사실을 알았을 땐 4인실로 옮기고 난 후였다. 방송을 접한 날, 주아는 두근대는 가슴을 부여잡고 VIP실이 있는 층으로 올라갔었다. 하지만 기자들의 접근을 막기위해서인지 경호원들이 진을 치고 있어 가까이 갈 수조차 없었다.

매일 병원을 드나들 때면 혹시 재영과 마주칠까 봐 걱정되면서도 주아의 가슴은 몹시도 떨렸다. 그가 지금 얼마나 힘들지 누구보다 잘 알기에 위로의 말이라도 건네고 싶은데…… 그의 앞에 나타나는 게 더한 고통을 안겨주는 것 같아, 아무것도 할 수가 없었다.

당장 갈 곳이 없어진 주아는 며칠 병원에서 지내다 오피스텔로들어갔다. 그런데 우편함에 꽂힌 관리비 명세서를 확인하고 나자입이 쩍 벌어지고 말았다. 전엔 내는지도 몰랐던 돈이었는데, 이렇게나 많이 나가다니. 수중에 목돈이 생기긴 했지만, 영철이 언제까지 병원 신세를 질지도 모르는 마당에 비싼 관리비를 내가며 오피스텔을 붙잡고 있을 순 없었다.

주아는 오피스텔을 부동산에 내놓고 아르바이트 자리라도 찾기위해 시내로 나갔다. 그렇게 한참 시내를 활보하고 다닐 때, 보람에게 전화가 왔다.

"어, 보람아."

-어디야? 병원에 있어?

"아니. 밖에 나왔어. 일자리 좀 찾아보려고."

-그럼 잠깐 좀 만날래? 못 본 지도 좀 됐고, 해줄 말도 있는데.

"그러자. 어디로 갈까?"

민석과 사귀기 시작한 보람은 요즘 한창 미모에 물이 올랐다.

패션쇼가 끝나고 벌어진 뒤풀이에서 술에 취한 보람을 데려다주다가 그가 키스를 해왔다고 한다. 한 번의 키스로 선배에서 남자친구로 갈아타게 된 그는 보람을 공주님 모시듯 떠받드는 모양이었다.

주아가 목적지에 도착해 숨을 돌리고 있자 환한 얼굴의 보람이 안으로 들어왔다. 두 사람은 차를 주문하고 자리에 앉아 그간 못다한 이야기를 나눴다.

"저기, 그런데 주아야. 내가 좀 이상한 얘길 들어서……."

"왜? 뭔데?"

"이걸 얘기해도 될지 많이 고민했는데, 너도 언젠간 알게 될 거고……."

손을 꼼지락거리며 눈도 못 마주친 채 우물쭈물하는 보람이 꽤 힘들어 보였다. 그녀의 반응만 봐도 안 좋은 소식이 분명했다. 알고자 하는 마음과 모르고자 하는 마음이 주아의 내면에서 여러 차례 교차했다. 하지만 언젠간 알게 될 일이라면 그녀에게 듣는 게 나을 것 같았다.

"무슨 얘긴데 이렇게 사설이 길어? 편하게 얘기해."

"나도 선배한테 들었는데…… 서제이랑 문재영 씨가 다음 주 주말에 약혼식을 올린대. 너, 몰랐지?"

패션쇼를 준비하면서 보람에겐 재영과의 관계를 조금이나마 밝힐 수밖에 없었다. 하지만 아직 그와 헤어진 건 모르고 있기에 약혼 소식을 듣고 많이 당황한 것 같았다. 주아는 최대한 감정을 숨기고 담담하게 늘어놨다.

"나, 그 사람이랑 헤어졌어."

"뭐? 아니, 왜? 혹시, 집안에서 반대한 거야?"

계약에 대한 부분이나 신분을 위조한 사실은 차마 말하지 못했다. 다만, 자신 때문에 제이와의 약혼이 어그러져서 마주치기 껄끄러웠다고 둘러댔을 뿐이다. 그런데 약혼 날짜까지 나왔으니, 그렇게 생각하는 것도 무리는 아니었다.

"아니, 나 때문이야. 내가 그 사람한테 정말 많이 잘못했거든."

"네가 뭘 그렇게 잘못했는데! 너 때문에 약혼 깨졌다더니, 그것도 거짓말 아니야? 아무리 집안에서 반대해도 그렇지. 이건 토사구팽도 아니고, 너무하잖아!"

화를 내며 씩씩거리는 보람이 억울함을 토로했다. 하지만 주아는 그녀의 감정에 공감해줄 수는 없었다. 거짓말을 한 건 자신이기에. 지금 누구보다 화가 나고, 억울한 건 문재영일 테니까.

"그런 거 아니야. 내가…… 재영 씨를 속였어. 돈이, 필요했거든. 다른 사람을 사칭해서 그 사람한테 접근했어. 그리고 거짓말을 일삼으며 마음을 흔들어놨지. 내가 그랬어. 내가……."

"주, 주아야……."

앞이 뿌옇게 흐려진 가운데도 주아는 당황한 보람의 얼굴이 확연히 보였다. 그녀에게 자신의 잘못을 털어놓고 나니 그동안 얼마나 파렴치한 짓을 저질렀는지 뼛속 깊이 와 닿았다. 한 남자의 사랑을 무참히 짓밟아놓은 주제에 용서하고 받아주길 기대했다니. 묵묵히 바라만 보던 보람이 테이블 위에 있던 주아의 손을 살며시 감싸 쥐었다.

"아저씨 때문이지? 그래서 돈이 필요했던 거잖아."

"그렇다고 내가 한 짓이 정당화될 순 없어."

"알아. 널 두둔하려는 건 아니야. 하지만 사람이 궁지에 몰리면 잘못된 판단을 하기도 해. 특히나 하나밖에 없는 가족의 생사가 달렸다면 더욱 그렇겠지."

슬픔에 젖은 얼굴을 보니 보람의 가슴도 먹먹해졌다. 얼마 전까지만 해도 누구보다 행복한 얼굴로 웃곤 했는데. 그녀의 얼굴에 드리운 먹구름은 쉬 가실 것 같지가 않았다. 그게 적어도 후회 때문만은 아닌 듯해 조심스럽게 입을 열었다.

"너, 그 사람 아직도 사랑하지?"

"……사랑해. 진심으로 사랑하게 됐는데……. 나, 가슴이 너무 아파."

사랑한다는 한마디를 내뱉는 것이 어찌나 힘든지. 주아는 말을 할수록 감정이 격해져 솟구치는 울음을 참지 못했다. 보람이 자리를 옮겨 앉아 주아의 어깨를 감싸 안고 달래주었다.

"주아야, 어쩌면 좋으니……."

그의 집을 나온 이후, 눌러오던 울음이 터져버렸다. 가슴에 담아뒀던 진심을 입 밖으로 내자 그가 몸서리치게 그리워 눈물이 멈추지 않았다. 주아는 그렇게 한참이나 더 보람의 품에서 흐느껴 울었다.

보람과 헤어진 후 주아는 부어버린 눈을 감추기 위해 고개를 푹 숙이고 병원으로 향했다. 병원 입구에 다다라 슬쩍 고개를 들었다가 그대로 발이 굳어버렸다. 한 번쯤 우연이라도 마주치지 않을까 싶었는데. 하필, 오늘 같은 날 그를 보게 되다니.

주아는 주차장에서 병원으로 걸어가는 그의 뒤를 천천히 따라갔다. 지친 기색이 역력해 보이는 뒷모습에 가슴이 싸하게 아렸다.

보고 싶었는데, 너무나 보고 싶던 얼굴인데, 막상 눈앞에 나타나니 차마 쳐다볼 엄두가 나지 않았다.

사람들로 북적대는 로비에서도 재영의 모습은 금세 찾을 수 있었다. 엘리베이터로 가는 발걸음이 왜 그리 무거워 보이는지. 문 회장의 상태가 어떤지 몰라도, 아직 병원에 있는 걸 보면 그리 좋진 않은 모양이었다. 그래서일까? 먼발치서 본 그의 얼굴에 수심이 가득했다. 며칠 사이 많은 일들이 벌어졌으니 왜 안 그럴까. 그의 고통에 자신도 한몫했다는 사실이 주아는 무척이나 괴로웠다.

엘리베이터 문이 열리고 사람들이 안으로 들어갔다. 재영도 사람들 사이에 섞여 엘리베이터에 올라탔다. 문이 막 닫히려는 찰나에 한 여자가 눈에 들어왔다. 재영은 무심결에 내리려고 했지만, 앞을 가로막는 사람이 많아 내리지 못했다.

신주아가 왜 여기에…… 날 만나러 온 건가?

재영은 바로 다음 층에 내려 비상구를 이용해 로비로 내려갔다. 하지만 주아의 모습은 아무리 찾아봐도 보이지 않았다. 자신이 밀어냈으면서 왜 이토록 찾아 헤매는지. 진짜 그녀가 있었는지도 아리송해지자 허탈하게 웃음 지었다.

이젠, 헛것까지 보이는 거냐? 문재영, 정신 차려!

자신에게 질책을 가하며 엘리베이터 버튼을 누른 그는 고개를 저으며 눈을 꾹 감았다.

그렇게 재영이 엘리베이터를 타고 사라진 뒤, 맞은편 엘리베이터를 이용해 병실로 올라온 주아는 꾸벅꾸벅 졸고 있는 간병인을 돌려보냈다.

오늘은 텅 빈 집에 홀로 있고 싶지 않았다. 영철의 곁에서 괜찮다고, 다 잘될 거라고 위로받고 싶었다. 비록 그가 말을 할 순 없지만, 들어주는 것만으로도 충분했다. 주아는 수건에 따뜻한 물을 적셔 영철의 얼굴과 손발을 꼼꼼히 닦아주면서 조곤조곤 애길 꺼냈다.

"아빠, 나 사실 사랑하는 사람이 생겼어. 얼굴도 정말 잘생기고, 능력도 있는 남자야. 아마, 아빠도 보면 좋다고 할걸?"

재영의 모습을 떠올리자 입가에 희미한 미소가 걸렸다. 함께한 기간은 짧아도, 정말 행복한 기억이 많았다. 언제나 불안해하면서도 그의 곁에서 버틸 수 있었던 건, 그가 주는 사랑을 놓치고 싶지 않았기 때문이었다.

"그런데…… 그 사람이 다른 여자랑 약혼한대. 내 잘못으로 헤어져놓고, 난 아직도 희망을 버리지 못했었나 봐. 이젠 정말 잊어야 하는데……. 가슴이 너무 아파서 숨을 쉴 수가 없어. 아빠, 나 어쩌면 좋지? 아빠……."

현실을 받아들이기엔 그에 대한 사랑이 너무 크다는 사실을 다시 한 번 절실히 깨달았다. 잊어야 하는데, 잊을 수가 없었다. 이미 다른 여자를 선택한 그를 도저히 지울 수가 없었다. 주아는 어깨를 가늘게 떨며 조용히 눈물을 떨구었다.

주아의 눈에서 떨어진 투명한 눈물방울이 영철의 손등에 똑똑 떨어져 내렸다. 순간, 영철의 손가락이 하나둘 꼼지락거리기 시작했다. 주아는 손안에서 느껴지는 분명한 느낌에 눈이 끄게 뜨였다.

"아…… 빠? 아빠, 다시 해봐!"

주아는 급히 호출 버튼을 누르고 영철의 손과 얼굴을 살폈다.

"정말 아빠가 움직인 거 맞지? 그렇지?"

그녀의 목소리에 대답이라도 하듯 눈꺼풀이 파르르 떨리더니 힘겹게 올라갔다. 눈동자를 굴려 자신을 찾는 영철을 보며 주아는 그를 끌어안고 목 놓아 울었다.

"흐흑, 아빠……."

주아의 머리 위를 커다란 손이 덮었다. 자신이 울 때면 언제나 품에 안고 달래주던 그였는데. 지금은 이 작은 행동이 얼마나 감사하고 안심이 되는지 몰랐다.

병실로 들어온 간호사와 의사는 영철의 상태를 살피고 몇 가지 검사를 진행했다. 갈수록 몸의 움직임이 편안해진 영철은 주아의 손을 꼭 잡았다.

"……주아야."

"아빠, 나 알아보겠어?"

"그럼. 금쪽같은 내 딸을 몰라볼까?"

"고마워. 고마워요, 아빠."

그렁그렁 차오르는 눈물을 재빨리 손등으로 지워낸 주아는 애써 미소 지었다. 영철이 깨어난 것만으로도 힘이 났다. 그동안 얼마나 무서웠는지. 세상에 홀로 남겨질까 봐, 화를 내고 소리친 게 마지막 기억으로 남을까 봐, 항상 두려웠었다.

의료진이 나가고 조용해진 병실에선 두런두런 말소리가 들렸다. 오랜만에 주아와 밤을 보내게 된 영철은 그녀의 손을 한시도 놓지 않았다.

"많이 힘들었지? 아빠가 미안해."

"아니야. 이렇게 깨어나준 것만도 얼마나 고마운데. 난, 아빠가 날 두고 엄마한테 가버릴까 봐, 너무 무서웠어."

"너만 두고 어떻게 엄마한테 가. 그렇잖아도 꿈속에서 엄마를 만났는데, 자기 대신 너 아기 낳을 때 옆에 있어달라고 신신당부하더라."

뜬금없는 소리긴 했지만, 엄마를 따라가지 않은 것만도 감사했다. 주아는 영철의 잠자리를 봐준 뒤 간이침대에 몸을 뉘었다.

"······회사는 어떻게 됐니?"

"나도 잘은 모르는데, 다행히 빚은 남지 않았어."

"병원비는? 수술비도 꽤 들었을 텐데."

"그건······."

입이 떨어지지가 않았다. 그가 알면 죄책감을 느낄 게 뻔했다. 이제 막 깨어났는데, 또다시 충격 받을 만한 얘기를 하고 싶진 않았다. 그렇다고 거짓말을 할 수도 없기에 주아는 말을 돌렸다.

"아빠, 피곤하지 않아? 오늘은 그만 쉬고 나중에 얘기하자. 이러다 다시 나빠지면 어떡해."

"그래. 우리 딸 말 들어야지. 잘 자라, 주아야."

"안녕히 주무세요."

어린 시절엔 매일 하던 인사가 이렇게 와 닿기는 처음이었다. 제발, 아침에 눈뜨면 영철이 웃으며 반겨주길 바랐다. 병원에 있어 보니 밤사이 안녕이란 말이 왜 생겼는지 확실히 알 것 같았다.

주아는 불안해서 그런지 잠이 오지 않았다. 몸을 일으켜 영철의 안위를 확인하고 조용히 밖으로 나와 병원 옥상으로 올라갔다. 아직도 낮엔 찌는 듯이 더웠지만, 밤엔 제법 쌀쌀해졌다. 깊게 숨을 들이켜 답답한 속을 조금이나마 털어내니 살 것 같았다.

생각지도 못하게 재영을 봐서 그런지 눈앞에 그가 아른거렸다. 이젠 영철도 깨어났고, 먹고살 돈도 생겼는데, 주아의 가슴은 갈수록 공허해졌다.

이다지도 그가 그리운데, 같은 서울 하늘 아래서 살아갈 수 있을까?

주아는 드물게 반짝이는 별을 바라보며 그리운 재영의 얼굴을 깜깜한 밤하늘에 그려보았다.

그 시각, 집 안에 들어선 재영은 '이제 와요?' 하는 말소리를 들은 듯했다. 하지만 아무리 둘러봐도 적막만이 감돌 뿐 주아의 모습은 보이지 않았다. 이젠 환청까지 들리는 건가 싶어 허망한 웃음만 나왔다. 힘없이 걸음을 옮겨 방으로 들어갔다. 그러자 이불로 몸을 반쯤 가린 주아가 침대 위에 누워 웃고 있었다. 가까이 다가가 손을 뻗자 환영은 순식간에 연기처럼 사라졌다.

재영은 며칠째 집 안 곳곳에서 주아의 환영을 보았다. 밥을 먹을 때도, 서류를 확인할 때도, 침대에 누워서도 언제나 그녀가 따라다녔다. 잊으려고 했다. 아니, 잊어야만 했다. 그녀는 김 여사의 인형이니까, 자신을 기만한 여자니까. 하지만 잊으려고 하면 할수록 그녀의 환영은 더욱 선명해져 갔다.

이러다 진짜 미쳐버리는 건 아닐까? 오늘처럼 선명하게 나타난 건 처음이라 정말 그녀가 앞에 있는 줄만 알았다. 항상 집 안에서 보던 환영이 이젠 밖에서도 보이게 되다니.

약혼식이 2주도 안 남았는데 재영의 머릿속은 온통 주아 생각으로 가득했다. 하루에도 몇 번씩 전화기를 집어 들고 망설였다.

딱 한 번만 보는 건 괜찮지 않을까? 그녀의 말을 들어보지도 않고 내쳤는데, 변명이라도 들어봐야 하는 거 아닐까? 독하게 먹은 마음은 온데간데없이 사라지고 그 자리엔 그리움만 남아 그를 괴롭혔다. 답답한 마음에 베란다로 나간 재영은 서늘한 바람을 맞으며 밤하늘을 올려다봤다.

주아야, 널 향한 내 사랑이 식지를 않아. 내가 어떻게 해야 하는 거니? 난, 어쩌면 좋을까? 너와 같은 하늘 아래, 같은 공기를 마시며 살고 있다는 것을 위안으로 삼아야겠지. 내 가슴에 들어온 널 내보내는 방법이 과연 있긴 한 걸까?

재영은 오랫동안 밤하늘을 올려다보며 주아에 대한 생각을 털어내려 애썼다. 하지만 아무리 시간이 지나도 환하게 웃는 얼굴만 선명히 기억될 뿐이었다.

17. 약혼식

외출 준비를 마치고 집을 나서려던 제이는 줄기차게 울리는 휴대폰을 무음으로 돌렸다. 재영과 약혼을 발표한 이후 태영이 시도 때도 없이 전화를 걸어왔다. 하지만 단 한 차례도 그의 전화를 받지 않았다. 앞으로 시동생이 될 그와 더 이상 얽혀서는 안 되기 때문이었다.

차를 몰고 주차장을 빠져나가던 제이는 검정 세단이 앞을 가로막자 브레이크를 밟았다. 신경질이나 클랙슨을 누르는데 운전석이 열리며 태영이 차에서 내렸다. 성큼성큼 걸어온 그가 다짜고짜 차 문을 열고 팔을 잡아당겼다.

"너 뭐야? 이거 안 놔?"

"나랑 얘기 좀 해."

"너랑 할 얘기 없어!"

"난 있어!"

무섭게 화를 내는 게 쉽게 놔줄 것 같지 않았다. 집으로 찾아올 줄 알았으면 차라리 전화를 받는 건데. 제이는 차에서 내려 팔짱을 끼고 거만하게 말했다.

"그럼 여기서 말해. 약속 있어서 빨리 가봐야 해."

"……이 약혼, 꼭 해야겠니?"

"그래, 할 거야. 꼭 해야겠어."

태영은 두 주먹을 불끈 쥐었다. 재영이 진심으로 그녀를 사랑한다면 자신이 포기하고 보내주려 노력했을지도 모른다. 하지만 그에겐 단 한 자락도 제이에 대한 마음이 없었다. 그런 두 사람이 이해관계만 따져 결혼해봐야 불행해질 건 불 보듯 뻔했다.

"형은 널 사랑하지 않아. 그런데도 약혼을 하고 싶어?"

"지금이야 사랑이 아니겠지. 하지만 같이 살다 보면 언젠간 마음이 돌아서지 않겠어? 난 느긋하게 그날을 기다릴 거야."

"그게 네 말처럼 쉬웠다면 우리 어머니가 이렇게 되진 않았겠지. 넌 착각하고 있어. 형의 마음은 절대 변하지 않아! 내가 한결같이 너만 보는 것처럼."

그의 말이 제이의 가슴속에 파도를 일으켜 심하게 울렁거렸다. 다른 이야기는 희미하게 사라지고 '한결같이 너만 본다.'는 말만이 귓가에 맴돌았다. 애절한 그의 눈빛을 마주하자 빨려 들어갈 것만 같았다. 제이는 얼굴이 달아오르는 걸 느끼고 재빨리 고개를 돌렸다.

"네가 아무리 그래도 내 마음은 바뀌지 않아."

제이는 마치 자신에게 주입시키는 것처럼 조용히 내뱉었다. 그러자 태영의 얼굴이 아프게 일그러지더니 제이의 팔을 잡아당겨 품에 안았다.

"제발, 다시 생각해. 네가 불행하게 사는 걸 보고 싶지 않아."

"이거 놔! 내 몸에 함부로 손대지 말라고!"

"제이야……."

때마침 지나던 차가 클랙슨을 울리며 차를 빼달라고 했다. 태영은 할 수 없이 제이를 놔주고 차에 올랐다.

제이는 떨리는 가슴을 진정시키며 그 순간을 놓치지 않고 차를 빼 줄행랑을 쳤다. 골목을 빠져나와 도로에 들어섰지만, 아직도 그의 품에 안겼던 느낌이 생생히 전해졌다. 시크한 향기와 탄력 있는 가슴, 등을 포근히 감싸던 커다란 손. 아직도 몸이 후끈거리는 듯해 에어컨을 세게 틀었다.

정신 차려! 그저 남자한테 처음 안겨봐서 그런 것뿐이야. 그래. 오늘 재영 오빠한테 안아달라고 하자. 오빠가 안아주면 지금과는 비교할 수도 없을 만큼 좋을 거야.

제이는 애써 자신의 감정을 부인하며 재영과 만나기로 한 웨딩 숍으로 차를 몰았다. 숍에 도착해 카탈로그를 보고 있으니 약혼한다는 사실이 실감났다. 하지만 왜인지 생각했던 것만큼 기쁘지도 설레지도 않았다.

재영이 도착하고 두 사람은 본격적으로 예복을 골랐다. 몇 가지 드레스를 고른 제이는 탈의실로 들어가 옷을 갈아입었다. 연한 분홍색 자수가 우아하게 수놓아진 롱 드레스를 입고, 분홍색 머리 장식과 레이스 장갑을 꼈다.

"어때요?"

"괜찮아."

"……다른 거 입어볼게요."

커튼이 닫히자마자 제이는 거칠게 장갑을 벗어 신경질적으로 내던졌다. 아무런 감흥 없이 툭 내뱉는 재영의 말에 괜한 심술이 일었다. 조금이라도 관심 있는 척 살펴주면 좋으련만.

태영이가 봤다면 예쁘다고 난리를 치며 좋아했을 텐데.

순간 든 생각에 흠칫 놀라고 말았다. 그를 문태영과 비교하다니. 이건 있을 수도, 있어서도 안 되는 일이었다. 제이는 흐트러진 정신을 수습하기 위해 아랫입술을 질끈 깨물었다.

세 번에 걸쳐 옷을 갈아입은 제이는 결국, 아이보리색 드레스를 골랐다. 전체적으로 심플하면서도 가슴선이 돋보이고 슬림하게 떨어지는 핏이 예쁜 드레스였다. 그에 맞춰 재영이 입을 예복은 검은색으로 골랐다. 확연히 대비되는 색상이 서로의 옷을 더욱 잘 살려주었다.

"오빠는 뭘 입어도 다 잘 어울리네요."

"다 골랐으면 그만 가자. 회사에 다시 들어가 봐야 해."

"우리 내일이면 약혼식인데. 아직 포옹도 한 번 안 해본 거 알아요?"

제이의 말을 들은 직원들이 알아서 자리를 피해줬다. 그는 싫다거나 미간을 찌푸리지도 않았다. 그저 묵묵히 걸어와 살며시 안아줬을 뿐이다. 그토록 원하던 남자의 품에 안겼는데 예상했던 것과는 완전히 달랐다. 설렘도 떨림도 없었다. 마치 목각 인형을 안을 것처럼 아무런 느낌도 들지 않았다. 사람이라면 온기라도 느껴져야 하는데, 그에게선 알 수 없는 서늘함만 감돌았다.

불안감을 느낀 제이는 그의 목에 팔을 두르고 고개를 들어 눈을 맞췄다. 영혼이 빠져나간 듯 텅 비어버린 눈동자와 마주하자 등골이 오싹해졌다. 하지만 지금 확인하지 못하면 밤새 잠 못 이룰 것 같았다.

"키스…… 해주세요."

그제야 재영의 눈동자가 희미하게 흔들렸다. 망설임을 읽은 제이는 용기를 내 발뒤꿈치를 들고 입을 맞췄다. 입술에 느껴진 감촉은 차가웠다. 입술을 핥고 빨아봤지만, 짜릿함은 느껴지지 않았다. 그때 재영이 머리를 받치더니 혀를 깊이 밀어 넣었다. 사나운 기세로 몰아붙이는데, 밀어내고 싶은 마음마저 들었다. 키스가 끝나자 그는 뒤도 안 돌아보고 숍을 나가버렸다.

이러면 안 되잖아. 문재영인데, 그렇게 바라던 문재영인데. 왜 거부감이 드는 거냐고!

태영이 억지로 입을 맞췄을 땐, 화가 나긴 했어도 싫진 않았다. 오히려 혀끝에서 느껴지는 짜릿함이 온몸으로 퍼져 후끈 달아올랐다. 그런데 재영과의 입맞춤은 별다른 느낌이 없었다. 그가 적극적으로 다가올수록 알 수 없는 거부감이 강하게 밀려들었다.

제이는 소지품을 챙겨 밖으로 나갔다. 그러자 직원이 골라놓은 예복을 쇼핑백에 담아 차에 실어주었다. 집으로 가는 내내 머릿속이 복잡하게 얽혔다. 자신만 인내하면 될 줄 알았다. 사람의 마음은 세월에 따라 변하게 마련이니. 하지만 좋아한다고 여겼던 감정이 허상에 불과하다면…….

아니야! 그럴 리가 없어. 하지만 대체 왜…….

잘근잘근 씹힌 입안은 여린 살들이 터져 비릿한 피 맛이 났다.

그러나 고통은 느껴지지 않았다. 단 한 번의 키스가 제이의 안식을 집어삼키고 혼돈의 도가니로 몰아넣었기 때문이다.

오늘 태영과 만났을 땐, 손만 닿아도 심장이 빨리 뛰고 얼굴이 화끈거렸다. 분명 재영에게는 이보다 더한 감정이 느껴지리라 여겼었는데. 태영에게 느끼는 게 왜, 재영에겐 느껴지지 않는 건지.

설마, 내가 태영이를? 아니야…… 이건 말도 안 돼!

고작 문태영이나 만나자고 몇 년씩 고생해가며 학위를 취득한 건 아니었다. 모두가 인정하는 남자 옆에 당당히 서기 위해 힘들어도 꾹 참고 노력한 것이다. 인정할 수 없다. 아니, 용납할 수 없었다. 얼마나 힘겹게 올라온 자리인데, 어떻게 지켜온 명성인데. 설사 불행한 결혼생활을 하게 되더라도 자존심을 지키며 사는 게 나을 것 같았다.

그날 저녁, 재영은 일을 마치고 병원으로 갔다. 정혁은 아직도 침대에 누워 있었다. 평소 혈압이 높아 고혈압으로 쓰러졌을 거라는 예상과는 달리, 협심증이 생겨 협착된 혈관을 뚫는 수술을 받았었다. 상태가 나쁘지 않아 수술은 간단히 끝났지만 아무리 지나도 깨어날 생각을 하지 않았다.

"오늘도 별다른 차도는 없나요?"

"그래."

침상 옆에 앉아 있는 희영이 시선을 돌리지 않은 채 대답했다. 재영은 눈을 질끈 감았다가 뜨면서 용건을 꺼냈다.

"내일 1시에 천지 호텔에서 서제이와 약혼식 진행합니다."

"결국, 네 뜻대로 하는구나."

"오시든 안 오시든 약혼식은 예정대로 진행될 겁니다."

침묵하던 희영이 천천히 자리에서 일어났다. 그리고 재영을 표독스럽게 쏘아보며 지금껏 감춰두었던 본심을 꺼냈다.

"난 처음부터 네가 불편했어. 사모님을 닮아 마주 보기가 힘들었지. 그래도 한땐 잘해주고 싶은 생각도 있었단다. 물론, 넌 믿지 못하겠지만."

"네, 믿지 않습니다. 김 여사님은 단 한 번도 절 따뜻한 시선으로 바라봐준 적이 없으니까요."

"날 그렇게 만든 건 너야! 네가 날 경멸해왔다는 걸 모를 것 같아?"

희영이 두 주먹을 꼭 쥐고 몸을 파르르 떨며 그동안 쌓였던 울분을 토해냈다. 싫어하는 건 알았지만, 지금까지 어떻게 참고 살았나 싶게 화를 냈다. 재영은 그녀의 행동이 어처구니가 없어 실소를 터트렸다.

"제가 왜 그랬는지, 누구보다 잘 아시는 분이 할 말은 아닌 것 같습니다."

"내가 한 일을 부정하진 않으마. 그런데…… 내가 왜 그랬을지 생각해본 적은 있니?"

"아버지를 원하셨겠죠. 아니면, 어머니의 자리가 탐나셨거나."

사나운 기세를 내뿜던 희영이 서서히 웃음을 터트리더니 병실이 떠나가라 웃어댔다. 그리고 웃음이 그친 자리에 얼음처럼 차가운 냉기만이 감돌았다.

"그래. 남들 눈엔 그렇게 보였겠지. 그땐 감정만 앞섰지 현실을 직시하진 못했으니까. 아무리 회장님을 사모했어도 그런 부탁을 받아들이는 게 아니었는데……."

"도대체 무슨 얘길 하는 거죠?"

"진실을…… 알려줄까?"

정혁의 얼굴을 손끝으로 쓸어내린 희영이 재영을 지나쳐 소파에 앉았다. 깊게 숨을 내쉬는 희영의 얼굴이 후회로 얼룩져 있다.

"딱 한 번이었다. 회장님과 밤을 보낸 건. 내가 회장님을 사랑하는 걸 알고, 사모님이 간곡히 부탁한 일이었지. 난 안 되는 일이라고 몇 번이고 거절했지만, 결국 사모님 뜻에 따르고 말았다. 그 한 번이 모든 걸 바꿔놓았어. 난 태영이를 가졌고, 회장님은 내내 죄책감에 괴로워하다가 날 먼 곳으로 보내버렸거든."

머릿속이 하얗게 물들어갔다. 그날 본 장면이 어머니가 원한 일이었다니. 대체 무엇 때문에, 왜 그런 일을 시켰는지 납득이 가지 않았다. 아무리 정혁이 외롭고 힘들어한다고 해도 그렇게까지 할 필요는 없었을 텐데……

설마, 자신의 자리를 김 여사가 대신해주길 바라셨던 건가?

"넌 몰라. 사모님이 돌아가실 때까지 내가 얼마나 비참하게 살았는지. 버젓이 아버지가 있는데도 태영이는 사생아 소리를 들으며 숨어 살아야 했다고. 그 기분을 네가 짐작이나 하겠어?"

"거짓말하지 마! 그렇다면 왜 진작 말하지 않았죠?"

"태영이가 출생에 대해 아는 걸 원치 않았으니까."

아들을 걱정하는 어미의 마음인 건가? 재영은 고개를 숙인 채 묵묵히 돌아섰다. 묵직해진 가슴을 안고 한 발 내디딜 때, 등 뒤로 낮고 싸늘한 목소리가 들려왔다.

"난 어떡해서든 태영이에게 문화 그룹을 물려줄 거다. 아버지

없이 자라게 한 것도 한이 맺히는데, 문화 그룹까지 내어주면 내가 못 살 것 같구나."

그 순간 침상에 누워 있던 정혁의 눈가에서 눈물 한 방울이 또 르르 굴러떨어졌다. 대답할 말을 찾지 못한 재영은 멈췄던 발을 놀려 문을 열고 밖으로 나갔다. 그러자 병실 복도에 기대서 있는 태영이 보였다.

그의 얼굴은 절망에 빠진 듯 깊게 가라앉아 있었다. 좀 더 가까이 다가서자 알싸한 술 냄새가 옅게 풍겨왔다. 재영은 눈살을 찌푸리고는 태영의 어깨에 손을 올렸다.

"왔으면 들어오지 않고. 술 많이 마셨어?"

"형…… 나랑 얘기 좀 해."

"그래. 밖으로 나가자."

병원 앞 산책로에 마련된 벤치에 앉아 두 사람은 시원한 캔 음료로 목을 축였다. 한동안 아무 말 없이 음료수만 들이켜던 태영이 담담하게 말을 꺼냈다.

"형, 사실 나, 대충 알고 있었어. 자세한 건 오늘 알았지만."

평온한 그와는 다르게 재영은 다소 놀란 듯 눈이 크게 떠졌다.

"……언제부터 알고 있었던 거야?"

"고등학교 1학년 때. 그날따라 단축 수업을 하는 바람에 집에 일찍 가게 됐거든. 그제야 형이 왜 유학 기간에 집에 한 번도 안 왔는지 알게 됐지."

"그래서 그렇게 방황했던 거야?"

"형 얼굴을 볼 수가 없었어. 어느 날 느닷없이 3살짜리 동생이 생겼는데, 얼마나 황당했겠어. 엄마가 아버지 비서였단 소릴 들으니까 대충 그림이 그려지더라."

쓸쓸하게 웃는 태영의 얼굴에서 슬픔이 묻어났다. 재영은 속에 돌덩이가 들어찬 듯 답답함이 느껴졌다. 몇 년간 온갖 방탕한 생활을 서슴지 않았던 그의 행동들이 머릿속을 스쳐 지나갔다. 그의 잘못이 아닌데, 얼마나 힘들고 괴로웠을까. 가장 예민한 시기에 알게 된 비밀은 그가 감당하기엔 매우 벅찼을 것이다.

"태영아, 미안해하지 마. 넌 아무 잘못도 없어."

"아니, 다 내 탓이야. 내가 아니었으면 엄마가 상처 입는 일도 없었을 거고, 문화 그룹을 욕심내지도 않았을 거야."

모든 걸 자신의 탓으로 돌리는 태영이 너무나 안쓰러웠다. 희영을 원망하긴 했지만, 태영을 싫어한 적은 없었다. 오히려 밝고 구김살 없는 녀석이 부러울 때가 많았다. 그런데 어느 날부턴가 삐뚤어지려고 작정한 사람처럼 굴었다. 이제 와 돌이켜보니 그는 일부러 자신을 상처 입히기 위해 몸을 내던졌던 것이다.

"형, 나 문화 그룹 필요 없어. 엄마가 뭐라고 하든 문화 그룹에서 손 뗄게. 대신, 나한테 하나만 양보해줘."

"뭘 갖고 싶은데?"

"……서제이. 제발, 내일 약혼식 없던 걸로 해줘."

갑자기 바닥에 무릎을 꿇고 매달려오자 재영은 당황을 금치 못했다. 전혀 예상치 못한 말이었다. 그녀와 고교 동창이라는 건 알고 있었지만, 이런 부탁을 할 정도로 감정이 깊은지는 몰랐다.

서제이를 사랑하는 건가? 왜 하필…….

이맛살을 구긴 재영은 우선 그를 일으켜 의자에 앉히고 한숨을 푹푹 내쉬었다. 진작 마음을 알렸다면 이 지경까지 오진 않았을 텐데. 약혼을 하루 앞두고 취소할 재간이 없었다. 이번에도 철회를 요구한다면 기업 간에 마찰을 빚을 건 자명한 일이었다.

"이제 와서 약혼을 뒤엎을 순 없어."

"형!"

재영은 자리에서 일어나 하늘을 올려다봤다. 구름이 잔뜩 낀 하늘이 밤새 소나기라도 퍼부을 기세였다. 사나운 눈초리로 쳐다보는 것이 느껴졌지만, 개의치 않고 뒤돌아섰다. 그리고 태영에게만 들릴 정도의 낮은 목소리로 읊조렸다.

"제이가 참석하지 않는다면 어쩔 수 없겠지만……."

"고마워, 형!"

등 뒤에서 들려오는 목소리에 힘이 실려 있었다. 재영은 피식 웃으며 주차장으로 걸어가 차에 올라탔다. 긴 세월 수면 아래 감춰져 있던 비밀이 드러난 지금, 착잡함을 금할 길이 없었다.

과연 누구의 잘못이었을까. 정혁과의 하룻밤으로 3년여의 세월 동안 홀로 아이를 키워야 했던 희영? 오랜 병수발에 지쳐 단 하룻밤 실수를 저지른 정혁? 아니면, 자신의 빈자리를 대신할 여자를 손수 결정하신 어머니?

진실에 눈을 뜨자 혼란스러운 감정이 밀려오더니 이내 허망해졌다. 지금까지 자신은 어떻게 살아온 걸까. 그저 보고 싶은 것만 보고, 믿고 싶은 것만 믿은 것은 아니었을까. 원망의 대상을 잃어버린 재영은 공허함을 메워줄 누군가가 절실히 필요했다.

"아가씨, 어제 못 주무셨어요? 눈이 많이 충혈됐어요."

"그렇게 심해요?"

"가는 동안이라도 눈 좀 감고 계세요."

제이는 뒷좌석에 앉아 눈을 질끈 감았다. 어젯밤 내내 오만 가지 생각에 휩싸여 잠을 이룰 수 없었다. 새벽이 되어서야 겨우 눈을 좀 붙이긴 했지만, 두 시간 남짓 자다 일어나니 오히려 몸은 더 피곤한 듯했다.

호텔에 도착한 차가 정문 앞에 멈춰 섰다. 기사가 트렁크에서 짐을 꺼내놓고 주차장으로 가자 헬퍼가 짐을 들고 앞장서서 걸었다. 제이는 수면이 부족한 탓에 머리가 지끈거렸다. 관자놀이를 꾹꾹 누르며 발을 움직이는데, 갑자기 누군가 어깨를 감싸 쥐더니 대기 중이던 차에 밀어 넣었다.

문이 닫히자마자 차는 기다렸다는 듯이 움직였다. 부지불식간에 벌어진 일에 제이는 정신을 차릴 수가 없었다. 멀어지는 호텔을 망연자실하게 바라보다가 고개를 돌리니 운전석에 낯익은 이가 앉아 있었다.

"너 미쳤어? 이게 뭐 하는 짓이야!"

"그래, 나 미쳤다. 너한테 미쳐서 지금 아무것도 안 보여!"

한 번도 진심으로 화낸 적 없던 그가 소리를 지르니 가슴이 쿵 내려앉았다. 제이는 아랫입술을 질끈 깨물고 태영을 쏘아보았다.

"차 세워. 나, 가야 한다고!"

"못 가! 아니, 못 보내! 이 약혼은 모두를 불행하게 만들 뿐이야."

"네가 뭔데? 내가 불행하든 말든, 네가 무슨 상관이야."

갑자기 속도를 줄인 차가 스키드 마크를 남기며 대로변에 멈춰 섰다. 몸을 틀어 제이를 바라본 태영의 눈빛이 무섭게 타올랐다.

"너한텐 내가 아무것도 아니야? 정말, 나한테 아무 감정도 없어?"

"그래, 없어."

딱 잘라 말하는 제이의 눈가가 미세하게 흔들렸다. 태영은 제이의 팔을 잡아당겨 입을 맞추고 거칠게 입안을 헤집었다. 가슴을 때리고 밀어낼수록 더욱 집요하게 파고들었다. 그러자 곧 움직임이 잦아들었다. 숨이 목 끝까지 차오를 때쯤 입술을 떼어낸 태영이 부드럽게 입매를 휘며 물었다.

"이래도 나한테 아무 감정이 없다고 할 거야?"

"나쁜 놈! 이 나쁜 놈아! 왜 하필 너야, 왜 하필……."

제이는 엉엉 울음을 터트리며 태영의 가슴을 주먹으로 때렸다. 자신의 감정을 더는 부정할 수가 없었다. 그가 화를 내면 가슴이 철렁 내려앉고, 입을 맞추면 미친 듯이 가슴이 뛰는데, 어찌 모른 척할 수가 있을까.

"내가 잘할게. 너한테 어울리는 멋진 남자가 되도록 노력할 거야. 그때까지 조금만 기다려줘, 제이야."

볼을 타고 흘러내리는 눈물을 태영이 커다란 손으로 쓱 닦아냈다. 그러자 금세 얼굴을 붉힌 제이가 한껏 쏘아보며 말했다.

"너, 절대 용서 안 해!"

"그럼 너한테 용서받을 때까지 평생 옆에 붙어 있어야겠네."

"뭐라고?"

"사랑한다고."

능구렁이처럼 고백한 태영이 제이의 볼을 살며시 감싸고 부드럽게 입을 맞췄다. 달콤한 키스가 농밀하게 이어지자 제이의 팔이 태영의 머리를 감쌌다. 잠시 입술이 떨어지고 달뜬 숨을 내쉬는 제이에게 태영은 진심과, 열정, 기쁨을 담아 작게 속삭였다.

"제이야, 사랑해."

그 시각, 제이를 차에 태워 보낸 찬식은 제이가 들어갔어야 할 대기실을 찾았다. 대기실엔 예복을 차려입은 재영이 헬퍼의 도움을 받아 옷매무새를 정리하는 중이었다. 거울을 통해 재영과 눈이 마주친 찬식은 허리를 숙여 인사했다.

"여긴 어쩐 일이죠? 김 여사님이 보냈습니까?"

"아닙니다. 태영이가 보내서 왔습니다."

"자리 좀 비켜주시겠어요?"

헬퍼를 내보낸 재영은 소파로 걸어가 편히 앉았다. 그리고 이내 웃음을 흘렸다.

"제이는 오늘 안 오겠군요."

"네."

"태영인 언제부터 제이에게 마음이 있었던 거죠?"

"학창시절부터인 걸로 알고 있습니다."

"오래도 참았군."

혼잣말을 내뱉은 재영이 나비넥타이를 풀어버리고 머리를 소파에 기댄 채 눈을 감았다. 그 모습을 가만히 지켜보던 찬식이 눈을 질끈 감았다가 뜨더니 이내 결심한 바를 실행했다.

"신주아 씨를 사랑하십니까?"

예상치 못한 질문을 들은 듯 재영이 미간을 구기며 소파에 기댔던 몸을 곧추세웠다. 사나운 맹수의 눈빛을 한 재영과 감정을 억누른 찬식의 시선이 공중에서 얽혀 불꽃이 일 만큼 뜨거워졌다. 한동안 말이 없던 재영이 소파에서 일어나 겉옷을 벗으며 뒤늦게 입을 열었다.

"그걸 왜 묻지? 그녀는 쓰다 버리면 그만인 인형일 텐데?"

"인형이라…… 이사님에게도 신주아 씨가 인형에 불과합니까?"

"그건 왜 묻지? 어차피 원하던 대로 약혼식도 물 건너갔는데."

"저한텐 중요합니다. 신주아 씨에 대한 마음 진심이셨습니까?

재영은 그의 의도를 짐작할 수 없어 묵묵히 있다가 고개를 끄덕였다. 그녀를 사랑하던 마음까지 부정하고 싶진 않았다. 지금도 그 마음을 떨쳐버리지 못하고 있다는 게 문제지만.

"그렇다면?"

"신주아 씨는 아무것도 몰랐습니다."

"지금 나랑 농담하자는 건가?"

"당시 신주아 씨는 병원비를 못내 쫓겨날 처지였습니다. 호흡기에 의지하고 있는 신영철 씨를 살리려면 제 제안을 받아들일 수밖에 없었죠."

재영의 얼굴이 무섭게 내려앉더니 주먹 쥔 손이 부르르 떨렸다. 찬식은 그의 변화를 감지하고서도 냉정하게 말을 이었다.

"제가 건네준 것은 이사님에 대한 자료와 신분 위장용 프로필뿐이었습니다. 나머지는 신주아 씨 몫이었죠. 처음에는 잘할 것 같더니, 거짓말을 하는 게 양심에 걸리는지 힘들어하더군요. 그래서 열심히 할 수밖에 없도록 계기를 만들어줬습니다."

"대체 무슨 짓을 한 거야!"

찬식은 멱살이 잡혀 목이 조여도 말을 멈추지 않았다. 이미 더한 것도 각오하고 있었다. 그녀의 얼굴에 다시금 웃음꽃을 피울 수만 있다면 어떤 것이든 견뎌낼 생각이었다.

"신영철 씨 병원을 옮겨 볼모로 잡고 협박…… 윽!"

얼굴에 주먹이 꽂힌 찬식은 그대로 바닥에 고꾸라졌다. 입가가 터져 피가 흘렀지만, 닦아내진 못했다. 곧바로 재영이 멱살을 잡아 일으켰기 때문이다.

"네가 사람이야? 어떻게 아픈 사람을 이용할 수가 있어! 김 여사가 그러라고 시켰어?"

"사모님은 자세한 내막은 모르십니다. 신주아 씨를 몰아붙이기 위해 제가 선택한 방법이니까요."

"당신, 다시는 내 눈앞에 띄지 마. 그렇지 않으면 평생 후회하게 만들어주겠어!"

찬식을 바닥에 패대기친 재영은 벗어놓은 옷가지를 뒤져 휴대폰을 찾았다. 다급히 통화목록을 뒤져 주아에게 전화를 걸었다. 하지만 통화는 연결되지 않았고, 조급한 마음에 동우에게 전화를 걸었다. 그때, 바닥에서 상체를 일으킨 찬식이 비웃듯 내뱉었다.

"소용없을 겁니다. 신주아 씨는 오늘 오후 4시에 미국으로 출국할 예정이니까요."

"뭐라고?"

재영이 이를 악물며 밖으로 뛰쳐나가자 찬식은 피식 웃으며 입가를 손으로 닦았다. 그에게 한 대 맞으니 오히려 속이 다 후련했다.

예상한 것처럼 멀리서 지켜본 주아는 매일 눈가가 젖어 있었다.

영철이 깨어나고 좀 나아지나 했지만, 시간이 지나도 고통으로 얼룩진 얼굴은 돌아올 줄 몰랐다. 그제야 깨달았다. 자신이 찬미를 잃은 것처럼 그녀도 세상에서 가장 소중한 걸 잃었다는 걸.

그녀를 도와주고 싶었다. 미소를 되찾아주고 싶었다. 그녀가 웃으면 찬미도 웃을 테니까, 그녀가 행복해지면 찬미도 행복해질 테니까. 찬미를 지켜내진 못했지만, 그녀만은 행복했던 순간으로 되돌려주고 싶었다.

재영을 찾아갈 결심을 한 순간 태영이 찾아왔다. 이번 약혼을 엎고 제이를 빼낼 수 있게 도와달라고 부탁했다. 찬식은 기꺼이 그를 도왔다. 김 여사의 심복으로서가 아닌 순전히 자신의 의지대로 행동했다. 이번 약혼은 모두에게 불행만 안겨줄 테니까. 그녀의 웃음을 되찾기 위한 발판이 될 테니까.

매일 눈물로 젖어 있던 얼굴도 이젠 화사하게 피어나겠지. 그녀의 미소를 볼 수 없겠지만, 찬미를 대신해 언제나 행복하게 살아주기를…….

이번 일이 끝나면 김 여사를 찾아갈 생각이었다. 더는 자신을 묶어둘 수 없다고, 그녀가 준 모든 것을 버리더라도 자신만의 길을 가겠다고 당당히 얘기할 참이었다.

찬식은 자리에서 일어나 흐트러진 옷차림을 바로 하고 표정을 굳혔다. 아직은 마무리할 일이 남아 있었다. 그나마 약혼식에 참석하는 사람이 직계가족으로 국한되어 있어 천만다행이었다. 태영의 전갈을 듣게 된다면 다들 대경실색하게 될 테니.

한편, 재영은 주차장으로 향하며 동우에게 4시발 미국행 명단을 모조리 확인하라고 시켰다. 차에 올라타 시계를 보니 비행기가 이륙하기까지는 3시간이 남아 있었다. 하지만 보통 1시간 30분 전에 도착해 티케팅 하는 걸 고려한다면 그리 넉넉한 시간은 아니었다.

대로에 들어서자 주말답게 도심은 차로 넘쳐났다. 꽉 막힌 도로에서 시간만 흘려보내고 있으려니 입안이 바짝 타들어갔다. 잠시 후 동우가 알려온 소식은 더욱 애간장을 녹였다.

'신주아 씨는 샌프란시스코를 거쳐 뉴욕으로 가는 4시 20분 비행기에 이름이 올라 있었습니다.'

벌써 출발한 지 40분이 지났지만, 공항까진 빨리 달린다 해도 1시간이 족히 걸렸다. 제발, 자신이 도착하기 전에 탑승하지만 말아달라고 간절히 빌며 서서히 뚫려가는 도로를 질주해 나갔다.

공항에 도착한 재영은 차를 출입구 가까이 주차하고 있는 힘껏 달렸다. 이제 1시간 반도 안 남았기에 넓은 공항에서 그녀를 찾으려면 시간이 촉박했다. 제일 처음 출국 게이트 주변을 살폈지만, 그녀의 모습은 보이지 않았다.

제영은 사람으로 북적거리는 공항을 미친 사람처럼 헤매고 다녔다. 그러다 중년 남성과 출국 게이트로 걸어가고 있는 여자를 발견했다. 매일 어른거리던 환영보다 조금은 여의고 창백해 보였다. 하지만 분명 자신의 마음을 송두리째 앗아간 여자가 맞았다.

"신주아!"

공항이 울릴 정도로 크게 불렀다. 사람들이 힐끔힐끔 쳐다봐도 재영의 눈은 오로지 한 사람에게만 고정되어 있었다. 우뚝 걸음을 멈춘 주아가 마치 슬로우 모션처럼 천천히 몸을 돌렸다. 그리고 커다래진 눈망울에 촉촉이 물기가 차올랐다.

"어딜 가는 거야. 너 혼자는 미국에 못 보낸다고 말했을 텐데."

"재영 씨⋯⋯."

"약속한 거 잊었어? 내가 원하는 한 절대 날 떠나지 않겠다고 했잖아."

재영은 두 팔을 활짝 벌리고 부드럽게 미소 지었다. 그러자 굵은 눈물을 뚝뚝 흘리던 그녀가 천천히 발을 떼더니 품으로 뛰어들었다. 그제야 차갑게 얼어붙은 심장이 서서히 녹아내리며 박동을 시작했다. 그녀를 품에 안고서야 회색빛 일색이던 세상이 오색찬란하게 변했다.

너를 품에 안고서야 살아 있음을 느끼면서 어떻게 보내려고 했을까?

눈물을 흘리는 그녀의 어깨가 가늘게 떨렸다. 재영은 가냘픈 어깨를 더욱 세게 감싸 안고 그녀의 체취를 한껏 들이켰다. 다시는 놓지 않을 것이다. 누가 뭐래도, 무슨 일이 생겨도, 절대 흔들리지 않을 것이다. 재영은 주아를 품에 안은 순간 그녀와 떨어져서는 살아갈 수 없음을 깨달았다.

18. 다시 찾은 행복

주아는 재영의 품에 안겨서도 꿈인지 생시인지 분간이 어려웠다. 조금 전만 해도 한국을 떠나면 그를 다시는 볼 수 없단 생각에 가슴이 미어질 듯 아팠다. 그런데 그의 목소리가 들리고 미소가 보이고 온기가 느껴졌다. 한번 터진 울음이 그치지 않듯, 터질 듯 벅차오른 가슴도 좀처럼 진정되지 않았다. 불과 몇 분 사이에 천당과 지옥을 모두 경험하고 돌아오면 이럴까.

"주아야, 이 사람이니?"

"안녕하십니까, 문재영이라고 합니다."

영철이 다가와 묻자 재영은 공손히 허리를 굽혀 인사했다. 머리부터 발끝까지 훑어보는 눈초리가 상당히 매서웠다. 무슨 얘기를 들었는지 몰라도 자신의 존재를 탐탁지 않게 여기는 것 같았다.

"아빠……."

"너무 늦게 찾아봬서 죄송합니다. 편찮으시다고 들었는데, 이제 건강은 괜찮아지신 겁니까?"

"……."

"얼마 전에 깨어나셨어요. 지금은 거의 다 나으셨고요."

입을 꾹 다물고 있는 영철을 대신해 주아가 대답했다. 영철은 시간을 확인하더니 한숨을 푹 내쉬며 물었다.

"같이 안 갈 거니?"

"죄송해요, 아빠. 재영 씨랑 한국에 있을게요."

"다 정리해서 지낼 곳도 없는데, 어디 있으려고?"

"그건 걱정하지 마십시오, 아버님. 제가 안전하게 데리고 있겠습니다."

듬직한 목소리가 신뢰감을 줬지만, 영철에겐 씨알도 안 먹혔다. 주아는 재영의 옆에 딱 달라붙어 아랫입술을 질겅질겅 씹어대며 초조하게 바라보았다.

"고양이한테 생선을 맡기지. 흠, 알았다. 다녀올 동안 몸조심하고, 무슨 일 생기면 바로 연락해라."

"네, 아빠. 그럴게요. 조심해서 다녀오세요!"

영철은 사나운 눈초리로 재영을 노려본 다음 주아를 살며시 안고 등을 토닥거렸다. 그는 못내 불안한 듯 몇 번이고 돌아보다가 느릿느릿 출국장으로 들어갔다.

영철이 사라지고 나자 재영은 주아를 끌어당겨 품에 가두어버렸다. 그녀의 정수리에 입을 맞추고, 등을 보듬고, 손을 맞잡은 뒤에야 겨우 품에서 놓아주었다.

"내가 너무 늦었지? 미안하다."

"아니에요. 다 제 잘못인걸요. 그런데 약혼식은 어쩌고……."

"내가 여기 있는데 어떻게 됐을 것 같아?"

"아……."

주아는 연신 얼굴을 쓰다듬으며 사랑스럽게 바라보는 재영 때문에 볼이 발그스름하게 물들어갔다. 그가 자신의 곁에 있는데, 뭘 더 확인하고 싶었던 걸까. 괜한 질문을 던진 것 같아 수줍게 고개를 숙이며 입술을 앙다물었다.

"오늘 약혼하는 건 어떻게 알았어?"

"친한 친구가 서정 그룹에 다니는 남자랑 사귀거든요."

"내가 약혼한다니까, 한국을 뜨려 했던 거군."

"꼭 그것 때문만은 아니고……."

바닥에 시선을 두고 에둘러 말하는데 재영이 턱을 잡아 올렸다. 그 순간 뜨거운 입술이 살포시 와 닿았다. 아주 짧게 붙었다가 떨어졌을 뿐인데 왜 이리 가슴이 뛰고 얼굴이 화끈거리는지. 마치 남자의 입술을 처음 경험해보는 것처럼 온몸이 전율했다.

"우선, 차로 가자. 사진이라도 찍히면 네가 힘들어질 거야."

"사진이라뇨?"

그제야 주위를 돌아본 주아는 힐끔힐끔 쳐다보며 웅성거리는 사람들을 발견했다. 다들 재영을 보며 고개를 갸웃거리는 게 금방이라도 카메라를 들이댈 기세였다. 그가 유명한 남자라는 사실을 잠시 잊고 있었다. 연예인 못지않은 외모는 어딜 가든 시선을 끌기 마련인데.

재영은 한 손으로 주아의 어깨를 감싸 안고, 다른 손으로 캐리어를 끌며 출입구로 향했다. 공항에 들어설 때는 너무나 다급하던 발걸음이 그녀와 함께 걷자 한결 여유로웠다.

주차장에 도착해 트렁크에 캐리어를 싣고 운전석에 앉았다. 조수석에 앉아 있던 주아가 겸연쩍은 듯 손가락을 꼼지락거렸다. 재영은 작고 아담한 손을 부드럽게 감싸 쥐고 손등에 입을 맞췄다. 그러자 그녀의 눈동자에 그렁그렁 눈물이 차올랐다.

이렇게 여린 심성에 변명 한 번 못해보고 모질게 내쳐졌으니, 그 속이 얼마나 아팠을까?

마음고생으로 헬쑥해진 얼굴이 안쓰러워 손끝으로 쓸어내렸다. 그러다 마주한 눈빛이 너무 애틋해 절로 고개가 숙어졌다. 말캉한 입술은 기억하던 것보다 더욱 부드러웠다. 마음을 다독이듯 살며시 입술을 가르고 들어가자, 입안에 피어오른 열기가 뜨겁게 전해졌다. 타액의 달콤함과 얽혀 든 혀의 짜릿함이 어느새 잠자던 세포를 송두리째 뒤흔들어 깨워 갈증을 불러일으켰다.

애잔하게 시작한 키스가 사나운 폭풍을 만난 듯 거칠게 이어졌다. 재영의 목에 매달려 그가 주는 사랑을 듬뿍 흡입한 주아는 차오르는 숨과 온몸을 관통한 열기로 정신이 몽롱해졌다. 그때 입술에 온기가 사라지며 차가운 공기가 와 닿았다. 가쁜 숨을 몰아쉬는 동안 그가 양쪽 눈 위에 입을 맞췄다.

"울지 마. 아프지도 말고."

"재영 씨……."

"점심이나 먹은 거야? 왜 이렇게 살이 빠졌어? 우선 밥부터 먹자. 전에 갔던 레스토랑 어때?"

"좋아요."

차를 빼던 도중 전화가 걸려왔다. 한쪽에 멈춰 선 재영은 동우가 전해준 소식을 들으며 미간을 구겼다. 약혼식장은 두 사람의 행보를 전해 듣고 난장판이 된 모양이었다. 특히 서정 그룹 회장님은 제이가 태영과 떠났다는 말에 노여움을 금치 못한 듯했다. 이번 일이 그룹 간의 문제로 번지지 않으면 좋으련만…….

"괜찮을까요? 서제이 씨, 화 많이 났을 텐데."

통화 내용을 주워들은 주아가 근심을 한 아름 안고 걱정스럽게 물었다. 동그란 눈을 깜박거리며 입술을 앙다문 채 올려다보는 모습이 어찌나 귀여운지. 저녁이고 뭐고 집으로 데려가 밤새도록 사랑을 확인하고 싶은 마음이 간절했다. 재영은 재빨리 차를 출발시키며 그녀가 안심할 수 있도록 밝게 웃었다.

"걱정할 거 없어. 제이가 화낼 일은 없을 거야. 오히려 오늘 일을 고마워하게 될걸."

주아는 도통 알아들을 수 없었지만 더는 되묻지 않았다. 재영이 공항에 나타난 순간 자신의 운명을 그의 손에 맡기기로 결심했다. 그가 무슨 말을 하든, 어떤 결정을 내리든 믿고 따를 것이다. 그러니 이번 일도 그가 괜찮다면 그걸로 됐다.

한동안 운전에 집중하던 재영이 무언가 생각난 듯 눈썹을 실룩거리더니 주아를 돌아봤다. 그리고 의아한 듯 물었다.

"근데, 아버님은 미국에 왜 가신 거야? 설마, 진짜 이민이라도 가려던 거야?"

"아니요! 전 이제 아무 데도 안 갈 거예요."

사색이 되어 말을 쏟아낸 주아는 슬며시 부끄러움이 밀려왔다. 이내 달아오른 뺨을 느끼고 슬쩍 손으로 감싸자 걸걸한 웃음소리가 귓가를 간질였다.

"웃지 마요. 미국엔 마음도 정리할 겸, 아빠 사업차 가려던 거였어요."

"부도…… 났다고 하지 않았나?"

재영은 잠시 망설이다 조심스럽게 물었다. 그녀의 뒤를 캐서 알아낸 내용이라 말을 꺼내기가 조심스러웠다. 하지만 이젠 그녀에 대해 모두 알아야 했고, 자신에 대해서도 전부 말해줄 생각이었다. 그래야만 진정으로 서로의 생각과 마음을 공유할 수 있을 테니까.

"맞아요. 아빠가 깨어난 뒤에 제일 먼저 한 일이 예전 비서를 부르신 거였어요. 그분한테 전후 사정을 들으시고 한참을 심사숙고하시더니 미국에 연락하셨죠."

"미국에 친척이라도 있었던 거야?"

"아니요. 몇 년 전에 사업차 미국에 가셨는데, 그때 우연히 알게 된 젊은 사업가한테 투자를 좀 하셨나 봐요. 그건 제 결혼자금으로 쓰실 생각에 부도가 나도 마지막까지 찾지 않으셨대요."

"그걸, 지금 찾으러 가셨단 말이야?"

재영은 목소리를 높이며 이맛살을 찌푸렸다. 부도가 나도 찾지 않았던 돈을 굳이 지금 와서 회수할 필요가 있을까 싶었다. 그녀가 가지고 있는 오피스텔만도 5억이 넘는다고 들었는데. 다시 사업을 시작하기엔 무리겠지만, 결혼자금을 빼올 만큼 돈이 급해 보이진 않았다.

"네. 그분이 직접 항공권을 보내왔어요. 만나서 감사인사를 하고 싶다고."

"아버님께서 잘 판단하셨겠지만, 난 그 돈을 왜 빼오시는지 모르겠네."

그의 말에 주아는 아랫입술을 질끈 깨물고 고개를 숙였다. 이젠 과거로 넘겨야 할 일이지만, 그의 앞에서 애길 꺼내기엔 여전히 죄스러운 마음이 강해 입을 열기가 버거웠다.

"사실은 아빠께 그동안 있었던 일들 다 말씀드렸어요. 아빠가 쓰러지셨을 때 통장에 한 푼도 없던 걸 알고 계셔서 별다른 수가 없었거든요."

"많이…… 속상해하셨겠네."

"그냥, 계속 미안하다고만……."

그때 생각이 나자 주아는 코끝이 찡해져 창밖으로 시선을 돌렸다. 언제나 철옹성같이 듬직하던 영철이 눈물을 흘리며 무너져 내리는 모습은 지켜보는 것만으로도 너무나 힘겨웠다. 그가 느끼는 죄책감은 이루 말할 수 없이 클 텐데. 평생 가슴에 새겨질 상처를 남겼으니…….

재영이 손을 내밀어 주아의 손에 깍지를 끼고 꽉 움켜쥐었다. 단지 손만 잡았을 뿐인데, 주아는 가슴이 훈훈해지며 기분이 한결 나아졌다.

"이틀 전에 박찬식 씨 만나서 오피스텔이랑 병원비 다 돌려줬어요. 딸 팔아서 목숨 부지하는 아빠는 되고 싶지 않으시대요. 그래서 오늘 미국에 가신 거고요."

영철이 미국에 간 이유를 듣고 나자 재영은 이해가 가면서도 한편으론 걱정이 앞섰다. 얼마나 화가 났으면 당장 먹고살 길이 막막해지는 걸 알면서도 돈을 모두 돌려줬을까. 자신의 쳐다보던 눈초리가 예사롭지 않았는데, 그녀와 함께하려면 많은 난관을 거쳐야할 듯싶었다.

"어떡하지? 나 아버님께 벌써 찍힌 것 같은데."

꽤나 심각하게 물어오자 주아는 진지하게 맞장구를 치며 나오려는 웃음을 꾹 참았다. 정말 그를 싫어했다면 영철은 절대 자신만 놔두고 비행기를 타지 않았을 것이다. 그것을 누구보다 잘 알고 있기에 조금은 마음의 여유가 있었다.

"그럴지도 몰라요. 어릴 때부터 저 울린 남자애들은 옆에도 못 오게 했거든요."

"아버님 오시기 전에 무슨 수를 내야겠는걸."

"뭘, 어떻게 하게요?"

"밥 먹고 집에 가서 알려줄게."

어느새 레스토랑 앞에 도착한 그들은 지배인의 안내를 받아 룸으로 들어갔다. 전엔 비즈니스에 어울릴 만한 심플하고 세련된 룸이었다면, 지금은 커플들을 위한 아늑하고 러블리한 룸이었다.

"여기 이런 데도 있었어요?"

"나도 여긴 처음 들어와 봐. 동우가 예약할 때 특별히 부탁한 모양인데."

두 사람이 자리에 앉자 웨이터가 빨간 장미 다발을 주아에게 내밀었다. 당황한 주아가 꽃다발을 받으며 재영을 쳐다봤지만, 그도 놀라긴 마찬가지였다. 그때 휴대폰에서 문자 수신음이 울렸다. 내용을 확인한 재영은 피식 웃으며 굳어진 표정을 풀었다.

"이거 뭐예요?"

"그냥 받아둬. 꽃이 알아서 주인 찾아간 거니까."

"네?"

무슨 꽃인지 모르겠지만, 꽃을 받고 기분 나쁠 여자는 없었다.

주아도 장미꽃이 주는 강렬하면서도 자극적인 향기에 기분 좋게 취해 몽롱한 미소를 지었다.

동우한테 이번 달 보너스를 두둑이 챙겨줘야겠는걸.

이 꽃은 약혼식이 끝나고 제이에게 주기 위해 준비한 것이 분명했다. 필요에 의한 약혼이긴 해도 약혼녀에게 꽃다발 정도는 건네줘야 예의라고 생각한 모양이었다. 그게 두 사람의 재회의 선물로 둔갑하긴 했지만, 주아가 미소 지었다는 것만으로도 충분히 보너스를 받을 만했다.

음식이 차례차례 나오기 시작했다. 기대감에 부푼 주아는 음식을 조금씩 입에 넣고 씹었다. 그런데 맛이 예전 같지 않았다. 며칠 제대로 먹지 못해 미각을 잃은 건지, 아니면 음식 맛이 정말 변한 건지 알 수 없었다.

"왜 안 먹어? 입에 안 맞아?"

"아니에요. 아직 시간이 일러서 그런가 봐요."

"조금이라도 먹어둬. 그래야 기운이 나지."

주아는 그가 걱정하지 않도록 가능한 많이 먹으려고 노력했다. 메인 요리까지 다 먹고 나자 후식이 나왔다. 차가운 아이스크림은 입에 들어가는 순간 사르르 녹아 없어졌다. 달콤한 맛에 푹 빠져 흐뭇하게 웃자, 재영이 벌떡 일어나더니 음흉한 미소를 지었다.

"왜, 왜요?"

"나도 좀 줘."

"여기요."

주아는 아이스크림이 담긴 그릇을 그의 앞에 내밀었다. 그러자 그가 미세하게 눈을 찡그리며 허탈한 듯 자리에 털썩 주저앉았다.

그러다 무슨 생각이 났는지 웨이터를 불러 아이스크림을 따로 포장해달라고 했다.

세상이 어둠에 야금야금 먹히는 시간, 두 사람은 빌라에 도착했다. 현관문을 열고 안으로 들어선 주아는 예전과 조금도 달라지지 않은 모습에 안정을 되찾았다. 내색하진 않았지만, 집 안이 삭막하게 바뀌어 있을까 봐 두려움이 엄습했기 때문이다.

캐리어를 끌고 들어와 신발을 벗으려던 재영이 거실을 종종거리며 다니는 주아를 흐뭇하게 바라보았다. 이제야 집 안에서 온기가 감돌았다. 그녀가 들어서자마자 집 안이 생기를 되찾았다. 눈앞에 어른거리던 환영이 이젠 현실이 되어 집 안 구석구석에 꽃향기를 뿌리고 다녔다.

"재영 씨, 꽃병 어디 있어요?"

"꽃은 거기 두고 이리 와봐."

"이것부터 꽂아 놓고요."

재영은 꽃병을 찾는 데 혈안이 된 주아에게 다가가 옆으로 번쩍 안아 들었다. 작게 흘러나오는 비명을 단숨에 삼켜버리자 그녀의 눈이 스르르 감겼다. 입술을 떼지 않은 채 성큼성큼 방으로 걸어갔다. 오늘 밤, 그녀와 태산이라도 쌓으려는지 그의 눈동자는 이글거리며 붉게 타올랐다.

방 안에 들어선 재영은 주아를 침대 위에 조심스럽게 내려놓고 입고 있던 예복을 단숨에 벗어버렸다. 브리프만 걸친 상태로 그녀의 옷을 조심스럽게 벗겨내더니 침대가에 걸터앉아 몸을 세세히 살펴보았다. 어둠 속에서도 훑어보는 눈빛이 형형하게 빛났다. 주아가 얼굴을 붉히며 몸을 돌리자 재영이 침대 위로 올라가 몸을 바로 눕혔다.

"왜 그렇게 봐요? 부끄럽게……."

"이번엔 환영이 아니라는 확신을 갖고 싶어서."

"환영…… 이요?"

"매일 밤, 네가 이 침대에 누워 있는 모습을 봤어. 내가 없는 사이에 돌아온 건가 싶어서 옆으로 다가가면 영락없이 사라지곤 했지."

주아는 마음이 아팠다. 얼마나 힘들었으면 환영을 다 봤을까. 자신을 앞에 놓고도 환영이 아닐까 걱정하는 그를 어떻게든 안심시켜주고 싶었다.

"나 환영 아니에요. 이렇게 말도 하고, 만질 수도 있고, 심장도 뛰는걸요."

애잔하게 바라보던 주아가 그의 손을 잡아 자신의 가슴에 올려놓았다. 두근두근 일정한 박자를 유지하던 심장이 그의 손길에 더욱 세차게 뛰어댔다. 그는 가만히 심장의 울림을 느끼는 것 같더니 가슴을 부드럽게 움켜쥐었다. 그리고 서서히 몸을 밀착시키며 뜨거운 입술로 숨결을 앗아갔다.

그의 혀끝이 훑고 간 자리는 타오를 것처럼 화끈거렸다. 입속으로 들어온 혀가 구석구석을 누비다가 혀를 휘감아 빨아들였다. 그러자 짜릿함이 발끝까지 전해지며 심장이 터질 듯 요동쳤다. 금세 달아오른 몸은 키스만으로 부족한지 다리 사이가 축축이 젖어들었다. 주아는 달뜬 숨을 내쉬며 그의 몸을 손으로 매만졌다.

그와 다시금 입을 맞추고, 살결을 느끼고, 사랑을 나눈다는 게 꿈만 같았다. 다시는 함께하지 못할 줄 알았는데…… 어떻게 마음을 바꾸고 찾아왔는지 모르지만, 주아는 당장 그에게 안겨 헛헛했던 가슴을 사랑으로 듬뿍 채우고 싶었다.

"재영 씨, 안아줘요."

그도 참고 있었는지 귓가에 속삭이자마자 남아 있던 속옷을 모두 벗기고 몸을 겹쳐왔다. 남근이 안으로 밀고 들어오는 순간 주아는 아찔한 고통에 머리가 하얗게 세어버릴 것 같았다.

"으읏!"

한동안 혼자 지내서 그런지 주아는 커다란 남근이 너무나 버겁게 느껴졌다. 몇 번의 움직임으로 온전히 하나가 된 걸 확인한 그가 주름진 미간에 입을 맞춰왔다. 그리고 정말 행복한 표정으로 머리카락을 넘겨주며 말했다.

"이 얼굴이 너무 그리웠어. 사랑해, 주아야."

"나도 사랑해요."

사랑을 속삭이며 진한 키스를 퍼부은 그가 짧게 숨을 내쉬더니 허리를 움직였다. 소중한 것을 다루듯 조심스럽게 움직이던 몸짓이 어느 순간 열정적으로 변해버렸다. 그럴수록 주아의 입에서 뱉어지는 신음은 점점 더 선정적으로 흘러나와 재영을 한껏 자극하고 말았다.

"아흣! 하아, 하아, 으읏!"

그는 한쪽 다리를 어깨에 걸치고 허리를 놀리며 남은 한 손으로 가슴 끝 정점을 비틀었다. 힘껏 쳐올릴 때마다 출렁거리던 가슴이 그의 손안에서 힘없이 일그러졌다. 찌릿한 자극이 아래까지 전해져 남근을 꽉 조였다. 그러자 흠칫한 그가 입술을 꽉 깨물며 움직임을 멈췄다.

"윽! 아슬아슬했다."

"하아, 하아, 재영 씨……."

"많이 힘들어?"

'네'라는 말이 목구멍까지 올라왔지만, 주아는 고개를 내저었다. 몸이 부서지는 한이 있어도 다시 찾은 사랑을 거부하고 싶진 않았다. 그가 다리를 내려주고 몸을 겹쳐 꼭 끌어안았다. 그의 품에 안겨 절정을 향해 치닫는 느낌은 세상 그 무엇과도 비교할 수 없을 만큼 황홀했다.

재영은 남근을 뿌리 끝까지 밀어 넣으며 분신을 흩뿌렸다. 자신의 계획이 성공하길 바라는 마음이 다분히 담긴 행위였다. 오랜만의 정사에 기가 다했는지 그녀가 눈을 감은 채 숨을 골랐다. 그 모습조차 사랑스러워 연신 얼굴을 쓰다듬으며 입술을 겹쳤다.

"널, 집에서 내보낸 게 내 평생 가장 미련한 짓이었어."

"……왜, 마음을 바꿨어요?"

"널 영원히 볼 수 없다는 걸 깨닫는 순간, 내 선택이 틀렸다는 걸 알게 됐거든."

"제가 미국에 가는 건 어떻게 알았는데요?"

"박찬식이 알려줬어. 너한테 무슨 짓을 했는지도 고백하더군."

"그 사람이 왜……."

주아는 의아한 생각이 들었지만, 더는 묻지 않았다. 찬식을 입에 올리는 그의 눈동자가 날카롭게 벼려진 칼날 같았기 때문이다. 살며시 몸에서 내려와 침대에 누운 그는 길게 한숨을 내쉬었다. 모로 누워 그를 바라보자 아픔이 얼굴 곳곳에 배어 있었다.

"박찬식을 뒤에서 조종한 사람이 내 새어머니야. 약혼을 막기 위해 널 이용한 거지. 넌 돌아가신 어머니와 웃는 모습이 참 많이 닮았거든. 그래서 새어머니가 널 선택했는지도 몰라."

"혹시, 서재 책상에 놓여 있던 사진이⋯⋯."

"맞아. 어머니가 대학 다닐 때 찍으신 거야."

주아는 기억 속에 남아 있는 여인의 얼굴을 가만히 떠올려봤다. 전엔 엉뚱한 상상에 빠져 미처 알아보지 못했는데, 돌이켜보니 그와 눈매가 많이 닮은 듯했다.

"새어머니는 아버지의 비서였어. 몸이 허약하셨던 어머니 대신, 아버지 곁에서 많은 부분을 함께하셨지. 그러다 아버지를 사랑하게 되셨나 봐. 비바람이 심하게 치던 날, 서재에서 두 분이 엉켜있는 모습을 보게 됐거든. 그때 난, 고작 7살이었어."

그가 얼마나 큰 충격을 받았을지 주아는 짐작조차 가지 않았다. 지금 그런 장면을 목격한다 해도 상처가 클 텐데. 어린 나이에 감당하기 힘든 기억이 머리에 새겨진 것이다.

그의 아픔을 반으로 나눌 수만 있다면⋯⋯.

그를 꼭 끌어안고 가슴 깊숙이 입술을 누르며 조금이나마 상처가 치유되길 간절히 빌었다.

"네가 새어머니와 연관되어 있다는 사실을 알았을 때, 난 널 떠나보낼 수밖에 없었어. 어머니의 자리를 차지하고도 모자라 나까지 문화 그룹에서 쫓아내려고 벌이는 일이었으니까. 그런데⋯⋯ 그게 다 어머니가 원하던 일이었대."

"⋯⋯네?"

"나도 이번에 알게 됐어. 그날의 일을 부탁한 사람이 어머니였다는 걸. 그 때문에 새어머니는 태영이를 가지게 됐고, 3년이나 비참한 삶을 살아야 했다고 하시더라."

예상치 못한 말에 할 말을 잃고 말았다. 새어머니란 사람이 문 회장을 꾀어서 어머니 자리를 차지한 줄 알았는데. 그녀도 피해자란 말인가. 그 순간 재영이 주아의 턱을 가만히 들어 올려 눈을 맞췄다.

"너한테 한 짓을 생각하면 지금도 용서가 안 되는데…… 전처럼 미워할 수가 없어."

"재영 씨……."

"차라리 모르는 게 나았을까?"

마음의 갈등을 겪는 그가 안쓰러워 주아는 더 세게 몸을 부둥켜안았다. 오랫동안 증오하던 사람이 하루아침에 그와 같은 피해자가 되어버렸다. 이젠 누굴 원망하고, 누굴 미워해야 할까. 어린 눈으로 봤을 땐 분명 사악한 마녀였을 텐데. 성인이 된 그는 새어머니의 마음도 이해하게 된 모양이었다.

"재영 씨. 난 재영 씨 마음이 편해졌으면 좋겠어요. 그동안 너무 아팠으니까, 이젠 행복해지는 길을 선택해도 되지 않을까요?"

"행복이라……. 지금도 주아가 날 행복하게 해줄 방법이 있는데. 해줄래?"

"재영 씨가 행복해진다면, 무엇이든지요."

주아가 주저 없이 말하자 그의 얼굴에 얼핏 장난기가 스쳐 지나 갔다. 그는 곧바로 몸을 일으켜 욕실로 끌고 들어갔다. 물줄기를 맞으며 손에 거품을 내는 모습을 보니 무엇을 원하는지 대충 짐작이 갔다. 그런데 예상과는 달리 정말 얌전히 샤워하는 데만 집중했다. 샤워를 마치고 머리를 말리는 사이 주방에 갔던 그가 손에 아이스크림을 들고 들어왔다.

"이 시간에 아이스크림 먹게요?"

"응. 아까 보니까 아주 맛있어 보여서."

"그럼 아까 좀 먹지 그랬어요."

"난 좀 독특한 방법으로 먹고 싶거든."

그가 손을 잡고 침대로 이끌더니 가운을 벗기고 침대에 눕혔다. 그의 행동을 유심히 지켜보던 주아는 아이스크림을 들고 자신의 위에 걸터앉자 입을 크게 벌렸다.

"설마, 이상한 짓 하려는 건 아니죠?"

"이상한 짓? 혹시, 이런 거?"

짓궂게 웃으며 아이스크림을 뜨더니 가슴 끝에 뚝 떨어트렸다. 갑자기 느껴진 냉기에 몸이 흠칫 떨렸다. 그러나 그것도 잠시, 주아는 가슴에서 느껴지는 찌릿함에 발끝이 움츠러들었다.

"윽, 재영 씨."

"이거 정말 달다. 한번 먹어볼래?"

아이스크림을 크게 떠 입에 넣은 그가 입술을 겹쳐 조금씩 안으로 밀어 넣었다. 입에서 입으로 전해진 아이스크림은 낮에 먹었던 것보다 훨씬 달콤하게 느껴졌다. 입안을 맴돌던 차가운 기운은 금세 열기에 가려져 옅어져갔다. 키스가 열정적으로 바뀌어갈 때쯤 재영이 입을 떼더니 피식 웃었다.

"어때? 맛있지?"

"네."

"또 줄까?"

그의 물음에 주아는 세차게 고개를 끄덕였다. 흥분이 피어오르던 중간에 키스가 끊겨버려 못내 아쉬웠다. 달뜬 얼굴을 기분 좋게 바라보던 그가 아이스크림을 입에 떠 넣고 아까와는 다르게 격정적으로 키스를 해왔다.

입술에 묻은 아이스크림까지 남김없이 핥아 먹는 그의 행동에 흥분이 배가됐다. 하지만 그는 아직도 부족한 듯 또다시 떠서 가슴 위에 떨어트렸다. 차가움에 곤두선 정점이 뜨거워지기까진 얼마 걸리지 않았다. 원을 그리며 혀를 뱅글뱅글 돌리다가 정점을 잘끈 깨물며 한 번에 쭉 빨아들이자, 주아는 숨이 탁 막힐 만큼 짜릿한 쾌감이 솟구쳤다.

시트를 움켜쥐고 참아봐도 새어 나오는 신음을 막을 순 없었다. 양쪽 가슴을 할짝거리며 충분히 먹어 치운 그가 남은 아이스크림으로 몸 위에 무언가를 그렸다. 이미 묽어져버린 아이스크림이 스푼에 담겨 몸을 스칠 때마다 주아는 움찔움찔 몸을 떨었다. 그래도 그는 멈추지 않았다.

"방금 네 몸에 전부터 하고 싶었던 말을 적었어. 뭐라고 썼는지 알겠어?"

"아니요. 너무 차가워서……."

"이 글씨가 다 지워지기 전에 알아내지 못하면, 허락하는 걸로 알게."

"네?"

혀끝이 피부에 닿으며 전해지는 흥분에 주아는 글자를 알아낼 겨를이 없었다. 온몸을 관통하는 쾌감에 어서 그를 받아들이고 싶은 마음만 굴뚝같았다. 하지만 그는 마지막 흔적까지 남김없이 지

위내고 나서야 고개를 들었다.

"고마워, 허락해줘서."

"도대체 뭐라고 썼는데……."

"결혼하자고."

"……재영 씨."

"나랑 결혼해줄 거지? 이젠 너 없이는 단 하루도 못 살겠어."

파르르 떨리던 주아의 눈동자에 금세 이슬이 맺혔다. 그가 방금 청혼했다는 사실을 깨닫고 나자 주체할 수 없이 감정이 복받쳐 올라 눈물이 펑펑 쏟아져 내렸다. 이보다 더 달콤한 청혼이 어디 있을까. 고개를 끄덕이며 대답하는 주아의 얼굴이 행복감에 젖어들어 사랑스럽게 물들었다.

"할게요. 저도 재영 씨랑 결혼하고 싶어요."

"사랑해, 주아야."

"사랑해요, 재영 씨."

재영은 주아를 품에 안고 사랑으로 충만한 기분을 한껏 만끽했다. 그녀만 곁에 있다면 문화 그룹을 포기하고 새 삶을 살아도 괜찮을 것 같았다. 아담한 집에 신혼살림을 차리고, 그녀를 닮은 아이를 낳아 키우면 얼마나 행복할까. 그동안 누려보지 못했던 평범하고 삶이 그녀와 함께라면 충분히 가능할 듯싶었다.

아름다운 미래를 그려보는 순간에도 남근은 자신의 존재를 알려왔다. 피가 몰려 터질 듯 팽창한 남근이 고개를 높이 쳐들고 위용을 자랑했다. 재영은 주아의 눈물을 닦아준 뒤 얼굴 곳곳에 입을 맞추고 마지막으로 입술에 낙인을 찍듯 길게 입을 맞췄다.

"내가 문화 그룹을 포기해도 괜찮아?"

"네."

"나, 가진 건 별로 없어도 너랑 행복하게 살 자신은 있어."

"난 재영 씨만 있으면 그걸로 충분해요."

재영은 흡족한 마음을 그녀의 몸 곳곳에 붉은 자국을 만드는 것으로 나타냈다. 그가 목에서 가슴, 허리를 지나 마침내 다리 사이로 내려왔을 땐, 주아의 숨결은 이미 열에 들떠 헉헉대고 있었다. 사뿐히 내려앉은 입술이 정점을 간질이다 꽃잎 사이를 파고들었다.

"아윽! 재영…… 씨."

"아이스크림보다 네 꽃물이 더 달콤한 거 모르지?"

그는 송두리째 먹어 치우려는 듯 계속해서 혀를 놀렸다. 그럴수록 주아의 몸에선 더 많은 양의 애액을 흘려보냈다. 고개를 든 재영이 입술을 핥으며 상당히 퇴폐적이면서도 섹시하게 웃었다.

주아는 그에게 홀린 듯 두 팔을 끌어당겨 입술을 겹쳤다. 그 순간 몸을 관통해 들어온 불기둥이 이성을 마비시켰다. 몸을 쪼갤 듯 거세게 몰아붙이는 남근이 신경세포 하나도 놓치지 않고 자극했다. 그에게 몸을 내맡기고 움직임을 함께하자, 하늘로 날아오를 것처럼 붕 떠올랐다.

주아의 머릿속엔 오로지 한 가지 생각으로 가득했다.

사랑한다. 그를 사랑한다. 이대로 죽어도 좋을 만큼, 그를 사랑한다. 아픔을 보듬어준 그를, 추억을 만들어준 그를, 사랑을 가르쳐준 그를 너무도 사랑한다.

거짓으로 시작된 사랑이 진실에 눈을 떴다. 어둠 속에서 헤매던 사랑이 빛을 향해 나아갔다. 어긋날 것만 같던 사랑이 하나로 맺어졌다. 바로 지금, 늪에 빠져 허우적대던 사랑이 찬란한 빛을 내뿜으며 화려하게 꽃피우기 시작했다.

19. 주주총회

조용한 방 안에 요란한 벨소리가 울렸다. 그 순간 눈을 번쩍 뜬 재영이 조심스럽게 침대에서 몸을 빼내더니 다급하게 뛰어가 휴대폰을 무음으로 돌렸다. 어제도 밤늦게까지 사랑을 나누다가 몇 번의 절정에 지칠 대로 지쳐 기절하듯 잠든 주아였다. 혹시라도 목소리를 듣고 깰까 봐 재영은 통화 버튼을 누르지도 못하고 가운만 걸친 채 방을 나왔다.

평소라면 한창 출근 준비로 바쁜 시간이지만, 오늘만큼은 주아의 곁에서 늘어지게 한잠 자고 싶었다. 그런데 늦잠 잘 팔자는 못 되는지 득달같이 전화가 걸려온 것이다. 재영은 발신 번호를 확인하고 통화 버튼을 눌렀다.

"이 시간에 무슨 일이야?"

-목소리가 왜 그래? 이제 일어난 거야?

"그래. 오랜만에 늦잠 좀 자보려고 했더니, 그걸 방해하냐."

-주아 씨 다시 만나더니 밤이 짧구나. 네가 늦잠을 다 자고.

"용건이 뭔데?"

-임시 주주총회가 소집됐어. 누가 소집했는지 몰라도 안건이 사장 취임 건이야.

재영은 옅게 미간을 찡그렸다. 지금 같은 시기에 주주총회를 소집할 사람은 몇 없을 것이다. 이미 모든 걸 내려놓기로 마음먹어서 그런지 사장 자리에 욕심은 없었다. 다만, 이제 막 사회생활을 시작한 태영이 사장 자리에 앉기엔 많이 버거울 것 같아 걱정이 앞섰다.

"알았어. 회사에 가서 알아보고 전화 줄게."

-그래. 재영아, 내가 용한 한의원 알고 있는데 기력 보충하는 약이라도 한 재 지어줄까?

"이승훈! 너, 진짜."

-농담이야. 농담!

승훈은 쾌활하게 웃으며 전화를 끊었다. 주아를 다시 만난 지 사흘이 지났다. 그런데 파혼한 사실이 어디서 새어 나갔는지 회사는 술렁였고, 서정 그룹 회장은 만남 자체를 거부했다. 재영은 주방으로 걸어가 에스프레소 머신에 커피를 내렸다. 커피가 떨어지기 시작하자 진한 커피 향이 주방에 가득 퍼졌다.

"음, 냄새 좋다."

"왜 벌써 일어났어. 좀 더 자지."

"재영 씨 출근하는 건 봐야죠. 저도 커피 한 잔 부탁할게요."

주아는 재영의 볼에 짧게 입을 맞추고 냉장고에서 달걀을 꺼냈다. 프라이팬을 예열해 달걀을 깨서 넣자 지글지글하며 기름이 튀었다. 그사이 재영은 식빵을 토스터에 넣고 미리 손질해놓은 샐러드에 드레싱을 부었다. 간단한 아침상을 차려 식탁에 마주 앉은 두 사람은 이제 막 결혼한 신혼부부 같았다.

"윽! 이거 왜 이렇게 비리지?"

"달걀이 비려?"

달걀을 한 조각 입에 넣은 주아가 오만상을 찡그리며 말했다. 재영은 고개를 갸웃거리며 남은 달걀을 먹어보았다. 평소와 별다를 게 없는데, 못 먹을 걸 먹은 것처럼 그녀는 씹어 삼키는 걸 힘겨워했다.

"혹시 상했나? 며칠 전에 사 오신 것 같던데."

"난 괜찮은데. 이상하면 억지로 먹지 마."

재영은 달걀이 담긴 접시를 치우고 샐러드를 주아의 앞에 놔주었다. 하지만 평소 좋아하던 샐러드도 조금밖에 먹지 않고 포크를 내려놓았다.

"요즘 너무 못 먹는 거 아니야? 가뜩이나 살도 많이 빠졌는데, 밥이라도 잘 먹어야 체력을 유지하지."

"별로 생각이 없어서……. 재영 씨라도 많이 먹어요. 매일 늦게까지 일하고 오고 새벽에 자면 피곤하지 않아요?"

"나야, 평소 체력 관리를 해왔으니까 괜찮은데……."

재영은 갈수록 말라가는 주아가 안쓰러워 말을 잇지 못했다. 혹시 어디가 아픈 건 아닌지 염려스러웠다. 영철이 오기 전에 아이를 만들어보려고 매일 밤 너무 무리하게 몰아붙인 건 아닌지.

"아버님하곤 통화해봤어? 언제 오신대?"

"며칠 걸리실 것 같아요. 예상보다 사업이 크게 번창한 것 같더라고요. 아빠한테 한국에 지사를 내서 관리하면 어떻겠냐고 제안을 해왔대요."

"그래? 무슨 사업인데?"

"그건 저도 잘 모르겠어요. 조만간 그분이랑 같이 들어오신다니까, 그때 물어볼게요."

영철에 대해 얘기하는 주아의 얼굴이 한결 밝아 보였다. 재영은 그나마 다행이라고 생각했다. 당장 들어와 그녀를 데려갈까 봐 항상 불안했는데. 한국에 들어와 사업을 시작하려면 꽤 바쁠 테니, 그녀를 못 볼까 조바심내진 않아도 될 것 같았다.

"저기, 재영 씨."

"응? 왜?"

"저도 병원에 한번 가보고 싶어요."

"병원?"

"회장님, 아직 병원에 계시죠?"

주아의 조심스러운 질문에 재영의 얼굴이 어둡게 가라앉았다. 아직도 정혁은 깨어날 기미가 보이지 않았다. 모든 신체적 기능은 정상적으로 돌아왔다는데, 왜 안 깨어나는지. 며칠 전부터는 이 원장의 지시로 면회시간을 제외하고는 병실 출입을 금했다. 혹시 상태가 더 나빠진 건 아니냐고 물어봐도 이 원장은 괜찮을 거라는 말만 되풀이했다.

"응. 오늘 퇴근하고 같이 가보자. 차 보낼 테니까 타고 와."

"네."

주아는 문 회장을 꼭 한번 만나보고 싶었다. 문화 그룹의 회장이자 재계를 주름잡을 만큼 영향력이 강한 사람. 아들에 대한 기대도 컸을 테고, 결혼을 통해 얻으려 했던 부분도 있었을 것이다. 그것을 자신이 송두리째 빼앗아버렸다. 비록 의식을 잃고 누워 있지만, 죄송한 마음은 전하고 싶었다. 의식을 되찾고 나면 사태가 어떻게 바뀔지 모르니까. 어쩌면 지금이 진심을 털어놓을 적기일지도 몰랐다.

뒤늦게 출근 준비를 마친 재영이 신발을 신고 주아의 허리를 끌어당겨 달콤한 키스를 퍼부었다. 솜사탕처럼 부드럽던 키스가 벌꿀처럼 끈적하게 바뀐 건 순식간이었다. 아랫배에 닿아온 남성이 서서히 부풀어 오름을 느낀 주아는 살며시 어깨를 밀어 입술을 떼어냈다.

"이러다가 출근도 못 하겠어요. 요즘 매일 늦는다고 뭐라고 안 해요?"

"평소에 일찍 나가서 그렇지 지금 가도 지각은 안 해."

"이사님이나 돼서 모범을 보여야죠. 어서 가요."

재영은 피식 웃으며 현관에 달라붙은 발을 겨우 떼서 밖으로 나갔다. 얼굴을 삐죽 내밀고 손을 흔드는 주아가 너무나 사랑스러웠다. 오전에 별일은 없지만, 동우가 은근히 눈치를 주는 건 사실이었다. 직원들의 눈이 모두 자신에게 쏠려 있으니 어쩌면 투덜거리는 게 당연했다.

사무실에 들어선 재영은 자리에서 일어나 인사를 건네는 동우를 집무실로 불렀다. 겉옷을 벗어 옷걸이에 걸어놓고 책상에 앉아 노트북을 켜며 사무적으로 물었다.

"임시 주총이 열릴 거란 소문이 있던데, 위에서 공지 내려온 건 없어?"

"그렇잖아도 말씀드리려고 했는데. 로비에 붙어 있더라고요. 이틀 뒤로 잡혔습니다."

"누가 소집한 거지?"

"강 사장님이 주주의 요청으로 소집했다고 들었습니다."

강 사장은 정혁과 함께 회사를 일궈온 사람 중 한 명이었다. 그런데 몇 해 전부터 지병이 악화해 하루라도 빨리 퇴임을 하고 싶어 했다. 그나마 정혁이 설득해 차기 사장을 뽑기 전까지만 자리를 유지하고 있을 뿐, 회사의 지분엔 전혀 욕심이 없었다.

"알았어. 그리고 6시쯤 집으로 차 좀 보내."

"어디 가십니까?"

"병원에."

"네? 설마, 벌써 임신을……."

동우는 퍽 소리와 함께 눈앞에 별이 반짝였다. 무방비하게 당해서 그런지, 오늘은 특히 더 날쌔고 강도가 센 것 같았다.

"윽, 이사님!"

"자꾸 기어오를래? 아버지 뵈러 가는 거니까, 쓸데없는 상상할 시간에 주총 준비나 철저히 해놔."

"아, 어쩐지……."

동우가 머리통을 손으로 비비며 나가자 재영은 문을 바라보며 피식 웃었다. 자신도 바라는 일이지만 불과 며칠 만에 아이가 생겼을 것 같진 않았다. 그러다 문득 아침 일이 떠올라 병원에 간 김에 기본적인 검사라도 받게 하자고 마음먹었다.

회사 앞에 도착한 주아는 단아한 자태로 차 안에 앉아 있었다.

뒷좌석에 올라탄 재영이 주아의 손을 꼭 움켜쥐며 기사에게 병원으로 가자고 말했다.

"점심은 좀 먹었어?"

"네. 아주머니가 냉면을 해줬는데 새콤하니 맛있었어요."

"맛있었다니 다행이네."

병원은 회사에서 얼마 떨어져 있지 않아 금세 도착했다. 차에서 내린 주아는 미리 준비해둔 꽃다발을 들고 재영과 함께 병원으로 들어섰다. 고층에 자리한 VIP실은 오가는 사람이 없어 조용했다. 병실 앞에 도착한 재영이 두 번의 노크 후 문을 열었다.

병실 안엔 중년 여인이 의자에 앉아 잠든 듯 누워 있는 환자를 보고 있었다. 주아는 직감적으로 그의 새어머니라고 확신했다.

"저 왔습니다."

"그래."

굳은 듯 앉아 있던 희영이 천천히 뒤를 돌아봤다. 이내 주아를 발견한 눈동자가 미세하게 흔들리더니 이내 싸늘하게 바뀌었다.

"저 아가씨는……."

"처음 뵙겠습니다. 신주아라고 합니다."

"아, 주아 양! 어디서 많이 본 것 같더니. 넌, 저 아가씨를 계속 만날 생각인가 보구나."

"……괜찮으시다면 잠시 드릴 말씀이 있습니다."

잠시 침묵하던 재영이 할 말이 있다며 희영을 데리고 밖으로 나갔다. 환자와 둘만의 시간이 필요했던 주아는 침대 옆에 꽃을 올려놓고 문 회장을 향해 공손히 허리를 굽혔다.

"처음 뵙겠습니다. 신주아라고 합니다. 제가 찾아온 게 못마땅하실지도 모르지만, 병문안 오는 게 도리인 것 같아서 염치 불고하고 왔습니다. 저, 옆에 앉아도 될까요?"

주아는 대답이 돌아오지 않을 걸 알면서도 양해를 구했다. 그리고 침대 옆에 앉아 문 회장의 얼굴을 가만히 들여다보았다. 코와 입술을 비롯해 전체적인 이미지가 재영과 상당히 비슷했다.

"얼마 전까지 저희 아버지도 병원에 누워 계셨어요. 뇌경색으로 쓰러지셔서 수술을 받으셨는데, 몇 달 동안 의식이 없으셨거든요. 그때 전, 아버지가 돌아가실까 봐 너무 불안했어요. 아버지마저 없으면 세상에 저 혼자만 남겨지니까요."

당시의 기억이 떠오르자 무릎 위에 놓인 주아의 손이 파르르 떨렸다. 잠시 심호흡으로 마음을 가라앉히고 말을 이었다.

"그때 절 무너지지 않게 지탱해준 사람이 재영 씨였어요. 재영 씨에 비하면 제가 턱없이 부족하다는 거 잘 알아요. 하지만 재영 씨가 저를 원하고 있고, 저 또한 재영 씨가 없으면 안 된다는 걸 깨달았어요."

굳센 의지를 담은 주아의 목소리는 조금의 흔들림도 없었다.

"사실 오늘 찾아뵌 이유는, 사죄도 하고 진심 어린 제 마음을 전해드리고 싶어서였어요. 회장님께서 깨어나시면 얼굴을 마주할 기회조차 없을 것 같았거든요. 그런데 그 얘긴 깨어나신 다음에 할게요. 깨어나셔서 절 문전박대 하셔도 좋아요. 전 포기하지 않고 몇 번이고 찾아뵐 테니까요. 그러니까, 회장님도 제발 포기하지 말아주세요."

차분히 얘기하려고 했건만, 말을 하면 할수록 감정이 격해졌다. 주아는 정혁의 손을 두 손으로 덥석 잡고 빌듯이 애원했다.

"회장님께서 깨어나셔야 재영 씨의 고통이 사라질 거예요. 이제는 제가 힘이 되어주고 싶은데⋯⋯. 재영 씨가 얼마나 힘들지 알면서도 제가 해줄 수 있는 게 아무것도 없어요. 제발, 이제 그만 일어나주세요."

가만히 입을 닫은 주아의 어깨가 미세하게 들썩거렸다. 그리고 정혁의 손등에 투명한 물방울이 똑똑 떨어졌다. 재영은 티 내지 않으려고 노력했지만, 밝은 얼굴 뒤로 그늘이 짙게 내려앉는 것이 종종 보였다.

아버지를 미워하는 것 같아도 사실 누구보다 많이 의지하고 있을 것이다. 미움도, 원망도 사랑이 밑바탕에 깔려야지만 나오는 감정이니까. 어머니의 죽음을 경험한 그에게 의식을 잃고 누워 있는 정혁은 언제 터질지 모르는 시한폭탄이나 마찬가지였다.

"뭐 하고 있었어?"

"⋯⋯왔어요?"

문이 열리는 소리에 주아는 재빨리 정혁의 손을 놓고 눈물을 훔쳤다. 간신히 표정을 수습하고 뒤돌아보자 재영의 안색이 도착할 때보다 더욱 나빠 보였다.

"어머님하고 무슨 일 있었어요?"

"별거 아니야."

"무슨 일인데요? 말해봐요."

"오늘 주총이 소집됐는데 새어머니가 소집하신 줄 알았거든. 그런데 새어머니도 아니라고 하시네."

희영은 오히려 재영을 의심하고 나섰다. 정혁이 병원에 누워 있는 마당에 사장 취임이 가당키나 하냐며 되레 큰소리를 쳐댔다. 희영의 연기인지, 진심인지 감이 잡히지 않았다. 그러나 상황이 이상하게 흘러가고 있다는 것만은 확실했다.

재영은 만날 사람이 있다며 주아를 끌고 밖으로 나갔다. 문 닫히는 소리가 들리자 침상에 누워 있던 정혁의 팔이 천천히 움직이더니 가늘게 떨고 있는 눈가를 살며시 덮었다.

병실에서 나온 재영은 이 원장이 소개해준 교수를 찾아갔다. 엘리베이터에서 내려 진료실을 향해 성큼성큼 걸어가자 주아가 그의 팔을 잡아당겼다.

"재영 씨, 저 괜찮다니까요."

"그래도 여기까지 온 김에 간단한 검사만 받아보자. 요즘 살도 빠지고 통 먹지도 못하잖아."

주아는 웬만큼 아파서는 병원에 가지 않았다. 그건 영철의 영향이 컸다. 조금만 아파도 병원에 데려가 약을 먹이고 침대에만 누워 있도록 만들었기 때문이다. 딸이 아플 때마다 아내의 빈자리가 느껴져 안쓰러웠겠지만, 당하는 주아로서는 죽을 맛이었다.

그런 사실을 알 리 없는 재영이 거침없이 노크하고 문을 열었다. 그러자 40대 초반의 건강한 체구의 남성이 자리에서 일어서며 두 사람을 맞았다.

"안녕하세요, 문재영입니다."

"어서 오세요. 그렇잖아도 기다리고 있었습니다."

재영은 주아를 진료 의자에 앉히고 뒤에 섰다. 왠지 어색한 주아는 시선을 피하며 책상 위에 놓인 물건들만 대충 훑어봤다.

"어디가 불편하세요?"

"그냥 밥맛이 좀 없어서……."

"밥맛이 없는 정도가 아니라, 도통 먹질 못하잖아. 살도 많이 빠졌고. 저, 교수님. 기본적인 검사들 지금 할 수 있나요?"

기어들어가는 목소리를 재영이 끊어내며 걱정이 담뿍 담긴 눈으로 심각하게 말했다. 그러자 잠시 생각에 잠긴 교수가 주아를 향해 고개를 숙이더니 조용히 질문을 던졌다.

"환자분, 마지막 생리는 언제 하셨어요?"

"그게……."

날짜를 따져보던 주아가 화들짝 놀라 고개를 번쩍 들었다. 교수는 그럴 줄 알았다는 듯 빙그레 웃었다.

"우선 소변검사부터 해보는 게 좋겠네요. 나가시면 간호사가 안내해드릴 겁니다."

"……네."

미적미적 일어나 진료실을 나가는 주아를 재영은 약간 어리둥절해하며 쫓아갔다. 데스크로 가자 간호사가 종이컵 하나를 내밀며 일정량의 소변을 받아오라고 시켰다. 종이컵을 들고 화장실로 가는 주아의 얼굴이 넋이 나간 것처럼 멍했다.

소변을 채취해온 지 얼마 지나지 않아 두 사람은 다시 진료실로 들어갔다. 교수는 간호사가 전해준 차트를 확인하고 온화한 미소를 지었다.

"소변검사 결과, 임신하신 것 같네요."

"네? 지금 임신…… 이라고 하셨어요?"

재영이 어찌나 큰 소리로 말했는지 반쯤 넋을 놓고 있던 주아도 깜짝 놀라 뒤돌아볼 정도였다. 재영의 동공은 사시나무 떨듯 떨리고, 입술은 서서히 호를 그리며 위로 올라갔다.

"예상 못 하셨나 보군요. 축하합니다. 산부인과 진료를 보셔야 하는데, 당직 교수가 있는지 확인해드릴게요."

교수가 전화기를 들고 통화하는 사이 재영은 주아의 손을 잡고 믿어지지 않는 듯 '임신이래, 진짜 임신했어.'라고 중얼거렸다.

행복해 보이는 그와는 달리, 주아의 심정은 복잡하기만 했다. 재영을 사랑하지만, 결혼도 하기 전에 덜컥 아이부터 갖게 될 줄은 몰랐다. 앞으로 졸업도 해야 하고, 취직도 해야 하는데. 남자는 다 늑대라고 가르쳐온 영철이 이 사실을 알면 대체 뭐라고 할지. 막막한 현실에서 헤어나지 못하는 주아를 재영은 소중한 보물단지 다루듯 산부인과로 데려갔다.

그들을 맞이한 건 젊은 여자 교수였다. 교수는 차트를 보며 문진을 한 뒤 진료실로 안내했다. 재영과 함께 진료실로 들어간 주아는 간호사가 시키는 대로 침대에 누웠다. 그러자 아랫배에 투명한 젤을 바르고 초음파 기계를 가져다 댔다.

"여기 보이는 게 아기집이고, 이게 태아예요."

새까만 화면에 동그랗고 하얀 점이 보였다. 화면을 뚫어지게 쳐다보는 재영의 손에 교수가 초음파 사진을 뽑아 들려주었다. 주아는 화면에 보이는 태아의 모습에 차츰 가슴이 먹먹해졌다.

"크기로 보아 6주에서 7주 정도 된 것 같네요. 심장 소리도 한 번 들어볼까요?"

초음파 기계의 버튼을 누르자 진료실에 크고 힘찬 심장박동 소리가 들렸다. 아주 작은 점에 불과한 태아가 내는 소리라고는 믿어지지 않을 정도였다. 그 순간 주아는 자신의 배 속에 새로운 생명이 숨 쉬고 있다는 것과 엄마가 된다는 사실을 명확히 인지하게 되었다.

"주아야, 우리 아기야. 진짜로 널 닮은 예쁜 아기가 생긴 거야."

"재영 씨……."

자신과 헤어졌을 때도 눈물 한 방울 보인 적 없던 그가 두 눈에 그렁그렁 눈물이 차올랐다. 주아는 너무 당황한 나머지 몸을 일으켜 그를 꼭 안아주었다.

"이걸로 닦으시고 천천히 나오세요."

교수는 온화한 미소를 지으며 티슈를 건네주고 진료실을 나갔다. 재영의 눈에 매달려 있던 눈물은 기어이 주르르 흘러내렸다.

"재영 씨, 왜 울어요."

"가슴이 벅차서……. 살면서 이렇게 행복해보긴 처음이야. 고마워…… 고마워, 주아야."

"그렇게 좋아요?"

"물론이지! 너와 내 아기가 생겼는데."

세상을 손에 쥔 남자의 표정도 그보다는 못할 것이다. 주아는 그의 행복에 전이된 듯 행복감이 서서히 차올라 가슴이 터질 듯 부풀었다.

교수로부터 임신 초기의 주의 사항을 전해 듣고 철분제를 처방받아 병원을 나섰다. 재영은 차에 탈 때까지 주아가 누군가와 스치기라도 할까 봐 주위를 살피기에 여념이 없었다.

"저녁 먹어야지. 뭐 먹을까?"

"나 좀 피곤한데."

"그래? 그럼…… 맛있는 것도 먹고, 편하게 쉴 수 있는 데로 가자."

주아는 왠지 모르게 피곤이 몰려와 시트에 머리를 기대고 눈을 감았다. 당연히 집으로 가겠거니 했는데, 도착한 곳은 너무도 엉뚱한 곳이었다. 방긋 웃으며 차 문을 열어주는 벨보이를 멍하니 쳐다보고 있자, 재빨리 내린 재영이 그를 밀치며 손을 내밀었다.

"조심해서 내려."

"재영 씨, 호텔은 갑자기 왜……."

"집에는 먹을 게 마땅치 않아서. 여기 호텔 주방장이 음식을 꽤 잘해. 마음에 들 거야."

그에게 부축을 받아가며 프런트에서 체크인하고 룸으로 올라갔다. 처음 와본 스위트룸은 고급스러움이 곳곳에서 느껴졌다.

"뭐 먹고 싶어? 한식, 양식, 중식 다 가능해."

"지금은 별로……."

"교수님이 먹기 싫어도 먹어야 한다고 했잖아. 그러면 조금만 쉬었다가 먹자. 알았지?"

"네, 그럴게요."

재영과 함께 침대에 누운 주아는 문득 영철의 얼굴이 눈앞에 스쳐 지나갔다. 그리고 사진으로만 봤던 엄마의 얼굴이 머릿속에 떠올라 사라지질 않았다.

"우리 엄마도 날 가졌을 때, 이런 기분이었겠죠?"

"아마 그러셨겠지. 왜? 돌아가신 어머니가 보고 싶어? 아버님이라도 빨리 들어오시라고 할까?"

"아, 안 돼요! 또 충격 받으시면 어떡해요. 한국 들어오시면 제가 차분히 말씀드릴게요."

주아는 재영의 품에 파고들어 체취를 흠뻑 들이마시며 마음을 안정시켰다. 어린 나이에 부모가 된다는 것이 아직은 낯설고 부담스러웠다. 하지만 그와 함께라면 얼마든지 헤쳐 나갈 수 있을 것 같았다. 그의 부모가 그러했듯, 자신의 부모가 그러했듯, 주아도 재영과 함께 사랑으로 아이를 키워 나가리라 다짐했다.

"이사님, 회의에 참석하실 시간입니다."

"승훈이는?"

"5분 후면 도착하실 겁니다."

"그래. 올라가자."

임시 주주총회가 열린 회의실엔 문화 그룹 계열의 사장들을 비롯해 주주들이 모여 웅성거리고 있었다. 회의실로 들어선 재영은 사람들의 얼굴을 눈으로 살피며 자리에 앉았다.

"형, 뭐가 어떻게 된 거야?"

"글쎄……. 넌 언제 돌아왔냐?"

"어젯밤에. 갑자기 주총이 소집됐다고 해서 급하게 올라왔지."

태영은 약혼식 날 제이를 납치해 별장이 있는 제주도로 내려갔다. 며칠 동안 연락을 모두 차단하고 제이와 달콤한 시간을 보내던 중 별장지기를 통해 주주총회가 있다는 사실을 전해 듣고 올라온 참이었다. 그때, 앞문을 열고 정장을 갖춰 입은 희영이 도도하게 걸어와 상석에 착석했다.

"모두 주목해주십시오. 이번 주주총회는 부재중이신 회장님을 대신해 법적 대리인이신 사모님께서 주권을 행사하시겠습니다."

회의 진행을 맡은 실장이 회의장을 한 번 돌아본 다음 말을 이어갈 때 승훈이 들어와 빈자리에 앉았다.

"오늘 임시 주주총회를 소집하신 강 사장님께서 안건을 발표하시겠습니다."

"갑작스럽게 자리를 마련했음에도 불구하고 다들 참석해주셔서 감사합니다. 오늘 주총을 소집한 이유는 그동안 보류해왔던 신임 사장을 선임하기 위해섭니다."

강 사장의 이야기에 장내가 술렁였다. 어디선가 때가 됐다는 말도 들렸고, 또 어디선가 시기가 안 좋다는 말도 흘러나왔다. 그때, 희영의 목소리가 사람들의 시선을 주목시켰다.

"강 사장님, 회장님께서 병원에 누워 계시는데, 임시 주총을 소집할 만큼 차기 사장 선임이 급하다고 보시나요?"

"물론입니다. 회장님께서 안 계시기 때문에 후계 자리를 더욱 굳건히 해야 한다고 생각합니다."

"제가 듣기로 강 사장님도 누군가의 부탁을 받아 총회를 소집하셨다고 하던데. 그 사람이 누구죠?"

"누가 소집했든 중요한 건 차기 사장을 선임하는 게 시급하다는 겁니다. 전 지금까지의 전적으로 보아 문재영 이사가 사장 자리에 가장 적합하다고 보는데, 다른 분들의 의견은 어떠십니까?"

희영과 강 사장 사이에 불꽃이 튀자 몇몇 주주들이 어느 쪽으로 줄을 서야 좋을지 눈치를 살폈다. 그리고 간교하게도 주주총회를 이용해 재영의 치부를 들추려는 이도 있었다.

"항간에 떠도는 소문에 의하면, 문 이사가 꽃뱀하고 놀아나서 서정 그룹과의 약혼도 저버렸다고 하던데. 그게 사실입니까?"

최 이사는 사람들을 향해 이런 일이 있었다는 걸 떠벌리듯 말했다. 그러자 금방이라도 폭발할 것 같은 재영의 손을 태영이 슬며시 잡아주었다.

"최 이사님이 잘못 알고 계신 겁니다. 서제이 양과의 약혼은 진즉에 철회됐고, 지금은 저와 교제 중입니다. 확인되지 않은 사실을 진실인 양 발설치 말아주십시오."

태영의 발언에 희영도 최 이사도 놀란 듯 눈이 크게 떠졌다. 재영은 끓어오르는 분노를 간신히 가라앉히고 자신을 적대시하는 사람들을 한 명씩 쏘아보며 입을 열었다.

"제가 만나고 있는 여자는 얼마 전까지 신성 기업을 이끌어 오신 신영철 사장님의 따님입니다. 지금은 부도가 나서 없어진 회사지만, 신영철 사장님을 한 번이라도 만나보셨다면 아실 겁니다. 그분이 얼마나 올곧고 깨끗하신 분인지 말입니다. 그런 분의 귀한 따님에게 꽃뱀이라니요!"

서슬 퍼런 시선이 최 이사에게 꽂히자 그는 몸을 흠칫 떨며 시선을 피했다. 재영의 말에 영철을 아는 사람들은 고개를 끄덕이며 동의했고, 그를 모르는 사람은 도대체 누구냐고 묻기도 했다. 장내가 소란스러워지자 강 사장이 나서서 조용히 시켰다.

"최 이사님의 오해는 충분히 풀렸으리라 생각합니다. 다른 의견 없으시면 문재영 이사의 사장 취임 건을 투표에 부치겠습니다."

모든 사람이 암묵적으로 동의를 표하자 진행자가 투표를 시작하려고 했다. 바로 그때, 희영이 반기를 들고 나섰다.

"문재영 이사는 아직 나이가 어리고 경험이 부족합니다. 회장님께서 계신다면 몰라도 혼자서 문화 그룹을 이끌어 가기엔 무리인 것 같습니다."

"그렇다면 사모님께서는 누가 적임자라고 보십니까?"

장내를 쭉 훑어보던 희영이 태영을 한참이나 응시하더니 강 사장을 돌아보며 폭탄선언을 내뱉었다.

"제가 하죠. 회장님을 대신해 제가 사장 자리에 앉겠습니다."

순간 모두가 놀란 눈으로 희영을 바라보았다. 그녀의 말은 여러 사람에게 커다란 파문을 불러일으켰다. 그중에서도 가장 충격을 받은 건 태영과 최 이사였다.

"어머니, 지금 무슨 말씀을 하시는 거예요?"

"사모님이 직접 사장 자리에 오르겠다니. 경영에 대해 얼마나 아신다고⋯⋯."

이맛살을 찌푸린 태영과 얼굴이 파리해진 최 이사가 한마디씩 건넸다. 그러나 희영은 얼굴색 하나 변하지 않은 채 자신의 뜻을 주주들에게 전했다.

"저도 한때는 문화 그룹에 몸담았던 사람입니다. 또한, 여러 루트를 통해 회사 사정도 파악하고 있습니다. 회장님을 오랫동안 모신 사람으로서 사장직에 오를 자격은 충분하다고 보는데요."

희영의 말에 누구 하나 대꾸하지 못했다. 문 회장이 없는 지금 가장 높은 위치에 있는 것은 그녀였다. 그런 그녀가 사장 자리에 앉겠다는데 대놓고 반대할 수 있는 사람은 별로 없었다.

재영은 오히려 잘된 것 같았다. 태영은 경험도 없고 너무 어려 당장 사장 자리를 맡긴 어려웠다. 억지로 앉히려 한다면 주주들의 반발도 적지 않을 테고, 어쩌면 희영도 그 점을 염두에 두고 자신이 사장 자리에 앉아 시간을 벌 속셈인지도 몰랐다.

"김희영 여사님 의견에 동의합니다. 그러므로 전, 사장 자리를 포기하겠습니다."

"형! 형까지 왜 그래!"

재영을 사장에 앉히려던 세력들이 술렁거렸다. 희영을 내키지 않아 하던 이들도 어쩔 수 없다는 식으로 점차 의견을 모았다.

"문재영 이사님이 사장직을 포기하셨기 때문에, 김희영 여사님의 사장취임에 관한 투표를 진행하도록 하겠습니다. 주주분들께서는 각자의 의견을 말씀해주십시오."

"전 찬성합니다."

"저도 찬성합니다."

승훈을 비롯해 소수의 몇 명만이 반대의 뜻을 나타낸 가운데 투표가 막바지에 이르렀다. 그때, 회의장 문이 벌컥 열리더니 한 남자가 범접할 수 없는 아우라를 풍기며 안으로 걸어 들어왔다.

"전 반대합니다. 또한, 총회를 소집한 당사자이자 최대 주주로서 사장 후보를 다시 선정했으면 합니다."

모두의 이목이 곧게 서 있는 그에게 꽂혔다. 소스라치게 놀란 희영은 자리에서 벌떡 일어나 떨리는 입술로 속삭였다.

"회, 회장님……."

20. 새로운 출발

다들 벌어진 입을 다물지 못했다. 정혁은 회의장 내의 사람들을 쭉 훑어보더니 당당한 걸음걸이로 희영의 옆에 가서 섰다.

"여러분도 아시다시피 제가 병원에 있는 동안 문화 그룹을 이끌어간 건 문재영 이사였습니다. 그는 술렁이는 주식을 단시간에 바로잡았고, 크고 작은 프로젝트도 나무랄 데 없이 잘해냈습니다. 비록 서정 그룹과 혼담은 이루어지지 않았지만, 그만큼 사장 자리에 적합한 인물도 없다고 봅니다."

말이 끝날 새 없이 희영의 편에 선 몇 사람을 제외하곤, 다들 고개를 끄덕이며 동조했다. 희영은 입술을 질끈 깨물었다. 느닷없이 나타난 그가 모든 일을 망치려 하고 있었다. 대체 언제부터 이런 일을 계획한 건지. 몸 상태로 봐선 하루, 이틀 전에 깨어난 건 아닌 듯했다.

"회장님의 강건하신 모습을 뵈니 정말 기쁘네요. 하지만 이미 상정된 안건으로 투표를 진행 중인데, 이제 와서 특별한 사유 없이 무효처리할 순 없다고 알고 있습니다. 강 회장님, 제 말이 틀린가요?"

"⋯⋯사모님 말씀이 맞습니다."

강 사장은 무겁게 가라앉은 얼굴로 겨우 입을 뗐다. 회의장에 모인 주주들의 얼굴도 과히 밝진 않았다. 정혁이 조금만 일찍 왔다면 쉽게 끝날 투표가 이젠 결과를 예측하기 어려운 지경에 이르렀다.

"그럼 투표를 계속 진행하도록 하겠습니다."

투표는 다시 이어졌다. 그러나 찬성하는 사람은 아무도 없었다. 희영은 초반에 상당히 많은 표를 얻었음에도 불구하고 최대주주인 정혁이 반대표를 던져 불안감에 휩싸였다. 마지막 사람이 반대표를 던지며 투표가 종료되려는 시점에서 회의장 문이 또다시 활짝 열렸다.

"늦어서 죄송합니다."

거친 숨을 몰아쉬며 뒤늦게 문을 열고 뛰어든 사람은 다름 아닌 서제이였다. 그녀는 들고 온 서류 봉투를 정혁에게 내밀었다. 그러자 그가 봉투 안에 든 서류를 꺼내 사람들에게 보여주었다.

"이건 서 회장님이 제게 주권을 위임하신다는 위임장입니다. 전, 이 또한 반대표에 던지겠습니다."

이로써 투표는 막을 내렸고, 희영의 야심은 물거품이 되었다. 한 차례 폭풍이 휩쓸고 지나간 회의장엔 잠깐의 휴식시간이 주어졌다. 다들 안도의 눈빛을 주고받으며 일련의 사태에 대해 얘길 나눴다.

정혁은 자리에 앉아 주먹을 파르르 떠는 희영을 회의실 옆방으로 끌고 갔다. 평소라면 고분고분 따랐을 텐데, 속내를 들켜서 그런지 한공간에 있길 거부했다.

"이거 놔요!"

"여보, 나랑 얘기 좀 해."

"무슨 얘기요? 왜요, 나한테 실망했어요? 이혼이라도 하고 싶어요?"

"희영아……."

"그렇게 부르지 마요. 당신한테 난, 태영이 엄마 그 이상의 의미는 없잖아!"

눈을 부릅뜨고 분노를 내지르는 희영을 보며 정혁은 조용히 무릎을 꿇었다. 그러자 그녀의 말과 행동이 일순 뚝 멈추며 눈동자만 파리하게 흔들렸다.

"미안하다, 희영아. 네가 원해서 이렇게 된 것도 아닌데, 난 그것도 모르고……."

"설마…… 재영이랑 얘기할 때도 깨어 있었던 거예요?"

"당신 목소리에 희미하게 정신을 차렸어. 그러다 재영이와 하는 얘기를 듣게 됐고. 왜 지금껏 내겐 아무 말도 하지 않았지?"

"회장님이 제게 조금만 마음을 내줬어도 애길 했을 거예요. 하지만 제겐 눈길 한 번 안 주셨죠."

지난 시간이 주마등처럼 스쳐 지나가자 희영의 눈가에 이슬이 맺혔다. 껍데기만 붙잡고 살아온 세월이 얼만지. 언젠간 돌아봐주겠지, 언젠간 진심을 알아주겠지. 기대와 실망을 반복할 때마다 조금씩 얼어붙은 마음이 그녀를 독하게 만들었다. 그때, 고개를 숙인 정혁이 마치 고해성사를 하듯 지난 기억을 풀어놨다.

"당신과 있었던 일을 난 그저 실수라고 치부했어. 하지만 그날 이후 당신을 볼 때마다 몸이 반응하고, 마음이 움직이는 걸 막을 수가 없더군. 그게 날 더 미치게 했어. 집사람은 아파서 누워 있는데, 내 마음은 변해버렸으니까."

정혁은 고개를 들고 희영을 바라봤다. 평생 숨겨왔던 마음을 털어내자 답답했던 가슴이 조금은 시원해진 기분이었다.

"당신이 태영이를 가졌다고 했을 때, 난 선택을 해야만 했어. 이혼절차를 밟고 당신을 집에 들일지, 아니면 당분간 비밀로 할지. 이혼 생각을 안 한 건 아니지만…… 차마 아픈 사람을 내치지 못하겠더군. 그렇다고 당신과 태영이가 평생 손가락질 받으며 살게 하고 싶지도 않았고. 그로 인해 당신이 얼마나 고통스러웠는지 그땐 짐작도 못했지만."

희영은 새로이 알게 된 사실에 몸을 휘청대다가 소파에 주저앉았다. 그것을 본 정혁이 벌떡 일어나 그녀의 옆으로 다가갔다.

"괜찮아? 물이라도 가져다줄까?"

"정말…… 나한테 마음이 있었어요? 태영이 때문에 어쩔 수 없이 날 받아들인 게 아니라?"

"그래. 태영이가 아니었어도, 난 당신과 재혼했을 거야."

입술을 꽉 물어봐도 눈앞이 흐려지는 걸 막지 못했다. 희영은 때늦은 고백을 한 그가 원망스러웠다. 조금만 일찍 말해줬어도, 조금만 더 마음을 표현해줬어도 여기까지 오진 않았을 텐데.

"이제 와, 그런 말이 다 무슨 소용이죠? 그런다고 비참했던 내

인생이 바뀌기라도 하나요?"

"알아, 아무 소용 없다는 거. 진작 당신에게 진심을 털어놨어야 하는데…… 다 내 잘못이야."

후회의 말을 내뱉은 정혁이 끊임없이 눈물을 흘려대는 희영의 손을 포근히 감싸 쥐었다. 그리고 진심을 담아 부탁했다.

"그 사람 유언이 재영이가 사장 자리에 앉는 걸 보고 싶다는 거였어. 나 이것만 들어주면 죄책감 따위 다 떨쳐버리고 온전히 당신한테 갈 수 있을 것 같은데…… 나, 하나론 안 될까? 응? 희영아, 문화 그룹은 재영이랑 태영이한테 맡기자. 앞으론 당신만 보면서 살게. 그동안 아파한 만큼 행복하게 해줄게."

얼어붙었던 가슴이 녹아내리며 만들어진 물이 희영의 눈을 통해 쉴 새 없이 쏟아져 나왔다. 정혁은 그녀를 끌어당겨 품에 안았다. 뒤늦게 찾아온 사랑을 겉으로 드러낼 수가 없었다. 당시의 상황이, 사회적 위치가, 그의 행동을 옭아맸기 때문이다. 진작 보듬어줬어야 했는데, 괜찮은 줄만 알았던 그녀의 가슴엔 어느새 커다란 멍울이 자라고 있었나 보다.

한편, 회의장을 나온 태영은 제이와 함께 자신의 사무실로 향했다. 헤어진 지 채 하루도 되지 않았는데, 예상치 못한 곳에서 그녀를 보니 더없이 반가웠다. 태영은 사무실 문을 닫으며 곧바로 그녀의 허리를 감싸고 입술을 훔쳤다.

"그만해, 태영아. 여기 회사야."

"괜찮아. 들어올 사람도 없는데, 뭐."

부드러운 속살을 마음껏 헤집다가 간신히 입술을 떼어내고 아쉬움을 달래듯 볼에 쪽 입을 맞췄다. 그러자 입술이 닿았던 자리에 살짝 볼우물이 파이며 그녀의 흐드러진 웃음이 드러났다.

"그렇게 웃으면서 나더러 어떻게 참으라는 거야."

다시금 두 사람의 입술이 맞닿은 순간, 방 안에 노크 소리가 들렸다. 태영은 미간을 구기며 문을 뚫어버릴 기세로 노려봤다.

"누구야!"

"실장님, 문 이사님 오셨습니다."

"형이?"

문을 열고 들어선 재영은 두 사람을 보고 피식 웃으며 소파에 앉았다. 얼마나 몸이 달았으면 립스틱이 묻은 것도 모르는지, 제이는 붉어진 볼을 손으로 감싸며 재영의 앞에 앉았다.

"회의 시간 아직 남았잖아. 무슨 일이야?"

"너한텐 볼일 없고. 서제이, 어떻게 된 거야?"

"뭐가요, 오빠?"

"위임장 말이야. 서 회장님이 순순히 위임장을 넘겼을 리가 없는데."

제이는 당시의 상황이 떠올라 묵비권을 주장하듯 입을 앙다물었다. 그러나 끝까지 캐내고야 말겠다는 두 남자의 의지에 밀려 결국, 입을 열고 말았다.

"사실은 오늘 회장님께서 찾아오셔서 무릎 꿇고 사과하셨어요. 나도 아버지도 많이 놀랐는데, 당신 아들들 대신 용서를 구하신다고……. 그리고 태영이를 조금만 지켜봐달라고 하셨어요."

"그래서 위임장을 내줬다고?"

"그건 아니고, 회장님이 가지고 계시던 서정 그룹 지분 일부와 위임장을 맞바꾸셨어요. 회장님은 회의가 늦어서 먼저 가시고 같이 온 변호사가 지분을 넘겨주고 위임장을 작성했고요. 제가 대기하고 있다가 가져온 거예요."

의식을 잃고 누워 계신 줄 알았는데, 대체 언제부터 준비하신 건지. 재영은 자신이 해야 할 일을 정혁이 대신한 것 같아 미안함이 커졌다. 오랜 친구 앞에서 자존심도 버리고 무릎을 꿇는 게 쉽진 않았을 텐데.

"알았다. 나 먼저 올라갈게. 태영이는 올라오기 전에 거울 좀 보고 와라."

"거울?"

재영이 나가고 연신 고개를 갸우뚱하던 하는 태영의 입술을 제이가 티슈로 닦아주며 구시렁거렸다.

"재영 오빠는 모른 척할 거면, 끝까지 모른 척해줄 것이지."

"서제이, 언제까지 오빠, 오빠 할 거야?"

"그럼 뭐라고 그래?"

"음…… 아주버님?"

"뭐? 아휴, 야!"

농담을 던지는 태영의 가슴을 제이가 툭툭 때렸다. 그러자 태영이 재빨리 손목을 낚아채 제이를 소파에 쓰러트리고 능글맞은 미소를 지으며 입술을 맘껏 탐했다.

회의장으로 돌아온 재영은 정혁을 찾았다. 한동안 모습을 보이지 않던 그가 회의장에 들어오는 것을 발견하고 빠르게 다가갔다.

"회장님, 드릴 말씀이 있습니다."

"회의 끝나고 하자."

진이 다 빠진 듯 지쳐 보이는 그에게 재영은 미련 없이 말을 뱉었다. 회의가 시작되기 전엔 제 뜻을 확실히 알려야 했다.

"아버지, 전 이제 문화 그룹에 미련 없습니다. 사장 자리는 전문 경영인으로 대체하시고 태영이가 어느 정도 경력이 쌓이면 그때 문화 그룹을 물려주시죠."

재영은 굳은 의지를 표명했지만, 정혁은 한숨만 푹 내쉬었다. 그리고 한참이 지난 뒤 재영의 어깨에 손을 올리며 말을 꺼냈다.

"재영아, 네 엄마와의 마지막 약속을 지킬 수 있게 해다오. 네가 사장 자리에 앉고 나면 난 희영이와 외국으로 나가 살 생각이다. 너와 태영이가 힘을 합쳐 문화 그룹을 잘 이끌어줬으면 하는 바람이구나."

"아버지, 갑자기 왜……."

"너한텐 갑작스러울 수도 있겠지만, 오래전부터 생각해온 일이란다. 진즉에 가족들에겐 내 뜻을 알렸어야 했는데……. 이제는 나도 좀 자유로워지고 싶다."

한동안 병원에 있어서일까. 아니면, 그동안 착각을 하고 있었나. 누구 못지않게 팔팔하고 강직하기만 했던 그가 이제는 힘없는 노년의 신사로만 보였다. 친구들이 아버지의 어깨가 처져 보인다, 이젠 늙으신 것 같다고 해도 공감할 수 없었는데 재영은 지금에서야 그 말뜻을 이해할 수 있었다.

제가 아버지를 외면하고 산 세월이 너무 길었나 봐요. 이렇게 지치신 줄도 모르고…….

재영은 차마 그 뜻을 거부하지 못하고 묵례를 한 뒤 자신의 자리로 돌아왔다. 다시 시작된 회의는 순식간에 끝이 났다. 만장일치에 가까운 투표수로 재영이 차기 사장에 뽑혔다.

회의가 끝나고 정혁은 눈가가 붉어진 희영을 보듬으며 집으로 돌아갔다. 태영은 어수선한 틈을 타 제이와 몰래 빠져나가려다가 재영에게 딱 걸렸다.

"휴가는 오늘까지야. 내일부턴 정신없이 바쁠 테니까, 각오해."

"아, 형! 무섭게 그러지 좀 마."

"서제이, 이 바보온달은 너 하기에 달렸다. 내 말, 무슨 뜻인지 알지?"

"네, 걱정하지 마세요."

까르르 웃어대던 제이의 눈동자가 한순간 반짝 빛났다. 제이는 평강공주만큼이나 내조를 잘할 테니 그나마 다행이었다. 재영은 사람들이 모두 빠져나간 텅 빈 회의장을 둘러보았다.

비록 소박하고 평범하게 살겠다는 뜻을 꺾어야 했지만, 돌아가신 어머니의 바람은 이루어졌다. 정혁이 무겁게 짊어지고 가던 짐을 건네받고 나니, 새삼 얼마나 무거운 짐이었는지 실감 났다. 많은 주주들의 기대를 한 몸에 받는 자리, 수많은 직원의 생계를 책임져야 하는 자리. 이제는 자신이 짊어지고 가야 할 많은 것들이 머릿속에 떠올랐다.

재영은 사무실로 내려와 맡겨놓았던 휴대폰을 찾았다. 자신이 책임져야 할 많은 것들 중 으뜸이 되는 한 사람, 아니 두 사람이 너무나 보고 싶어 당장 목소리라도 들어야 할 것 같았다.

-재영 씨, 회의 끝났어요?

"응. 전화했었어?"

-네. 동우 씨가 회의 중이라고 하더라고요. 오늘 늦어요?

"아니야. 할 말도 있고, 일찍 들어갈게."

-그럼 저녁 준비해놓을게요.

"힘들게 직접 하지 말고, 이모님에게 맡겨."

-제가 하고 싶어서 그래요. 이따 봐요.

"사랑해, 주아야."

-저도 사랑해요.

전화를 끊은 재영의 입가엔 흐뭇한 미소가 사라질 줄 몰랐다. 다시 만난 이후로 그녀와 함께하는 시간은 전보다 더 소중해졌다. 한 번 잃어봤기에 그 소중함이 몇 배로 다가왔다. 요즘은 태교에 전념하는 모습이 그토록 아름다울 수가 없었다. 재영은 영철이 오면 정식으로 찾아뵙고 결혼 허락을 받기로 마음먹었다.

"재영 씨, 어서 와요."

"주아야……."

재영은 현관에 서서 반갑게 맞이하는 주아를 품에 가두고 깊게 숨을 들이쉬었다. 온종일 이 품이 어찌나 그리웠는지. 그녀를 안고 체온을 나누고, 체취를 마시자 어느새 남근이 불끈 일어섰다.

"무슨 일 있었어요?"

"그냥, 오늘따라 무척 보고 싶었거든."

"치, 오늘만?"

"아니, 매일, 매 순간 보고 싶어. 그냥 내 비서로 취직할래?"

"농담하지 마요. 어서 씻고 밥…… 읍!"

느닷없이 맞닿은 입술 사이로 말캉한 혀가 밀고 들어왔다. 주아는 못 이기는 척 받아줬지만, 몸이 번쩍 들리자 다급히 입술을 떼며 그를 제지했다.

"지금은 안 돼요! 나 오늘 닭볶음탕 만들었단 말이에요. 저녁부터 먹고요. 네?"

"알았어. 키스 한 번만 진하게 하고."

잡아먹을 듯 입안을 헤집고 다니던 혀가 멀어지며 재영의 얼굴이 눈에 들어왔다. 욕망으로 타오르는 눈빛을 애써 외면하며 바닥에 내려선 주아는 그를 욕실로 밀어 넣고 배시시 웃었다.

"어서 씻고 나와요. 우리 아기 배고프대요."

"그럼 안 되지. 초스피드로 씻고 나갈게."

매콤하고 맛깔스러워 보이는 닭볶음탕이 식탁에 오르자 재영은 평소보다 과하게 저녁을 먹었다. 주아가 직접 해서 그런지 한층 더 맛있게 느껴졌다. 재영이 설거지하는 동안 주아는 차를 끓여 거실로 가져갔다.

"음, 향기 좋은데."

"그렇죠? 아주머니가 커피 대신 마시라고 사다주셨어요."

재영은 레몬차를 호호 불어 마시는 그녀가 귀여워 머리를 쓰다듬었다. 그러자 찻잔을 내려놓은 그녀가 엷게 웃었다. 그녀의 미소를 보는 것만으로도 하체에 힘이 들어갔다. 상체를 기울이자 자연스럽게 맞닿은 입술에서 상큼한 레몬차의 맛이 느껴졌다.

그 맛이 모두 사라질 때까지 키스를 이어갔다. 그러자 그녀가 소파에 누운 채 거친 숨을 쏟아냈다. 그게 또 얼마나 색정적인지. 재영은 급하게 옷을 밀어 올리고 가슴을 지분거리다가 번쩍 안고 방으로 들어가 본격적인 애무를 퍼부었다.

"재영 씨, 윽…… 조금만, 천천히……."

온몸을 골고루 맞본 후 남근을 안으로 밀어 넣어 짜릿한 쾌감을 선사했다. 처음엔 임신 초기라 조심해서 몸을 움직였지만, 욕정에 사로잡혀 점차 거칠어졌다. 청각을 자극하는 신음과 시각을 사로잡는 여체, 발끝까지 전해지는 쾌감이 재영을 점점 무아지경에 빠져들게 했다. 그렇게 절정으로 치달은 희열은 그들을 극락의 세계로 인도했다.

"아흣, 아!"

"윽……."

단발의 신음을 끝으로 움직임을 멈춘 재영이 달콤한 키스를 남기고 주아의 몸에서 빠져나갔다. 주아는 서서히 식어가는 열기와 텅 비어버린 허전함을 그의 품에 안겨 온기로 메웠다.

"아버님 오시는 대로 결혼 허락받고 빨리 식부터 올려야겠다. 배가 더 불러오기 전에 이사도 해야겠어. 마당에 꽃도 심고, 그네도 놓고, 강아지도 한 마리 키울까?"

생각만 해도 좋은지 재영의 눈이 반짝반짝 빛났다. 주아는 저절로 올라가는 입꼬리를 느끼며 고개를 끄덕거렸다.

"그렇잖아도 아빠한테 연락 왔었는데, 내일 입국하신대요. 생각보다 일이 잘 풀렸나 봐요."

"그래? 잘됐네. 몇 시 비행기인지 알지? 같이 모시러 가자."

"오후 비행기던데. 재영 씨, 시간 괜찮겠어요?"

"중요한 날인데 없어도 내야지."

"저기, 재영 씨. 임신한 건 결혼 허락받고 말씀드렸으면 좋겠어요. 너무 놀라시지 않게요."

"네가 원하면 그렇게 할게."

재영은 가능한 한 빨리 식을 올려 가정을 꾸리고 싶었다. 사장에 취임하게 되면 당분간 시간을 내기가 어려울 터였다. 그리고 조금 있으면 배도 불러올 텐데, 그녀를 사람들의 입방아에 오르내리게 하고 싶지도 않았다.

"재영 씨 집에도 인사 가야 하는 거 아니에요? 저, 반대하시면 어쩌죠?"

"아마 반대 안 하실 거야. 아버지도 우리 다시 만난 거 아시는데 별말 없으셨어."

"그야 말씀을 못 하시니까⋯⋯."

"아, 미안. 내가 말 안 했구나. 아버지 깨어나셨어."

주아는 튕기듯 자리에서 일어나 그를 내려다보았다. 그의 얼굴은 그늘이 걷히고 한결 편안해 보였다. 깨어나시길 간절히 바랐는데, 이토록 빠르게 희소식을 소식을 듣게 될 줄은 몰랐다.

"그리고 당신, 얼마 후면 사장 사모님이 될 거야. 오늘 임시 주총이 열렸는데 사장 취임이 가결됐거든."

"재영 씨!"

연속으로 들려온 기쁜 소식에 주아는 그를 꼭 껴안았다. 그의 곁으로 돌아오며 생겼던 불안감과 미안함이 싹 가시는 듯했다.

"정말 잘됐어요. 정말⋯⋯."

눈물을 글썽거리던 주아가 그의 입술에 입을 맞췄다. 그가 왜 오자마자 키스를 했는지 알 것 같았다. 벅찬 마음을 표현하기에 키스만큼 좋은 건 없으니까. 침대에 누워 키스를 받는 그의 잇새로 옅은 신음이 새어 나왔다. 불끈 솟은 남근이 길을 열어달라며 까닥거리는 게 느껴졌다. 주아는 주저 없이 그를 몸속 깊이 받아들이고 지금의 기쁨을 함께 나눴다.

다음 날 오후, 인천 공항 입국장에 주아와 재영이 손을 잡고 나란히 서 있었다. 비행기 도착을 알리는 안내가 흘러나오고 몇 분이 지나자 게이트가 열리며 사람들이 모습을 드러냈다.

"아빠!"

영철을 발견한 주아가 소리치며 그에게 뛰어갔다. 재영은 뛰는 걸 말리고 싶었지만, 멀지 않은 거리기에 말없이 쫓아갔다.

"우리 딸, 오래 기다렸지?"

"아니에요. 일은 잘되신 거예요?"

"그럼. 아빠가 누구냐! 참, 너한테 소개해줄 사람이 있는데."

주위를 두리번거리는 영철에게 재영이 정중히 인사를 했다. 그러나 그는 뒤를 돌아보는 것으로 재영의 인사를 가볍게 무시했다.

「스티브, 여기.」

「거기 계셨군요.」

"주아야, 인사해라. 내가 투자했던 회사의 사장. 스티브 잭슨."

스티브는 이국적인 외모에 검은 머리칼, 갈색 눈동자를 지닌 30대 초반의 남자였다. 그가 방긋 웃으며 손을 내밀자 주아도 어색하게 웃으며 손을 맞잡았다. 그 순간 자연스럽게 손을 올린 그가 주아의 손등에 입을 맞췄다.

눈이 동그래진 주아의 등 뒤로 싸늘한 냉기가 흘렀다. 재영은 당장 남자의 손을 쳐내고 주아를 감싸 안고 싶었지만, 이 또한 서양의 인사이기에 이를 악물며 참아냈다.

「듣던 것보다 훨씬 미인이시군요.」

「고맙습니다.」

주아는 미인이라는 단어를 알아듣고 고맙다고 말하며 손을 빼냈다. 재영에게서 뻗어 나오는 기류가 심상치 않았기 때문이다. 그 순간 어깨에 손을 올린 영철이 옆으로 끌어당기는 바람에 스티브와의 거리가 더욱 가까워지고 말았다.

「내가 뭐랬어? 마음에 들 거라고 했잖아.」

「정말 매력적인 아가씨네요. 이제는 제가 신 사장님께 잘 보여야겠는데요.」

크게 웃는 두 사람과는 다르게 재영의 얼굴은 갈수록 일그러졌다. 영철은 마치 주아의 짝으로 스티브를 점찍었다는 뉘앙스를 풍겼다. 속이 부글부글 끓고 열이 뻗쳤지만, 할 수 있는 일은 아무것도 없었다. 스티브는 영철에게 중요한 사람이고 자칫 일을 망치기라도 하면 축복을 받으며 결혼하기는 힘들어질 게 뻔했다.

"아빠, 피곤하시죠? 재영 씨가 차 대기시켜놨어요."

일부러 재영의 존재를 인식시키자 영철은 마지못해 그를 쳐다봤다. 재영은 기회를 놓치지 않고 친절하게 설명을 덧붙였다.

"아버님께서 당분간 지내실 호텔도 잡아놨습니다. 그쪽으로 가시죠. 가서 드릴 말씀이……."

「스티브, 호텔 잡았지?」

영철은 말을 다 듣지도 않고 스티브에게 시선을 돌렸다. 그러자 스티브가 고개를 끄덕이며 공항 입구를 살피다가 비서가 손짓하는 것을 보고 말을 이었다.

「네, 차도 준비됐다고 하네요. 가시죠, 신 사장님.」

"주아야, 당분간은 호텔에서 지내고 다음 주부터 집 알아보자."

"아빠, 나는 재영 씨랑……."

"언제까지 남의 신세를 지려고. 스티브 회사가 정말 많이 성장했더라. 투자금 일부만 회수했는데도 웬만한 집은 사고도 남아. 그러니까 넌 아무 걱정 하지 마."

앞서 걸으며 팔을 당기는 영철로 인해 주아는 속절없이 끌려갈 판이었다. 영철이 무슨 마음을 먹은 건지 가늠할 수 없지만, 돌아가는 상황에 속이 바짝 타들어갔다.

"나 갈아입을 옷도 없어요. 가서 짐이라도 챙겨 올게요."

"그동안 변변찮은 옷도 못 사줬는데, 이참에 아빠가 옷도 좀 사줄게. 짐은 나중에 챙겨 오고."

"우리 주아 돌봐줘서 고마웠네. 내 사례는 충분히 하지."

"아버님!"

사례한다는 말에 재영은 피가 끓었다. 당장 임신 사실을 알리고 주아를 데려오고 싶지만, 안절부절못하는 그녀의 부탁이 떠올라 목구멍까지 올라온 말을 내리눌렀다.

영철이 뒷좌석의 문을 열어 주아를 태우고 본인도 옆에 앉았다. 재영은 주아를 끌어내고 싶은 생각이 간절했지만, 꾹 참았다.

"재영 씨, 미안해요."

"난 괜찮아. 아버님, 내일 정식으로 찾아뵙겠습니다."

「스티브, 그만 가지.」

영철의 말이 떨어질 새 없이 차는 공항을 빠져나갔다. 재영은 주아를 쳐다보던 스티브의 능글맞은 눈빛이 떠올라 자리를 뜨지 못했다. 누구든 그녀에게 허튼짓하면 가만있지 않을 것이다. 아무리 그녀의 아버지라도 그녀를 빼앗아가는 건 용납할 수 없었다. 재영은 휴대폰을 꺼내 들고 동우에게 전화를 걸었다.

-네, 이사님.

"오늘 신영철 사장님과 같이 입국한 스티브 잭슨에 대해 알아봐. 미국에서 무슨 사업을 하는지, 여자관계는 어떤지 하나도 빠짐없이 조사해. 가능한 한 빨리."

재영은 영철에게 뒤통수를 제대로 맞은 것 같았다. 주아를 맡기고 가기에 일말의 기대를 품었는데. 사업 파트너를 데려와 그녀에게 소개할 줄은 미처 예상치 못했다. 이럴 때일수록 차분하게 마음을 가라앉히고 생각을 해야 한다. 어차피 처음부터 난관은 예상했던 거고, 첫 난관에 부딪혔을 뿐이다. 재영은 이번 난관이 처음이자 마지막이 될 것이라 여기며 차로 걸어갔다.

공항을 벗어나자마자 주아는 앞에 앉은 두 사람의 눈치를 살폈다. 둘 다 영어만 사용하는 걸로 봐선 한국어를 전혀 모르는 듯했다. 주아는 영철을 향해 돌아앉으며 편하게 말을 꺼냈다.

"아빠, 재영 씨한테 왜 그래?"

"왜? 네가 좋아하는 남자 무시하니까 기분 나쁘니?"

"그럼 좋겠어? 내가 얼마나 재영 씨 좋아하는지 아빠도 알잖아. 인사도 안 받아주고……."

"넌 잠자코 보고만 있어. 아빠가 확인할 게 있어서 그러니까."

영철은 의미심장한 미소를 지었다. 주아는 공항에 혼자 남겨진 그가 걱정스러웠다. 지금쯤 얼마나 뒤숭숭할까. 차라리 임신했다고 다 말해버려? 그러나 미소를 되찾은 영철을 보자 차마 말이 나오지 않아 다른 것을 물었다.

"미국에 갔던 건 어떻게 됐어요?"

그는 활기 넘치는 목소리로 그동안의 얘기를 들려주었다. 스티브는 전자제품을 취급했는데, 한국에 지사를 두고 관리하길 원했다. 영철을 본사로 불러들인 이유도 사업을 속속들이 보여주고 앞으로의 계획을 설명하기 위해서였다.

"그럼 아빠가 한국 지사에서 일하게 된 거야?"

"스티브가 한국 지사 사장 자리를 제안했어. 이 나이에 새 사업을 하는 게 부담스럽긴 하지만, 한번 해볼까 해."

"잘 생각했어요. 아빠는 일할 때가 제일 빛이 나."

주아는 어린아이처럼 영철의 품에 안겨 행복한 미소를 지었다. 그 모습을 룸미러를 통해 지켜보던 스티브가 불쑥 입을 열었다.

「신 사장님, 당신 딸 볼수록 마음에 드는데, 내가 진심으로 대시해도 되겠어요?」

「아까 옆에 있던 남자 봤지? 그 남자가 한국에서 제일가는 회사 후계자야. 한국에서 사업하려면 그런 사람과 친해지는 게 좋을 텐데. 적으로 돌려도 괜찮겠어?」

「이건 지극히 개인적인 일인데.」

「뭐, 원하는 대로 하라고. 하지만 내 딸 마음을 돌리긴 쉽지 않을 거야. 난 분명히 경고했어.」

스티브가 뒤돌아보며 눈웃음을 치더니 이내 바로 앉았다. 주아는 느끼한 표정에 몸서리를 치며 창밖으로 시선을 돌렸다. 이제 막

떨어졌는데 왜 이렇게 허전해지고 보고 싶은지. 오늘 밤은 왠지 길고 지루한 시간이 될 것만 같은 막연한 예감이 들었다.

21. 미래를 향한 도약

재영은 서울 시내 한 호텔 앞에 서서 크게 숨을 들이켰다. 한 손에는 과일바구니를 들고 다른 손에는 꽃다발을 든 채 높은 건물을 올려다보았다.

신주아, 오늘은 기필코 너를 집으로 데려갈 거다.

공항에서 헤어진 다음 날, 약속대로 호텔에 찾아갔었다. 하지만 재영을 맞이한 사람은 아무도 없었다. 일부러 퇴짜를 놓은 건지, 정말 쇼핑 시간에 우연히 맞춰 간 건지는 하늘만이 알 것이다. 그 후로도 며칠간 주아를 통해 시간 약속을 잡고 만나러 갔었다. 그러나 그때마다 영철에게 일이 생겨 만남은 어그러졌다. 재영은 날이 갈수록 회사 일도 손에 잡히지 않고 신경만 날카로워졌다.

주아를 향한 그리움은 날로 더해만 갔다. 호텔에 찾아가도 얼굴만 잠시 볼 뿐, 감시자처럼 붙어 있는 비서 때문에 아무것도 할 수 없었다. 긴긴밤 재영은 10대 청소년처럼 전화기에 매달려 주아와 대화를 나눴다. 목소리에 담긴 표정이 눈앞에 어른거릴 때면 애틋함에 가슴이 저렸다. 이제 영철의 허락만 남았는데 이다지도 애간장을 태우는지. 집 안에 들어서면 그녀가 사용하던 물건들이 사방에 놓여 있어 외로움은 극에 달했다.

생각다 못해 주아에게도 연락하지 않고 불쑥 호텔을 찾았다. 퇴근 시간도 지났으니 만날 수 있지 않을까 하는 희망을 걸어봤다. 룸으로 올라간 재영은 어떻게든 허락을 받아낼 각오를 다지며 벨을 눌렀다. 그런데 예상치 못한 사람이 문을 열어줬다.

「당신이 왜 이 방에 있지?」

「아! 주아 씨랑 같이 있던 남자 맞죠? 우린 지금 저녁 먹으러 가려던 참이었어요.」

스티브가 생글생글 웃으며 안으로 들어오라고 했다. 원피스를 곱게 차려입고 소파에 앉아 있던 주아는 낯익은 목소리에 서둘러 문으로 다가갔다.

"재영 씨! 온다는 얘기 없었잖아요?"

"퇴근하는 길에 보고 싶어서 들렀어. 이거."

색색의 꽃이 한데 어우러진 꽃다발은 화사하고 아름다웠다. 주아는 꽃향기를 한껏 들이켜고 꽃보다 더 흐드러지게 미소 지었다.

"정말 예뻐요. 고마워요."

"주아야, 누가 왔니?"

"아빠, 재영 씨 왔어요. 재영 씨, 저녁 전이죠? 우리랑 같이 가서 먹어요. 아빠, 괜찮죠?"

문 앞으로 걸어온 영철은 주아의 말을 별다른 대꾸 없이 스티브와 룸을 나섰다. 주아는 재영의 팔짱을 끼고 그들을 뒤따랐다.

호텔 최상부에 위치한 레스토랑은 커다란 창 너머로 야경이 아름답게 펼쳐져 있었다. 창가 자리로 안내한 웨이터가 주아의 의자를 빼주었다. 재영이 주아의 옆으로 다가서자 영철이 헛기침을 하며 옆자리를 꿰차고 앉았다. 이미 주아의 앞자리는 스티브가 앉아버렸기에 재영은 영철과 마주 보고 앉을 수밖에 없었다.

"재영 씨, 오늘……."

「스티브, 오늘 가본 곳은 어때? 회사들이 밀집해 있어서 괜찮을 것 같은데.」

「나쁘지 않았어요. 내일 한 군데만 더 가보고 결정하려고요.」

주아의 말은 영철과 스티브의 대화로 차단되어버렸다. 불만을 표시하며 입술을 삐죽 내미는 모습에 스티브가 작게 웃었다.

「주아 씨는 정말 귀여운 구석이 많네요.」

「내 딸이지만 귀엽고 싹싹하고 어디 내놔도 안 빠지지. 학교 다닐 때도 남자애들이 곧잘 집 앞에 찾아오곤 했어. 내가 주아 모르게 다 쫓아버렸지만.」

「그럼 연애를 어떻게 해요? 설마, 저까지 쫓아버리실 건 아니죠?」

「자네까지 쫓아버릴 수야 없지.」

두 사람은 크게 웃으며 농담인지 진담인지 모를 말을 나눴다. 재영은 고개를 돌려 스티브를 쳐다봤다. 자신의 여자를 탐내는 놈은 가만두지 않겠다는 듯 매서운 눈동자에 살기가 가득했다.

대화가 끊긴 사이 수프를 시작으로 음식들이 나왔다. 주아는 여전히 음식을 깨작대기만 할 뿐 제대로 먹지 못했다. 웨이터가 메인 요리와 함께 와인을 들고 왔다. 스티브는 병을 집어 자연스럽게 주아의 잔에 먼저 따랐다.

「이거 향이 참 좋아요. 한번 먹어봐요.」

스티브가 잔을 내밀며 마셔보길 권했다. 그 순간 재영의 얼굴은 확 구겨졌고, 주아는 난감함에 손을 저었다.

"전 술을 잘 못해서……."

「고기랑 같이 먹으면 괜찮을 텐데. 한 잔만 받아요.」

「이봐, 적당히 하지. 주아가 싫다는데 자꾸 권하는 건 예의가 아니잖아.」

「미안해요, 주아 씨. 제가 실수했네요.」

재영의 날선 말투에 스티브는 어색하게 웃으며 냉큼 사과했다. 무심히 지켜보던 영철은 아무도 모르게 픽 웃었다. 식사하는 동안 짤막한 대화들이 오고 갔지만, 굳어진 분위기는 풀리지 않았다. 속이 답답해진 주아는 포크를 내려놓고 자리에서 일어났다.

"잠깐 화장실 좀 다녀올게요."

주아가 사라지고 얼마 후 재영도 전화가 왔다며 양해를 구하고 자리를 떴다. 그가 완전히 모습을 감추고 나자 스티브는 손에 밴 땀을 닦으며 한숨을 내쉬었다.

「저 이러다 체하지 않으면 다행이겠어요. 눈빛이 어찌나 살벌한지. 주아 씨한테 데이트라도 신청했다간 살아 돌아가기 힘들겠는데요.」

「우리 주아 마음에 든다며. 벌써 포기하는 거야?」

「아무리 주아 씨가 마음에 들어도 지금 저한텐 목숨이 더 소중하다고요.」

두 손을 번쩍 들고 도리질치는 스티브를 보며 영철은 호탕한 웃음을 터트렸다. 미국에서 통화할 때마다 주아가 너무 빠져버린 게 아닌가 싶었다. 아직은 어린 나이라 좀 떨어트려 놓고 지켜볼 요량으로 무작정 호텔로 데려왔다. 그리고 스티브를 이용해 마음을 떠봤는데, 죽고 못 사는 건 주아뿐만이 아닌 듯했다.

매일 밤 소곤소곤 들려오는 목소리에서 애타는 마음이 고스란히 전해졌다. 한창 연애하던 시절 아내와 전화하던 때가 떠올라 절로 입가에 미소가 그려졌다. 재영은 경영자로 키워져서 그런지 때와 장소를 가릴 줄 알고, 상황에 따라 적당히 참을 줄도 알았다. 그러면서도 결정적인 순간 발톱을 드러내는 게 마음에 들었다. 특히, 세상 물정 모르는 주아에겐 딱 어울리는 상대였다. 영철은 그만 허락해줄까, 고민하며 남은 스테이크를 마저 먹었다.

화장실에 갔던 주아는 손을 씻고 밖으로 나오다가 재영에게 붙잡혀 그대로 끌려갔다. 그는 레스토랑의 구조를 잘 알고 있는 사람처럼 어떤 문을 열고 안으로 밀어 넣었다. 그렇게 들어선 곳은 직원용 탈의실이었다. 문을 걸어 잠근 그가 벽에 몰아넣더니 다급히 입술을 겹쳤다.

입안을 침입해 들어간 재영은 혀끝에 닿은 부드러운 감촉에 온몸이 들끓었다. 이거론 부족하다고, 좀 더 커다란 쾌감을 달라고 아우성을 쳐댔다. 재영은 얼굴을 감쌌던 손을 내려 가슴을 움켜쥐었다. 그러자 주아가 파르르 떨며 매달려왔다. 도대체 며칠이나 참은 건지. 당장 옷을 벗기고 파고들고 싶지만, 오래 있을 순 없어 억지로 입술을 떼어냈다.

"아까부터 키스하고 싶어서 죽는 줄 알았어."

"저도요."

"오늘은 무슨 일이 있어도 집으로 데려갈 거야."

"아빠가 보내줄까요?"

"안 보내주시면 나도 호텔에 있지, 뭐."

재영은 피식 웃으며 다시금 입을 맞췄다. 하지만 달콤한 입맞춤은 오래가지 못했다. 누군가 손잡이를 달그락거리더니 열쇠를 찾으러 갔기 때문이다. 두 사람은 탈의실에서 몰래 빠져나와 아무 일도 없었던 것처럼 시차를 두고 자리로 돌아갔다.

스테이크를 잘라놓고도 몇 조각 못 먹은 주아가 그나마 후식으로 나온 케이크는 맛있게 먹었다. 사랑스러운 그녀를 흐뭇하게 바라보던 재영이 마음을 굳게 먹고 입을 열었다.

"아버님, 말씀드릴 게 있습니다."

"무슨 말인지 몰라도 룸에 가서 하지. 내가 좀 피곤해서 말이야."

영철을 선두로 다들 자리에서 일어났다. 스티브는 자신의 방으로 돌아가고 영철은 소파에 앉아 신문을 뒤적거렸다. 맞은편에 앉아 있던 주아는 영철이 재영을 쳐다볼 생각도 안 하자 그를 불렀다.

"아빠."

"그래, 할 말이 있다고?"

"아버님, 주아와 결혼하고 싶습니다."

단도직입적인 말에 영철은 한동안 말없이 재영을 쳐다보았다. 정적이 내려앉은 거실은 침 삼키는 소리까지 들릴 것 같았다. 그때, 영철이 침묵을 깨고 입을 열었다.

"만난 지 얼마 안 된 걸로 아는데. 결혼 애기가 오가긴 너무 이른 거 아닌가?"

"만난 지 몇 달 안 된 건 사실입니다. 하지만 몇 년이 지난다 한들 바뀔 마음이 아니기에 말씀드리는 겁니다."

"주아는 아직 나이도 어리고 졸업도 해야 하는데, 너무 성급한 것 같군."

영철이 애기 끝났다는 듯 다시 신문을 집어 들자 재영이 소파에서 일어나 바닥에 무릎을 꿇고 앉았다. 그러자 영철은 눈썹을 실룩거렸고, 주아는 놀라 벌어진 입을 손으로 가렸다.

"주아를 사랑합니다. 누구보다 행복하게 해줄 자신 있습니다. 곱게 키우신 딸 보낸다고 생각하지 마시고, 든든한 아들 하나 얻는다고 생각해주시면 안 되겠습니까?"

"자네 집에서 들으면 기함할 소리를 하는군. 내 뜻은 변함없네. 만나는 걸 말리진 않을 테니, 당분간은……."

"나 아기 가졌어요!"

보다 못한 주아가 꾹꾹 눌러 참던 말을 버럭 내질렀다. 그러자 두 남자의 시선이 주아에게 꽂혔다. 영철은 뭔가 말을 하려고 입을 달싹거렸지만, 너무 놀란 나머지 말이 되어 나오지 않았다.

"아빠, 죄송해요. 그런데 저, 재영 씨 없으면 안 돼요. 이렇게 떨어져 지내는 것도 너무 힘들다고요. 제발 허락해주세요."

주아가 눈물을 흘리며 바닥에 무릎 꿇고 앉으려 하자 재영이 벌떡 일어나 다시 소파에 앉혔다. 그리고 가늘게 떠는 몸을 감싸 안으며 진정시켰다.

"주아야, 괜찮아. 내가 말씀드릴게. 들어가서 좀 쉬자."

"재영 씨, 저만 두고 가지 않을 거죠?"

"그래. 약속할게."

주아를 방으로 데려간 재영은 침대에 눕히고 이불까지 잘 덮어주었다. 불안한 듯 손을 꼭 잡아오자 그녀의 손등과 이마에 번갈아입을 맞추고 방을 나섰다. 거실로 나와 보니 영철은 그사이 안정을 되찾은 듯 실없는 웃음을 흘렸다.

"딸자식 키워봐야 소용없다더니. 제 엄마랑 하는 짓이 똑같네."

"아버님, 죄송합니다."

"됐네, 이 사람아. 그나저나 자네 집에서도 알고 계시나?"

"아직 임신한 건 모르고 계십니다. 먼저 아버님께 허락받는 게순서인 것 같아서요."

"애까지 가졌다는데 반대해서 뭐하겠나. 처음부터 반대할 생각도 없었고. 그저, 조금만 더 곁에 두고 싶었는데……."

서운함이 묻어나는 목소리에 재영은 갈등을 했다. 주아와 함께있고 싶은 마음은 그도 매한가지일 텐데, 집으로 데려가려니 양심에 걸렸다. 그러나 이내 생각을 달리했다. 그녀는 홀몸이 아닌 임산부다. 임신초기엔 무엇보다 산모의 안정을 우선시돼야 했다.

"서운하시지 않게 자주 찾아뵙겠습니다."

"배불러 오기 전에 결혼을 서둘러야 할 테니, 조만간 인사드리고 날 잡지."

"네, 아버님. 정말 감사합니다."

벅찬 마음을 담아 인사를 전하자 영철이 재영의 어깨를 토닥거려주었다. 그 작은 손짓 하나가 사위로서 인정받은 듯한 기분을 들게 했다. 영철은 좀 쉬어야겠다며 방으로 들어갔다. 며칠간 머리를 싸매게 했던 고민이 아이로 인해 단번에 해결되었다. 사랑스러운 그녀와 평생을 함께할 날이 이제 머지않은 것이다.

재영은 주아가 누워 있는 방문을 조심스럽게 열고 안으로 들어갔다. 마음이 여린 그녀는 눈을 꼭 감은 채 이불을 끌어안고 있었다. 재영은 침대에 걸터앉아 주아의 머리카락을 귀 뒤로 넘겨주었다. 그러자 손길을 느낀 주아가 몸을 틀며 눈을 떴다.

"재영 씨……. 어떻게 됐어요? 아빠는 괜찮은 거죠?"

"생각보다 담담히 받아들이셨어. 조만간 상견례하고 날 잡기로 했고."

"다행이다."

주아는 안도의 한숨을 내쉬었다. 며칠 동안 제대로 먹지도, 자지도 못해 신경이 극도로 날카로웠다. 그런데 그가 무릎까지 꿇고 허락을 구하는데도 강경하게 나오자 감정이 격해져 말을 쏟아내고 말았다. 곧바로 후회했지만, 다행히 잘 넘어간 듯싶었다.

"아버님께서는 주아를 좀 더 곁에 두고 싶으셨나 봐. 우리가 결혼하고 나면 혼자가 되시니까."

"아…… 거기까진 미처 생각하지 못했어요."

"적적하시지 않게 자주 찾아봬야겠어. 집도 가까운데 마련하고."

그의 마음 씀씀이가 고마워 주아는 눈물이 나려 했다. 나이는 못 속이는 건지, 철없는 자신에 비해 그는 주변인의 마음을 헤아릴 줄 알았다. 영철이 혼수상태에 빠져 있을 땐 자신만 두고 가지 말라며 그렇게 애원해놓고, 이제는 언제든 볼 수 있다고 나 몰라라 한 격이다. 주아는 자신의 행동을 책망하며 결혼 전까지 영철과 많은 시간을 보내기로 마음먹었다.

낙엽이 곱게 물들기 시작한 어느 날, 유명 한정식당에서 상견례가 이루어졌다. 두 집안이 만나 결혼에 관한 소소한 의견을 나누었다. 결혼식은 제주도에 있는 별장에서 가까운 지인들만 모시고 단출하게 진행하기로 했다. 신혼여행은 유럽으로 가고 싶었지만, 가까운 일본에서 며칠 지내는 것으로 합의를 봤다. 임신 초기에 무리한 비행은 피해야 하고, 재영도 취임 준비로 분주해 오랫동안 시간빼기가 힘든 상황이었다.

늦은 점심 후, 주아가 소파에 앉아 웨딩잡지를 훑어보고 있을때 초인종이 울렸다. 몸을 일으키는 찰나 전화가 걸려왔다.

"제가 나가볼게요."

아주머니가 현관으로 향하는 것을 보며 주아는 전화를 받았다.

"네, 재영 씨."

-뭐 해? 점심은 먹었고?

"점심 먹고, 과일 먹는 중이에요."

-혹시, 집에 누구 안 왔어?

"누구요?"

질문을 내뱉는 순간 한 여자가 아주머니와 같이 거실로 들어와 공손하게 허리를 숙였다. 주아는 얼떨결에 자리에서 일어나 인사를 받았다. 아는 사람인가 하고 기억을 더듬어봤지만, 아무리 뜯어봐도 모르는 얼굴이었다.

"누구세요?"

-서 비서, 도착했나 보군.

"네?"

질문은 앞에 있는 여자에게 했는데 대답은 전화기에서 흘러나왔다. 그녀는 자신을 위해 고용한 사람이라고 했다. 앞으로 결혼식 준비를 비롯해 자신을 곁에서 보필할 비서라는 것이다. 좀 당황스럽긴 했지만, 혼자서 결혼준비를 하긴 벅찬 상황이라 순순히 받아들였다.

"일단 앉으세요."

"네, 사모님."

차를 가져온 아주머니가 주방으로 사라지고 나자 주아는 본격적으로 질문을 던졌다. 그녀는 고등학교 때까지 태권도 유망주였는데 안타깝게도 교통사고를 당해 국가대표의 꿈을 접었다고 한다. 그 후 한동안 방황하다가 지인의 권유로 비서학과를 가게 됐고, 꽤 유명한 사장님을 몇 년간 곁에서 모셨다는 것이다.

"그런데 왜 그만두신 거예요?"

"죄송합니다. 전에 모시던 분과 연관된 일이라 말씀드리기가……."

삽시간에 얼굴이 굳어지고 손을 파르르 떠는 게 심상치 않았다. 큰 키에 예쁘장한 얼굴을 한 그녀가 나이 든 사장의 눈에 어떻게 보였을지는 불 보듯 뻔한 일이었다. 주아는 더 캐묻지 않고 그녀의 손을 덥석 잡았다.

"앞으로 잘 부탁해요. 지금 임신 중인 데다가 혼자 결혼준비도 해야 해서 이만저만 난감한 게 아니었거든요. 서 비서님이 언니처럼 절 좀 챙겨주세요."

"물론입니다, 사모님. 저만 믿으세요."

두 사람은 나이 차이도 얼마 나지 않아 금세 친해졌다. 결혼준비 또한 순조롭게 진행됐다. 간혹 희영이 집으로 부를 때면 같이 점심을 먹고 아껴둔 보석이며 장신구들을 건네주었다. 그녀는 미국을 오가며 새로운 인생을 준비 중이었다. 정혁이 명예회장직으로 물러나고 외국에서 몇 년간 살기로 해서 준비할 게 많은 듯했다.

희영을 만나고 집으로 돌아온 주아는 차에서 내릴 새 없이 손목이 잡히는 바람에 놀라 소리를 질렀다. 그러자 운전석에 있던 서 비서가 총알같이 튀어나왔다. 손목을 잡은 사람은 다름 아닌 재영이었다. 그는 함박웃음을 지으며 서 비서의 대응에 만족감을 드러냈다.

"언제부터 기다린 거예요? 전화하지 않고요."

"방금 왔어. 나랑 갈 데가 있는데. 서 비서는 그만 퇴근해도 돼."

"네, 사장님. 사모님, 내일 뵙겠습니다."

서 비서가 인사를 하고 뚜벅뚜벅 걸어가자 어느새 동우의 눈길이 따라붙었다. 그는 운전할 생각도 않고 서 비서의 뒷모습만 멍하니 바라보았다.

"왜? 너도 퇴근시켜줘?"

"아, 아닙니다, 사장님."

"조급하게 생각하지 말고 운전이나 해."

"네."

귀가 붉어진 동우는 멋쩍은 미소를 지으며 운전석에 올랐다. 재영이 사장에 임명되고 나자 동우도 덩달아 직급이 올라갔다. 그리고 수행비서로서 항시 함께 다니며 스케줄을 소화했다. 평소엔 기사가 운전하지만, 개인적인 스케줄은 동우만을 대동하고 다녔기에 지금도 운전은 그의 몫이었다.

"우리 어디 가는 거예요?"

"도착하면 알게 될 거야."

재영은 목적지를 말하지 않고 미소만 지었다. 뭘 계획했는지 몰라도 그의 웃는 얼굴을 보니 주아는 덩달아 기분이 좋아졌다. 차는 30여 분을 달려 한적한 도로로 들어섰다. 독특한 디자인의 집들이 웅장한 벽에 가려져 있는 고급 주택가였다. 서서히 속도를 줄인 차가 멈춰 서자 재영이 먼저 차에서 내려 손을 내밀었다.

주아는 그의 손을 잡고 차에서 내린 뒤 커다란 철재 대문 안으로 들어섰다. 본가와 비슷한 느낌이 드는 집이었지만, 그보단 아담하고 세련된 느낌이 물씬 풍겼다. 나선으로 된 돌계단을 몇 개 오르자 잔디가 넓게 펼쳐져 있었다.

"아이들이 뛰놀려면 정원이 넓어야 할 것 같아서."

"재영 씨, 여기 우리 집이에요?"

"응. 오늘 계약했어. 집 안은 둘러보고 원하는 대로 바꾸면 돼."

해가 지기 시작한 정원엔 온갖 꽃들이 활짝 피어 있었다. 드문드문 심어진 나무는 여러 색의 잎을 띠며 가을이 곁에 있음을 알려주었다. 커다란 창과 어울리는 흰색 벽이 노을을 품은 듯 아름다운 색으로 변해갔다.

주아는 감격에 겨워 집을 쭉 훑어보았다. 그와 가족이 되어 새로 시작하게 될 집. 우리만의 보금자리가 되어 아름다운 추억을 만들어 갈 집. 이곳에서 펼쳐질 미래가 너무나 기다려졌다.

재영의 손에 이끌려 집 안으로 들어가자 넓은 거실이 보였다.

그는 집 안 곳곳을 돌아다니며 어떤 용도로 사용하면 좋을지 의견을 묻고 자기 생각도 말했다.

"여긴 서재로 쓰면 어떨까?"

"주방과 떨어져 있으니까, 서재로 써도 괜찮을 것 같아요."

"이리 와봐. 이쪽에 아이 놀이방 할 만한 곳도 있어."

그가 문을 열고 설명을 하자 귀여운 아이와 함께 노는 모습이 머릿속에 그려졌다. 주아는 환하게 웃으며 고개를 끄덕였다.

"2층에도 올라가 보자."

2층엔 작은 거실과 여러 개의 방이 있었다. 그중 드레스 룸이 딸려 있는 가장 큰 방을 침실로 쓰고 옆에 붙어 있는 방을 아이 방으로 만들기로 했다. 재영이 주아의 손을 잡고 복도 끝에 위치한 방으로 데리고 갔다. 그곳엔 커다란 창이 열려 있어 하얀색 커튼이 휘날리고 있었다.

"이곳은 네 화실로 쓰면 좋을 것 같아."

"화실이요?"

"그래. 서양화 전공이라며? 아무 때나 그리고 싶을 때 그려. 필요한 건 내가 다 준비해줄게."

"고마워요, 재영 씨."

이제는 그림에서 손을 놔야 되나 했는데 뜻밖에 커다란 선물을 받은 것 같았다. 재영이 그렁그렁 차오른 주아의 눈망울을 손끝으로 쓸어내며 이마에 입을 맞추었다.

"아직 감격하긴 이른데."

"네?"

"따라와 봐."

다시 1층으로 내려간 그는 어느 방문 앞에 서서 활짝 웃더니 문을 열었다. 그러자 놀이방만큼 커다란 방이 나왔다.

"여긴 아버님 방이야. 우리 결혼하면 아버님 모시고 살자."

"재, 재영 씨……."

예상치 못한 말에 눈물이 터진 주아가 그의 품에 안겨 소리 내울었다. 결혼이 하루하루 다가올수록 혼자 남을 영철이 눈에 밟혀마냥 좋지만은 않았다. 그것을 어떻게 알고 그가 먼저 모시고 살자는 제안을 해온 것이다. 주아는 눈물을 뚝뚝 흘리면서도 그의 목을 끌어안고 입을 맞췄다.

이렇게 배려심 많은 남자가 내 남편이라니. 이렇게 완벽한 남자가 내 사랑이라니.

달콤하게 뒤섞인 혀가 그들을 쾌락의 세계로 안내했다. 재영은 뽀얀 허벅지를 타고 올라가 팬티를 밀치고 앙증맞게 톡 튀어나온 곳을 손가락으로 사정없이 문질렀다. 그러자 주아가 입술을 떼어내며 고개를 뒤로 젖히고 신음을 내뱉었다. 그는 목덜미에 입을 맞추다가 원피스 지퍼를 약간 내려 가슴을 드러내고 입에 담았다.

노련한 혀 놀림에 정점이 곤두서자 그의 손이 동굴 속을 파고들었다. 주아는 밀려오는 쾌감에 흐느끼다가 재영의 허리 버클을 급하게 끌렀다. 곧 두 사람의 몸은 하나로 합쳐져 춤을 추듯 리듬을 타기 시작했다. 주아는 그와 사랑을 나누며 행복감이 극에 달해 눈물이 또르르 굴러떨어졌다.

비행기를 타고 하루 먼저 제주도에 도착한 주아는 재영과 호텔에 머물며 행복한 시간을 보냈다. 유명한 디자이너와 상의해 인테리어를 마친 집에는 희영이 보내준 가구와 전자제품이 자리를 채웠다.

상견례를 마친 뒤 그녀는 예단이고 혼수고 일절 하지 말라는 엄명이 내렸었다. 그렇다고 가만있을 순 없어 적당한 선에서 알아보고 다녔는데, 선물이라며 모든 것을 마련해준 것이다.

"친구도 오늘 온다고 하지 않았어?"

"네. 오면 전화하기로 했는데."

양반은 못되는지 말이 끝날 새 없이 휴대폰의 벨이 울렸다. 주아는 쿡쿡 웃으며 통화 버튼을 눌렀다.

-주아야, 나 공항에 도착했어.

"그래? 차는 렌트했니? 아니면 우리가 데리러 갈게."

-민석 오빠가 미리 예약해놨더라고.

"민석 씨가 언제부터 오빠가 됐니?"

-선배 소리 듣기 싫다고 하도 난리를 쳐서……

"그랬구나. 알았어. 이따 보자."

주아는 전화를 끊고 참았던 웃음을 터트렸다. 언제는 선배 이외에 호칭은 닭살 돋아서 절대 못하겠다고 하더니. 이제는 오빠 소리를 잘만 했다. 역시 사랑에 빠지면 못할 게 없는 것 같다.

정확히 20분 만에 호텔에 도착한 그들은 숙소에 짐을 풀고 로비로 내려왔다. 가까운 바닷가를 거닐고 유명한 식당에 들어가 저녁을 먹으며 더블데이트를 즐겼다. 주아는 오랜만에 얼큰한 매운탕에 밥을 배불리 먹었다. 그러자 곁에서 수발을 들던 재영의 기분까지 덩달아 좋아 보였다.

"보람아, 내일 부케 받는 거 잊지 않았지?"

"그렇잖아도 부케 받는다니까, 다들 6개월 안에 시집가야 한다더라."

"가면 되잖아. 혼자도 아닌데 뭐가 걱정이야."

"나 이제 막 인턴생활 시작했잖아."

"6개월 안에 날만 잡으면 되는 거 아닌가?"

던지듯 툭 내뱉은 민석의 말에 주아도 보람도 놀라 눈이 커졌다. 그런데 정작 말을 꺼낸 당사자는 아무 일도 없는 것처럼 재영과 술잔을 주고받으며 대화를 이어갔다.

"너, 조만간 청혼 받겠다."

주아는 입가를 가리고 보람만 들릴 정도로 작게 속삭였다. 그러자 그녀의 얼굴이 잘 익은 토마토처럼 붉어졌다. 화기애애한 분위기 속에서 식당을 나선 그들은 호텔로 돌아와 각자의 방으로 들어갔다. 주아는 자신 못지않게 보람이 행복해 보여서 흐뭇한 미소가 절로 지어졌다.

다음 날 오전, 주아는 커다란 거울 앞에 앉아 여러 사람의 손길을 받았다. 서 비서는 일정에 차질이 없는지 살피며 잔심부름을 도맡아 했다. 메이크업과 헤어가 완성되자 서 비서가 전복죽을 들고 들어왔다. 아침을 조금밖에 안 먹었더니 재영이 식전에 죽이라도 꼭 먹으라고 했기 때문이다.

입안이 까칠했지만, 아기를 생각해서 죽을 말끔히 비웠다. 옷을 갈아입고 거울을 보니 순백의 드레스가 눈부시게 아름다웠다. 이제야 비로소 결혼한다는 게 피부로 와 닿았다. 심플하면서도 우아한 드레스는 주아가 떨쳐버리지 못했던 지난 일들을 하얗게 탈색

시켜 백지로 돌려놓았다.

자리에 앉아 드레스를 손보고 있을 때 노크 소리와 함께 문이 열렸다. 안으로 들어온 사람은 전혀 예상치 못한 인물이었다.

"여긴 어떻게……. 설마, 아직도 재영 씨한테 미련이 남아서 찾아왔나요?"

"재영 오빠가 잘난 남자긴 하지만 틀렸어요. 전 미래의 손윗동서를 만나러 왔거든요."

"동…… 서요?"

어안이 벙벙해져 있을 때, 문이 열리며 태영이 들어왔다. 그는 자연스럽게 제이의 허리를 손으로 감싸며 배시시 웃었다.

"형수, 오늘 정말 예쁜데요. 형이 아주 정신 못 차리겠어요."

"뭘 이 정도로……."

"너 지금 형수한테 질투하는 거야?"

"됐어! 질투는 무슨. 어쨌든 결혼 축하해요."

제이는 툴툴거리며 밖으로 나갔고 그 뒤를 태영이 실실 웃으며 쫓아갔다. 한 명은 자신의 잘못을 꼬집으며 재영과 헤어지라 말했고, 다른 한 명은 재영이 아니면 안 될 것처럼 굴었다. 그런 두 사람이 어떻게 연인관계로 발전하게 된 건지. 이해가 가지 않지만 분명한 건 그들과의 관계는 시작에 불과하다는 것이다.

주아는 혼미해진 정신을 수습하기 위해 서 비서에게 시원한 물한 잔을 부탁했다. 몇 분 후 물을 들고 들어온 사람은 영철이었다. 멋쟁이 신사처럼 정장을 차려입은 그는 온화한 미소를 지으며 컵을 내밀었다.

"긴장돼?"

"조금요."

"아빠는 긴장된다. 마냥 어린애인 줄 알았는데, 다 커서 시집도 가고, 애도 낳는다고 하니까. 엄마가 살아 있었으면 해줄 말이 많았을 텐데……."

"아빠, 고집 그만 부리시고 저희랑 같이 살아요. 방도 다 마련해 놨는데 왜 혼자 산다고 그러세요."

인테리어 공사를 시작하면서 영철에게 같이 살자고 말했었다. 하지만 그는 그럴 수 없다며 극구 거절했다. 아직은 혼자 사는 게 편하다고, 비록 월급사장이지만 재영과 한집에 살면 말이 나오기 쉽다고. 그의 상황을 이해 못 하는 건 아니지만, 주아는 섭섭한 마음을 감출 수 없었다.

"사모님, 이제 나가실 시간이에요."

서 비서와 함께 헬퍼가 들어와 드레스를 잡아주었다. 주아는 영철을 따라 정원에 마련된 결혼식장으로 걸어갔다.

새파랗고 청명한 가을 하늘 아래 색색으로 물든 가을 산이 한눈에 들어왔다. 초록과 갈색이 뒤섞인 잔디 위에 하얗게 가로지른 천이 눈에 띄었다. 영철의 손을 잡고 붉은 장미로 장식된 아치 아래 서자 객석에 앉아 있던 사람들이 전부 돌아보았다.

주아는 일순 긴장감이 몰려와 손이 파르르 떨렸다. 그러자 영철이 커다란 손으로 꼭 감싸주었다. 긴장을 풀기 위해 숨을 깊게 들이쉬며 앞을 바라보았다. 연단 앞에 선 재영과 눈이 마주치는 순간 그만이 눈에 박혀 주변에 있는 모든 것들이 흐릿하게 바뀌었다.

세상에서 제일 잘난 남자가 웃고 있었다. 언제나 함께할 남자가 손 내밀고 있었다. 평생 사랑할 남자 자신을 기다리고 있었다.

주아는 망설임 없이 발걸음을 내디뎠다. 처음 만난 그에게 호감을 느끼고, 다시 만난 그에게 설렘을 느꼈다. 함께하는 시간이 길어질수록 그에게 빠져들어 영영 헤어나올 수 없는 깊은 사랑에 갇혀버렸다. 짧은 시간 마음을 송두리째 앗아간 남자, 문재영. 그와 함께할 수 있다면 아무것도 두렵지 않았다. 주아는 행복한 미소를 입가에 머금고 그와 만들어갈 미래를 향해 한 발, 한 발 힘차게 앞으로 나아갔다.

에필로그

"주아야, 축하해!"

"고마워. 민석 씨는?"

"어제 봤던 예식장 예약하고 올 거야. 그나저나 소정이 키우기도 바쁠 텐데, 언제 이렇게 많이 그렸어?"

"그냥 틈틈이 그렸지, 뭐. 전시회 열 만한 솜씨는 아닌데, 재영 씨가 나 몰래 일을 만들었네."

주아는 사방에 걸린 자신의 그림들을 훑어보며 멋쩍게 웃었다. 그때 등 뒤에서 익숙한 목소리가 들려왔다.

"부족하다니? 이렇게 많은 사람이 당신 그림을 보겠다고 찾아왔는데."

"맞아요, 재수 씨. 유명해져서 값이 뛰기 전에 저도 하나 사다가 사무실에 걸어놔야겠는데요."

환하게 웃는 재영의 옆으로 승훈이 다가와 칭찬을 아끼지 않았다. 주아는 부끄러움에 볼이 달아올라 연신 손부채질을 해댔다.

"그냥 취미생활일 뿐이에요. 마음에 드시는 거 있으시면 하나 선물해드릴게요."

"이걸 그냥 주다니! 이승훈, 아주 비싸게 사가라."

"알았다, 알았어! 그냥 가져갔다가 무슨 욕을 얻어먹으려고."

호탕하게 웃는 그들의 곁으로 또 한 사람이 다가왔다. 그의 손에는 커다란 꽃다발이 들려 있었다.

"형수, 축하해요."

"어머! 도련님 오셨어요. 그냥 오셔도 되는데, 고마워요."

"이 녀석, 형수가 뭐냐? 님, 자는 어디다 빼먹은 거야?"

"아, 미안! 형수님, 감축하옵니다."

능글맞게 사극 톤으로 인사하는 태영 때문에 다들 크게 웃었다. 주아는 여기저기서 사람들이 찾아와 금세 자리를 떠야 했다. 주아가 사라지고 나자 내내 싱글거리며 웃던 태영이 얼굴을 굳히고 짐짓 무섭게 재영을 노려봤다.

"형, 정말 이럴 거야?"

"내가 뭘?"

"어제도 사장실 올라갔더니 퇴근하고 없던데. 도대체 회사 일을 하겠다는 거야, 말겠다는 거야?"

"일개 과장이 사장실엔 왜 그렇게 자주 찾아오는데?"

태영은 본격적으로 사업을 배워보겠다며 사원으로 재입사했다. 회사에 다니며 지식이 부족하다고 느꼈는지 제이의 도움을 받아 공부도 시작했다. 놀기만 좋아해 공부와는 담쌓고 지낸 줄 알았는데, 막상 작심하고 덤벼드니 실력이 무섭게 늘었다.

그 결과, 실력을 인정받아 3년 만에 과장 자리에 앉게 되었다. 하지만 아직 갈 길이 멀었다. 제이가 이사직에 오르기 전엔 결혼은 꿈도 꾸지 말라고 선언했기 때문이다. 그래서 태영은 하루 24시간이 모자랄 만큼 일에 매진하는 중이었다.

"일이 있으니까 찾아갔지. 아무리 형수가 좋고 소정이가 예뻐도 그렇지. 너무 일찍 들어가는 거 아니야? 회사 일도 신경 좀 쓰라고."

"회사가 걱정되면 빨리 능력 키워서 나 밀어내고 네가 사장해. 언제든지 자리 내줄 테니까."

"이 씨, 형!"

큰 소리가 나자 주위 사람들이 쳐다봤지만, 재영은 꿈쩍도 하지 않았다. 태영이 보기엔 회사 일에 소홀해 보일 수도 있을 것이다. 하지만 집에서도 줄곧 손에서 일을 놓지 않았다. 그저 딸아이와 함께하는 시간을 조금이라도 늘리기 위해 빨리 들어갈 뿐. 그것을 알 리 없는 태영은 매번 타박했다. 회사는 죽어도 다니기 싫다던 녀석이 언제부터 이렇게 걱정이 많아졌는지. 이제는 마음잡고 열심히 하는 모습에 재영의 입가에 흐뭇한 미소가 걸렸다.

"그렇게 웃는다고 내가 봐줄 줄 알아? 또 그런 얘기하면 나 진짜 화낼 거야."

"알았어. 대신 소정이가 아빠 보고 싶다고 울면 그건 다 네 탓이다."

"윽, 치사해."

세 살배기 소정은 온 집안의 사랑을 독차지했다. 소정을 울린 사람은 지위 고하를 막론하고 모두의 미움을 받았다. 그중 소정의 눈물에 가장 약한 사람이 태영이었다. 커다란 눈에 이슬이 차오르고 울먹거리면 어찌할 줄을 몰라 무엇이든 들어주고 말았다.

"그나저나 소정이는 언제 와?"

"조금 있으면 어머니가 데리고 오실 거야."

말이 씨가 된다고, 그 순간 문을 열고 희영이 들어왔다. 그녀의 옆에는 손녀를 안고 인자한 웃음을 짓고 있는 정혁이 있었다.

"아빠!"

"우리 딸 왔어? 오셨어요."

재영을 발견한 소정이 정혁의 품에서 버둥거렸다. 바닥에 내려놓을 새 없이 소정은 따다닥 뛰어가 재영의 품에 폭 안겼다. 사랑하는 딸을 안은 재영은 주변에 불을 밝히듯 환히 웃었다.

"할머니 말씀 잘 들었어?"

"응."

"밥도 많이 먹었고?"

"네!"

"잘했어. 아빠 뽀뽀!"

누가 지켜보든 말든 부녀는 쪽 소리가 나게 입을 맞췄다. 멀리서 사람들과 이야기를 나누던 주아가 시부모님이 오신 걸 알고 서둘러 다가왔다.

"어머님, 아버님, 오셨어요."

"그래. 그림이 아주 멋지구나. 우리 며느리한테 이런 재주가 있는지 몰랐네."

"재주랄 것도 없어요. 그냥 취미로 그린 건데, 재영 씨가 전시회를 열어서……."

"여보, 우리 집 거실에도 한 점 걸어놔야겠어요."

희영이 주위를 둘러보며 하는 말에 정혁이 고개를 끄덕였다. 재영은 자신의 그림이 인정받은 것처럼 좋아하며 서슴없이 말을 꺼냈다.

"아버지 이왕이면 비싸게 사주세요."

"이 녀석이! 네가 그러지 않아도 최고가로 사갈 테니 걱정하지 마라."

"아니에요, 아버님. 그러지 마세요."

주아가 괜찮다고 해도 정혁은 예술 작품을 공짜로 가져갈 수는 없다며 허허 웃었다.

"그런데 이번에는 오래 계시네요? 미국엔 언제 가세요?"

소정과 장난을 치던 태영이 물었다. 그러자 정혁이 뒷짐을 지고 그림을 보며 허심탄회하게 털어났다.

"외국 생활 그만 정리하고 아예 들어올 생각이다. 음식도 입에 안 맞고, 요 녀석이 눈에 밟혀서 나가 있어도 재미가 없어."

"어머니도 찬성하신 거예요?"

"그래. 나도 소정이 보고 싶어서 더는 못 참겠다."

"잘 생각하셨어요. 얼마 안 있으면 태영이도 결혼하게 될 텐데, 가까이 사시는 게 좋죠."

결혼식이 끝나고 얼마 후, 미국으로 건너갔던 두 사람은 주아의 출산일이 임박해오자 다시 한국으로 들어왔다. 소정이 태어나고 한 달 만에 되돌아갔던 두 사람은 채 두 달도 되지 않아 다시 돌아왔다. 말로는 소정의 백일을 챙겨주기 위해서라지만 아무래도 손녀가 눈에 밟혀 들어온 듯싶었다. 그렇게 들어왔다, 나가길 반복하더니 이젠 아예 외국 생활을 정리하겠다고 선언을 해버렸다. 정혁은 전시회장을 돌아다니며 희영과 함께 그림을 골랐다.

주아는 보는 사람마다 그림을 자랑하며 사라고 독촉하는 재영을 도끼눈으로 째려보았다. 그러다 품에 안겨 방글거리는 소정에게 시선이 갔다.

"문소정, 엄마는 보이지도 않지. 아빠 힘들어, 어서 내려와."

"싫어."

아무리 무섭게 쳐다봐도 소정은 배시시 웃으며 재영의 목을 바짝 끌어안았다. 남편이고 딸이고 자기 좋을 때로만 하는 통에 주아는 한숨이 절로 나왔다.

전시회는 생각보다 많은 작품이 팔려나가며 성황리에 막을 내렸다. 단 3일 전시한 것치고 굉장한 성과가 아닐 수 없었다. 갤러리의 그림을 정리해 집으로 보내고 주아는 화방에 들려 부족한 물감과 붓을 추가로 구매했다. 밖으로 나오자 붉은 노을이 파란 하늘과 만나 한 폭의 그림을 그려내고 있었다.

"어디로 모실까요?"

"집으로 가주세요."

서 비서는 언니처럼 다정하게 굴진 않아도 언제나 성심을 다해 보필해주었다. 재영이 사장에 취임하고 나자 주아는 원치 않아도 여러 모임에 참석해야 했다. 그때마다 참석자 명단을 구해와 중요 인사들의 프로필을 읊어주며 실수하지 않도록 도와주었다. 주아는 그녀가 함께하는 것만으로도 마음이 든든했다.

집에 도착한 주아는 소정을 찾았다. 이 시간이면 한숨 자고 일어나 장난감을 가지고 놀거나 동화책을 볼 시간인데 집은 쥐 죽은 듯 조용했다.

"아주머니, 저 왔어요."

일하는 아주머니를 불러도 대답이 없었다. 주아는 뭔가 이상해 다급히 주방과 욕실을 오가며 아주머니를 찾았다. 하지만 어디에서도 보이지 않았다. 불안한 마음으로 주아가 2층 계단을 막 올라갈 때, 낯익은 목소리가 들렸다.

"주아야."

"재영 씨, 소정이 못 봤어요? 아주머니도 집에 없고……. 당신, 왜 집에 있어요?"

주아는 의문을 갖고 재영을 쳐다봤다. 그러자 재영이 배시시 웃더니 주아의 손을 이끌고 안방으로 향했다.

"소정이는 어머니가 본가로 데려가셨어. 내일이나 올 거야."

"갑자기 왜요?"

"내가 부탁했으니까."

"네?"

"눈 좀 감아봐."

어리둥절해하는 주아를 보면서 실실 웃기만 하던 재영이 방문 앞에 서서 눈 감길 요구했다. 낌새가 수상했지만, 주아는 그의 말대로 눈을 감았다.

"실은 축하파티를 해주고 싶었는데, 싫어할 것 같아서 간단하게 준비했어."

방문이 열리고 눈을 뜨자 주아의 앞에 새로운 세상이 펼쳐졌다.

홉사 이벤트 업체에서 다녀간 것 같이 러블리해진 방 안이 눈을 못 떼게 만들었다.

"재, 재영 씨. 이게 다 뭐예요?"

"전시회를 성공을 축하하는 파티. 수익금 전액을 기부했다는 얘길 듣고 나도 당신한테 뭔가 해주고 싶었어."

그림을 팔고 남은 금액이 예상보다 훨씬 많았다. 주아는 그 돈을 어떻게 쓸까 고민하다가 자선단체에 기부를 했다. 자신처럼 급박한 상황에 조금이라도 도움이 됐으면 하는 바람이었다. 막다른 길에 내몰려도 손 잡아줄 사람이 있다는 희망을 주고 싶었다.

재영은 테이블 위에 있던 샴페인을 따서 두 개의 잔에 따랐다. 그리고 한 잔을 주아의 손에 쥐여주었다.

"마음까지 예쁜 내 아내. 축하해."

"고마워요."

와인 잔이 부딪치며 청명한 소리가 울렸다. 주아는 부드럽게 미소 지으며 와인을 마셨다.

"주아야, 한 가지만 약속해줘."

"뭔데요?"

"지금처럼 건강한 모습으로 평생 내 곁에 있겠다고."

"약속할게요. 재영 씨도 너무 무리하지 말고, 소정이랑 내 곁을 지켜줘야 해요."

"그래. 약속할게."

진솔한 눈빛을 전하며 약속한 재영의 고개가 주아의 입을 향해 천천히 내려앉았다. 입술에 닿는 따뜻한 온기가 두 사람의 마음에 평화를 가져왔다.

부드럽고 달콤하던 키스가 순식간에 농밀하게 바뀌었다. 두 사람의 옷이 거친 손놀림이 하나씩 발치로 떨어져 내렸다. 장미 꽃잎이 흩뿌려진 침대로 주아를 이끈 재영은 브래지어를 밀어 올리고 가슴을 입에 담으며 살며시 눕혔다.

"윽! 하아, 하아……."

찌릿하게 퍼진 감각이 정신을 몽롱하게 만들었다. 재영의 커다란 손이 허벅지를 훑어 올리자 주아는 흥분으로 몸이 달아올랐다.

"재영 씨, 어서……."

"사랑해, 주아야."

"저도 사랑해요. 아훗!"

꽃길을 지나 안으로 파고든 손가락이 애액을 흠뻑 묻히며 열심히 드나들었다. 주아는 신음에 허덕이며 고개를 뒤로 젖혔다. 그러자 재영이 목덜미에 입술을 묻고 새빨간 자국을 만들어냈다.

"재영 씨, 제발……."

색정적인 목소리가 귓가에 울리자 인내심에 한계를 느낀 재영이 허리를 움직여 남근을 뿌리 끝까지 밀어 넣었다.

"넌 아무리 가져도 늘 부족해. 평생 곁에 두고 채워나갈 수 있다는 게 얼마나 다행인지."

"오늘은 소정이도 없는데 마음껏 채워봐요."

항상 둘 사이에 끼어 잠을 청하던 소정의 부재가 오늘따라 유난히 반가웠다. 주아는 그의 목에 팔을 둘러 끌어당긴 뒤 찐하게 입술을 겹쳤다. 하지만 키스는 오래가지 못했다. 재영이 허리를 움직이자 잇새로 터져 나오는 신음을 막을 수가 없었기 때문이다.

힘껏 올려붙이던 그가 상체를 일으키더니 모로 굽혀 다리 하나를 들어 올리고 옆으로 밀고 들어왔다. 주아는 참을 수 없는 쾌감에 베개에 얼굴을 묻고 연신 신음을 터트렸다. 그러자 재영이 한 손으로 가슴을 움켜쥐며 손가락 사이로 분홍 정점을 집어넣고 살살 비틀었다.

"윽! 그만……."

"진짜, 그만해?"

입으론 '그만'을 외쳤지만, 마음속에선 계속하길 바랐다. 그것을 잘 아는 재영이 살며시 입꼬리를 끌어 올리며 더욱 강하게 치고 들어왔다. 온몸을 강타하는 짜릿한 쾌감에 몸이 전율하듯 떨려왔다. 주아는 기어이 눈물을 보이며 절정의 끝에서 오르가슴을 맞았다. 그리고 뒤이어 재영도 크게 신음하며 몸 안에 정액을 흩뿌리고 그대로 쓰러졌다.

주아는 한참이나 숨을 고른 뒤 샤워를 하기 위해 무거워진 몸을 일으켰다. 그러자 재영이 허리를 감싸며 다시금 침대 위로 눕혔다.

"어디 가?"

"씻고 자야죠."

"한 입으로 두말하기야? 오늘은 마음껏 채워도 된다며."

말이 떨어질 새 없이 재영이 입술을 겹치며 주아의 몸을 타고 올라갔다. 벌써 팽팽하게 부풀어 오른 남근이 다리 사이를 비집고 들어가지 못해 안달이었다. 주아는 피식 웃으며 재영의 목에 팔을 두르고 눈을 감았다. 까만 밤이 하얗게 세도록 그들은 오랜 시간 사랑을 나누며 서로를 채워 나갔다.

"갔다 올게."

"네, 다녀오세요."

"아빠, 빠빠."

모녀에게 번갈아 가며 입을 맞춘 재영이 기사가 모는 차를 타고 떠났다. 집으로 들어온 주아는 소정이 아침 먹는 것을 도와주며 시간을 가늠해봤다. 영철이 오전 비행기로 한국에 들어오는 날이었다. 그는 회사에서 마중 나올 거라고 했지만, 소정이 할아버지를 무척이나 보고 싶어 한다고 둘러대며 직접 모시러 가기로 했다.

아침을 다 먹은 소정은 도우미 이모와 함께 씻으러 갔다. 주아도 나른한 몸을 물에 담글 겸 욕실로 들어갔다. 외출 준비를 마치고 소정과 함께 집을 나섰다. 서 비서는 집 앞에 차를 대고 사방을 살피며 대기하고 있다가 두 사람이 안전하게 타고 난 뒤에야 운전석으로 향했다.

"소정아, 우리 할아버지 만나러 가자."

"할아버지, 좋아."

"그래. 할아버지도 소정이가 좋대."

소정은 보채지 않고 카시트에 얌전히 앉아 창밖을 구경했다. 인천공항에 도착한 주아는 비행기 도착 시각을 확인하고 입국 게이트 앞에서 기다렸다. 조금 있으면 문이 열리고 영철이 나올 것이다. 고작 열흘간 못 본 것뿐인데 마치 열 달은 떨어져 있었던 것처럼 무척이나 보고 싶었다.

"아빠! 소정아, 저기 할아버지 나오시네."

"할아버지!"

"오냐, 내 새끼들!"

영철은 가까이 올 새 없이 소정을 번쩍 안아 들고 함박웃음을 지었다. 그때, 그들의 뒤로 짙은 선글라스를 쓰고 막 게이트를 빠져 나오던 남자가 있었다.

찬식은 한국을 떠난 지 3년 만에 들어오는 중이었다. 그런데 우연인지, 운명인지 영철과 같은 비행기를 탄 것이다. 공항을 돌아보며 출구를 향해 가던 그는 적잖이 당황해 그대로 굳어버렸다. 다시는 못 볼 줄 알았던 여자가 지척에서 환히 웃고 있었다.

함께 있는 영철은 건강해 보였고, 주아는 더없이 행복해 보였다. 영철의 품에 안긴 꼬마는 그녀의 웃는 모습을 쏙 빼닮아 너무나 사랑스러웠다.

신주아 씨, 오랜만에 봐도 그 웃음은 여전하군요. 고마워요. 행복한 모습을 내게 보여줘서.

딱딱하기만 하던 예전과 달리 찬식은 자유롭고 편안해 보였다. 선글라스를 살짝 내리고 주아를 쳐다보던 그는 서 비서의 시선을 느끼고 선글라스를 추켜올리며 공항 밖으로 걸음을 옮겼다.

"오느라 피곤하시죠? 집으로 가서 점심 드시고 좀 쉬세요."

"우선 회사로 가자. 들어가서 바로 처리할 일이 생겼어. 가는 동안 우리 소정이랑 좀 놀아줄까."

"할아버지."

차를 타고 회사로 가는 동안 영철은 소정과 놀아주느라 정신이 없었다. 회사에 도착한 영철은 대기 중이던 비서의 인사를 받으며 건물로 들어갔다. 주아는 일에 푹 빠져 사는 영철을 보며 한숨을 푹 내쉬었다.

"왜 이렇게 늦으셨어요. 시장하시죠? 어서 들어가세요."

"문 서방은?"

"벌써 와서 기다리고 있어요."

주방으로 들어간 영철은 식탁을 가득 채운 음식을 보고 입이 떡 벌어졌다. 쌀밥에 미역국 갖은 나물과 갈비까지. 모두 그가 좋아하는 음식들이었다.

"아니, 무슨 음식을 이렇게……."

"할아버지, 생일 축하해요."

"아버님, 생신 축하드립니다."

얼마나 연습을 했는지 소정이 또박또박 말을 전했다. 영철은 생각지도 못한 생일상을 받고 감격에 겨워 말문이 막혔다.

"또 잊어버리신 거죠? 그럴 줄 알았어요. 이거 다 제가 만든 음식들이에요. 아빠가 좋아하는 걸로만 했으니까 많이 드세요."

"그래. 고맙다."

다들 자리에 앉아 늦은 저녁을 먹었다. 언제 이렇게 음식 솜씨가 늘었는지. 주아는 은연중에 죽은 아내의 손맛을 닮아가고 있었다. 주아가 소정의 옆에 앉아 반찬을 집어주며 밥 먹는 것을 도와주었다. 그러면 재영은 소정을 챙기듯 주아의 밥그릇에 반찬을 올려주었다. 행복한 딸의 가정을 볼 때마다 영철은 아내가 떠올랐다. 입을 오물거리는 소정의 얼굴에서 주아의 어릴 적 모습이 겹쳐 보였다.

주아가 딱 소정이만 할 때 아내가 사고로 세상을 떠났다. 그녀가 없는 세상 살아갈 자신이 없어 매일 죽을 생각만 하며 지낼 때 주아가 그에게 매달려 엉엉 울었다.

'아빠, 죽지 마.'

죽는 게 뭔지도 모를 나이에 얼마나 겁이 났으면 매달려오는지. 그때 정신을 차리지 못했다면 이렇게 행복한 기분은 평생 느껴보지 못했을 것이다.

'여보, 보고 있어? 우리 딸이 이제 어른이 됐어. 믿음직한 남편 만나 사랑스러운 아이도 낳았고. 당신을 닮아 요리도 아주 잘해. 나, 이만하면 우리 딸 잘 키운 거지? 앞으로도 지금처럼 행복할 수 있도록 당신이 지켜줘.'

영철은 죽은 아내를 떠올리며 못다 한 말을 마음속으로 전했다.

"야채 싫어!"

"안 돼! 반찬을 골고루 먹어야지."

"맞아. 그런 의미에서 당신도 이것 좀 먹자."

"재영 씨, 나 그건 싫은데……."

"엄마가 먹으면 소정이도 먹는 거다."

모녀는 인상을 팍 쓰며 먹기 싫은 반찬을 입에 넣고 억지로 씹었다. 그 모습이 어찌나 우스운지 영철과 재영은 주방이 떠나갈 듯 크게 웃었다.

깊어가는 밤, 웃음이 함께하는 집 안엔 온기가 가득했다. 그리운 마음도, 씁쓸한 과거도, 가족이라는 이름으로 채워주며 그들은 더 큰 행복을 만들어 나갔다.

-마침-